Leonie Britt Harper

Éanna. Ein neuer Anfang

Von Leonie Britt Harper sind
im Arena Verlag erschienen:

Éanna. Wildes Herz (Band 1)
Éanna. Stürmische See (Band 2)

Leonie Britt Harper

Éanna. Ein neuer Anfang

Historischer Roman

Arena

In neuer Rechtschreibung

1. Auflage 2009

Covergestaltung: Frauke Schneider
unter Verwendung der Fotos
von Rob Melnychuk und Lynn Saville © gettyimages
Gesamtherstellung: Westermann Druck Zwickau GmbH
ISBN 978-3-401-06192-4

www.arena-verlag.de

Erstes Kapitel

Ich kann es noch immer nicht recht glauben, dass dort Amerika ist! Es kommt mir wie ein Wunder vor, dass wir zu den Glücklichen gehören, die dem großen Sterben in Irland entkommen sind *und* diese entsetzliche Schiffsreise über den Atlantik überlebt haben, Éanna«, flüsterte Emily ihrer Freundin zu.

Ihr Blick war auf die Küste gerichtet, die vor ihnen aus der tiefblauen See wuchs und rasch an Konturen gewann; ihre Stimme klang belegt, als kämpfte sie mit den Tränen.

Und das tat sie auch, wie so viele andere der mehr als dreihundert irischen Auswanderer, die sich an Deck der *Boston Glory* drängten. Sie alle versuchten, so nahe wie irgend möglich an die Reling zu kommen, um einen Blick auf die neue Heimat zu erhaschen.

Nur die Schwerkranken und völlig Entkräfteten waren unter Deck in ihren sargähnlichen Kojen liegen geblieben. Sie fürchteten mit dem Nahen der Küste den Inspektor der New Yorker Quarantänestation.

»Ja, es ist ein Wunder«, erwiderte Éanna, nicht weniger bewegt, und strich sich eine Strähne ihres blonden lockigen Haars aus dem Gesicht, das einen leichten Rotschimmer aufwies und mit dem der Fahrtwind spielte.

Es kam ihr unwirklich vor, dass die *Boston Glory* an diesem Maitag im weichen Licht des frühen Nachmittags und unter gerefften Segeln auf die amerikanische Küste vor New York zuhielt, auf das Land der Verheißung und der Freiheit, wo auf sie und all die anderen Auswanderer an Bord des Schiffes ein neues Leben wartete. Ein Leben, von dem sie alle hofften, dass es nicht tagtäglich von nagendem Hunger und von der Ausbeutung durch skrupellose Großgrundbesitzer bestimmt wurde so wie in Irland. Es erschien ihr wie ein Traum, das Ziel ihrer Reise endlich erreicht zu haben, und fast fürchtete sie, gleich aus ihm zu erwachen. Aber es war kein Traum, voraus lag wahrhaftig das fremde Land Amerika, das zu ihrer neuen Heimat werden sollte!

Eine Hand legte sich um ihre Schulter und eine Stimme, die sie unter Tausenden erkannt hätte, flüsterte ihr ins Ohr: »Erinnerst du dich noch an Dublin, an den Platz vor der Kathedrale, als wir uns wiedergefunden haben? Es war bitterkalt, aber es war der schönste Tag meines Lebens. Und ich wusste, dass wir das hier einmal erleben würden, Éanna. Wir beide. Gemeinsam.«

Éanna schluckte. Sie konnte nicht antworten, sondern griff nur nach Brendans Hand, um sie festzuhalten, ganz fest.

Was lag nicht alles hinter ihr und dem ungestümen Rotschopf, den sie in ihr Herz geschlossen hatte! Das Elend der jahrelangen Hungersnot in Irland, die sie, Emily und Brendan zu Waisen gemacht und im letzten Winter zu einem Bettlerleben auf der Landstraße gezwungen hatte. Die Unmenschlichkeit im Armenhaus. Ihre Trennung in Dublin und schließlich die qualvoll lange Überfahrt über den Atlantik, während der sie Schiffbruch erlitten und unter menschenunwürdigen Zuständen im Zwischendeck zweier Auswandererschiffe, der *Metoka* und der *Boston Glory*, hatten hausen müssen.

Aber fast das Schrecklichste war Brendans übersteigerte Eifersucht auf Patrick O'Brien gewesen und zuletzt ihr Zerwürfnis, das so endgültig gewesen zu sein schien.

Ein Stich durchzuckte Éanna, als sie an Patrick dachte. Ausgerechnet er war es gewesen, dem sie ihre Versöhnung zu verdanken hatten, er hatte Brendan letztendlich davon überzeugt, zu Éanna zurückzukehren, wie schwer es ihm auch gefallen sein mochte. Er hatte es ihretwegen getan, das wusste sie und sie würde ihm auf ewig dankbar sein.

»Woran denkst du, Éanna?«, flüsterte Brendan ihr ins Ohr.

Éanna drehte sich halb zu ihm um und strich ihm schuldbewusst über die Wange. Wie konnte ihr gerade jetzt Patrick in den Sinn kommen?

Das war ihr Moment – ihrer und Brendans. All das, was geschehen war, lag hinter ihnen – und Amerika bot ihnen das, was sie sich so sehnlichst gewünscht hatten.

»An einen neuen Anfang, Brendan«, sagte sie entschieden. »An einen Anfang für uns beide.«

In diesem Moment schallten vom erhöhten Achterdeck Befehle über das Schiff und augenblicklich sprangen Matrosen in die Takelage und enterten auf, um in schwindelerregender Höhe noch mehr Segeltuch einzuholen.

Ein Ruf ging durch die Menge, den Brendan im nächsten Moment aufnahm, während er sich neben Éanna über die Reling beugte.

»Da kommt die Hafenschaluppe mit dem Lotsen, der uns durch die Enge zwischen Staten Island auf der linken Seite und Brooklyn auf der rechten in die Bucht von New York bringt!«, rief er aufgeregt und deutete auf einen kleinen Segler, der schnell wie ein Pfeil durch die See schnitt und Kurs auf die *Boston Glory* hielt. »Du musst nicht mehr lange auf unseren neuen Anfang warten! Bald haben wir wieder Land unter den Füßen, Éanna!« Er lachte ausgelassen und strahlte sie an, und als Éanna ihm ins Gesicht blickte, wurde ihr warm ums Herz und alle Zweifel, ob es richtig gewesen war, sich mit ihm zu versöhnen und ein Leben mit ihm zu planen, waren in diesem Moment wie weggeweht.

»Schön wär's, wenn es so schnell ginge, Rotschopf«, machte sich hinter ihnen sofort eine raue Männerstimme mit grimmigem Tonfall bemerkbar. »Vor der Ausschiffung in den Docks wird es für so manchen von uns noch bitteres Heulen und Zähneklappern geben, so wahr ich Michael Macaulay heiße.«

Éanna achtete nicht darauf, was der Mann sagte. Genau wie Hunderte andere Augenpaare verfolgte sie gebannt, wie die schnelle Hafenschaluppe mit einem eleganten Manöver längsseits kam. Gleich darauf wurde ein Beiboot zu Wasser gelassen und mit vier Ruderern bemannt, die einen hochgewachsenen Mann in weißer Uniform mit kräftigen Riemenschlägen an die Luvseite des Auswandererschiffes brachten.

Emily stieß die Freundin von der Seite an. »Hast du schon mal einen Mann in solch einer prächtigen Uniform gesehen, Éanna?«, entfuhr es ihr staunend. »Ob wohl alle Amerikaner so gut aussehen?«

Éanna lachte und war nicht weniger beeindruckt vom ersten amerikanischen Mann, den sie in ihrem Leben zu Gesicht bekam. Dass Gregory Richardson, der Kapitän der *Bos-*

ton Glory, und die meisten Mitglieder seiner Mannschaft ebenfalls Amerikaner waren, zählte für sie und ihre Landsleute in diesem Moment nicht. Dieser Lotse, der Augenblicke später mit der scheinbar mühelosen Eleganz und Leichtigkeit eines trainierten Turners die Strickleiter emporkletterte, hinterließ bei den abgemagerten und zerlumpten irischen Auswanderern einen tiefen Eindruck und bestätigte ihre Vorstellung von der neuen Heimat als dem Land des Reichtums, der Freiheit und der unbegrenzten Möglichkeiten.

Mit offenen Mündern begafften sie den jungen Mann und so manch einer hätte sich nicht gewundert, wenn er drei Füße und an jeder Hand sechs Finger gehabt hätte, so sehr beeindruckten sie seine Gestalt und sein selbstsicheres Auftreten. Wie stattlich und wohlgenährt er aussah! Wie gesund und weiß sein Gebiss war, fast so weiß wie seine Uniform! Nicht ein einziger fauler Zahn und nirgends eine Zahnlücke! Und wie freundlich er, ein bedeutender Vertreter der amerikanischen Obrigkeit, in die Runde lächelte, während er mit federnden Schritten durch die Gasse schritt, die die zurückweichenden Passagiere auf dem Deck für ihn bildeten. Wie anders waren da die Amtsmänner in der Heimat gewesen, die die einfache Bevölkerung Verachtung und Unterdrückung hatten spüren lassen.

»Na, wir werden wohl auch in New York noch genug dreckige Leute zu sehen bekommen«, stellte Brendan mit einem leicht neidischen Unterton in der Stimme fest. »Richtige Arbeit macht nun mal schmutzig!«

»Aber es ist trotzdem schön, so empfangen und begrüßt zu werden«, erwiderte Éanna zufrieden.

»Und wer sagt, dass die Aufgabe, ein Schiff in einen dicht befahrenen Hafen zu lotsen, keine richtige Arbeit ist?«, fügte Emily hinzu.

Brendan zuckte die Achseln und schwieg. Aber Éanna wusste genau, dass in seinen Augen nur derjenige zählte, der mit seiner Hände Arbeit etwas *Sinnvolles* schaffte – wozu das Einweisen eines Schiffes in einen Hafen für Brendan sicher nicht gehörte. Wahrscheinlich ebenso wenig wie das Verfassen von Büchern, ging es Éanna durch den Sinn.

Patrick O'Brien hätte in einigen Jahren die Brauerei seines Onkels übernehmen können, doch er hatte ein Leben in sattem Wohlstand ausgeschlagen, weil er davon träumte, Schriftsteller zu werden. Brendan hatte dafür nur Verachtung übrig, auch wenn er paradoxerweise wie jeder Ire eine gut erzählte Geschichte sehr wohl zu schätzen wusste.

Der Lotse nahm seine Arbeit auf und wenig später erreichte die *Boston Glory* unter seiner Führung die geschützte Bucht von New York, die sich vor der Südspitze Manhattans ausdehnte und vom Hudson und East River gespeist wurde. Und dann lag sie auf einmal direkt vor ihnen – die geschäftige, vor Leben pulsierende Hafenstadt New York.

Keiner der Auswanderer hatte bisher Vergleichbares gesehen: Entlang der Bucht und auf den beiden Flüssen, die Manhattan umflossen, herrschte ein unglaublicher Verkehr. Es wimmelte nur so von Schiffen und Booten jeder Art und Größe und aus aller Herren Länder. Ob Bark oder Brigg, stolze Neuengland-Clipper mit ihren vier himmelstürmenden Masten oder kleine Küstenschoner, ob Dampfer mit rauchenden Schloten oder winzige Ruderboote, sie alle glitten in einer atemberaubenden Vielfalt auf dem Wasser dahin. Einige von ihnen brachen mit neuer Fracht zu Reisen in ferne Länder auf, andere liefen nach Wochen oder gar Monaten der Überfahrt aus Indien, China oder Australien kommend den Hafen an oder kehrten von einer Fahrt ins Hinterland zurück. Und hinter dem Gewirr von Masten, Segeln und Schornsteinen zeichneten sich das dichte Häusermeer der Stadt mit den vielen hoch aufragenden Kirchturmspitzen und die Kaianlagen des Hafens ab, die zu beiden Seiten von Lower Manhattan wie die Zinken eines riesigen, scheinbar endlos langen Kamms ins Meer vorstießen und nicht von ungefähr »Straße der Schiffe« genannt wurden. Denn dort bildeten die vertäuten Schiffe ein noch dichteres Gewirr von Mast und Takelage als auf der Bay.

Das Staunen der irischen Auswanderer fand kein Ende. Kaum einer von ihnen konnte fassen, dass allein in Manhattan eine gute halbe Million Menschen leben sollte. So wie Éanna, Emily und Brendan kamen auch die meisten anderen Zwischendeckpassagiere der *Boston Glory* vom Land, viele waren in ihrer Heimat arme Kleinpächter gewesen, die selten einmal einen Ort mit einigen Hundert Einwohnern zu Gesicht bekommen hatten und sich schon in Dublin verloren wie in einem Ameisenhaufen vorgekommen waren. Doch gegen New York wirkte Dublin nun wie ein leicht überschaubares Dorf. Und die Vorstellung, in dieser riesigen fremden Stadt Fuß fassen zu müssen, jagte plötzlich nicht wenigen der Auswanderer Angst ein.

Die *Boston Glory* steuerte auf die Südspitze von Manhattan zu, wo ein kleiner baumbestandener Park bis ans Ufer reichte, der sich Battery Park nannte. Etwas links davon ragte das kreisrunde massive Steingebäude Castle Garden aus dem Wasser, eine frühere Festungsanlage, die dem Park ihren Namen gegeben hatte, aber schon seit einigen Jahrzehnten anderen Zwecken diente. Auf halber Strecke zwischen Staten Island und dem Battery Park ging die *Boston Glory* vor Anker.

»Jetzt heißt es, die letzte Hürde zu nehmen«, stellte der Mann, der sich als Michael Macaulay vorgestellt hatte, nüchtern hinter Éanna, Brendan und Emily fest. »Jetzt wird's ernst. Denn jetzt droht uns allen die Gesundheitsprüfung durch den Quarantänearzt! Und Gott stehe den armen Seelen bei, die nicht vor ihm bestehen werden!«

Kaum hatte er das gesagt, da gab Captain Richardson seiner Mannschaft auch schon den Befehl, dafür zu sorgen, dass der Quarantänearzt seiner Arbeit trotz der Überbelegung des Schiffes unverzüglich und ordnungsgemäß nachgehen konnte.

Über die Hälfte der an Deck versammelten Auswanderer wurde mehr oder weniger rüde nach unten ins Zwischendeck geschickt, um mittschiffs Platz für die Prüfung zu schaffen.

Wenig später erklomm der Quarantänearzt in Begleitung von vier Gehilfen die Gangway. Er war ein wohlbeleibter Kahlkopf mit der besorgten und kummervollen Miene eines Mannes, der eine unerfreuliche, aber notwendige Pflicht zu erfüllen hat. Seine Begleiter, kräftige Männer, brachten vorsorglich mehrere Tragen und ein Bündel Leichensäcke mit, denn sie wussten aus Erfahrung, was sie auf einem solchen Schiff mit halb verhungerten irischen Auswanderern erwartete.

Zunächst sprach der Arzt mit Captain Richardson, ließ sich

von ihm die vorgeschriebene Liste mit den persönlichen Daten der Passagiere aushändigen und fragte nach dem Stand der Toten und Kranken. Dann stieg er mit seinen Begleitern hinunter ins Zwischendeck.

Die Inspektion des Zwischendecks und die sich anschließenden Untersuchungen der Auswanderer auf dem Oberdeck dauerten mehrere Stunden. Zuerst wurden vier Tote unter bedrücktem Schweigen von Bord getragen, danach begann das verzweifelte Weinen und Schluchzen und erfolglose Betteln, als der Quarantänearzt sein Urteil über die Kranken fällte, die nicht mit ihren Familienmitgliedern an Land gehen durften.

Auf sie warteten der Abtransport mit dem Quarantäneschiff und das Marine Hospital auf Staten Island, wo sie bleiben mussten, bis sie von ihren Krankheiten genesen oder gestorben waren.

Viele von denjenigen, die in dieser Stunde von ihren erkrankten Lieben getrennt wurden, sollten ihre Kinder, Ehepartner oder Geschwister nie wiedersehen und nie erfahren, was aus ihnen geworden war: ob sie der Tod auf der Quarantänestation ereilt hatte oder ob sie überlebt und vergeblich versucht hatten, sie in dieser Stadt von einer halben Million Einwohnern zu finden.

»Ich bitte Euch, mein Herr, nehmt mir nicht auch noch meine Kinder!«, flehte eine abgehärmte, spindeldürre Frau, als der Arzt ihre fünfjährige Tochter und den etwa elfjährigen Sohn, die beide an einem rotfleckigen Ausschlag litten, für die Aufnahme in die Quarantänestation bestimmte. »Wie sollen sie mich denn jemals wieder in dieser Stadt finden? Ich weiß doch nicht, wo ich Arbeit und ein Dach über dem Kopf bekomme! Um Christi und der Muttergottes willen, habt Erbarmen! Der Tod hat mir schon meinen Mann, meinen Ältesten und die Schwester genommen!«

»Gute Frau, der Herr ist mein Zeuge, dass ich es wahrlich nicht gern tue. Aber es muss sein, glaubt mir«, sagte der Arzt mitfühlend, aber energisch. »Zu oft haben kranke Einwanderer für Cholera- und Typhusepidemien in New York gesorgt oder andere ansteckende Krankheiten in die Stadt getragen.« Mit einem kurzen Blick wies er seine Helfer an, der verzweifelten Frau die Kinder abzunehmen, die sich zitternd an sie drängten und der Mutter förmlich aus den Händen gerissen werden mussten.

»Die so bitter erkaufte Freiheit zum Greifen nahe und dann das«, murmelte Éanna erschüttert, die den Vorfall hilflos mit angesehen hatte.

Sie hatte schon so viel an Elend, Qual und Verzweiflung erlebt, aber das hier war noch schlimmer. Diese Menschen hatten die Rettung direkt vor Augen gehabt, als ihnen alles genommen wurde.

Auch Brendan war zutiefst betroffen. Als er Zeuge wurde, wie man eine junge Frau von ihrem Mann wegführte, den sie erst vor wenigen Monaten in Dublin geheiratet hatte und dem nun ununterbrochen die Tränen über das Gesicht liefen, ergriff er stumm ihre Hand.

Dann aber war die Inspektion endlich vorbei. Als der Arzt über die Strickleiter von Bord kletterte, ging ein leises Aufatmen, einem Seufzer gleich, durch die Menge. Die letzte Hürde war genommen! Amerika, das Land ihrer Träume, lag endlich offen vor ihnen.

Kurz darauf holte die Mannschaft der *Boston Glory* den Anker ein. Und unter dem aufbrandenden Jubel von mehr als dreihundert irischen Auswanderern zog das Schiff nahe am Kai des Battery Parks vorbei und legte das letzte Stück seiner Reise bis zu den Docks am East River zurück.

Zweites Kapitel

Das Hafenviertel entlang des East River mit seiner »Straße der Schiffe« erstreckte sich über geschlagene drei Meilen* von der Südspitze Manhattans bis hoch zur Flussbiegung bei Corlear's Hook. Ähnlich beeindruckend war auch der Hafen auf der Westseite entlang des Hudson River. Doch während hier überwiegend kleinere Küstenschiffe vor Anker gingen, die Handel mit dem Hinterland bis hoch zu den Great Lakes betrieben, wurden die Piers am East River vor allem von großen Überseeschiffen angesteuert, die Waren und Passagiere aus der ganzen Welt nach New York brachten. Éanna, Emily und Brendan konnten sich nicht sattsehen an den unzähligen Anlegestellen, Werften, Handelskontoren, Lagerhäusern, Schiffsausrüstern, Werkstätten, Tavernen, Logierhäusern und den vielen anderen hohen Backsteingebäuden, die sich hier dicht an dicht und über mehrere Meilen hinweg entlang des Flusses drängten.

Hier in New York war einfach alles um ein unglaublich Vielfaches größer als in ihrer Heimat. Und das traf nicht nur auf die pompösen Hafenanlagen, sondern auch auf das lärmende Treiben auf den breiten Kaianlagen zu. Es war ein einziges Kommen und Gehen, dessen Zeuge die staunenden Auswanderer wurden, ein verstörendes Gewimmel von Kutschen, offenen Einspännern, hochbeladenen Fuhrwer-

---

* 1 Meile entspricht circa 1,68 Kilometern.

ken, Packeseln, Männern mit Handkarren, Reitern, Matrosen, Händlern, Taschendieben, Straßenverkäufern mit umgeschnallten Bauchläden, Gepäckträgern, grell geschminkten und herausgeputzten Frauen, denen man ihr Gewerbe schon von Weitem ansah, barfüßigen Botenjungen, Zeitungsverkäufern – und nicht zu vergessen Schleppern, die an den Piers herumlungerten und es auf frisch eingetroffene Einwanderer aus Irland, Deutschland, Russland und anderen Ländern abgesehen hatten.

Runner wurden diese gerissenen, skrupellosen Männer auch genannt, die mit der Ahnungslosigkeit und Gutgläubigkeit der Einwanderer ihr Geschäft machten. Meist standen sie in den Diensten von zwielichtigen Logier- und Mietshausbesitzern, die ihren Runnern für jeden Einwanderer, der sich bei ihnen einmietete, ein lukratives Kopfgeld zahlten.

Häufig kamen die Schlepper sogar aus demselben Land wie diejenigen, die sie so rücksichtslos übers Ohr hauten und in überteuerte Tavernen, Pensionen und baufällige Mietskasernen lockten.

Und das Geschäft lief gut in diesen Tagen in New York, denn täglich erreichten neue Schiffe mit Hunderten von Einwanderern an Bord die Stadt. Vielen von ihnen blieb gar nichts anderes übrig, als sich auf die zweifelhaften Dienste der Schlepper einzulassen, denn kaum einer hatte Verwandte oder Freunde vor Ort, die seine Ankunft erwarteten, ihm bei der Suche nach einer ersten Bleibe behilflich waren und ihn vor Betrügern warnen konnten.

Zwar gab es auch anständige Helfer – meist landsmännische Vereinigungen wie die irische *Friendly Sons of St. Pat-*

rick, die schottische *St. Andrew's Society* und die deutsche *German Society* –, die versuchten, sich ihrer Landsleute, so gut es ging, anzunehmen. Doch angesichts des beständigen Stroms der täglich neu eintreffenden Einwanderer aus der ganzen Welt blieb ihre Hilfe bescheiden.

Längst waren die Runner auf das große Auswandererschiff aufmerksam geworden, das unter amerikanischer Flagge in die Bucht gesegelt war und nun auf der Höhe der Oliver Street am Kai anlegte. Und so stürmte, als die Gangway herabgelassen wurde, eine gute Hundertschaft von ihnen das Schiff wie ein zu allem entschlossenes Enterkommando und fiel über die Einwanderer her. Jeder von ihnen versicherte seinen Opfern mit einschmeichelnden Worten und im vertrauenerweckenden heimischen Dialekt, nur er allein wäre von redlichem Charakter. Im Gegensatz zu all den anderen Halunken werde er ihr Gepäck, das bei vielen Zwischendeckspassagieren aus Koffern, Kisten und Säcken bestand, zu einem anständigen Preis tragen und sie zu einer guten und preiswerten Unterkunft für die ersten Tage führen.

Dabei arbeiteten oft zwei Schlepper Hand in Hand, während sie den nichts ahnenden Einwanderern gegenüber so taten, als würden sie miteinander konkurrieren. Ehepaare mit Kindern sprachen sie besonders gern an. Und während der eine sich rasch ein Gepäckstück griff und damit forsch von Bord marschierte, hievte sich sein Komplize ein anderes auf die Schulter, obwohl die Familie mit einem einzigen Träger gut ausgekommen wäre.

Völlig überrumpelt blieb den Unglücklichen nun nichts anderes mehr übrig, als sich geschlagen zu geben und zweimal einen völlig überteuerten Lohn zu zahlen. Und damit gehörten sie trotz finanziellem Aderlass noch zu den Glücklicheren. Denn nicht selten bekamen die Einwanderer es tatsächlich mit zwei konkurrierenden Schleppern zu tun. Und wenn dann der eine mit einem Koffer in die eine Richtung davoneilte und der andere, beladen mit einer Kiste, in die entgegengesetzte Richtung lief, blieb den Einwanderern in dem Menschengewimmel um sie herum meist nichts anderes übrig, als sich mit knirschenden Zähnen für einen der beiden Runner zu entscheiden, ihm so schnell wie möglich zu folgen und das andere Gepäckstück aufzugeben.

Éanna, Brendan und Emily hatten allerdings Glück im Unglück. Wie die wenigen anderen Schiffbrüchigen, die von der *Boston Glory* gerettet worden waren, hatten sie von den Schleppern nichts zu befürchten. Denn mit der *Metoka* war bis auf ein leichtes Notgepäck all ihr Hab und Gut, das sie in Dublin an Bord gebracht hatten, untergegangen.

»Sehen wir zu, dass wir so schnell wie möglich aus diesem Tumult heraus- und an Land kommen!«, schlug Brendan vor, nachdem die drei sprachlos den Ansturm der Schlepper auf das Schiff verfolgt hatten. »Tom hat von einem Seemann die Adresse eines anständigen Logierhauses bekommen, wo wir erst einmal ein paar Tage bleiben können.«

Tom Mahony, ein robuster Bursche mit einem kantigen Gesicht, der aus derselben Provinz stammte wie Brendan und mit dem er sich in den letzten Tagen angefreundet hatte, nickte nachdrücklich. »Ich sage euch, dieser Tipp ist bares Geld wert! Das Logierhaus Emerald Isle soll nur ein paar Straßen vom Hafen entfernt in der Division Street liegen.«

Emily zuckte die Achseln. »Ansehen können wir es uns ja mal. Und wenn es doch nichts taugt, haben wir bis Einbruch der Dunkelheit immer noch genug Zeit, uns nach einer anderen Bleibe umzusehen.«

»Dann nichts wie los!«, drängte Brendan.

Sie begannen, sich einen Weg durch das wüste Gedränge auf Deck zur Gangway zu bahnen. Doch plötzlich blieb Éanna wie angewurzelt stehen. »Mein Gott, meine Bücher! Die hätte ich unten in meiner Koje jetzt beinahe vergessen!«

Erschrocken drehten sich Brendan und Emily zu ihr um. Bis auf ein wenig Bargeld war das Buchpaket – eine hochwertig gefertigte, sechsbändige Gesamtausgabe der Werke von Sir Walter Scott, die Patrick O'Brien Éanna kurz vor der Abreise nach Amerika geschenkt hatte – das Wertvollste, was sie nach dem Untergang der *Metoka* noch besaßen. Es war ihr Notgroschen, der ihnen das Überleben sichern würde, wenn ihr Bargeld aufgebraucht war, bevor sie in New York eine Arbeit gefunden hatten.

»Das hätte uns gerade noch gefehlt!«, stöhnte Brendan. »Also dann, sieh zu, dass du schnell zurück ins Zwischendeck kommst, bevor sich jemand in dem Getümmel daran vergreift und damit stiften geht!«

»Wir drei sollten besser unten auf dem Kai auf dich warten!«, sagte Tom Mahony. »Hier oben werden wir zu leicht über den Haufen gerannt und getrennt.«

Éanna wechselte einen Blick mit Brendan, dann nickte sie. »In Ordnung! Aber bleibt bloß in der Nähe der Gangway, damit ich nicht erst lange nach euch Ausschau halten muss!«

»Wird nicht passieren«, versprach Emily.

Entschlossen drehte sich Éanna um und zwängte sich durch die lärmende, wild bewegte Menge zurück zum Niedergang, der hinunter ins Zwischendeck führte.

Beim Hinuntersteigen schlug ihr der stechende Geruch entgegen, der in den letzten Wochen ständiger Begleiter der Zwischendeckspassagiere gewesen war. Es stank nach menschlichen Ausdünstungen, nach Erbrochenem, Urin und Fäkalien, kurz nach Krankheit, Elend und Tod. Und das, obwohl Captain Richardson, kaum dass die Küste von Amerika in Sicht gekommen war, angeordnet hatte, all die modrigen und grauenhaft stinkenden Strohsäcke, Matratzen, Decken und Kissen über Bord zu werfen, die Planken und Kojen mehrmals zu schrubben und das Zwischendeck dann kräftig auszuräuchern, um es vom allergröbsten Dreck und Gestank zu befreien.

Doch Éanna hatte andere Sorgen als den Geruch hier unten. Sie hastete durch den Mittelgang, vorbei an den langen Reihen von Stockbetten, die aus Brettern zusammengezimmert, dabei aber nicht ganz so eng bemessen waren wie die Betten auf der *Metoka,* wo jeder Auswanderer weniger Platz zum Schlafen gehabt hatte als in einem Sarg.

Zu ihrer grenzenlosen Erleichterung fand sie das Buchpaket, mehrfach mit Wachspapier umwickelt und mit fester Kordel verschnürt, dort vor, wo sie es zurückgelassen hatte – unter dem zerschlissenen Leintuch in ihrem Bett. Schnell bückte sie sich und nahm es an sich.

»Na, was Wichtiges vergessen, Schätzchen?«, ertönte in diesem Moment eine spöttische Frauenstimme unmittelbar hinter ihr. »Oder hast du vielleicht Brendan aus den Augen verloren und hier nach ihm gesucht? Also unter meinen

Rock gekrochen ist er nicht. Aber das kann ja noch kommen, so wie ich ihn einschätze, was meinst du?«

Éanna wusste nur zu gut, wem die hämische Stimme gehörte. Das hatte ihr gerade noch gefehlt! Niemand anderes als die Dirne Caitlin stand vor ihr im Gang, die linke Hand aufreizend unterhalb des geschnürten offenherzigen Mieders in die Hüfte gestützt, mit der anderen einen kleinen, ramponierten Sonnenschirm haltend.

Caitlin ausgerechnet jetzt noch einmal zu begegnen, war das Letzte, was Éanna sich gewünscht hatte. Jedes Mal, wenn sie ihr während der Überfahrt begegnet war, war der Zorn wie bittere Galle in ihr aufgestiegen und auch diesmal erging es ihr nicht anders. Nie würde sie ihr verzeihen können, dass sie sich in Dublin an Brendan herangemacht und ihn in ihr Bett gelockt hatte. Dabei waren Caitlin und sie einst sogar Freundinnen gewesen und in Irland gemeinsam über die »Straße der Sterne« gezogen. Doch diese Zeit schien inzwischen unermesslich weit zurückzuliegen.

Éanna fixierte ihr Gegenüber mit grimmiger Miene. »Wir haben uns nichts mehr zu sagen, Caitlin! Schon lange nicht mehr. Also geh mir aus dem Weg und verspritz dein Gift woanders!«

Caitlin lachte. »Aber, aber, Kleines!« Gekünstelt zog sie die Augenbrauen nach oben und fuhr hämisch fort: »Wer wird denn gleich so ausfällig werden? Das kostet doch nur unnötig Kraft und das bisschen, was dir davon geblieben ist, wirst du jetzt bitter nötig haben, so wie du aussiehst. Bist ja nur noch Haut und Knochen. An einer wie dir wird sich Brendan bloß die Haut blutig schrammen!«

Éanna ballte die Fäuste und hätte Caitlin das gemeine Lächeln am liebsten aus dem wohlgenährten Gesicht geschlagen. Denn im Gegensatz zu ihr, Emily, Brendan und den meisten anderen Zwischendeckspassagieren bot Caitlin ein Bild praller, unverwüstlicher Gesundheit.

Was auch nicht weiter verwunderlich war, hatte sie sich doch Nacht für Nacht mit schamlosen Liebesdiensten für den Schiffskoch, den Quartiermeister und einige andere Seeleute üppige Extrarationen erkauft, wie Éanna wusste. Sogar Fleisch, Eier und weißes Brot aus der Offiziersmesse sollten der Lohn für Caitlins zweifelhafte Dienste gewesen sein, von Rum und Brandy sicher ganz zu schweigen.

Éanna bezwang das übermächtige Verlangen, es Caitlin mit gleicher Münze heimzuzahlen. Nein, sie durfte sich auf keinen Fall anmerken lassen, wie sehr die gehässigen und anzüglichen Bemerkungen sie noch immer trafen. Diesen Triumph gönnte sie ihrer Rivalin nicht.

Deshalb setzte sie ein betont überlegenes Lächeln auf und erwiderte mit kühl beherrschter Stimme: »Du kannst noch so viel bösartiges Gerede aus deinem dreckigen Schandmaul spucken, es ändert doch nichts daran, dass nicht du es bist, die mit Brendan an Land geht, sondern ich. Du dagegen kannst einem wirklich leidtun. Denn jemand wie du wird auch in einer neuen Stadt von Jahr zu Jahr tiefer sinken, bis er endgültig und für immer als abgetakelte Dirne in der Gosse landet!« Mit diesen Worten drängte sie sich energisch an Caitlin vorbei und lief, das kostbare Buchpaket fest an ihre Brust gepresst, an der endlosen Reihe der Stockbetten entlang zurück in Richtung Niedergang.

»Und du wirst mit Brendan Flynn noch dein blaues Wunder erleben, Schätzchen!«, schrie Caitlin ihr nach. Ihre Stimme überschlug sich vor Hass. »So ein unbedarftes Ding wie du hält jemanden wie ihn nie und nimmer, darauf kannst du Gift nehmen, Éanna! Dem steht der Sinn nach besserer Kost, als du sie ihm zu bieten hast! Eines Tages, wenn das böse Erwachen kommt, wirst du schon noch an mich denken, du Unschuld vom Lande!«

Éanna straffte die Schultern und ging hoch erhobenen Hauptes weiter. Doch so ganz konnte sie dennoch nicht verhindern, dass sich die bösartigen Worte in ihrem Kopf einnisteten. Was, wenn Caitlin doch recht hatte? Sie hatte schon einmal geglaubt, Brendan für immer verloren zu haben! Wer garantierte ihr, dass er diesmal wirklich bei ihr blieb?

Doch als sie endlich den Niedergang erreicht hatte und hinaufstieg, dem furchtbaren Gestank entkam und wieder an Deck gelangte, wo die Sonne warm auf ihr Gesicht fiel, schob sie diesen beunruhigenden Gedanken sofort energisch beiseite. Seit wann gab sie etwas auf Caitlins schändliches Gerede?

Auf dem Oberdeck herrschte noch immer wildes Gedränge und Geschiebe, Kinder schrien durcheinander, Gepäckstücke wurden von Bord getragen.

Éanna klemmte sich ihr Buchpaket fest unter den linken Arm und verhakte die Finger der rechten Hand unter den festen Kordelschnüren, um zu verhindern, dass ihr ein Dieb den kostbaren Besitz entreißen und mit der Beute in dem Durcheinander entkommen konnte.

Sie hatte schon fast die Pforte an der Reling erreicht, die hinaus auf die Gangway führte, da trat links vor ihr plötzlich Patrick aus der Menge.

Éannas Herz setzte für einen Moment aus. Er jedoch wirkte nicht überrascht, sie zu sehen, fast hatte es den Anschein, als habe er bereits längere Zeit nach ihr Ausschau gehalten, um sie abzupassen, bevor sie von Bord ging.

Éanna schluckte. Wie schon so oft zuvor wusste sie auch jetzt die widersprüchlichen Gefühle nicht einzuordnen, die sie empfand. War es spontane Freude, Scham und oder nur Beklommenheit? Sosehr sie es auch versucht hatte, sie konnte noch immer nicht die Liebeserklärung vergessen, die Patrick ihr damals in Dublin kurz vor ihrer Abreise gemacht hatte. Und schon gar nicht den innigen Kuss, der ein Abschiedskuss hätte sein sollen und eine Flut von verwirrenden Gefühlen in ihr ausgelöst hatte.

Nie hätte sie sich bei ihrer allerersten Begegnung träumen lassen, welche Rolle Patrick einmal in ihrem Leben spielen würde. Ohne Geld, Arbeit und Nahrung war sie damals durch Irland geirrt und vor dem Gasthof in der Kleinstadt Ballinasloe zufällig auf den jungen Herrn von sichtlich vornehmem Stand aufmerksam geworden, der einen teuren Spazierstock mit silbernem Knauf neben dem Kutschenschlag vergessen hatte. Es war ihr erster Versuch gewesen, etwas zu stehlen, und sie war dabei prompt auf frischer Tat ertappt worden. Von da an hatten sich ihre Wege immer wieder gekreuzt und ein ums andere Mal war es Patrick O'Brien gewesen, der Éanna aus den schlimmsten Notlagen gerettet hatte, ja, dem sie sogar ihr Leben verdankte. Im Gegenzug hatte sie ihm das ihre gegeben – wenn auch auf andere Weise, als sie sich hatte vorstellen können. Denn Patrick hatte in seinem ersten Buch die Hungersnot in seiner Heimat und das alltägliche Elend der Kleinpächter verarbeiten wollen und er hatte Éannas Schilderungen über all das, was sie erlebt hatte, bei ihren gemeinsamen Sonntagen in Dublin begierig gelauscht.

Éanna zögerte und wartete, bis Patrick bei ihr angelangt war. Er war ihr inzwischen so wohlvertraut, dass sie ihn wohl überall erkannt hätte. Er trug einen leichten hellbraunen Anzug mit kurzen Rockschößen. Das volle schwarze und leicht gewellte Haar war sorgfältig frisiert, nur über der Stirn standen einige kurze widerspenstige Strähnen nach oben. In der rechten Hand hielt er ebenjenen Spazierstock, der zu seiner ersten Begegnung mit Éanna geführt hatte. Und genau wie damals in Ballinasloe lag auch jetzt dieses seltsame Lächeln auf seinem markanten, braun gebrannten Gesicht, das so typisch für ihn war und das sie noch immer nicht recht zu deuten vermochte. War dieser Ausdruck, den sie auch in seinen dunkelblauen Augen wiederfand, doch eine eigenartige Mischung aus Spott, Selbstironie und einer Spur Wehmut.

»Wie schön, dass es mir vergönnt ist, dich noch ein letztes Mal zu sehen, Éanna«, sagte er leise. »Ich hätte es sehr bereut, dich zu verpassen, bevor du von Bord gehst.«

»Irgendwie habe ich den Eindruck, dass es zu dieser Begegnung nicht ganz zufällig gekommen ist, Mister O'Brien«, erwiderte sie, bemüht, ihre Verlegenheit durch einen spöttischen Tonfall zu überspielen.

Patrick seufzte und machte ein gequältes Gesicht. »Muss es denn wirklich wieder *Mister O'Brien* sein, Éanna? Es gab eine Zeit, da hast du mich beim Vornamen genannt und mir dein ganzes Leben anvertraut. Und das waren die schönsten Stunden, an die ich mich erinnern kann.«

Éanna errötete bei seinen Worten. Noch vor wenigen Stunden hatte sie mit Brendan an der Reling gestanden und hatte jeden Gedanken an Patrick zur Seite geschoben. Und das war gut so gewesen.

Wasser und Öl ließen sich nun einmal nicht miteinander verbinden – ebenso wenig wie ein einfaches Mädchen vom Land, Tochter eines armen Kleinpächters aus Galway, eine Beziehung mit einem studierten Mann von seinem Stand eingehen konnte. Allein der Gedanke daran war schon ein gefährliches Spiel mit dem Feuer. Und sie hätte sich schon einmal um ein Haar dabei verbrannt. Das durfte nicht wieder geschehen! Ihr Wort und ihr Herz gehörten Brendan.

»Es muss und es wird dabei bleiben, Mister O'Brien«, antwortete sie deshalb mit fester Stimme, bemüht, den Abschied von ihm so rasch wie möglich hinter sich zu bringen. »Es ist besser so, sowohl für Euch als auch für mich.« Sie holte tief Luft. »Ich wünsche Euch von ganzem Herzen alles nur denkbar Gute auf Eurem Weg in Amerika und hoffe so sehr, dass Ihr hier einen Verleger für Euer erstes Buch findet. Und was auch passiert«, sie schluckte, weil sie merkte, wie ihre Stimme zu zittern begann, »– ich werde Euch nie vergessen, was Ihr für mich, Emily und auch für Brendan getan habt.« Sie hob ihren Kopf und lächelte ihn an, ein letztes Mal.

Doch so schnell ließ Patrick O'Brien sie nicht gehen. Mit sanftem Druck fasste er Éanna an der Schulter und hielt sie zurück. »Warte bitte, Éanna! Es gibt da etwas, das ich von Captain Richardson und seinen Offizieren erfahren habe und dir unbedingt sagen möchte!«, stieß er hastig hervor.

Sie zögerte. »Und was soll das sein?«

»Nun, es geht um die Bücher, die ich dir geschenkt habe – wie ich sehe, hast du sie retten können«, sagte er und deutete auf das verschnürte Paket unter ihrem Arm.

»Ja, zum Glück hat Emily noch im letzten Moment daran gedacht, als die *Metoka* sank«, erwiderte Éanna. Die Erinnerung daran, wie damals an Bord Panik ausgebrochen und die Menschen in Todesangst zu den provisorischen Flößen und Rettungsbooten gelaufen waren, um wenigstens das eigene Leben zu retten, reichte aus, um ihr einen Schauer über den Rücken zu jagen.

»Für die sechs Bände solltest du von einem seriösen Buchhändler mindestens zehn Dollar bekommen, eher sogar zwölf.«

Éanna hatte nicht den Schimmer einer Ahnung, was zehn oder zwölf amerikanischen Dollar in englischen Pfund, Shilling und Pence entsprach, aber sie war sicher, dass Brendan und dieser Tom Mahony sich längst darüber informiert hatten. Stattdessen machte ihr etwas ganz anderes Sorge, doch Patrick hatte ihr schon genug geholfen. Ab jetzt waren sie auf sich gestellt, sie mussten ihren Weg allein finden.

Ein Lächeln huschte über Patricks Gesicht, seine Augen blitzten.

»Du fragst dich sicher, wo es in dieser riesigen Stadt Buchhandlungen gibt, wo man dir einen anständigen Preis für die Bücher zahlt?«

Éanna schrak zusammen. Wie war das nur möglich, dass er ihre Gedanken las? Dass er so offensichtlich wusste, was sie bewegte?

Patrick zog bereits einen Zettel aus der Innentasche seines Jacketts. »Mister Cole, der Erste Offizier, hat mir eine Adresse genannt, die ich dir hier aufgeschrieben habe. Der Buchhändler heißt Charles Templeton, sein Geschäft *Templeton's Fine Books*. Es liegt an der Ecke Bleeker und Green Street, unweit vom Broadway und dem Washington Square. Man hat mir versichert, dass der Buchladen leicht zu finden und Charles Templeton ein ehrenwerter Mann ist, der niemanden übervorteilt.«

Éanna war sprachlos. Sie nahm den Zettel mit der Adresse entgegen und prägte sie sich gleich ein.

»Wie sieht es mit eurem Bargeld aus?«, fragte Patrick. »Habt ihr überhaupt noch genug, um die ersten Tage zu überstehen?«

Hastig versicherte sie ihm, dass er sich darum keine Sorgen zu machen brauchte. Sie wollte auf keinen Fall, dass er ihr wieder einmal Geld schenkte und sie erneut mit seiner Großmut beschämte. Denn ohne die fünfzehn Pfund, die er ihr in Dublin gegeben hatte, wäre es ihnen frühestens in einigen Jahren möglich gewesen, die zwei Schiffspassagen auf der *Metoka* zu bezahlen. Und dann hatte er ihr auch noch die kostbaren Bücher geschenkt! Nein, Patrick O'Brien hatte in der Vergangenheit wahrlich genug für sie getan.

»Und habt ihr auch Captain Richardsons Angebot an alle Auswanderer angenommen, das englische Geld in amerikanische Dollar und Cent umzutauschen?«, erkundigte er sich als Nächstes.

Éanna schüttelte den Kopf. »Brendan hat in Erfahrung gebracht, dass man ein bisschen mehr bekommt, wenn man sein Geld erst an Land umtauscht.«

Patrick machte ein besorgtes Gesicht. »Das mag wohl sein,

obwohl Captain Richardsons Wechselkurs wirklich nicht schlecht war. Gebt beim Umtauschen an Land nur acht, dass euch niemand Banknoten aufschwatzt!«, warnte er sie.

»Wieso das nicht?«, fragte Éanna.

»Weil sie im Zahlungsverkehr oft weniger wert sind als der Betrag, auf den sie ausgestellt wurden. Also lasst euch nur hartes Münzgeld in Gold und Silber geben.«

Éanna bezweifelte, dass ihr Bargeld auch nur für eine einzige amerikanische Goldmünze reichte, sprach ihre Bedenken jedoch nicht aus. Es war Zeit, sich endgültig zu verabschieden, und Patrick wusste das ganz genau.

»Danke, Mister O'Brien«, sagte sie noch einmal. »Danke für alles.«

Sie wandte sich zum Gehen, doch Patrick hob ein letztes Mal seine Hand und berührte sie flüchtig am Arm. »Hör zu, Éanna. Wenn du irgendwann einmal in Schwierigkeiten sein solltest, zögere bitte nicht, dich mit mir in Verbindung zu setzen!«, sagte er eindringlich. »Und zwar über Mister Templeton. Ich werde seine Buchhandlung sicher regelmäßig aufsuchen, um zu sehen, was er an neuen interessanten Büchern hereinbekommen hat. Hinterlass bitte bei ihm eine Nachricht für mich, wo ich dich finden kann. Oder komm gleich zu mir. Ich werde bei ihm meine neue Adresse in New York hinterlegen. Die erste Zeit werde ich wohl im Shakespeare Hotel auf der Duane Street Quartier nehmen, aber das wird sicher keine Lösung auf Dauer sein.«

»Das wird bestimmt nicht nötig sein, Mister O'Brien«, erwiderte sie verlegen.

»Versprich mir einfach nur, dass du es annimmst, wenn du doch einmal in Not geraten solltest!«, beharrte er.

Sie nickte knapp. »Ihr habt mein Wort. Und nun lebt wohl!« Éanna stürzte förmlich davon, auf die Gangway zu. Keinen Moment länger konnte sie dieses Gespräch ertragen.

Ohne sich noch einmal nach ihm umzudrehen, tauchte sie rasch in der Menge ihrer Landsleute und der Schlepper unter, die mit Gepäckstücken beladen zum Nadelöhr der Gangwaypforte drängten. Auf dem kurzen Weg hinunter zum Kai musste sie so manchen groben Stoß von Ellbogen, Schultern und Koffern einstecken, aber sie merkte es kaum. Zu sehr hatte sie die Begegnung mit Patrick aufgewühlt.

Brendan, Emily und Tom Mahony warteten etwas abseits der Gangway auf sie. Bei ihnen stand ein älterer, bärtiger Mann, der auf dem Kopf eine Schirmmütze mit einem aufgestickten grünen Kleeblatt trug.

»Mein Gott, warum hat das denn bloß so lange gedauert?«, rief Brendan ihr ungeduldig entgegen, kaum dass Éanna sich aus dem Menschengewühl am Fuß der Laufplanke befreit hatte. »Wir dachten schon, dir wäre etwas zugestoßen!«

»*So* lange hat es nun auch wieder nicht gedauert«, widersprach Emily. »Hauptsache, sie hat das Buchpaket!«

Éanna war, als entdecke sie in Brendans Augen einen Anflug von Argwohn. Schnell wich sie seinem forschenden Blick aus und zuckte entschuldigend die Achseln. »Es ging nun mal nicht schneller. Da oben geht es immer noch zu wie in einem Tollhaus. Und auch im Zwischendeck gab es fast kein Durchkommen. Ich kann froh sein, dass ich den Niedergang so schnell wieder hochgekommen bin«, log sie und verspürte im selben Augenblick einen schmerzhaften

Stich in der Brust. Warum konnte sie nicht einfach ehrlich sein und ihren Freunden von der Begegnung mit Patrick O'Brien erzählen? Trotz und Ärger flackerten für einen Augenblick in ihr auf und so fügte sie noch hinzu: »Außerdem hat das Biest Caitlin es sich nicht nehmen lassen, mir unter Deck den Weg zu verstellen und mir mit ein paar äußerst giftigen Bemerkungen Lebewohl zu sagen!«

Brendan zog unwillkürlich den Kopf ein wenig ein, als der Name *Caitlin* fiel, und schwieg.

»Ich hoffe, du hast diesem verdorbenen Schandmaul gehörig die Meinung gegeigt!«, erwiderte Emily stattdessen grimmig.

»Worauf du dich verlassen kannst!«, versicherte Éanna.

»Was ist nun, Leute? Können wir allmählich?« Tom Mahony trat schon die ganz Zeit ungeduldig von einem Bein auf das andere.

Emily nickte. Aber bevor sie sich auf den Weg machten, stellte sie ihrer Freundin den Mann mit der Schirmmütze vor, der noch immer abwartend neben ihnen stand. »Éanna, das hier ist Mister Frederick Calloway, ein Landsmann aus Cork, der schon seit mehr als zehn Jahren in New York lebt. Er gehört zu den *Friendly Sons of St. Patrick* und hat sich bereit erklärt, uns zum Logierhaus Emerald Isle zu führen.«

Frederick Calloway schenkte Éanna ein freundliches Lächeln, das seiner Mitgliedschaft in der Vereinigung alle Ehre machte. »Auch Euch ein herzliches Willkommen in New York, der Stadt, die wir Einheimischen voller Stolz auch *Empire City* nennen, Miss . . .«

»Sullivan . . . Éanna Sullivan«, sie erwiderte sein Lächeln,

»und herzlichen Dank für Eure Hilfe, die wir gut gebrauchen können, Mister Calloway.«

»Also dann, guter Mann, waltet Eures freundlichen Amtes!«, drängte Tom Mahony erneut, dem ganz offensichtlich jedes Maß an Geduld fehlte, und warf sich seinen Kleidersack über die Schulter. »Machen wir uns auf den Weg!«

Als sie losgingen und – Brendan mit Tom Mahony und Frederick Calloway vorneweg – auf die nächste Seitenstraße zuhielten, drehte sich Éanna noch einmal kurz zur *Boston Glory* um. Ihr Blick fiel auf Patrick, der noch immer seitlich von der Gangwaypforte an der Reling stand. Er schaute ihr nach, hob langsam die Hand zum Abschied und winkte.

Éanna war versucht, den stummen Gruß zu erwidern, halb hatte sie schon den Arm gehoben. Doch dann ließ sie ihn schnell wieder sinken und wandte sich ab. Dabei fing sie Emilys Blick auf. Fragend und mit hochgezogenen Augenbrauen sah Emily sie an. Doch was immer der Freundin in diesem Moment durch den Sinn ging, sie behielt es für sich. Und dafür war Éanna ihr sehr dankbar.

Drittes Kapitel

Unter Frederick Calloways Führung ließen sie die East River Docks hinter sich und tauchten in den Menschenstrom auf der Catherine Street ein, wo es kaum weniger betriebsam zuging als im Hafenviertel: Die backsteinernen Geschäftshäuser und Kontore der Händler und Importeure reihten sich auch hier zu beiden Seiten der Straße wie die Perlen einer Kette aneinander, immer wieder unterbrochen von Tavernen und billigen Absteigen, die wegen ihrer direkten Nähe zum Hafen vor allem Seeleute anzogen.

»Na, an Schankstuben scheint es in New York keinen Mangel zu geben«, sagte Tom Mahony aufgekratzt und leckte sich genüsslich über die Lippen.

»Wahrlich nicht!«, bestätigte Mister Calloway. »Laut offizieller Zählung soll es gut fünftausend davon in der Stadt geben, fast ein Viertel besitzt keine Ausschanklizenz. Das sind dann meist die üblen Kellertavernen, wo billiger Fusel ausgeschenkt wird. Was dort als erstklassiger Brandy bezeichnet wird, ist in Wirklichkeit verschnittener Whisky, den man mit dem roten Saft von Lebenseichen hübsch eingefärbt hat!«

Brendan zuckte die Achseln. Er hatte in Dublin nicht nur als Kohlenschipper, sondern eine Zeit lang auch als Aufpasser für eine illegale Kellertaverne gearbeitet. »Nicht viel anders als bei uns in Dublin! In den Slums der Liberties ging es fast genauso her.«

Doch Frederick Calloway lachte nur spöttisch. »Junge, selbst die übelsten Slums von Dublin sind gegen *Five Points, Hell's Kitchen, Dutch Hill* und bestimmte Hafenbezirke hier die reinsten Kinderspielplätze – und das sind nur einige der unzähligen verruchten Viertel New Yorks!«

Indigniert zog Brendan die Brauen hoch und brummte säuerlich: »Was Ihr nicht sagt.« Dass der Mann ihn mit *Junge* anredete, obwohl er bereits fast neunzehn Jahre alt war, passte ihm offensichtlich gar nicht. Doch Mister Calloway ließ sich nicht aus der Ruhe bringen.

»Ja, da gibt es Straßen, die nicht von ungefähr *Poverty Lane, Misery Row* und *Death Avenue* heißen, und dann diese entsetzlichen Mietshäuser mit Namen wie *Gates of Hell* und *Brickbat Mansion!«*, erzählte er, während sie nach rechts in die Lombardy Street einbogen.

Éanna verfolgte das Gespräch nur mit halbem Ohr. Viel zu sehr wurde ihre Aufmerksamkeit von den vielen Verkäufern und Händlern abgelenkt, die ihnen hier überall in den Straßen begegneten und in deutlichem Kontrast zu den gut gekleideten New Yorker Geschäftsleuten und Angestellten standen:

Da waren junge Mädchen in abgerissener, schäbiger Kleidung, die heiße Maiskolben, Blumen, Streichhölzer oder Ingwergebäck in Weidenkörben, Kistchen oder Lattengestellen durch die Straßen trugen und den Vorbeikommenden ihre Waren für ein paar Cent zum Kauf anboten. Zeitungsjungen, viele kaum älter als neun, zehn Jahre, standen an belebten Kreuzungen und schrien lauthals »Extra! Extra!«. Wenig später sah Éanna einen Schwarzen, der geröstete Schweineohren feilbot und mehrere Hüte übereinandertrug, kurz darauf Frauen mit grauen, übermüdeten Gesichtern, die schwere Körbe voll schmutziger Wäsche schleppten. Merkwürdig aussehende Gestalten, die von den New Yorkern *Sandwich-Männer* genannt wurden, wie Frederick Calloway schmunzelnd erklärte, gingen mechanisch auf und ab, vor der Brust und auf dem Rücken je ein großes Pappschild, auf dem für irgendein Produkt oder ein Geschäft geworben wurde.

Was Éanna in diesen ersten Minuten in den Straßen und Gassen jenseits des Hafens sah, war das ihr nur allzu vertraute Gesicht der Armut, der verzweifelte Versuch, auf irgendeine Weise ein wenig Geld für den eigenen Lebensunterhalt zu verdienen. Ihr Herz sank und sie ahnte, dass ihre Freude auf den neuen Anfang vielleicht zu voreilig gewesen war. Denn mit Gold waren die Straßen in New York wohl genauso wenig gepflastert wie in Dublin.

»Vor den vielen miteinander rivalisierenden Gangs von Five Points und der West Side solltet ihr euch in Acht nehmen.« Mister Calloway war stehen geblieben und drehte sich zu den Einwanderern um. »Ebenso müsst ihr euch von den Daybreak Boys und den River Rats, die nachts auf dem East und Hudson River kleinere Schiffe überfallen und ausrauben, fernhalten. All diese Banden sind in New York von einem ganz anderen Kaliber, als ihr es vielleicht von drüben gewohnt seid«, warnte er. »Und das trifft leider auch auf viele Besitzer von Mietshäusern zu: elende Schurken, die als Entgelt für ihre miesen Wohnlöcher rücksichtslos auch noch den letzten Cent aus vielen armen Leuten herauspressen. Also seht bloß zu, dass ihr schnell Arbeit findet, damit ihr euch eine annehmbare Unterkunft leisten könnt, und haltet euch von den gefährlichen und gottlosen Bezirken möglichst fern!«

»Ist es einfach, hier Arbeit zu finden?«, fragte Éanna.

»Nun ja«, Frederick Calloway klang nun deutlich zögerlicher. »Also direkt nachgetragen werden einem die Jobs hier nicht gerade, das ist mal sicher. Bei den Hundertschaften neuer Einwanderer, die täglich in die Stadt kommen, muss man sich schon ordentlich bemühen, um Arbeit zu finden, die einen auch gut ernährt. Aber das ist wahrlich kein Grund, den Kopf hängen zu lassen! Warum sollte euch nicht gelingen, was schon unzählige Iren vor euch geschafft haben! Viele von ihnen sind hier genauso arm angekommen wie ihr und haben mittlerweile doch ein ganz ordentliches Auskommen. Man muss nur Augen und Ohren offen halten, ein bisschen clever sowie willens sein, hart zu arbeiten.«

»Und weiß Gott, das sind wir!«, versicherte Brendan optimistisch.

»Klar, irgendetwas wird sich schon ergeben«, stimmte Tom Mahony ihm zu, doch seine Stimme hatte einen mürrischen Unterton. Die Vorstellung von harter Arbeit schien ihm wenig zu behagen.

»Und mit welchem Lohn kann man hier rechnen?«, stellte Emily die nächste drängende Frage.

»Das kommt ganz darauf an, welche Art von Arbeit ihr findet. Wer sich in New York als Näherin für einen der vielen Hemden- und Kleiderfabrikanten durchschlagen muss, der kann sich glücklich schätzen, nach zwölfstündiger Arbeit mit der Nadel seine zwanzig bis dreißig Cent verdient zu haben«, erklärte Frederick Calloway. »Zu mehr bringen es diejenigen, die frühmorgens auf den großen Märkten Obst und Gemüse einkaufen und damit durch die Straßen ziehen. Aber dafür braucht man schon einiges an Startkapital und vor allem eine verdammt gute Ausdauer, um sich bei der starken Konkurrenz einen verlässlichen Kundenstamm aufzubauen. Tja, und als Mann kann man mit ein wenig Glück in den Docks, beim Eisenbahnbau oder in den Steinbrüchen oben im Norden einen Job ergattern, wo oft neunzig Cent, manchmal sogar ein Dollar am Tag gezahlt werden.«

»Das sagt uns alles leider noch nicht viel. Was ist denn ein Dollar in englischem Geld wert?«, fragte Brendan sofort nach.

»Vier Shilling. Für ein englisches Pfund gibt es also fünf amerikanische Dollar.«

Brendan und Éanna warfen sich einen schnellen Blick zu. Ihre gemeinsame Barschaft machte elf Shilling und sieben Pence aus und Emily hatte in ihrem kleinen Geldbeutel noch drei weitere Shilling und einen Sixpence, wie sie wussten. Was bedeutete, dass ihnen zusammen etwas mehr als dreieinhalb Dollar zur Verfügung standen.

Damit ergab sich für sie sofort die Frage nach den Kosten, die sie im Emerald Isle für ihre Unterkunft zahlen mussten.

Frederick Calloway wiegte den Kopf leicht hin und her. »Nun, das Emerald Isle hat einen recht ordentlichen Ruf. Ich schätze mal, dass ihr dort für Kost und Logis mit nicht mehr als vierzig, maximal fünfzig Cent pro Tag zu rechnen habt.«

»Für jeden von uns oder für uns alle zusammen?«

»Für euch vier zusammen.«

Schnell überschlug Éanna im Kopf, wie lange ihr Geld unter diesen Bedingungen im Logierhaus reichen würde, und kam auf gute sieben Tage. Das sollte wohl ausreichen, um sich mit New York vertraut zu machen und Arbeit und eine billigere, aber doch annehmbare Unterkunft zu finden! Brendan schien das Gleiche zu denken, denn als sie zu ihm hinüberblickte, nickte er ihr in stillem Einvernehmen zu.

Wenig später bogen sie links in die Pike Street ein, die an ihrem nördlichen Ende auf die Division Street stieß. Nun war es nicht mehr weit bis zum Emerald Isle. Auf dem letzten Stück des Weges erklärte sich Frederick Calloway bereit, ihr englisches Geld gleich an Ort und Stelle in die amerikanische Währung umzutauschen, was ihnen eine Sorge abnahm. Er gab ihnen drei Silberdollar, auf denen ein Adler mit weit ausgebreiteten Flügeln prangte, und den Rest in kleinem Münzgeld. Und er teilte ihnen außerdem noch mit, wo sie die Büros der *Friendly Sons of St. Patrick* finden konnten.

»Schaut in den nächsten Tagen ruhig mal bei uns herein«, forderte er die vier auf, als sie vor dem Logierhaus angekommen waren.

Das Emerald Isle war ein schmaler zweistöckiger Ziegelbau mit kleinen Fenstern und einem auffälligen Holzschild über der Eingangstür, auf dem vor goldenem Hintergrund mit smaragdgrüner Farbe und schwungvollem Pinselstrich *Emerald Isle – Boardinghouse & Tavern* geschrieben stand. »Ich will euch zwar nicht zu viel versprechen, denn die Nachfrage ist jeden Tag größer als unser Angebot, aber manchmal können wir unseren Landsleuten doch die eine oder andere Arbeitsstelle vermitteln.«

»Wir werden sicher vorbeikommen!«, versprach Éanna.

Mister Calloway wandte sich um. »Ich muss zurück zu den

Docks, um die nächsten Einwanderer in Empfang zu nehmen«, erklärte er. »Laut Agenturen soll heute noch ein zweites Schiff aus Dublin eintreffen, die *Jennifer Fay*. Sie dürfte jetzt wohl schon durch die Narrows bei Staten Island gesegelt sein. Teufel noch mal, diese verfluchte Hungersnot und die verdammte Tatenlosigkeit der britischen Krone treiben bald noch das ganze irische Volk aus dem Land!« Er spuckte grimmig in den Dreck auf der Straße. »Also dann alles Gute und lasst euch nicht unterkriegen! So schwer es hier anfangs auch sein mag, Amerika ist und bleibt für unsereinen und für viele andere doch das gelobte Land, wo jeder Tüchtige sein Glück machen kann!«

Sie dankten ihm für die Hilfe, versicherten, sich all seine guten Ratschläge zu Herzen zu nehmen, und verabschiedeten sich. Dann betraten sie das Emerald Isle.

Die Eingangstür führte in einen halbdunklen, dreimal so langen wie breiten Schankraum mit schwerer, rauchgeschwärzter Balkendecke. Das schmale Haus wies von innen eine gehörige Tiefe auf, die man von außen nicht vermutet hätte. Sägemehl bedeckte den Boden und die Tische. Die Stühle und Bänke waren von einfachster Art, aber alles sah doch sauber und ordentlich aus und die gut fünfzehn Gäste, die sich zu dieser frühen Nachmittagsstunde schon zu Whisky, Porter oder anderen alkoholischen Getränken hier eingefunden hatten, wirkten freundlich und friedfertig. Alles in allem war der Eindruck, den Éanna, Emily, Brendan und Tom von ihrer ersten Unterkunft in New York bekamen, recht positiv.

Kaum hatte der korpulente kahlköpfige Wirt, der einen fast drei Finger breiten rotbraunen Backenbart trug und um dessen ansehnlichen Bauch sich eine dunkle Lederschürze spannte, die vier Fremden erblickt, als er auch schon mit beachtlicher Flinkheit hinter dem Ausschank hervorkam und sie mit dem unverwechselbaren Dialekt eines Iren aus der Kildare County ansprach.

»Willkommen im Emerald Isle, der neuen Heimat fern der alten Heimat für all diejenigen, die irisches Blut in ihren Adern haben, werte Landsleute!«, begrüßte er sie überschwänglich. »Euch muss ein Schutzengel von den Docks direkt zu mir geführt haben! Denn dieses Glück ist nicht vielen beschieden, die hier frisch von Bord eines Auswandererschiffes gehen! Die meisten fallen den verfluchten Schleppern in die Hände und zahlen dafür einen hohen Preis.«

»Von Engeln haben wir bisher nichts mitbekommen«, erwiderte Tom Mahony spröde, der sofort das Wort ergriff. »Es war vielmehr ein pockennarbiger Seemann, der uns Euer Logierhaus empfohlen hat, Mister. Und ob uns . . .«

»Cornelius McCarty, Conny für meine werten Gäste!«, warf der Wirt jovial ein.

». . . und ob uns Glück beschieden ist«, setzte Tom Mahony neu an, »und die Empfehlung des Seemanns etwas taugt, bleibt wohl erst noch abzuwarten. Das hängt nämlich davon ab, wie viel Ihr für ein Zimmer und für anständige Kost verlangt.«

»Wir müssen mit dem wenigen Geld, das uns nach der Überfahrt noch geblieben ist, nämlich sehr sparsam umgehen, Mister McCarty«, fügte Éanna schnell mit einem entschuldigenden Lächeln hinzu, bemüht, Toms ruppigen Ton etwas abzumildern.

Der Wirt schmunzelte. »Das ist mir wahrlich nichts Neues und deshalb seid ihr bei mir auch goldrichtig. Ich nehme an, ihr seid zwei Pärchen und braucht deshalb zwei Zimmer, habe ich recht?«

»Nein, Emily hier gehört zu uns beiden!«, stellte Éanna klar und wies auf ihre Freundin und Brendan. »Und wir drei möchten auf alle Fälle zusammenbleiben. Zwei Zimmer könnten wir uns auch gar nicht leisten!«

Brendan warf ihr einen überraschten Blick zu. Einen Augenblick lang schien es, als wolle er ihr widersprechen, doch dann besann er sich offensichtlich eines Besseren und schwieg.

Éanna ahnte, was ihm gerade durch den Sinn gegangen war. Doch nach allem, was zwischen ihnen in Dublin und an Bord der *Metoka* vorgefallen war, hielt sie es für ratsam, die nächsten Nächte nicht allein mit Brendan in einem Zimmer zu verbringen. Und zudem wäre es tatsächlich eine Geldverschwendung gewesen, die sie sich im Augenblick nicht leisten konnten.

»Das lässt sich einrichten«, versicherte der Wirt unverzüglich. »Ich habe zufällig gerade ein Zimmer frei, das mit seinen vier Stockbetten eigentlich für ein Paar mit Kindern gedacht ist. Dafür würde ich normalerweise fünfundvierzig Cent nehmen, um bei drei hungrigen Essern auf meine Kosten zu kommen. Aber ich überlasse es euch für vierzig Cent die Nacht, die jeweils im Voraus zu entrichten sind. Morgens gibt es bei dem Preis ordentliches Porridge und abends einen herzhaften Eintopf, nach dessen Verzehr noch niemand hungrig vom Tisch aufgestanden ist.«

Éanna nickte zufrieden. »Das klingt nicht schlecht.«

Nachdem der Wirt auch mit Tom Mahony einig geworden war, bezahlten sie für die Nacht und dann führte Mister McCarty sie über eine schmale, steile Holzstiege nach oben. Während Tom Mahonys Zimmer im ersten Stock lag, befand sich das Vierbettzimmer ein Stockwerk höher, was Éanna sehr recht war.

Sie hatte noch nicht viel Zeit mit Tom verbracht, aber sie wurde das Gefühl nicht los, dass er ein Großmaul und Aufschneider zu sein schien. Sie wollte ihm nicht Unrecht tun und hütete sich deshalb, ihre Gedanken laut auszusprechen. Aber manchmal brauchte man einem Menschen eben nur ins Gesicht zu blicken und darauf zu achten, wie dieser den Blick erwiderte, um zu wissen, woran man war. Éanna hoffte, dass Brendan sich nicht von ihm zu irgendwelchen Dummheiten verleiten ließ.

Im zweiten Stock angekommen, schloss der Wirt am Ende des engen Korridors ein Zimmer auf und öffnete die Tür. »Sauber, trocken und ruhig!«, verkündete er mit einem beifälligen Nicken, drückte Éanna den Schlüssel in die Hand und machte sich mit den Worten »Das Abendessen gibt es von sieben bis acht. Ausnahmen müssen vorher angekündigt werden!« wieder auf den Weg zurück in den Schankraum.

»Nun ja, es wird wohl seinen Zweck erfüllen!«, bemerkte Emily trocken, als sie das winzige Zimmer, das man eher als Kammer bezeichnen konnte, betreten hatte. Rechts und links an den Wänden stand je ein Stockbett und füllte fast den gesamten Raum aus. Der Gang dazwischen war kaum so breit, dass zwei Personen nebeneinander Platz hatten. Zum Fenster hin, das die wenig reizvolle Aussicht auf einen dunklen Hinterhof und eine Backsteinwand bot, gab es einen weiteren kleinen Raum, wo zwei dreibeinige Holzschemel und ein einfacher Tisch standen. Eine Reihe Haken zum Aufhängen von Kleidern war auf der einen Seite in die Wand geschlagen worden, gegenüber hatte man drei grob zugeschnittene Holzbretter untereinander angebracht, die als Regal dienten. Auf einem etwas breiteren, abgerundeten Bord unter dem Fenster standen außerdem eine blecherne Waschschüssel und eine verbeulte Kanne, die noch mit Wasser aufgefüllt werden musste.

»Wenigstens sieht das Bettzeug einigermaßen sauber aus, auch wenn es schon recht verschlissen ist«, stellte Éanna fest und prüfte, ob die Strohsäcke, die auf den Betten lagen, noch gut gefüllt oder schon von den unzähligen Logiergästen vor ihnen platt gelegen waren. Das Urteil fiel zu ihrer Zufriedenheit aus.

»Das ist alles in allem recht anständig«, stimmte Brendan ihr zu. »Besser als in den grässlich schmalen Schiffskojen haben wir es hier allemal. Wenn jetzt noch das Essen hält, was uns der Wirt versprochen hat, gibt es keinen Grund zu klagen. Alles andere wird sich schon in den nächsten Tagen finden.« Ein warmes Gefühl tiefer Zuneigung erfasste Éanna bei diesen Worten und sie küsste ihn spontan.

Brendan erwiderte ihre Umarmung, ehe er sie ein Stückchen von sich schob und ihr die Locken aus dem Gesicht strich. »Glücklich?«, fragte er leise.

Sie nickte. »Sehr sogar«, erwiderte sie und sie meinte es so.

Es dauerte nicht lange, bis sie ihre wenigen Habseligkeiten verstaut hatten. Danach brachen Éanna, Brendan und

Emily auf, um das nächste öffentliche Badehaus aufzusuchen. Auch wenn dieser Besuch ihr schmales Vermögen weiter schrumpfen lassen würde – die Ausgabe musste sein, darin waren sich die drei ohne lange Diskussion einig. Denn nach den vielen Wochen auf See, in denen es nie genug Wasser zum Waschen gegeben hatte, sehnten sie sich nun umso mehr danach, sich gründlich von Kopf bis Fuß einseifen und ihre Kleidung wechseln zu können. Zum Glück hatte jeder von ihnen seinen Kleidersack beim Untergang der *Metoka* retten können, so wenig auch in ihm stecken mochte.

Connys Frau Dorothea, die ihrem Mann an Leibesfülle und Redseligkeit in nichts nachstand, wusste Rat: »Gleich oben an der Ecke der Chatham Street gibt es ein Badehaus«, erklärte sie ihnen. »Wenn ihr aus der Tür kommt, haltet euch links und geht die Straße hoch. Dann könnt ihr es gar nicht verfehlen. Die Besitzer sind ordentliche Leute. Da wird das Wasser nicht zwei- oder gar dreimal benutzt wie drüben in Five Points und anderswo. Ein Bad und ein Stück Seife kosten drei Cent pro Kopf. Und ich sehe, ihr habt beides bitter nötig!« Sie zwinkerte ihnen freundlich zu, um ihren Worten die Spitze zu nehmen. »Macht euch nichts draus, das geht den meisten so, die gerade vom Schiff kommen. Nur finden leider nicht alle gleich den Weg in ein Badehaus wie ihr.«

Keine zehn Minuten später hatten sie das Haus gefunden, das Connys Frau beschrieben hatte. Die beiden Mädchen teilten sich eine Badekammer, in der zwei große hölzerne Zuber mit heißem Wasser, zwei Stücke Seife, Bürsten, Handtücher und mehrere Blechkannen voll lauwarmem Wasser für sie bereitstanden. Genüsslich seiften sie sich gegenseitig ein, schrubbten sich den Rücken ab, ließen sich das Wasser aus den Kannen über den Kopf laufen und sanken dann mit einem wohligen Seufzer in das heiße Wasser.

»Was für ein himmlischer Genuss!«, seufzte Emily. »Dafür hätte ich auch das Doppelte ausgegeben! Endlich an Land *und* dann auch noch solch ein Bad – was sind wir doch für Glückspilze!«

Éanna stimmte ihr aus vollem Herzen zu. Sie tauchte bis zum Kinn in der Wanne unter, schloss die Augen und fühlte sich so wohl wie schon seit Wochen nicht mehr.

Erst als das Wasser zu kalt wurde, stiegen sie aus den Zubern. Während Éanna sich abtrocknete, fiel ihr auf, wie mager sie in den letzten Wochen geworden war. »Ich sehe schrecklich aus, wie eine spindeldürre Vogelscheuche«, stellte sie fest.

»Red doch nicht so einen Unsinn!«, widersprach Emily ihr sofort. »Du bist nur ein bisschen vom Fleisch gefallen, aber das sind wir doch gerade alle. Das gibt sich schon wieder.«

»Ein bisschen ist gut!«, erwiderte Éanna missmutig und fügte in Gedanken hinzu: Genau wie Caitlin gesagt hat!

»Mein Gott, nun hör schon auf mit dem Gejammer! Ich wünschte, ich hätte dein hübsches Gesicht und deine Figur. Und auch wenn du ganz anders aussehen würdest, Éanna Sullivan, so könnte sich der Mann, der dich einmal zur Frau erhält, noch wirklich glücklich schätzen!«

Éanna lachte, alle trüben Gedanken waren schon wieder verflogen. »Dann muss Brendan sehr glücklich sein.«

»Hör mal«, griff Emily mit ernster Stimme das Gespräch wieder auf, als sich die beiden Mädchen wenige Augenblicke später ankleideten. »Wenn du und Brendan . . .« Sie stockte kurz, als suche sie nach den richtigen Worten, und fuhr dann fort: »Also wenn ihr beide demnächst eurer eigenen Wege gehen wollt, dann bin ich wirklich die Letzte, die das nicht verstehen würde. Ich stelle auf Dauer für euch doch nur eine Belastung dar . . .«

Sofort fiel Éanna ihr energisch ins Wort. »Nun redest aber du wirklich Unsinn, Emily! Du bist natürlich keine Belastung für Brendan und mich, sondern meine beste Freundin . . .«

»Wohl eher die einzige hier in New York!«, warf Emily scherzhaft ein.

». . . und ich denke überhaupt nicht daran, mich von dir zu trennen!«, fuhr Éanna unbeirrt fort. »Wir haben uns nicht gemeinsam in Irland über die Landstraßen geschleppt, jeden Bissen miteinander geteilt, das *Clifton House* überstanden und die Überfahrt nach Amerika überlebt, um uns dann hier in New York voneinander zu verabschieden! Nein, wir werden so lange zusammenbleiben und alles miteinander teilen, bis wir *alle drei* sicher auf unseren eigenen Beinen stehen. Und das ist mein letztes Wort dazu. Also fang bloß nicht wieder davon an, wenn du mich nicht ernstlich böse machen willst!«

»Es ist lieb von dir, dass du so denkst.« Emily war sichtlich bewegt. »Aber ich bezweifle, dass Brendan genauso denkt.«

Éanna zuckte die Achseln. »Ach was, er mag dich doch auch. Außerdem wird ihm gar nichts anderes übrig bleiben, weil *ich* es so und nicht anders will. Und jetzt lass uns nicht weiter davon sprechen!«

Es begann bereits zu dämmern, als Éanna und Emily aus dem Badehaus ins Freie traten, wo Brendan, wie es schien, bereits seit einer ganzen Weile auf sie wartete. Er warf Éanna einen zärtlichen Blick zu, trat auf sie zu und nahm sie in die Arme.

»Mhm, du riechst gut«, sagte er und vergrub sein Gesicht in ihrem noch feuchten Haar. Und dann flüsterte er ihr leise ins Ohr: »Und du siehst zum Anbeißen aus, weißt du das eigentlich?«

Éanna lachte. »Ja, Hunger habe ich allmählich auch. Auf zum Emerald Isle!«

Als sie den Schankraum betraten, saß Tom Mahony bereits an einem der Tische und hatte vor sich einen leeren und einen halb vollen Humpen Porter stehen. Ein Bad im Badehaus kostete ebenso viel wie ein Steinkrug voll starkem Bier – und es war überdeutlich, was er zu bevorzugen schien. Er winkte sie zu sich heran und drängte Brendan sofort, sich zur Feier des Tages auch ein Porter zu genehmigen. Großspurig begann er zu erzählen, was er während ihrer Abwesenheit von anderen Logiergästen über das Leben in New York erfahren hatte.

Nichts davon interessierte Éanna, aber sie machte gute Miene zu seinen Anekdoten, um ihnen nicht den ersten Abend in der neuen Stadt zu verderben. Und sie gönnte Brendan das erste Bier seit Langem, wusste sie doch, dass er – im Gegensatz zu den meisten Iren – zum Glück kein großer Trinker war.

Das Essen erwies sich als genauso schmackhaft und reichhaltig, wie Cornelius McCarty ihnen versichert hatte. In dem Eintopf fanden sich sogar einige richtig dicke Fleischbrocken.

Kaum hatten sie ihre Schüsseln geleert, merkten Éanna,

Emily und Brendan, wie erschöpft und müde sie waren. Während Tom Mahony unablässig redete, konnten die Mädchen kaum mehr die Augen offen halten und auch Brendan gähnte mehrmals herzhaft. Und so beschlossen sie, Toms hartnäckigem Protest zum Trotz, an diesem Abend früh zu Bett zu gehen.

Als sie sich bis auf die Leibwäsche im Dunkel des Zimmers ausgezogen hatten und in die wohlige Wärme der Betten gekrochen waren, ließen die drei die Erlebnisse dieses aufregenden ersten Tages in der neuen Heimat noch einmal Revue passieren. Ganz allmählich versickerte das Gespräch und Emily sank als Erste in den Schlaf.

Für eine Weile war es ruhig im Zimmer, nur unterbrochen von Emilys leisem und gleichmäßigem Atmen und dem entfernten Kläffen eines Hundes.

Dann hörte Éanna plötzlich über sich das Knarren von Brettern und sah, wie Brendans Kopf schemenhaft jenseits des Seitenbords ihres Stockbettes auftauchte.

»Éanna?«

»Ja, Brendan?«

»Gib mir deine Hand!« Er ließ seinen Arm zu ihr hinunterbaumeln.

Éanna ergriff seine Hand und drückte sie.

Einen Moment lang schwiegen sie beide.

Dann raunte er leise: »Ich möchte, dass zwischen uns alles wieder gut wird, so wie damals, als wir in den Wäldern lebten. Bevor . . . bevor . . .« Er brach ab.

»Schon gut, Brendan.« Sie spürte, wie schwer es ihm fiel, über das zu reden, was ihn gerade bewegte. »Es wird alles wieder gut, ganz bestimmt.«

Er räusperte sich. Dann flüsterte er kaum hörbar: »Ich liebe dich, Éanna.«

»Und ich liebe dich, Brendan«, antwortete sie mit fester Stimme und erwiderte seinen Händedruck.

Später, als Brendan eingeschlafen war, lag Éanna wach und dachte über ihre Worte nach. War sie sich ihrer Liebe zu Brendan tatsächlich so gewiss, wie sie ihm gegenüber gerade behauptet hatte? Und war es überhaupt schon Liebe, tief und vorbehaltlos, die sie für ihn empfand? Oder verband sie nicht vielmehr ein Gefühl der Verliebtheit mit ihm, das erst noch zu wahrer Liebe reifen musste – oder sich irgendwann verflüchtigen würde wie Rauch im Wind?

Viertes Kapitel

Am nächsten Morgen waren sie schon beim ersten Licht des Tages auf den Beinen. Der Schankraum hatte sich bereits mit anderen Logiergästen gefüllt, die zur Arbeit mussten oder ebenso wie sie keine Zeit für die Suche nach einer solchen vergeuden wollten. Tom Mahony befand sich nicht unter ihnen. Während des Frühstücks blickte Brendan immer wieder zur Stiege hinüber, als hoffte er, ihn jeden Moment dort auftauchen zu sehen – doch vergeblich.

»Der hat es ja offenbar nicht sehr eilig, Arbeit zu finden«, stellte Éanna kopfschüttelnd fest.

»Na ja, vielleicht hat er auch einfach nur mehr Geld mitgebracht als wir und kann sich ein bisschen Herumtrödeln jetzt ganz gut leisten«, nahm Brendan Tom halbherzig in Schutz. »Jedenfalls kam es mir so vor, als hätte er noch mehr Geld in seinem Beutel gehabt als die sechs Shilling, die er gestern bei Mister Calloway umgetauscht hat.«

»Vielleicht hat er aber auch einfach nur hier unten bis in die Nacht hinein gezecht und kommt nun mit seinem dicken Brummschädel nicht aus dem Bett«, sagte Emily spöttisch. »Es würde mich jedenfalls nicht wundern.«

Éanna zuckte die Achseln. »Es soll uns egal sein. Tom kann tun und lassen, was er will. Und wir auch. Deshalb werden wir unsere kostbare Zeit jetzt nicht damit vertrödeln, noch länger hier auf ihn zu warten! Lasst uns aufbrechen, damit wir uns so schnell wie möglich mit der Stadt vertraut machen können und schauen, ob wir irgendwo Arbeit finden.«

Brendan lächelte ihr bewundernd und belustigt zugleich zu. »Du kommst wirklich immer ohne Umschweife direkt auf den Punkt, Éanna! Aus dir wäre auch ein prächtiger Kerl geworden! Manchmal habe ich den Eindruck, als hättest du mehr Entschlossenheit und Energie als Emily und ich zusammen!«

Éanna errötete leicht. »Nun stell mal dein Licht nicht so unter den Scheffel«, gab sie knapp zurück, bemüht, sich nicht anmerken zu lassen, wie gut ihr sein Kompliment tat. »Und was Emily betrifft, so kann auch sie es problemlos mit jedem tatkräftigen Mann aufnehmen. Einen wie diesen Tom Mahony stecken wir beide jedenfalls zweimal in die Tasche! Und jetzt lasst uns endlich gehen!«

Voller Tatendrang folgten Brendan und Emily Éanna hinaus auf die Division Street. Sie waren an diesem sonnig klaren Morgen bester Hoffnung, schon bald zu jenen Einwanderern zu gehören, für die die Verheißungen, die das gelobte Land Amerika versprach, Wirklichkeit geworden waren.

Die Straßen der Stadt waren bereits gut bevölkert, denn für viele einfache Tagelöhner begann hier genau wie in Irland die Arbeit schon um sechs Uhr morgens, während die Angestellten in den Geschäften, Büros und Kontoren meist erst eine Stunde später ihren Dienst antraten. Und noch viel früher zog das Heer der Zeitungsjungen durch die Straßen von New York, um die noch druckfrischen Morgenausgaben der *Sun,* der *Times,* der *Post* oder der *National Police Gazette,* des *Herald, Mirror* oder *Commercial Advertiser* und was es sonst noch an Publikationen in der gewaltigen Metropole gab, für ein, zwei Cent zu verkaufen.

Fasziniert und erschrocken zugleich beobachtete Éanna, wie die meist halbwüchsigen Kinder, eine Kappe keck schräg auf dem Kopf sitzend, mit einem dicken Packen Zeitungen in der linken Armbeuge im Zickzack durch den dichten Verkehr wieselten und dabei unablässig ihre reißerischen Nachrichten ausriefen. Auf den Wink eines Kutschers hin sprangen sie flink auf das Trittbrett eines vorbeikommenden Fuhrwerks oder einer Kutsche auf, falteten mit der rechten Hand eine Zeitung zusammen, während sie sich mit der linken Hand an einer Griffstange festhielten, und reichten sie dem Kutscher. Dann nahmen sie mit einem Nicken die Münzen entgegen, sprangen im nächsten Moment mitten in der Fahrt wieder ab, wichen haarscharf den Hufen eines herannahenden Brauereigespanns aus und hatten dabei auch schon den nächsten potenziellen Kunden im Blick.

Und es waren nicht nur wohlhabende Menschen, die den Zeitungsjungen ihre Ware abnahmen. Auch viele einfache Leute, die nicht danach aussahen, als ginge es ihnen sonderlich gut, gaben ihr Geld für eine Tageszeitung aus. Éanna war verblüfft. Hier in New York schien die Lektüre einer Zeitung zum Alltag der Arbeiter zu gehören und nicht wie in Dublin nur der besseren Gesellschaft vorbehalten zu sein.

Es dauerte keine Stunde, bis die drei Einwanderer begriffen hatten, was es bedeutete, sich auch nur oberflächlich mit einer Stadt vertraut machen zu wollen, in der eine halbe Million Menschen lebte. Éanna, Emily und Brendan ahnten, dass sie sich an diesem Tag die Füße wund laufen konnten, ohne auch nur einen größeren Teil New Yorks zu Gesicht bekommen zu haben. Die Straßenfluchten Manhattans schienen kein Ende zu nehmen. Doch zumindest die Orientierung fiel ihnen bald leichter, nachdem sie festgestellt hatten, dass die meisten Straßen wie auf einem Schachbrett rechtwinklig und parallel zueinander angelegt waren.

Voller Staunen standen sie vor vielstöckigen Gebäuden mit reich verzierten Fassaden aus Backstein, Granit oder braunem Sandstein, die höher in den Himmel reichten, als sie es je für möglich gehalten hätten. Und die New Yorker schienen sich noch selbst übertreffen zu wollen, denn im nördlichen Teil der Stadt trafen die drei auf riesige Baustellen, wo Gebäude entstanden, deren Höhe Éanna beim reinen Betrachten schwindeln ließ.

Wann immer sie auf solch einen Bauplatz stießen, fragte Brendan sofort nach dem Vorarbeiter, um in Erfahrung zu bringen, ob er noch einen Mann zum Schleppen von Mörtel, Steinen und Balken benötigte. Meist erhielt er jedoch schon von den einfachen Arbeitern eine stets ähnlich lautende grobe Abfuhr: »Spar dir deinen Atem und verschwinde mit deinen Bridgets von unserer Baustelle, Paddy! Von deiner Sorte haben wir hier schon genug! Und lern erst einmal, ordentliches Englisch zu sprechen, damit man dein irisches Gebrabbel auch versteht!«

Dass »Paddy« für viele Einheimische die abfällige Bezeichnung für männliche und »Bridget« für weibliche Iren war und dass ihr breiter irischer Akzent in New York auf wenig Begeisterung stieß, lernten sie an diesem Tag schnell. Und sie sollten fortan noch oft darauf angesprochen werden.

Aber noch wollten sie sich nicht entmutigen lassen. Was hatten ein paar unfreundliche Zurückweisungen in so einer riesigen Stadt schon zu bedeuten? Und immerhin trafen sie in diesen Arbeitskolonnen auf den Baustellen auch auf einige irische Landsmänner, die ihnen Mut machten.

Als sie auf ihrem Erkundungsgang schließlich wieder nach Lower Manhattan gelangten und der Orange Street nach Süden folgten, wechselte das Straßenbild rasch. Was Éanna nun sah, kam ihr nur allzu bekannt vor: Die Straßen waren nicht länger breit und sauber, sondern bald knöcheltief von Abfällen, Kot und verrottetem Stroh bedeckt, was die vielen fliegenden Händler beiderlei Geschlechts mit ihren Handkarren und Bauchläden und den Strom der Passanten, der an ihnen vorbeizog, jedoch nicht im Mindesten zu stören schien. Ebenso wenig wie es die Schweine störte, die frei herumliefen und mit ihrer Schnauze im Dreck nach Essbarem wühlten. Zugleich nahm die Zahl der zerlumpten Gestalten, der halb nackten Kinder und der Betrunkenen zu, die Éanna, Emily und Brendan begegneten. Und auch die heruntergekommenen, baufälligen Häuser auf beiden Seiten der Straße, oft nur aus billigen Holzbrettern errichtet und mit glaslosen Fenstern, sowie die große Zahl von Tavernen, vor denen Dirnen jeden Alters herumlungerten, zeigte ihnen nur allzu deutlich, wo sie sich nun befanden: in einem der dicht besiedelten Elendsviertel von New York.

»Allmächtiger, hier sieht es ja schlimmer aus als in den Liberties!«, entfuhr es Brendan, der angesichts des unerträglichen Gestanks und der eindrücklichen Bilder des Verfalls, des Elends, der Trunkenheit und Prostitution ehrlich schockiert wirkte.

»Erinnerst du dich, wie Mister Calloway von den Five Points erzählt hat«, fragte Emily beklommen und sah sich nach einem Gebäude oder Straßenschild um, das ihnen Orientierung geben konnte. »Ob wir etwa dort gelandet sind?«

»Worauf du einen lassen kannst, Püppchen!«, ertönte da plötzlich hinter ihnen eine raue Stimme. Überrascht drehten die drei sich um: Links vor ihnen auf dem Boden hockte, lässig an eine Hauswand gelehnt, ein Junge und grinste sie herausfordernd an. Er war höchstens zwölf, dreizehn Jahre alt und das Auffälligste an ihm waren zwei große Hasenzähne, die unter der Oberlippe hervorsprangen. Sein Blick wirkte seltsam glasig, zwischen den Beinen hielt er eine halb volle Flasche mit einer klaren Flüssigkeit darin, die er nun an die Lippen setzte. Beim Trinken lief ihm die Flüssigkeit seitlich am Mund hinab und tropfte auf das zerrissene Hemd, doch der Junge schien es nicht einmal zu bemerken.

Unwillkürlich blieben sie stehen, gleichzeitig angezogen wie abgestoßen von diesem kleinen Kerl, der am helllichten Tag und mitten auf der Straße Alkohol trank, ohne offensichtlich das Eingreifen von Erwachsenen oder gar der Polizei befürchten zu müssen.

»Da gleich am Ende der Straße isse, die Kreuzung, die unserer hübschen Gegend den Namen gegeben hat«, erklärte er nun mit schwerem Zungenschlag. »Wollt ihr 'ne Führung, Leute? Kostet euch nur 'n Nickel.« Schwankend stand er auf. »Bring euch dafür sogar in den großen Backsteinkasten da drüben, gleich links auf der anderen Seite der Kreuzung! Heißt Old Brewery, weil da mal vor Jahren Bier gebraut wurde. Jetzt isses 'ne Absteige für 'n paar Hundert Five Pointers. Auch 'n paar unsrer Gangs haben sich da einquartiert – heißt bei uns nur ›Höhle der Diebe‹, wo die wohnen. Echt schaurig da drüben. Is 'n irres Labyrinth aus Gängen, Stiegen und Wohnlöchern und dunkel wie in 'm zugenähten Arsch. Ohne jemanden, der sich auskennt und von hier is wie ich, biste da verloren und ritsch, ratsch hin! Also was is, Leutchen? Kleine Schnuppertour gefällig? Mit mir seid ihr da sicher. Hab schon oft die fein gepuderten Damen von der Mission und die blöden Ärsche vom Temperenzlerverein* durch den verbauten Kasten geführt. Rückt'n Nickel raus und *Billy the Rabbit* ist euer Mann!«

»Danke, kein Bedarf!«, wehrte Éanna hastig ab, der es bei der Beschreibung der Old Brewery kalt über den Rücken gelaufen war, und zog Brendan und Emily mit sich weiter.

»Armer Kerl«, murmelte Emily mitleidig.

»Ach was!«, brummte Brendan und schüttelte den Kopf. »Statt zu saufen und auf der Straße herumzulungern, könnte er ja auch wie die vielen anderen Jungen Zeitungen verkaufen oder sonst was machen! Wenn man wirklich aus dem Elend rauswill, gibt es immer einen Weg. Man muss es nur wollen und darf sich nicht unterkriegen lassen!«

»Du hast ja recht«, seufzte Éanna, doch insgeheim dachte sie bei sich, dass sie nicht wissen konnten, wie der Junge in diese Lage gekommen war.

Emily sah sich um. »Es ist schon fast Mittag und ich glaube kaum, dass wir hier Arbeit finden werden. Lasst uns also lieber zusehen, dass wir so schnell wie möglich aus diesem

---

* Temperenzler traten bzw. treten dafür ein, den Verkauf und den Genuss von Alkohol zu verbieten.

Elendsviertel wieder hinauskommen. Was haltet ihr davon, wenn wir Mister Calloways Rat befolgen und den *Friendly Sons of St. Patrick* einen Besuch abstatten?«

Wenig später erreichten sie die Kreuzung, der Five Points seinen Namen verdankte. Sie wurde von der Cross, der Anthony und der Orange Street gebildet. Dort, wo sie sich trafen, bildeten die einander gegenüberliegenden Eckhäuser um einen dreieckigen freien, verdreckten Platz herum einen fünfeckigen Stern.

Sie überquerten die Kreuzung, liefen die Verlängerung der Orange Street hinunter und gelangten zu den East River Docks, wo sie sich nach dem Weg erkundigten.

Eine halbe Stunde später standen sie vor den Büros der *Friendly Sons of St. Patrick*. Doch ihre Hoffnung, dort eine Arbeitsstelle vermittelt zu bekommen, wurde bitter enttäuscht. Zu viele ihrer Landsleute schienen an diesem Tag den gleichen Gedanken wie sie gehabt zu haben.

Éanna fühlte sich zum ersten Mal, seit sie in Amerika angekommen waren, ernüchtert, als sie mit Brendan und Emily den großen Gebäudekomplex wieder verließ. Angesichts des Andrangs arbeitsloser Iren, der ihnen hier in der letzten Stunde begegnet war und der den Worten der ehrenamtlichen Mitarbeiter zufolge von morgens bis abends nicht abriss, standen ihre Chancen, mithilfe der *Friendly Sons of St. Patrick* Arbeit zu finden, mehr als schlecht.

»Hier Tag für Tag herumzuhängen, können wir uns wohl sparen«, stellte sie fest, als sie wieder auf der Straße standen. »Wir müssen schon selbst Arbeit finden.«

»Und das werden wir auch!«, erklärte Brendan entschlossen. »Immerhin ist das heute der erste richtige Tag, an dem wir in New York auf Jobsuche sind. Also kein Grund, jetzt schon den Kopf hängen zu lassen!«

Und dasselbe sagte er noch einmal Stunden später, als sie um kurz vor sieben müde, hungrig und erfolglos im Emerald Isle eintrafen. Tom Mahony, der bereits in Gesellschaft zweier Landsleute bei Porter und Kartenspielen an einem der Tische saß, winkte ihnen fröhlich zu, um sich dann gleich wieder seinem Blatt zu widmen.

Éanna war froh, dass Brendan keine Anstalten machte, zu ihm hinüberzugehen, und hoffte, dass es auch zukünftig dabei blieb.

Als die Wirtin ihnen das Essen brachte, machte Brendan den beiden Mädchen einen Vorschlag: »Ich glaube, wir sollten von morgen an getrennt auf Arbeitssuche gehen. Da, wo ich vielleicht Geld verdienen kann – etwa drüben am Hafen oder auf einer Baustelle –, werdet ihr beide wohl kaum eine Arbeit finden, und wo man euch vielleicht brauchen könnte, da werde ich wahrscheinlich kein Glück haben.«

Éanna stimmte ihm zu. »Ja, wenn du auf den Baustellen mit uns im Schlepptau erscheinst, scheint sich das wirklich nachteilig auf deine Chance auszuwirken, das haben wir ja heute gemerkt. Offenbar mögen sie es hier nicht, wenn jemand an ihr Mitleid appelliert, auch wenn es vielleicht unausgesprochen bleibt.«

Emily nickte. »Ihr habt recht. Wir beide sollten morgen bei Agenturen vorstellig werden, die Dienstmädchen und Personal aller Art in bessere Haushalte vermitteln, Éanna. Ich bin sicher, dass es in New York bei all den vermögenden Leuten eine ganze Menge Familien gibt, die eine zupackende Hand gebrauchen und auch entsprechend entlohnen können.«

»Gute Idee!« Éannas Augen leuchteten auf. »Irgendwo bei einer guten Familie in Stellung zu kommen, das wäre genau das Richtige für uns! Da hat man Kost und Logis frei und kann seinen Lohn auf die hohe Kante legen!«

Brendan dagegen zog die Stirn kraus und ließ langsam den Löffel sinken. Offensichtlich behagte ihm Emilys Vorschlag ganz und gar nicht. »Als Dienstmädchen müsst ihr für die feinen Leute die ganze Drecksarbeit erledigen«, brummte er in Emilys Richtung und sah dann Éanna an. »Außerdem bekäme ich dich dann kaum noch zu Gesicht – wir würden nicht länger zusammen wohnen und du hättest sicher höchstens den Sonntag oder vielleicht sogar nur den halben Sonntag frei!«

»Das ist auch wieder wahr«, räumte Éanna ein und lächelte Brendan an. Er hatte zuerst an sie gedacht, nicht an den Lohn, den die Stelle bringen würde! »Schön wäre es wirklich nicht, wenn wir uns nur noch so selten sehen würden. Aber wenn es nichts anderes gibt . . .«

»Es wird ganz sicher andere Arbeit für euch geben!«, erwiderte Brendan mit Nachdruck. »Hier in der Stadt stehen doch so viele Fabriken wie in ganz Irland nicht! Und in so einer Fabrik hat man einen geregelten Arbeitstag, wo man sich nicht den Launen und Zicken irgendeiner Herrschaft unterwerfen muss, um sechs oder sieben Feierabend hat und dann nach Hause gehen kann!«

»Zuckerschlecken ist Fabrikarbeit aber auch nicht«, warf Emily warnend ein. »Davon können Éanna und ich ein Lied singen.«

»Und wennschon! Geschenkt wird einem der Lohn nirgendwo. Aber man gibt nicht gleich seine Freiheit auf und steht auch nicht unter der ständigen Beobachtung und Bevormundung anderer Leute, die sich für klüger, gebildeter und wichtiger halten!«

»Also gut, dann schauen wir uns morgen erst einmal nach Arbeit in einer Fabrik um«, versprach Éanna. »Wenn das zu nichts führt, können wir es ja immer noch als Dienstmädchen versuchen.«

Brendans Gesicht hellte sich augenblicklich auf. »Éanna, glaub mir«, sagte er und griff nach ihrer Hand. »Du wirst das schaffen. Du kannst alles schaffen, was du willst!«

Fünftes Kapitel

Er kniff die Augen zusammen. Das Licht an Deck war seltsam, Nebelschwaden verhüllten die Sicht auf das Ufer, doch er achtete nicht darauf. Er hatte nur Augen für sie.

Sie stand an der Reling und sah ihn an. Einfach so. Endlich hatte er die richtigen Worte gefunden, um ihr seine tiefen, aufrichtigen Gefühle zu gestehen. Und diesmal hatte sie kein ärgerliches, kein erschrockenes, kein distanziertes Gesicht gemacht, sondern ihn einfach nur wortlos angesehen. Und in ihren Augen konnte er lesen, dass sie sich tief in ihrem Innersten nicht weniger wünschte, mit ihm zusammen zu sein, als er selbst. Auch wenn diese Verbindung mit allen gesellschaftlichen Regeln und Vorschriften brach.

Zärtlich nahm er ihr Gesicht in beide Hände und berührte mit seinen Lippen leicht die ihren. Ihm war, als erzitterte sie leicht unter dem Kuss, der süßer und köstlicher schmeckte als alles, was jemals seine Lippen berührt hatte. Sein Herz jagte vor Glück, als er von diesem herrlich berauschenden Schwindel erfasst wurde, der nicht enden wollte, ja, der niemals enden würde, jetzt, wo sie bei ihm war.

Doch plötzlich wich Éanna vor ihm zurück, entzog sich seinen Lippen, löste sich aus seiner Umarmung. Ihr Gesicht nahm schnell eine durchscheinende Blässe an, als wäre es nur auf dünnes Seidentuch gemalt und nichts weiter als eine Illusion.

»Nein! Nicht! Bitte geh nicht!«, schrie er gequält und streckte die Hände nach ihr aus, um sie festzuhalten und wieder an sich zu ziehen. Doch da war es schon zu spät – wo sie gerade noch gestanden hatte, war plötzlich nichts als dieser schreckliche Nebel, der jetzt auf ihn zukam und ihn einhüllte und ihm die Luft zum Atmen nahm.

Patrick erwachte von seinem eigenen Schrei und fuhr jäh im Bett auf. Er brauchte einen langen Moment, um zu begreifen, dass er sich nicht in seinem Schreibrefugium in Dublin, sondern in dem kleinen Zimmer im Shakespeare Hotel in New York befand – und dass der innige Kuss mit Éanna wieder einmal nichts weiter gewesen war als ein schöner Traum, die Erinnerung an einen unvergleichlichen Moment aus der Vergangenheit.

Mit einem gequälten Laut ließ Patrick sich zurück in die weichen Kissen fallen und starrte niedergeschlagen zur stuckverzierten Decke hinauf. Warum nur hatte es bei diesem einen Kuss bleiben müssen? Hätte das Schicksal es nicht anders für ihn richten können? Und warum hatte er sich nur dazu hinreißen lassen, auf der *Boston Glory* dafür zu sorgen, dass Brendan sich mit Éanna versöhnte? Er hätte stattdessen einfach nur abwarten und den Dingen ihren Lauf lassen müssen und der Weg zu ihrem Herzen wäre für ihn frei gewesen, da war er sich ziemlich sicher. Niemand hätte ihm daraus einen Vorwurf machen können. Und wenn man es recht betrachtete, hatte dieser Hitzkopf Brendan in Irland genug Chancen gehabt, sich Éannas Liebe als würdig zu erweisen.

Aber nein, er hatte wieder einmal ehrenhaft und uneigennützig sein müssen und nobel Verzicht geübt, genau wie diese einfältigen und weltfremden Figuren in billigen Sixpence-Romanzen. Was für ein ausgemachter Dummkopf und Träumer er doch war!

Aber wer konnte schon aus seiner Haut heraus? Er liebte Éanna nun einmal von ganzem Herzen und hatte auf der Überfahrt nicht länger mit ansehen können, wie sehr sie litt. Nie hätte er es sich verziehen, tatenlos zuzusehen, wie sie immer trauriger und besorgter wurde. Nein, er hatte Brendan damals einfach den Kopf zurechtrücken und ihm sagen müssen, wie es sich wirklich zwischen Éanna und ihm in Dublin verhalten hatte. Auch wenn er noch immer der Meinung war, dass Brendan eine solch außergewöhnliche Frau wie Éanna eigentlich nicht verdiente.

Patrick blieb noch eine ganze Weile im Bett liegen, obwohl der helle Sonnenschein hinter den Gardinen ihm verriet, dass es bereits acht Uhr oder sogar noch später sein musste. Und er fragte sich, wo Éanna jetzt gerade war, wo sie mit Emily und ihrem Brendan wohl Unterkunft gefunden hatte und ob sie Verbindung zu ihm aufnehmen würde. Er wünschte es sich sehnlicher als alles andere, ja sogar sehnlicher, als er die Veröffentlichung seines Manuskriptes hier in Amerika erhoffte, das in Dublin kein Verleger hatte lesen wollen.

Doch je länger er darüber nachdachte, desto stärker bezweifelte er, dass Éanna sein Angebot annehmen und Kontakt mit ihm aufnehmen würde, wenn sie in Not geriet. Er wusste zu gut, wie stolz sie war und wie verbissen sie darum kämpfen würde, Probleme aus eigener Kraft zu bewältigen, welch bittere und schwere Hürden sie dafür auch überwinden musste.

Dennoch wollte er die Buchhandlung wie versprochen aufsuchen. Denn auch wenn es sehr unwahrscheinlich war, so bestand ja doch noch die Hoffnung, dass er sich irrte. Und er würde es sich nie verzeihen können, wenn sie sich verpassten.

Aber auch andere Dinge von großer Wichtigkeit galt es, an diesem Tag in Angriff zu nehmen: Zum einen brauchte er Geld. Zwar war seine Börse noch recht gut gefüllt, aber Patrick erwarteten doch in den nächsten Tage einige Ausgaben, auf die er vorbereitet sein wollte.

Beim Untergang der *Metoka* hatte er seine ganze Garderobe verloren und anschließend von Glück reden können, dass ihm einer der wohlhabenden Kajütenpassagiere auf der *Boston Glory* großzügigerweise einen seiner Anzüge samt Hemd, Weste und Krawatte verkauft hatte. Und dann wollte er auch noch ein paar Journale und Schreibutensilien erstehen, damit er gleich damit beginnen konnte, ausführlich Tagebuch zu führen, um Eindrücke und Ideen für weitere Bücher zu sammeln.

Seufzend setzte er sich in seinem Bett auf und sah sich um. Auch nach einer anderen, weniger teuren Bleibe musste er sich umsehen. Denn es wäre purer Leichtsinn, längere Zeit in diesem Hotel zu logieren, das ihm zwar viele Annehmlichkeiten bot, ihn aber immerhin die stolze Summe von viereinhalb Dollar pro Woche für ein hübsches kleines Eckzimmer mit angeschlossener Waschkabine kostete.

Er wusste nicht, wie sein Manuskript in New York aufgenommen würde und ob er, falls sich tatsächlich ein Verleger dafür fände, mit einem Vorschuss rechnen durfte. Wahrscheinlich konnte es daher auch nicht schaden, wenn er sich nicht nur nach Verlagen, sondern auch nach einer vorübergehenden Brotarbeit umsah, die ihn so lange über Wasser hielt, bis er vom Schreiben leben konnte. Allzu schwer sollte es für ihn ja nicht sein, in einem Kontor, einer Bank oder einer anderen Firma unterzukommen, notfalls durfte es sogar eine Brauerei sein. Immerhin hatte er eine gute Ausbildung vorzuweisen und verstand dank Onkel Edmund einiges von Buchhaltung und anderen geschäftlichen Dingen.

»Wenigstens für etwas war die elendige Arbeit im Biergeschäft also doch gut«, murmelte er und streckte sich. »Also dann, *carpe diem,* Patrick O'Brien! Mal sehen, was der heutige Tag zu bieten hat!« Schwungvoll warf er die leichte Daunendecke zurück und sprang aus dem Bett, um sich zu waschen, sich anzukleiden und dann hinunter in den Speisesaal zu gehen.

Eine gute Stunde später hielt ihm der Hotelportier den Schlag einer Mietdroschke auf und Patrick nannte dem livrierten Kutscher auf dem Bock die Adresse von Charles Templetons Buchhandlung, bevor er einstieg und sich in die Polster der Rückbank fallen ließ.

Die Kutsche ratterte durch den dichten Verkehr der Elm Street und gelangte nach einem kurzen Stück über die Canal Street bald auf den breiten, mehrere Meilen langen Broadway, der die Stadt in nordsüdlicher Richtung durchschnitt und zumindest für den Landverkehr die zentrale Lebensader New Yorks darstellte.

Diese bunt bevölkerte Prachtstraße mit ihren ausladenden Gehsteigen und akkurat angepflanzten Bäumen beeindruckte ihn zutiefst: Zunächst zogen alte hochherrschaftliche Villen und neue imposante Häuserfassaden zu beiden Seiten der Kutsche vorbei, dann eine Vielzahl exquisiter Geschäfte, deren Schaufenster die edelsten und teuersten Waren aus aller Welt präsentierten, später die eleganten Gentlemen's Clubs und die kleineren Theater, Juwelierläden, Weinhandlungen und wieder Spezialitätengeschäfte. Vornehm gekleidete Fußgänger flanierten auf den Gehsteigen, Kutschen hielten, um sichtlich wohlsituierte Gäste aussteigen zu lassen. Und über allem lag der Staub von mehreren großen Baustellen, wo alte Gebäude abgerissen und neue aufgebaut wurden. Patrick saß vorgebeugt in der Kutsche und schaute gebannt aus dem Fenster. Der gesamte Broadway erschien ihm als ein einziges berauschendes Fest der Sinne.

Doch nicht nur die opulente Prachtstraße – ganz New York war eine höchst erstaunliche Stadt, die Besuchern den Atem rauben konnte. *Schnelligkeit und Größe um jeden Preis* schien hier das Motto zu sein – und mit welcher Energie und welch technischer Genialität man dieses Motto in die Tat umsetzte! Am Abend zuvor hatte Patrick in der Hotelbar einen Banker aus Virginia kennengelernt, der mehrmals im Jahr geschäftlich in New York zu tun hatte. Er sei gerade einmal drei Monate lang nicht in der Stadt gewesen und erkenne sie nun bei seiner Rückkehr kaum wieder, hatte der Mann ihm erklärt und lachend hinzugefügt, dass er sich am nächsten Tag wohl erst einmal einen neuen Stadtplan besorgen müsse. Patrick schmunzelte bei der Erinnerung an diese Worte. Doch einen wahren Kern hatte die Aussage des Fremden sicher gehabt – eine Stadt wie New York suchte wohl in diesen Jahren vergeblich nach Vergleichbarem auf der ganzen Welt.

Die Buchhandlung *Templeton's Fine Books* mochte äußerlich nicht mit den Geschäften auf dem Broadway konkurrieren können. Doch als Patrick sie betrat, sah er sofort, dass er sich hier wohlfühlen und in den dunkelbraunen Buchregalen, die an allen vier Wänden vom Boden bis zur Decke reichten, genug Lektüre finden würde, die ihn interessierte. Gleich vorn am Eingang blieb er stehen, nachdem er auf einem runden Mahagonitisch mit geschnitzten Klauenfüßen die englischen Ausgaben bekannter zeitgenössischer deutscher und französischer Denker und Romanciers entdeckt hatte, die, wie er wusste, engagiert für mehr Bürgerrechte und Teilhabe des Volkes in allen Bereichen der staatlichen Macht eintraten.

Der Buchhändler war ein mittelgroßer Mann in den Endfünfzigern mit vollem, schon grauem Haar und einem buschigen Schnurrbart, dessen spitze Enden er mit Bartwichse hochgezwirbelt hatte. Er stand im hinteren Teil des großzügigen Raumes und war in ein angeregtes Gespräch mit zwei vornehm gekleideten Damen mittleren Alters vertieft. Auf seiner Nase thronte ein in Gold eingefasster Kneifer. Er trug graue Hosen, ein weißes Hemd mit steifem Kragen, Ärmelschoner und eine schwarz-graue, fein gestreifte Weste. Bei den Frauen schien es sich, dem angeregten Wortwechsel nach, um Schwestern zu handeln, die sich eingehend über die Bücher Balzacs informieren ließen.

Nun grüßte er seinen neuen Kunden freundlich, und nachdem er das Beratungsgespräch mit den beiden Damen beendet hatte, kam er gemessenen Schrittes auf ihn zu. »Kann ich Euch in irgendeiner Weise behilflich sein, mein Herr?«, erkundigte er sich mit einem freundlichen Lächeln.

»Wenn Ihr etwas Bestimmtes sucht, das Ihr bisher nicht gefunden habt, stehe ich Euch gern zu Diensten.«

»Danke für das freundliche Angebot, aber wie Ihr seht, bin ich bei Euch schon reichlich fündig geworden, Mister Templeton«, antwortete Patrick und deutete auf die vier Bücher unter seinem Arm, an denen er einfach nicht hatte vorbeigehen können.

Der Buchhändler rückte seinen Kneifer zurecht und warf einen kurzen Blick auf die Auswahl, die Patrick getroffen hatte. Verfasser und Titel erkannte er offenbar schon anhand der Einbände. Er nickte zustimmend. »Eine vortreffliche Wahl, wenn auch recht schwere Kost für einen so jungen Herrn, wenn Ihr mir diese Bemerkung erlaubt.«

Patrick lachte. »Ach, ich werde mich schon durchbeißen. Es gibt für mich nichts Langweiligeres als sogenannte leichte Lektüre! Mich reizt ein Text eigentlich erst dann so richtig, wenn er mich herausfordert oder sich mir erst auf den zweiten Blick öffnet.«

Wieder nickte Charles Templeton beipflichtend. »Ein wahres Wort, mein Herr. Verzeiht die Neugierde, aber ich nehme an, Ihr seid neu in New York?«

»So ist es, sozusagen frisch vom Schiff, wie man hier wohl sagt«, bestätigte Patrick und stellte sich vor. Dann berichtete er Mister Templeton, wie er auf seinen Buchladen aufmerksam geworden war.

»Und darf ich fragen, was Euch in diese Stadt führt, Mister O'Brien?«, erkundigte sich der Buchhändler.

»Die Neugierde. Ich wollte das gelobte Land Amerika mit eigenen Augen sehen, von dem ich schon so viel gehört habe und mit dem mein Volk nicht erst seit der Hungersnot schicksalhaft verbunden zu sein scheint. Und dabei war ich sicher, dass es einem unternehmungslustigen und aufgeschlossenen Mann wie mir viel zu bieten hat«, antwortete Patrick leichthin. Dass er auch vor ein paar irischen Rebellen nach New York geflüchtet war, die ihm in seiner Heimat nach dem Leben trachteten, verschwieg er wohlweislich. Charles Templeton seufzte, sichtlich zufrieden mit Patricks Antwort. »Ja, Neugier ist, zumal wenn sie mit Wissensdurst und aufrichtiger Offenheit für das Neue und Fremde einhergeht, gewiss eine der vornehmsten Tugenden des Menschen und wohl auch eine seiner stärksten Antriebskräfte. Wo wäre die Menschheit heute ohne die brennende Neugierde, die jeden Fortschritt vorantreibt?«

»Vermutlich noch mit umgebundenem Fellschurz in der Höhle und mit Keule und Steinaxt in der Hand auf der Jagd nach wilden Tieren. Völlig ahnungslos, was Bücher sind, wie viel sie einem Menschen bedeuten und was sie ihm geben können!«, antwortete Patrick schlagfertig.

Der Buchhändler lachte vergnügt auf. »In der Tat, und könnt Ihr Euch meine Wenigkeit mit einem Lendenschurz um die Hüfte und einer Keule in den Händen vorstellen? Nein, nein, glaubt mir, ich danke dem Himmel jeden Tag aufs Neue für das Gottesgeschenk der menschlichen Neugierde und des Wissensdurstes!«

Als sie wenig später an der Ladentheke standen und Charles Templeton die vier Bücher sorgfältig in Seidenpapier einschlug, kam Patrick endlich auf den eigentlichen Grund seines Besuches zu sprechen. »Darf ich Euch zum Schluss noch um eine sehr persönliche Gefälligkeit bitten, die nichts mit Büchern zu tun hat, Mister Templeton?«

»Gewiss, gewiss! Sagt nur frei heraus, was Ihr auf dem Herzen habt! Dann wird sich schon zeigen, ob ich Euch behilflich sein kann!« Fragend sah der Buchhändler Patrick über seinen Kneifer hinweg an.

»Ich würde gerne bei Euch die Adresse meines derzeitigen Quartiers hinterlegen und sie zu gegebener Zeit durch eine neue austauschen, wenn ich eine feste Bleibe gefunden habe.«

»Aber natürlich«, willigte Charles Templeton sofort ein. »Und wem sollen diese Informationen dienen, wenn ich fragen darf?«

»Einer jungen Frau namens Éanna Sullivan, die mit mir auf demselben Schiff nach New York gekommen ist und mit der mich einiges verbindet«, erklärte Patrick und errötete unter dem amüsierten Blick des Buchhändlers. »Ich habe ihr meine Hilfe angeboten, weiß jedoch nicht, ob und wenn ja wann sie davon Gebrauch machen wird. Jedenfalls habe ich ihr mein Wort darauf gegeben, dass sie hier bei Euch in Erfahrung bringen kann, wo ich untergekommen bin, wenn sie es möchte.«

»Dann will ich hoffen, dass diese junge Frau Euer Angebot zu schätzen weiß und Euch darüber hinaus nicht gar zu lange in Herzensnöten lässt.« Der Buchhändler schmunzelte, nahm den Zettel mit der Hoteladresse in Empfang und legte ihn in sein Kassenbuch.

Patrick dankte ihm, bezahlte die Bücher und verabschiedete sich mit den Worten: »Ich denke, Ihr werdet mich schon bald wieder in Eurer Buchhandlung sehen.«

Charles Templeton zwinkerte ihm zu. »Dessen bin ich mir gewiss, Mister O'Brien.« Verschwörerisch tippte er dabei auf sein schwarzes Kassenbuch.

Als er die Ladentür öffnete und auf die Straße hinaustreten wollte, wäre Patrick fast mit einem livrierten Boten von vielleicht dreizehn, vierzehn Jahren, der es sichtlich eilig hatte, zusammengeprallt. Bevor die Tür hinter ihm ins Schloss fiel, hörte er noch, wie der Junge dem Buchhändler atemlos zurief: »Ein Telegramm für Euch aus Chicago, Mister Templeton!«

Patrick blieb noch einen Augenblick vor dem Laden stehen und betrachtete zufrieden die geschmackvoll zusammengestellten Auslagen. Dann schlenderte er mit seinen neu erstandenen Bücherschätzen unter dem Arm langsam um die Ecke in Richtung Broadway. Seine Gedanken waren nicht länger bei Charles Templeton und seiner Buchhandlung, sondern bei Éanna.

Sechstes Kapitel

Éanna und Emily hatten sich in der warmen Mittagssonne auf den Resten einer Mauer in Lower Manhattan niedergelassen, die ein Grundstück begrenzte, auf dem man erst vor Kurzem ein Haus abgerissen hatte. Während Emily mit geschlossenen Augen die Sonnenstrahlen genoss, schaute Éanna zu drei zerlumpten Kindern hinüber, die in diesem Moment nicht weit von ihr entfernt über die Trümmer des Gebäudes kletterten. Sie unterhielten sich angeregt, ohne den beiden Mädchen auf der Mauer auch nur die geringste Beachtung zu schenken. Über der mageren Schulter des einen Jungen hing ein dreckiger und so gut wie leerer Jutesack.

»Hier ist nichts mehr zu holen«, stellte er mit enttäuschter Stimme fest. »Alles schon restlos sauber gepickt. Nirgendwo mehr auch nur ein winziges Stück Blech oder Eisen.«

»Nicht mal 'ne Handvoll rostiger Nägel haben'se uns gelassen«, maulte der zweite, ein kleines Kerlchen mit einer Hasenscharte in der Oberlippe.

»Komm, ziehen wir ab. Lasst uns lieber Schnee sammeln gehen«, schlug der dritte Junge vor, dessen linke Wange durch ein eitriges Geschwür entstellt wurde. »Da kommt wenigstens mehr bei rum, als hier im Schutt zu wühlen.«

»Ja, 'ne Zelle auf Blackwell's Island voll Ungeziefer und 'n Hammer zum Steineklopfen für 'n Jahr oder auch zwei, je nachdem welcher aufgeblasene Puderkopf auf der Richterbank sitzt!«, erwiderte der mit dem Sack grimmig. »Denk daran, wie dreckig es Jack und Bob ergangen ist!«

»Die waren doch einfach nur zu blöd und nicht flink genug für so 'ne heiße Sache. Und wennschon!«, gab der andere achselzuckend zurück. »Schnee sammeln lohnt das Risiko allemal. Oder willst du auch heute wieder Kohldampf schieben, Rick?«

»Mike hat recht«, pflichtete der Junge mit der Hasenscharte seinem Freund bei. »Kommt.« Gemeinsam mit seinen beiden Gefährten zog er davon.

Éanna schaute ihnen mit gerunzelter Stirn nach.

»Hast du das eben mitbekommen?«

Emily nickte, öffnete die Augen und holte aus ihrer Tasche den Kanten Brot vom Vortag heraus, den sie sich für einen Cent in einer nahen Bäckerei gekauft hatten. Sie brach das etwa drei Finger breite Stück in zwei Teile und reichte Éanna das größere der beiden Stücke. »Ja, die haben hier im Schutt nach Eisen, Blech und Nägeln gesucht, um sie anschließend wohl bei einem Schrotthändler zu verkaufen. Auch eine Möglichkeit, sich ein paar Cent zu verdienen.«

»Nein, ich meine das mit dem Schnee-sammeln-Gehen«, sagte Éanna und tauschte mit einem schnellen Griff die beiden Brotstücke aus, bevor Emily es verhindern konnte. »Hast du das verstanden? Richtigen Schnee können sie ja wohl kaum gemeint haben, wo doch jetzt der Sommer vor der Tür steht.«

Entrüstet darüber, dass Éanna sie überlistet hatte, warf Emily ihr einen vorwurfsvollen Blick zu. Doch sie wusste, wie zwecklos jeglicher Protest bei ihrer Freundin war, und biss schicksalsergeben in ihr Brot. Wenn Éanna sich etwas in den Kopf gesetzt hatte, ließ sie sich durch nichts davon abbringen.

»Es muss ein Codewort für irgendetwas Verbotenes sein, so viel ist mal sicher«, überlegte sie kauend. »Sonst würde darauf wohl nicht Gefängnisstrafe und Steineklopfen stehen.«

Éanna nickte. »Und wenn man dafür ein, zwei Jahre Zuchthaus aufgebrummt bekommt, muss es sich um ein schweres Delikt handeln!«

Emilys Miene verdüsterte sich plötzlich. »Wenn wir mal nur nicht eines Tages auch dazu gezwungen sein werden, diesen Schnee zu sammeln, um wenigstens zu ein bisschen Geld zu kommen!«

»So ein Quatsch, Emily!«, protestierte Éanna. »Noch ist längst nicht aller Tage Abend. Wir schaffen das schon, du wirst sehen!«

»Aber jetzt haben wir uns schon dreieinhalb Tage lang die Füße in New York halb wund gelaufen und Gott weiß wie oft nach Arbeit gefragt, ohne etwas erreicht zu haben«, erwiderte Emily bedrückt. »Und Brendan ist es nicht besser ergangen.«

»Aber das stimmt doch nicht! Brendan hat doch gestern Abend noch gesagt, dass er für heute unten im Hafen die Aussicht auf einen Job hat, wenn dieses Schiff aus Albany mit der Ladung Granitstein an Bord planmäßig eintrifft!«, hielt Éanna ihr schnell entgegen und hoffte inständig, dass es ihrem Freund tatsächlich gelungen war, den Job zu ergattern.

Zumindest einer von ihnen würde dann endlich einmal etwas Geld verdienen! Wenn sie auch vor Emily unbedingt zuversichtlich wirken wollte, so bedrückte Éanna ihre momentane Situation insgeheim doch sehr. All ihre Versuche, Arbeit zu finden, waren bislang deprimierend erfolglos gewesen. Wo immer Emily und sie bei einer Fabrik vorstellig geworden waren, hatten vor ihnen schon Dutzende andere Mädchen und Frauen um Beschäftigung gebettelt, und zwar nicht nur irische, sondern auch deutsche, italienische und polnische Einwanderer und solche, deren Sprache sie nicht einmal einem Land zuzuordnen wusste. »Brendan hat erzählt, dass das Schiff schnell entladen werden muss, weil das Material irgendwo in der Stadt dringend auf einer Baustelle gebraucht wird, und dass sie dafür viele kräftige Männer benötigen.«

»Ja, natürlich erinnere ich mich daran. Aber etwas *in Aussicht* zu haben, heißt ja noch lange nicht, dass man den Job auch wirklich bekommt«, erwiderte Emily skeptisch, fügte dann jedoch hastig hinzu: »Obwohl ich natürlich hoffe, dass Brendan mehr Glück hat als wir!«

»Nun wirf mal nicht gleich die Flinte ins Korn!«, beschwor Éanna die Freundin. »Wir haben heute noch einen guten halben Tag Zeit, um Arbeit zu finden. Und wenn es jetzt nicht klappt, dann eben morgen! Wenn wir ehrlich sind, hat doch keiner von uns ernstlich erwarten können, dass wir gleich am ersten oder zweiten Tag eine Anstellung erhalten. Bei den vielen anderen Menschen, die hier in New York ebenfalls auf Arbeitssuche sind.«

»Ja, stimmt schon«, räumte Emily zögernd ein. »Aber . . .«

Éanna ließ ihre Freundin gar nicht erst ausreden. Jetzt war es wichtig, ihr und sich selbst Mut zu machen. »Na also! Wir beide werden irgendjemanden schon noch davon überzeugen, dass er gut daran getan hat, auf genau uns zu warten!«, versicherte sie mit trotziger Entschlossenheit. »Mein Gott, das wäre doch wirklich gelacht, wenn wir in dieser riesigen Stadt, wo es Fabriken, Manufakturen und andere Betriebe wie Sand am Meer gibt, nicht irgendwo unterkommen würden!«

Neue Zuversicht zeigte sich auf Emilys Gesicht. »Wie Sand am Meer?« Sie musste lachen. »Übertreib mal nicht.« Sie zögerte. »Vermutlich habe ich es mir insgeheim wohl doch etwas einfacher vorgestellt, hier Fuß zu fassen, und bin nun einfach ein bisschen enttäuscht.«

»Und außerdem brauchen wir uns doch noch längst keine Sorgen über unser Auskommen zu machen, auch wenn es noch etwas dauern sollte, bis wir eine Arbeit gefunden haben«, fuhr Éanna energisch fort. »Da sind ja noch die Bücher, die Mister O'Brien mir in Dublin geschenkt hat. Mit dem Geld, das ich beim Verkauf der Bände erhalten werde, können wir uns noch Wochen über Wasser halten, ohne Hunger leiden zu müssen!«

Bei der Erwähnung von Patrick machte Emily ein nachdenkliches Gesicht.

»Du hast auf dem Schiff noch mal mit ihm gesprochen, als wir unten auf dem Kai auf dich gewartet haben, stimmt's?«, fragte sie leise. »Hat er gesagt, dass er dich gern wiedersehen will?«

Éanna errötete leicht. »Was du schon wieder denkst!«

»Komm, gib es zu!«, drängte Emily.

»Na ja . . . ja . . . er hat mich vor der Relingspforte kurz abgepasst und . . . und mir noch ein paar gute Ratschläge gegeben. Dass wir uns bloß keine Banknoten andrehen lassen sollen, dass wir seine Bücher hier in New York am besten in einer Buchhandlung namens *Templeton's Fine Books* verkaufen und ... und noch andere Ratschläge eben«, antwortete Éanna ausweichend.

Emily schaute sie aufmerksam an. »Und ich soll dir nun glauben, dass das alles gewesen ist, was er zu dir gesagt hat? Komm, bind mir doch keinen Bären auf, Éanna! Ich weiß, wie verliebt er in dich ist. Du hättest doch damals in Dublin bloß mit den Fingern schnippen müssen und er hätte dir zu Füßen gelegen.«

»Patrick liegt keinem zu Füßen und vor mir schon gar nicht, schon allein, weil ich das nicht will, wie du sehr wohl weißt, Emily Farrell!« Éanna hatte ihre alte Sicherheit zurückgewonnen.

»Oh, oh! Jetzt wird das Eis, auf dem ich mich bewege, wohl sehr dünn. Wenn du *Emily Farrell* zu mir sagst, ist es immer allerhöchste Zeit, den Mund zu halten!«, entgegnete Emily erschrocken, doch in ihren Augen funkelte es belustigt.

»Richtig erkannt!«, brummte Éanna betont grimmig, um nicht in Versuchung zu geraten, sich von dem amüsierten Blick ihrer Freundin anstecken zu lassen. Sie sprang auf. »Statt noch mehr Zeit mit törichtem Gerede zu vertrödeln, sollten wir uns lieber wieder auf den Weg machen! Mal sehen, ob es irgendwo drüben bei den Fabriken am Hudson Arbeit für uns gibt!«

Arbeit gab es entlang des Hudson River sehr wohl, wie die schier endlosen Ketten rauchender Fabrikschornsteine den beiden Mädchen schon von Weitem verrieten, als sie sich dem Hafenviertel näherten. Auf dem Gelände vor den meisten der lang gestreckten, eingerußten Backsteingebäude herrschte rege Betriebsamkeit: Schwer beladene Fuhrwerke lieferten neues Rohmaterial an, andere transportierten die fertigen Produkte zu den Händlern oder Schiffen ab. Tausende mussten allein an diesem langen Uferstück auf der Westseite von Manhattan in Lohn und Arbeit stehen. Aber der unablässige Strom der Einwanderer aus Europa, der sich Tag für Tag von den Schiffen in die Stadt ergoss, sorgte überall für eine Nachfrage, die trotz der stetig wachsenden Wirtschaft das Angebot an einigermaßen gut bezahlten Arbeitsstellen weit überstieg.

Und so machten sich Éanna und Emily schließlich auch an diesem Tag gegen Abend müde und erfolglos auf den Rückweg zu ihrem Logierhaus in der Division Street. Unterwegs fiel Éannas Blick plötzlich auf ein Pappschild, das am Zaun vor einem imposanten Wohnhaus befestigt war und auf dem in breiter schwarzer Schrift geschrieben stand: *Verlässliches Zimmermädchen gesucht! NINA!*

Wie elektrisiert blieb sie stehen. »Mein Gott, Emily! Sieh doch nur! Die Leute in dem Haus hier suchen ein Zimmermädchen! Das wäre doch was für eine von uns . . . nein, eigentlich wäre es genau das Richtige für dich! Denn Brendan will ja nicht, dass *ich* in Stellung gehe.«

Unsicher sah Emily sie an. »Meinst du denn, ich hätte eine Chance?«

»Na klar! Warum denn nicht?« Éannas Gesicht leuchtete auf. Vielleicht würde sich am heutigen Tag ja doch noch alles zum Guten wenden! »Komm, wir versuchen es. Am besten, du sprichst jetzt gleich vor! Fragen kostet doch nichts! Vielleicht ist das heute ja unser Glückstag!«

»Na ja, ich kann es ja wirklich probieren. Aber du musst mitkommen, Éanna. Allein traue ich mich nicht!« Nachdenklich blickte Emily noch einmal auf das Schild. »Hast du eine Ahnung, was dieses *NINA* zu bedeuten hat? Ob das der Name der Hausherrin ist oder von sonst jemand im Haus, bei dem man sich vorstellen muss?«

Éanna zuckte die Achseln. »Keine Ahnung. Wichtig ist doch nur, dass sie ein Zimmermädchen suchen und dass wir vielleicht sogar die Ersten sind, die das Schild gelesen haben. Zumindest gibt es hier keine Konkurrenz weit und breit wie in den Fabriken. Vielleicht haben sie es sogar gerade erst an das Gitter gehängt. Also lass uns unser Glück versuchen, Emily!«

Beherzt stieß Éanna die schmiedeeiserne Gittertür auf und ging mit ihrer Freundin über einen kurzen Plattenweg auf das Haus zu, das von blühenden Blumenrabatten eingefasst war. Doch kurz bevor sie die drei Stufen, die zum Eingang hinaufführten, erreicht hatten, blieb sie abrupt stehen.

»Warte mal! Mir fällt gerade noch etwas Wichtiges ein. Wir sollten wohl besser nicht an die Haustür klopfen, das gehört sich nicht für Bedienstete und würde gleich einen schlechten Eindruck machen. Hier gibt es bestimmt an der Seite oder hinter dem Haus einen Dienstboteneingang.«

Emily nickte stumm. Sie war sichtlich aufgeregt.

Der Nebeneingang war schnell gefunden, brauchten sie doch nur dem gepflasterten Weg zu folgen, der links um das Haus führte. Und dann standen sie auch schon vor einer breiten Tür, an der ein poliertes Messingschild darauf hinwies, dass dies der Lieferanten- und Dienstboteneingang war.

Éanna betätigte den schweren Klopfer, der ebenfalls aus

massivem Messing bestand, und trat dann ein wenig hinter ihre Freundin zurück.

Augenblicke später wurde die Tür geöffnet und eine stämmige Frau mit einer Kochhaube auf dem Kopf und einer nicht mehr ganz weißen Schürze um die Taille stand vor ihnen im Türrahmen. Ihr Gesicht war sichtlich erhitzt und gerötet; in der Hand hielt sie einen schweren Fleischklopfer. Die beiden Mädchen hatten es ganz offensichtlich mit der Köchin des herrschaftlichen Hauses zu tun.

»Was wollt ihr?«, herrschte sie sie barsch und mit verkniffener Miene an. »Hier wird nicht gebettelt! Und Lumpen haben wir auch nicht abzugeben!«

»Wir . . . ich . . .«, setzte Emily stockend an, eingeschüchtert durch Ton und Verhalten der Frau.

»Ja?« Die Fremde hatte es sichtlich eilig, ins Haus zurückzukehren.

Éanna lächelte sie gewinnend an und Emily nahm noch einmal all ihren Mut zusammen. »Wir haben das Schild vorn am Zaun gelesen, Missis, auf dem steht, dass hier ein Zimmermädchen gesucht wird. Und da dachte ich, ich spreche einmal bei ihnen vor und . . .«

Weiter kam sie nicht, denn sofort fiel ihr die Köchin ungehalten ins Wort. »Könnt ihr nicht lesen, einfältige Bauerngören? Die gnädige Frau stellt kein irisches Pack wie euch ein! Das steht doch ganz deutlich auf dem Schild! Und das gilt nicht nur für diesen Haushalt, sondern für alle rechtschaffenen Leute, die in dieser Stadt Dienstpersonal suchen: *N-I-N-A!*« Und betont langsam und geringschätzig fuhr sie fort: »*No Irish need apply!** Und jetzt verschwindet gefäl-

* Übersetzt: »Iren brauchen (erst gar) nicht vorzusprechen!«

ligst vom Grundstück, sonst lasse ich euch die Hunde auf den Hals hetzen!« Drohend hob die Frau den Fleischklopfer in die Höhe und schlug den beiden ungläubigen Mädchen die Tür vor der Nase zu.

Verdattert und bestürzt sahen sie sich an und beeilten sich dann, zur Straße zurückzukehren.

»Das also heißt NINA!«, murmelte Emily mit hängendem Kopf, nachdem sie eine Weile schweigend nebeneinanderhergelaufen waren. »Ob dieses Wort wirklich überall steht, wo man Dienstpersonal sucht?«

»Bestimmt. Und damit wissen wir dann auch, dass wir uns gar nicht erst weiter um eine Arbeit als Dienstmädchen zu bemühen brauchen«, antwortete Éanna nicht weniger bedrückt. Der Einzige, der sich über diese neue Nachricht freuen würde, war wohl Brendan!

Eine Weile später traten sie durch die Tür des Emerald Isle in den Schankraum. Brendan war schon vor ihnen eingetroffen. Er saß bereits an einem der Tische und blickte auf, als sie eintrafen.

Éanna erschrak zutiefst, als sie ihn sah.

Siebtes Kapitel

Um Himmels willen, wer hat dich so zugerichtet, Brendan?«, stieß sie entsetzt über seinen Anblick hervor und stürzte zu ihm an den Tisch. »Hattest du einen Unfall im Hafen?« Aber schon im gleichen Moment überfiel sie eine dunkle Ahnung und sie wusste plötzlich, was wirklich passiert war. Denn genauso wie jetzt hatte Brendan ausgesehen, als er sich in Dublin in letzter Minute auf der *Metoka* eingeschifft hatte.

»Was ist mit deinem Gesicht passiert?«, entfuhr es auch Emily. »Das sieht ja böse aus!«

Brendan war in der Tat übel zugerichtet. Unter dem linken Auge zeichnete sich eine starke Schwellung ab, auf der rechten Wange waren mehrere tiefe Kratzer zu sehen und seine aufgeschlagene Unterlippe wirkte doppelt so dick wie normal. Auch seine Hände waren verletzt: Die Fingerknöchel wiesen Schürfwunden auf, an einigen Stellen hatten sich bereits blutige Krusten gebildet.

Anstelle einer Antwort griff er in seine Jackentasche und knallte einen Silberdollar auf die Tischplatte. »Mein erstes selbst verdientes Geld in New York!«, verkündete er stolz und grinste ein wenig schief.

Doch Éanna reagierte anders als erhofft. Wut und Enttäuschung funkelten in ihren Augen, als sie, beide Fäuste in die Seiten gestemmt, ihren Freund mit lauter Stimme anfuhr:

»Ich wusste es doch! Du Schwachkopf hast dich schon wieder auf einen Boxkampf eingelassen! Habe ich recht?«

»Ja und fast hätte ich ihn auch gewonnen. In der zehnten Runde hatte ich den Gegner fast so weit. War ein knallharter linker Haken, den ich diesem verdammten Preisboxer ans Kinn gesetzt habe. Da wäre er beinahe zu Boden gegangen.« Brendans geschwollenes Gesicht strahlte bei der Erinnerung. »Aber dann in der zwölften, da hatte ich einfach Pech, da hat er es geschafft, mich in der Ecke festzunageln und . . .«, er zuckte die Achseln, »na ja, fünf Dollar Preisgeld wären wohl auch zu schön gewesen, um wahr zu sein. Aber für diesen Dollar Antrittsgeld hier habe ich den Leuten doch gezeigt, dass ein Ire kämpfen kann und sich nicht so leicht von einem angestellten Tavernenboxer auf die Bretter legen lässt.«

»Du Dummkopf!«, brauste Éanna erneut auf. »Ein richtiger Ire prügelt sich nicht in miesen Tavernen zur Belustigung von Trunkenbolden, sondern kämpft auf ehrliche Weise um sein Brot! Der Kerl hätte dir die Knochen brechen und dich zum Invaliden schlagen können! Und was wäre dann gewesen, du hirnloser Held? Wo hättest du dann in Zukunft gearbeitet und was wäre aus uns geworden? Am liebsten würde ich dir links und rechts was um die Ohren geben, damit du zur Vernunft kommst und einsiehst, wie dumm und unbedacht das von dir gewesen ist!« Sie hob die flache Hand, als wollte sie Brendan tatsächlich einen Satz Ohrfeigen verpassen. Diesem hatten ihre Worte ganz langsam das Grinsen vom Gesicht gewischt.

An den Tischen hinter ihnen, wo man dem heftigen Wortwechsel belustigt gelauscht hatte, kam nun Gelächter auf und jemand sagte anerkennend: »Heiliger Sebastian, die hat ja ordentlich Pulver auf der Pfanne!«

Worauf eine andere Stimme spöttisch hinzufügte: »Und ganz sicher bei denen die Hosen an!«

Brendan schoss das Blut ins Gesicht und beschwichtigend streckte er die Arme nach Éanna aus. »Nun mach nicht so eine Szene und setz dich doch bitte erst mal hin, Éanna!«, beschwor er sie, packte ihr Handgelenk und zog sie neben sich auf einen Schemel. Dann fuhr er hastig und mit gedämpfter Stimme fort: »Mein Gott, versteh mich doch. Ich war einfach so sauer, dass es mit dem Job beim Granitschiff doch nicht geklappt hat. Und dann ist mir irgendwie zu Ohren gekommen, dass im Sawdust House auf der Bowery am frühen Abend diese Boxkämpfe beginnen, wo man sich zumindest einen Dollar verdienen kann, wenn man gegen die Boxer antritt, die der Wirt für sich in den Ring schickt. Da hat es mich einfach in den Fingern gejuckt und ich habe es eben gemacht! Ich konnte nicht anders. Und es ist doch alles glimpflich abgelaufen, mein Schatz!« Bittend sah er Éanna an.

Doch so leicht wollte sie es ihm nicht machen, dazu war sie zu schockiert über sein Verhalten. »Brendan, verstehst du denn nicht?«, fragte sie verzweifelt.

»Aber wir brauchen das Geld!«, beharrte er. »Und mein Gesicht verheilt schon wieder.«

Éanna funkelte ihn an, sodass er hastig hinzufügte. »Ich habe ja auch gar nicht vor, aus dem Boxen eine Dauerbeschäftigung zu machen.«

Sie schüttelte den Kopf. »Du verstehst es wirklich nicht«, sagte sie ruhig. »Weißt du denn nicht, was du mir damit antust?« Sie blickte ihm in die Augen. »Weißt du denn gar nicht, dass ich es nicht ertragen würde, dich zu verlieren, du dummer Kerl?« Sie merkte, wie ihre Stimme bei den letzten Worten anfing zu zittern.

Brendan war blass wie Kalk geworden und er schluckte nun mehrmals, als säße ihm etwas in der Kehle. »Ist ja schon gut, Éanna«, murmelte er bedrückt und sah dabei aus wie ein begossener Hund. »Ich verspreche es dir. Ich höre auf damit. Das war das letzte Mal.«

»Heiliges Ehrenwort bei den Seelen deiner toten Eltern und Geschwister?«, fragte sie ihn ernst.

Er blickte auf, schaute ihr fest in die Augen und nickte dann. »Ja, ich schwöre es bei den Seelen meiner toten Eltern und Geschwister.«

Éanna nickte und war froh, dass die Wirtin die ersten Töpfe mit dampfendem Stew aus der Küche brachte und für Ablenkung sorgte. Sie hätte in diesem Moment nicht sprechen können.

Ihr Blick hielt noch den von Brendan gefangen, als Tom Mahony die Schankstube betrat. Er sah verändert aus, was daran lag, dass er anstelle seines alten fadenscheinigen Hemdes und der Flickenjoppe offenbar nagelneue Kleider trug. Kaum hatte er Brendan entdeckt, da eilte er auch schon zu ihrem Tisch und rief spöttisch: »Mann, wie siehst du denn aus? Bist du vielleicht auf der Death Avenue unter die Räder gekommen oder in Five Points von einer Bande aufgemischt worden?«

»Ähm . . . das erzähl ich dir später mal«, winkte Brendan schnell ab und bemühte sich hastig, Toms Aufmerksamkeit von sich abzulenken: »Aber du siehst heute auch ganz schön anders aus. Wo hast du denn all die guten Kleider her? Hast du etwa jemandem in einer dunklen Gasse eins über die Rübe gezogen und ihm die Sachen abgenommen?«, witzelte er eine Spur zu munter.

Unaufgefordert und mit einem breiten Grinsen setzte sich Tom Mahony zu ihnen. Er genoss ihre Aufmerksamkeit sichtlich. »Von wegen! Alles ehrlich erworben, Freunde! Denn seit heute arbeitet euer geschätzter Freund Tommy Mahony für Tammany Hall und geht Stimmen kaufen!«, verkündete er großspurig.

Brendan runzelte die Stirn. »Was ist Tammany Hall?«

»Und was meinst du mit *Stimmen kaufen?«,* fügte Emily hinzu. »Stimmen für wen oder was?«

»Also das ist so«, begann Tom Mahony langsam, stützte die Ellenbogen auf den Tisch und beugte sich verschwörerisch vor. »Tammany Hall ist das Hauptquartier der Demokraten hier in New York im sechsten Bezirk, zu dem unter anderem auch Five Points gehört. Und die Demokraten liegen sich bei den Wahlen und auch sonst ständig mit den Anhängern der republikanischen Partei in den Haaren. Zu denen gehören die ganzen reichen Pinkel, also Banker, Händler, Fabrikbesitzer und all die anderen feinen Herrschaften, die hier wie die Maden im Speck leben, immer mehr Kohle anhäufen und uns einfache Leute dabei bis aufs Blut ausbeuten.«

»Mann, du redest ja schon wie einer dieser radikalen Umstürzler in unserer Heimat!«, entfuhr es Brendan.

Tom Mahony wehrte ab: »Nee, so einer muss man in Amerika zum Glück nicht sein, um ganz oben mitreden zu können, na ja, eben da, wo die Gesetze gemacht werden. Hier geht alles fein demokratisch zu, ganz anders als in Irland. Gewählt wird am Wahltag an der Urne. Da machst du einfach dein Kreuzchen und bestimmst so mit, wer in New York Bürgermeister wird oder irgendeinen anderen wichtigen Posten bekommt. Vorausgesetzt natürlich, dass du dich hast einbürgern und registrieren lassen.«

»Und was machst du da jetzt genau?«, fragte Éanna skeptisch. Weder sie noch Emily oder Brendan hatten bisher die Zeit und das Interesse gehabt, sich eingehender mit den politischen Verhältnissen in ihrer neuen Heimat zu beschäftigen. Dennoch hatte sie ihre Zweifel daran, dass die Politik in Amerika wirklich so demokratisch und unproblematisch gehandhabt wurde, wie Tom Mahony behauptete. Zumindest an seiner neuen Arbeit war irgendetwas faul, das spürte sie. So schnell verdiente man als irischer Einwanderer in keinem ehrlichen Job genug Geld, dass man sich nach nur einem einzigen Arbeitstag neue Kleider kaufen konnte! So viel hatte sie in den letzten Tagen bereits gelernt.

»Na ja, später soll ich unsere Landsleute natürlich beraten – ihnen dabei helfen, die Einbürgerung zu beantragen und sich als Demokraten registrieren zu lassen. Denn allein die demokratische Partei vertritt die Interessen von unsereinem, wie ihr ja sicher wisst!«, entgegnete Tom Mahony mit belehrendem Unterton in der Stimme.

»Und was ist es dann, womit du im Moment so viel Geld verdienen kannst?«, hakte Emily nach, die langsam genug von diesen aufschneiderischen Geschichten hatte.

»Ganz einfach«, er lächelte sie breit an, »ich sorge dafür, dass die Leute bei der Wahl ihr Kreuzchen an der richtigen

Stelle setzen. Und gewählt wird hier alle naselang. Da gibt es also ständig jede Menge Arbeit für einen wie mich.«

»Du rührst also für die Demokraten die Werbetrommel?«, folgerte Emily.

Tom Mahony bedachte sie mit einem mitleidigen Blick. »Quatsch! Das läuft hier ganz anders! Man kauft einfach die Stimmen, indem man den Leuten ein paar neue Schuhe, ein paar Pfund Kartoffeln oder auch mal eine Kiepe Kohlen zukommen lässt.«

Éanna nickte. Warum überraschte es sie nicht, was Tom da sagte. »Ich weiß nicht, ob es hier in Amerika ein anderes Wort für das gibt, was du machst, Tom Mahony«, stellte sie bissig fest. »Aber in Irland nennt man so etwas Bestechung und Wahlbetrug.« Scharf blickte sie ihn an. »Von ehrlich verdientem Geld kann also kaum die Rede sein!«

Tom ließ sich nicht aus der Ruhe bringen. Lässig winkte er ab. »Blödsinn! Und wennschon, Papier ist geduldig. Außerdem machen es die anderen Parteien doch genauso! Bei der letzten Bürgermeisterwahl haben die Republikaner heimlich fünfhundert Leute aus Philadelphia nach Five Points gekarrt, die hier eigentlich gar nicht wählen durften! Und das war keine Ausnahme, wie man mir in Tammany Hall versichert hat. Hier schenken sie einem nichts, Freunde. Politik ist eben nichts für Weicheier, die auf irgendein Geschreibsel pochen, das in einem verstaubten Gesetzbuch steht! Wer so dumm ist, der gibt den Löffel aus der Hand und überlässt den Republikanern freiwillig die Macht!«

»Dennoch bleibt es Betrug!«, beharrte Éanna.

Mitleidig blickte Tom Mahony sie an. »Mädchen, von solchen Dingen verstehst du eben nichts. Das ist was für Männer. Dass ihr Frauen nicht wählen dürft, kommt ja nun wirklich nicht von ungefähr!«

Sie hatte schon eine scharfe Erwiderung auf der Zunge, als Brendan ihm ins Wort fiel. Gefährlich leise sagte er: »Tom, halt deinen Mund. Auf Éanna lasse ich nichts kommen – und auf Emily auch nicht!«

»Das will ich auch meinen!«, grollte Emily und schoss Tom Mahony einen bitterbösen Blick zu. »Was euch Männer über uns Frauen stellt, möchte ich doch zu gern einmal wissen. Intelligenz kann es jedenfalls nicht sein, so viel steht für mich fest, wenn ich dich reden höre, Mahony!«

Éanna lachte und auch Brendan musste bei Emilys Gefühlsausbruch grinsen.

Tom Mahony jedoch verzog nur säuerlich das Gesicht.

Bevor sich der Wortwechsel zu einem handfesten Streit ausweiten konnte, bemühte sich Brendan, das Gespräch wieder in eine weniger explosive Richtung zu lenken. »Da ist noch eine Sache, die ich bei diesem Stimmenkaufen nicht ganz verstehe, Tom: Wie könnt ihr denn bei einer Wahl auch sicher sein, dass die Leute, die ihr bestochen ... äh, ich meine natürlich, die ihr für die Demokraten gewonnen habt, auch tatsächlich an der richtigen Stelle ihr Kreuz machen? Sie könnten doch auch einfach eure Geschenke erst annehmen und dann später an der Urne für die Partei stimmen, die sie eigentlich wählen wollen.«

Doch Tom Mahony war, wie seine verkniffene Miene unschwer erkennen ließ, nicht mehr in Plauderstimmung. »Du kannst sicher sein, dass wir Mittel und Wege gefunden haben, dieses Problem zu lösen!«, entgegnete er knapp, während er seinen Schemel zurückstieß und aufstand. »Aber das erzähle ich dir einmal, wenn man *vernünftig* miteinander reden kann!« Dabei bedachte er Éanna und Emily mit einem wütenden Blick. »Du weißt jetzt ja, wo du mich finden kannst, Brendan. Und wenn du clever bist, machst du bei uns mit und verdienst dir so wie ich eine Stange Geld, ohne dir dafür die Finger zu beschmutzen und dich abzurackern!« Mit diesen Worten wandte er sich abrupt um und steuerte einen der freien Tische in der entgegengesetzten Ecke des Schankraums an.

Als sich in dieser Nacht Brendan zu ihr herunterbeugte, leise ihren Namen flüsterte und ihr seine Hand entgegenstreckte, blieb sie regungslos liegen. Abermals tauchten die Bilder vor ihr auf, was passiert wäre, wenn der Kampf anders ausgegangen wäre, wenn Brendans Gegner einmal zu heftig zugeschlagen hätte – oder an der falschen Stelle. Und noch etwas ging ihr durch den Kopf: Was wäre, wenn Toms Einfluss auf Brendan größer würde? Würde Brendan genauso leichtsinnig wie den Kampf einzugehen zum Betrüger werden? Nur um Geld zu verdienen?

Sie schluckte und Tränen stiegen in ihre Augen. »Versprich mir, dass du es nie wieder tust«, flüsterte sie leise in die Dunkelheit.

»Ich verspreche es dir«, sagte er.

Jetzt erst ergriff sie seine Hand und drückte so fest zu, als wolle sie niemals wieder loslassen.

Achtes Kapitel

Es dauerte bis zum sechsten Tag ihrer Ankunft in Amerika, bis sich der erste kleine Lichtblick zeigte. Am Abend zuvor hatten sie schon darüber gesprochen, dass sie sich allmählich nach einer billigeren Unterkunft umsehen müssten, falls in den folgenden Tagen keiner von ihnen eine Arbeit fand. Und Brendan hatte sogar kurz auf die Bücher angespielt und Éanna gefragt, ob sie sich nicht einmal bei einem Buchhändler erkundigen wolle, wie wertvoll sie seien. Es war ihm sichtlich schwergefallen, dieses Thema anzusprechen – so wie er alles mied, was irgendwie mit Patrick O'Brien zu tun hatte.

Genau wie in den Tagen zuvor verließen Éanna, Brendan und Emily auch an diesem Morgen das Logierhaus um halb sechs. Denn wer schon zu so früher Stunde unterwegs und auf der Suche nach Arbeit war, konnte hoffen, in einer Fabrik oder im Hafen für jemanden eingestellt zu werden, der an diesem Tag krank war oder aus einem anderen Grund nicht pünktlich zur Arbeit erschien.

Mit einem Kuss und einem Lächeln trennte sich Éanna vor dem Emerald Isle von Brendan. Als sie wenige Minuten später der Eldridge Street nach Norden folgten, stießen Éanna und Emily auf einmal auf eine Ansammlung von kleinen Mädchen, die sich, gut fünf Dutzend an der Zahl und viele von ihnen nicht älter als sieben oder acht Jahre, in einer schmalen Tordurchfahrt drängten.

Neugierig ging Éanna näher. »Schau mal dahinten die Kinder, Emily! Los, lass uns mal herausfinden, was es mit diesem Gedränge auf sich hat!« Kurz entschlossen lief sie auf die Gruppe zu und sprach eines der Mädchen an, das ganz hinten stand und eifrig achtgab, beim Vorrücken nicht den Anschluss zu verlieren.

»Da im Hof ist der Laden von Mister Patterson«, erklärte das schmächtige Kind. »Da kann man Streichhölzer kaufen.«

»Kaufen?«, wiederholte Éanna verständnislos.

Das Mädchen lachte und zeigte dabei mehrere Zahnlücken. »Ja, erst kaufen, um sie dann zu verkaufen natürlich. Mister Patterson gibt hier jeden Morgen siebzig Streichholzschachteln für vierzig Cent ab«, erklärte es bereitwillig. »Dann nimmt man aus jeder Schachtel ein paar heraus und macht daraus noch zwanzig oder sogar mehr kleine Extrabündel, die man mit Garn umwickelt. Und dann verkauft man die Schachteln und die Bündel für einen Cent das Stück. An einem guten Tag und in einem guten Revier kann man mit einem Gewinn von fünfzig Cent nach Hause kommen.«

Éanna und Emily sahen sich an. Fünfzig Cent war in ihrer prekären Lage eine Menge Geld.

»Was meinst du, wollen wir es versuchen?«, fragte Éanna aufgeregt. Endlich schien sich ihnen die Chance zu bieten, zumindest ein wenig Geld zu verdienen.

Emily nickte. »Und ob ich das meine! Aber haben wir auch genug Geld dabei, um diese Streichholzschachteln zu kaufen?«

Sie kramten ihre Münzen aus der Tasche, zählten rasch ihren Wert zusammen und kamen auf dreiundvierzig Cent.

Sofort reihten sie sich in die wartende Schlange hinter dem Mädchen ein, das ihnen die kostbare Auskunft gegeben hatte. Keinen Augenblick zu früh, denn da bog schon eine weitere Gruppe von Kindern um die Ecke und eilte zum Tordurchgang.

Es dauerte eine Weile, bis sie endlich im Schuppen von Mister Patterson standen, ihre vierzig Cent auf den verschrammten Tisch legen konnten und von ihm einen Karton mit siebzig Streichholzschachteln ausgehändigt bekamen.

Weitere zwei Cent kostete sie kurz darauf in einem Laden für Nähbedarf eine Rolle dünnes weißes Garn.

»Nun bleibt uns noch genau der eine Cent für ein Stück Brot am Mittag übrig, auch wenn wir keine einzige Schachtel loskriegen!«, stellte Emily fest.

»Von wegen! Wir werden sie heute alle verkaufen!«, sagte Éanna zuversichtlich. »Und morgen haben wir dann Geld, damit jede von uns einen eigenen Karton kaufen kann!«

Sie suchten sich eine stille Ecke, wo sie aus jeder Schachtel mehrere Streichhölzer herausnahmen und mit dem Garn zu kleinen Bündeln zusammenschnürten. Dabei dauerte es eine ganze Weile, bis sie herausgefunden hatten, wie viele Hölzer man aus jeder Schachtel nehmen musste, um zwanzig zusätzliche Bündel zu erhalten. Schließlich aber zogen sie erwartungsvoll und mit neuer Hoffnung los, um als *Peddler,* wie herumziehende Straßenverkäufer in New York genannt wurden, ihr Glück zu versuchen.

Doch schnell holte die raue Wirklichkeit der Großstadt die beiden ein; bereits nach wenigen Stunden hatten Éanna und Emily gelernt, wie mühselig das Leben eines Streichholzpeddlers war, wie hart jeder einzelne Cent erkämpft werden musste. Diejenigen Mädchen, die schon länger im Geschäft waren, betrachteten einige belebte Straßenblocks mit den dazugehörigen Tavernen und Cafés als ihr ureigenes Revier. Auch andere Erfolg versprechende Örtlichkeiten wie Kreuzungen, wo die Menschen stehen bleiben und auf einen günstigen Moment zum Überqueren der Straße warten mussten, waren heiß umkämpft.

Mit der Verbissenheit von Menschen, deren Überleben an einem seidenen Faden beziehungsweise an einigen Dutzend Streichholzbündeln und -schachteln hing, wurden diese Orte gegen unerwünschte Konkurrenz verteidigt. Éanna und Emily mussten sich an diesem ersten Tag in ihrem neuen Geschäft Verwünschungen und Flüche anhören, sie wurden bespuckt und zweimal sogar von mehreren verwahrlost aussehenden Kindern mit selbst gemachten Messern und spitz zulaufenden scharfen Glasscherben bedroht.

»Ich schätze, wir sollten uns eine Gegend suchen, wo wir nicht an jeder Ecke in einen Streit mit anderen Streichholzmädchen geraten, die hier schon länger ihre Runden ziehen«, sagte Emily, als sie mittags erschöpft und ernüchtert in einem kleinen Park in Lower Manhattan Rast machten. Bisher hatten sie kein einziges Streichholz verkauft und ihre Hoffnung, an diesem Tag vierzig oder gar fünfzig Cent zu verdienen, war rapide gesunken.

»Du hast recht, so wird das mit diesem Geschäft nichts«, stimmte Éanna ihr zu. »Lass uns doch weiter hoch in den Norden der Stadt laufen. Auf dem Weg können wir im Buchladen von diesem Mister Templeton vorbeischauen.«

»Willst du die Bücher wirklich schon verkaufen?«, fragte Emily überrascht.

Éanna schüttelte den Kopf. »Nein. Sie sollen unsere eiserne Reserve bleiben für Zeiten, in denen es uns dreckig geht. Aber es schadet doch nichts, sich das Geschäft schon einmal anzusehen.« Sie biss sich auf die Lippen, weil sie nur zu gut wusste, dass sie ihrer Freundin nicht die volle Wahrheit sagte. Doch allein bei dem Gedanken daran, in der Buchhandlung tatsächlich eine Nachricht von Patrick O'Brien vorzufinden, schlug ihr Herz plötzlich schneller. Einerseits hätte sie nur zu gern gewusst, wie es ihm in den letzten Tagen ergangen war, andererseits hatte sie sich geschworen, ihn für immer aus ihrem Leben zu verbannen.

Gedankenverloren folgte sie Emily. So wanderten sie erst ein Stück die Bowery Street hinauf, die mit ihren zahllosen Tavernen, Dancing Saloons, deutschen Biergärten, Bowlingbahnen, Spielklubs, Varietétheatern und anderen Vergnügungsstätten als der *Broadway des kleinen Mannes* galt. Aber auch hier, wo Tag und Nacht ein potenzieller Kundenstrom die Straße auf und ab wogte, mussten sie schnell die Flucht vor der Konkurrenz antreten.

Dann aber hatten sie endlich Glück und konnten ihre ersten beiden Streichholzschachteln in der Broome Street verkaufen, die die meilenlange Bowery Street kreuzte und wie der kurze Querbalken eines H mit dem ebenso langen Broadway verband. Gleich fühlten sie sich ein bisschen besser und schöpften neue Hoffnung.

»Es braucht eben alles seine Zeit«, bemerkte Éanna und umarmte Emily erleichtert, nachdem der Kutscher einer wartenden Mietdroschke, der seine Pfeife hatte anzünden wollen, ihnen an der Ecke zum Broadway ein weiteres Streichholzpäckchen abgenommen hatte. »Du wirst sehen, bald werden auch wir unser Revier abgesteckt haben und zu den alten Hasen im Geschäft gehören!«

»Dein Wort in Gottes Ohr und in dem der lästigen Konkurrenz!«, erwiderte Emily lächelnd.

Als sie über den Broadway wanderten, vergaßen die beiden für eine Weile ihre Geschäfte. Viel zu sehr waren sie damit beschäftigt, mit großen Augen in die herrlichen Auslagen zu blicken und staunend all den unbekannten Luxus zu betrachten, der sich ihnen in den vielen Schaufenstern bot. Doch sie hätten auf der Prachtstraße auch nicht die geringste Chance gehabt, ihre Ware zu verkaufen, war dies doch das Revier der ältesten und gerissensten Peddler, deren Blicke den beiden fremden Mädchen mit der Streichholzkiste argwöhnisch folgten, ohne dass diese es so recht wahrnahmen.

»Mein Gott, von den meisten Dingen, die da in dem Schaufenster ausgestellt sind, weiß ich noch nicht einmal, wozu sie gut sein sollen!«, sagte Emily und blieb mit offenem Mund vor einem Geschäft stehen, das sich *Madame Corbet's French Kitchen* nannte. Hier wurden aus Frankreich importiertes feinstes Porzellangeschirr und allerlei andere edle Haushaltsgegenstände präsentiert. »Was das wohl alles kosten mag? Sieh doch nur da drüben die wunderschön bemalte Suppenterrine mit dem Goldrand! Jedenfalls nehme ich mal an, dass es eine sein soll.«

Éanna zuckte gleichmütig die Achseln. »Suppe bleibt Suppe, egal worin sie auf den Tisch kommt, das ist meine Meinung dazu.«

»Ich bin sicher, dass in so einem Ding nur das beste Essen aufgetischt wird! Mein Gott, wie gut es diesen Leuten gehen muss, die sich so etwas leisten können«, fuhr Emily schwärmerisch fort und seufzte neidisch.

»Hör schon auf zu träumen, Emily!« Éanna zog die Freundin, deren Nase fast das Schaufenster berührte und die bereits die missbilligenden Blicke einiger vornehm gekleideter Passanten auf sich gezogen hatte, an der Hand weiter. »Wir können uns doch auch nicht beklagen über das, was im Emerald Isle auf den Tisch kommt, oder? Satter kann man von dem Essen der feinen Leute ganz sicher auch nicht werden! Und jetzt lass uns endlich auf die Suche nach diesem verflixten Buchladen gehen!«

Sehnsüchtig blickte Emily sich noch einmal um. »Einmal so ein Geschäft zu betreten und da etwas kaufen zu können, das werden wir beide wohl niemals schaffen.«

»Emily, ich kann dich nur zu gut verstehen, aber hör bitte auf, so zu denken!«, bat Éanna die Freundin nun eindringlich. »Wenn man nur auf das schaut, was andere haben und was man selbst nie erreichen kann, macht man sich doch nur unglücklich! Denk lieber an die unzähligen Armen bei uns zu Hause in Irland, die halb verrückt vor Hunger sind und auf den Landstraßen zu Hunderten, ja Tausenden elend krepieren müssen. Oder an all diejenigen, die die Hungersnot vielleicht überleben, aber es nie schaffen werden, nach Amerika zu kommen. Für die sind wir die Glücklichen, weil wir eine zweite Chance bekommen haben!«

»Ich weiß.« Emily seufzte, während sie Éanna in die Bleeker Street folgte, die links vom Broadway abbog. »Es war ja auch nur so ein Gedanke.«

»Ja, und zwar ein ganz schön törichter! Solche Gedanken sind Gift! Und nicht nur für uns, sondern auch für jeden anderen, egal wie reich er sein mag! Weil sie einen nämlich unzufrieden und neidisch werden lassen. Und das nagt dann unablässig an einem wie ein gefräßiges Tier und macht alles kaputt, was man erreicht hat.«

Emily lachte schon wieder und legte Éanna den Arm um die Schulter. »Was für weise Worte meine kluge Freundin von sich gibt! Manchmal kannst du ganz schön hart sein, Éanna Sullivan, weißt du das?«

»Ach was«, Éanna schüttelte störrisch den Kopf, »ich bin nicht hart, sondern sehe die Dinge nur so, wie sie sind! Gegenstände, so wertvoll sie auch sein mögen, bringen kein Glück, das habe ich schon von meinen Eltern gelernt. Glück bringt nur das, was man im Herzen besitzt – zum Beispiel zu wissen, dass man eine Freundin hat, wie du sie bist.« Warm lächelte sie die überraschte Emily an und drückte sie an sich. »So und damit genug unserer weisen Worte. Auf zu Mister Templeton!«

Wenig später standen sie an der Ecke Green und Bleeker Street vor dem Buchladen. Doch er war ganz offensichtlich geschlossen. Ein großes Schild war von innen gegen das Glas der Ladentür geklebt, auf dem in schöner, leicht verschnörkelter Handschrift eine Nachricht für Mister Templetons Kundschaft stand:

Ich bedaure, meiner werten Kundschaft hiermit mitteilen zu müssen, dass meine Buchhandlung aufgrund einer dringenden und traurigen Familienangelegenheit, die meine sofortige Abreise nach Chicago nötig gemacht hat, für einige Zeit geschlossen sein wird. Sowie es mir möglich ist, wieder nach New York zurückzukehren, wird Ihnen Templeton's Fine Books *wieder zu den üblichen Öffnungszeiten zur Verfügung stehen.*

Mit der Bitte um Verständnis für diese Unannehmlichkeit, die zu meiner großen Betrübnis mit der vorübergehenden Schließung für viele meiner werten Kunden verbunden sein dürfte, und in der Hoffnung auf loyale Verbundenheit!

Charles J. Templeton, 27. Mai 1848

PS: Bestellte und zurückgelegte Bücher werden bei meiner Rückkehr gern ausgeliefert, unterliegen jedoch nicht dem Abnahmezwang!

Als Éanna die Nachricht gelesen hatte, fühlte sie sich erleichtert und war zugleich doch auch ein bisschen enttäuscht. Sie würde also auf unbestimmte Zeit nicht in Erfahrung bringen können, ob Patrick O'Brien Wort gehalten und ihr tatsächlich hier eine Nachricht hinterlegt hatte. Und auch sein kostbares Geschenk war damit erst einmal wieder in Sicherheit, denn sie wollte die sechs Bücher keinem anderen Buchhändler anvertrauen. Irgendetwas in ihr hatte sich von Anfang an gegen den Gedanken gesträubt, die wunderschöne Gesamtausgabe gegen eine Handvoll Münzen einzutauschen, von denen nach einiger Zeit nichts mehr übrig sein würde. Denn mit Patricks Präsent verband sie wertvolle Erinnerungen an die Zeit in seinem Schreibzimmer in der Dorset Street. Niemandem, nicht einmal Brendan oder Emily, hatte sie jemals so viel über ihr Leben und ihre Vergangenheit anvertraut wie ihm. Selbst vom qualvollen Tod ihrer Eltern und Geschwister hatte sie Patrick O'Brien damals erzählt.

»Chicago, was ist das eigentlich für eine Stadt?« Emilys Stimme riss sie aus ihren Gedanken. »Liegt sie weit weg von hier?«

Éanna versuchte, sich zu erinnern. Mister O'Brien hatte ihr einmal eine Landkarte von Amerika gezeigt. Aber allzu gut vermochte sie sich nicht an die Einzelheiten zu erinnern. Sie wusste nicht mehr genau, wo dieses Chicago lag. Was ihr dagegen noch deutlich vor Augen stand, war, wie unermesslich groß Amerika auf der Karte gewirkt hatte. Zwischen den beiden Küsten im Osten und im Westen erstreckten sich mehr als dreitausend Meilen Land und einige dieser Gebiete waren bis heute nicht einmal von Menschen erschlossen worden, hatte sie damals erfahren und war von dieser Information unglaublich beeindruckt gewesen.

»Ich glaube, Chicago liegt irgendwo im Westen an einem riesigen Binnensee und man muss ganz sicher eine lange Reise mit der Eisenbahn oder dem Schiff auf sich nehmen, um dort hinzukommen. Aber mehr weiß ich leider auch nicht.«

»Dann kann es ja noch lange dauern, bis Mister Templeton zurückkommt und sein Geschäft wieder aufmacht«, sagte Emily und zuckte die Achseln. »Na ja, in New York gibt es genug andere Buchhandlungen, wo du die Bücher verkaufen kannst, wenn es nötig werden sollte.«

»Lass uns erst mal sehen, wie weit wir beide es als Peddler bringen und ob Brendan vielleicht heute auch eine Arbeit gefunden hat«, antwortete Éanna ausweichend.

Als die beiden Mädchen am Abend müde und mit schmerzenden Füßen im Logierhaus eintrafen, hatten sie zwar nicht all ihre Schachteln und Bündel verkauft, aber es blie-

gut gemacht, dass ich morgen gleich wiederkommen soll. Man hat mir sogar Arbeit in der Gießerei in Aussicht gestellt, wenn ich mich in den nächsten Tagen als zuverlässig erweise. Und Teufel noch mal, ich werde der zuverlässigste Mensch auf der ganzen Erde sein! Und dann gibt es nicht nur einen halben Dollar Lohn, sondern fast das Doppelte, nämlich fünfundachtzig Cent. Später ist vielleicht sogar noch mehr für mich drin, wenn ich eines Tages einen Job an den Hochöfen ergattern kann.«

»Ach Brendan, das sind ja großartige Nachrichten! Jetzt geht es endlich mit uns aufwärts! Ich wusste doch, dass es früher oder später so kommen würde. Jetzt haben wir alle drei eine Arbeit!«, rief Éanna stolz vor Freude und gab ihrem Freund einen Kuss auf den Mund. Brendans Augen leuchteten auf.

»Was meint ihr, ist das heute nicht ein Grund zum Feiern?«, rief er überschwänglich. »Hey Conny, eine Runde Porter für uns drei!«

»Klar ist das ein Grund!« Éanna lachte und war in diesem Moment so glücklich wie schon lange nicht mehr. Und auch Emily hatte wenig gegen einen Krug Bier von Cornelius McCartys bestem Gebräu einzuwenden.

Es wurde ein richtig schöner ausgelassener Abend. Brendan, Éanna und Emily lachten und scherzten mit den anderen Gästen in der Schankstube, man erzählte einander Geschichten aus der alten und der neuen Heimat und schließlich begann ein alter Mann sogar mit tiefer wohlklingender Stimme, irische Volksweisen zu singen. Nicht einmal Tom Mahony störte an diesem Abend die Harmonie. Erst Tage später sollten sie erfahren, dass er ausgezogen war und sich eine andere Bleibe gesucht hatte, ohne sich von ihnen zu verabschieden.

Am Tag darauf erhielt Brendan die feste Anstellung bei Browning & Dunham. Und eine halbe Woche später arbeitete er schon für fünfundachtzig Cent Tageslohn in der Gießerei.

Am folgenden Sonntagmorgen, als sie sich auf dem Weg zur Messe in St. Patrick befanden, hatte er eine aufregende Neuigkeit für Éanna und Emily:

»Was haltet ihr beiden davon, wenn wir aus dem Logierhaus ausziehen?«, begann er das Gespräch. »Wir sind nun schon fast zwei Wochen in New York und ich denke, es wird langsam Zeit, aus dieser engen Kammer im Emerald Isle herauszukommen und sich nach etwas Eigenem umzusehen. Außerdem kostet uns das Zimmer auf Dauer einfach zu viel Geld.« Spitzbübisch grinste er die Mädchen an, die verblüfft stehen geblieben waren. »Stellt euch vor, ich habe eine kleine Wohnung für uns gefunden. Wir können sie uns heute noch ansehen, und wenn sie uns zusagt, ziehen wir am Dienstag schon ein!«

Éanna und Emily wussten nicht recht, was sie sagen sollten. »Woher hast du denn eine Wohnung?«, fragte Éanna schließlich erstaunt. »Du hast doch in den letzten Tagen immer bis zum Abend gearbeitet und bist dann gleich zu uns ins Logierhaus gekommen!«

Brendan lachte und sah einen Moment lang aus wie ein Zauberer, dem ein besonders aufsehenerregender Trick geglückt war. »Ich habe da in der Gießerei einen Freund, der mit mir in einer Gruppe arbeitet und wirklich in Ordnung ist. Keiner wie Tom Mahony«, betonte er rasch, als er Éannas skeptischen Blick sah. »Er heißt Liam und ist etwa in meinem Alter, vielleicht auch ein Jahr oder zwei älter. Wir treffen ihn gleich nach der Messe, dann könnt ihr ihn kennenlernen. Na ja und in dem Mietshaus, in dem er zur Untermiete wohnt, wird gerade eine kleine Wohnung frei. Ein Apartment, wie sie hier dazu sagen. Zwei Zimmer. Herd und Ofen sind schon drin und gehören dazu.«

»Und wo liegt diese Wohnung?«, fragte Emily, der Brendans Vorschlag viel zu perfekt vorkam.

Brendan zögerte kurz, bevor er antwortete. »Auf der Cross Street.«

»Aber das ist ja in Five Points!«, rief Éanna erschrocken. »Das ist doch eine der Straßen, die sich bei der Old Brewery kreuzen, erinnerst du dich nicht, Brendan?«

»Ja schon, aber das Haus liegt ein ganzes Stück davon entfernt, fast schon oben an der Mott Street!«, erklärte Brendan hastig. »Und so schlimm ist es da gar nicht, das hat Liam mir mehrmals versichert. Da wohnen auch viele anständige Leute, die ihr Brot mit ehrlicher Arbeit verdienen. Über Five Points wird wahrscheinlich einfach nur viel zu viel dummes Zeug geredet. Außerdem können wir uns gar nichts anderes leisten. Ich habe mich schon umgehört – alles, was außerhalb vom sechsten Bezirk liegt, können wir einfach nicht bezahlen. Und dass wir nicht ewig im Emerald Isle bleiben können, steht ja wohl auch fest. Da schmeißen wir das Geld zum Fenster raus und füllen Conny und seiner Frau nur die Taschen!«

»Da ist was Wahres dran«, räumte Emily ein. »Vierzig Cent pro Nacht für Kost und Logis sind ein Haufen Geld, davon könnten wir gut etwas sparen!«

»Und was soll dieses Apartment kosten?«, wollte Éanna wissen, die Brendan und Emily in diesem Punkt zwar recht gab, über die Aussicht, nach Five Points zu ziehen, aber alles andere als erfreut war.

»Der Vermieter nimmt sieben Dollar den Monat, bezahlt wird jedoch jede Woche im Voraus, also ein Dollar und fünfundsiebzig Cent pro Woche«, antwortete Brendan. »Und das ist für uns doch erschwinglich, jetzt, wo ich eine feste Anstellung in der Gießerei habe und ihr ordentlich dazuverdient.«

Emily verzog das Gesicht. »Na ja, ordentlich ist wohl ganz schön übertrieben. Gestern haben wir es gerade mal auf vierundzwanzig Cent gebracht – ein Hungerlohn für einen elend langen Tag Lauferei und bessere Bettelei!«, erklärte sie verdrossen. Mittlerweile besaßen die Mädchen einen ganzen Karton voll unverkaufter Streichholzschachteln und -bündel, sodass sie sich erst einmal nicht mehr in die frühmorgendliche Schlange bei Mister Patterson einreihen mussten.

»Aber Geld ist das auch und davon könnten wir immerhin schon mal das Essen bezahlen«, erwiderte Brendan. »Und raus müssen wir über kurz oder lang aus dem Logierhaus, darin sind wir uns doch wohl alle einig, oder?«

Éanna nickte und musste gegen ihren Willen lachen, als sie sah, mit wie viel Eifer und Ausdauer Brendan seinen Plan verfolgte. Vorerst gab sie sich geschlagen. »Also gut, ansehen können wir uns das Apartment ja mal. Aber bitte lass uns erst dann entscheiden, in Ordnung?«

Brendan machte ein erleichtertes Gesicht und legte seinen Arm um ihre Schulter. »Jaja, mein kleiner Sturkopf, aber wir könnten es uns da richtig hübsch machen, du wirst schon sehen!«

Éanna erwiderte seinen Blick mit einem etwas gequälten Lächeln. Ihr war beklommen zumute bei dem Gedanken, schon jetzt aus dem Logierhaus auszuziehen – und zwar nicht allein deshalb, weil diese Wohnung, von der Brendan so schwärmte, in Five Points lag. Etwas anderes bereitete ihr zusätzliche Bauchschmerzen: Sie würden sich in dem sogenannten Apartment nicht länger *eine* Kammer zu dritt teilen, sondern fortan *zwei* Zimmer bewohnen. Und was das für sie und Brendan bedeutete, wusste sie nur zu gut. Nur ob sie es auch wirklich wollte, das wusste sie nicht.

Neuntes Kapitel

Patrick musste einiges an Selbstbeherrschung aufbringen, um sich seine Aufregung und erwartungsvolle Anspannung nicht anmerken zu lassen, als er das Büro des Verlegers Benjamin Park in dessen dreistöckigem Verlagsgebäude in der Houston Street betrat.

Zwei Verleger hatte er seit seiner Ankunft in New York schon aufgesucht, doch keiner von ihnen hatte Interesse an seinem Manuskript gezeigt. Schon nach wenigen Sätzen über den Inhalt seiner Niederschrift hatten sie ihm mit freundlichem Bedauern mitgeteilt, dass solch ein Buch entweder nicht in ihr Programm passe oder ihrer Ansicht nach keine Aussicht habe, auch nur die Druckkosten wieder einzuspielen. Dagegen hatte Benjamin Park ihn in Ruhe ausreden lassen, um Aushändigung des Manuskriptes gebeten und ihm versichert, ihn nach eingehender Prüfung so schnell, wie es seine Arbeit eben zuließ, über sein Urteil in Kenntnis zu setzen. Und nun, keine fünf Tage nach ihrer ersten Begegnung, hatte er ihm am Morgen eine Nachricht per Boten ins *Shakespeare Hotel* geschickt, dass er an diesem Nachmittag gern mit ihm über sein Buch sprechen wolle. Wenn es genehm sei, zwischen fünf und sechs, wenn er den Kopf für neue Projekte frei habe.

»Bitte nehmt doch Platz, Mister O'Brien!«, forderte Benjamin Park seinen Besucher mit einer jovialen Handbewegung auf und deutete auf zwei lederbezogene Lehnstühle, die vor seinem imposanten Arbeitstisch standen. Dabei verstreute er achtlos Zigarrenasche über den mit Papieren und Druckerzeugnissen aller Art überhäuften Tisch. »Macht es Euch bequem, damit wir in aller Ruhe miteinander reden können.« Er war ein kräftiger Mann in den Vierzigern, in dessen Gesicht besonders der bleistiftdünne schwarze Schnurrbart und das spitz zulaufende Van-Dyck-Bärtchen am energischen Kinn auffielen.

»Verbindlichen Dank«, erwiderte Patrick mit einem höflichen Nicken, setzte sich in einen der Stühle und legte Sommerhut und Spazierstock auf dem anderen ab. Er trug seinen neuen silbergrauen Anzug aus feinem leichtem Stoff, galt es doch, bei diesem Gespräch einen möglichst positiven Eindruck zu machen.

»Zigarre?« Benjamin Park griff zu einer Holzschatulle und hielt sie seinem Gegenüber mit hochgeklapptem Deckel hin. »Greift zu! Bester Virginiatabak. Extra für mich angefertigt!«

Lächelnd wehrte Patrick ab, während sein Herz heftiger zu schlagen begann. Kein Verleger bot einem unbekannten Schriftsteller, der noch keine Veröffentlichungen vorzuweisen hatte, grundlos eine seiner Zigarren an, oder? Das konnte doch nur etwas Gutes bedeuten!

»Sehr freundlich von Euch, Mister Park. Aber ich habe den Stummel meiner letzten Zigarre gerade erst unten vor Eurem Haus einem Bettler überlassen«, log er. Aus Zigarren machte Patrick sich nicht viel. Und außerdem war er mittlerweile so aufgeregt, dass er fürchtete, seine zitternden Hände könnten ihn beim Anstecken und Rauchen der Zigarre verraten.

»Verstehe! Man soll es damit ja bekanntlich nicht übertreiben, obwohl ich persönlich die Finger den ganzen Tag lang nicht von diesen Dingern lassen kann. Aber hält mich wenigstens in Gang, dieses Teufelszeug!« Der Verleger lachte mit tiefer Stimme, dann ließ er den Deckel der Holzschatulle wieder zufallen. »Also dann, kommen wir zu Eurem Manuskript.«

Patrick nickte stumm, weil ihm die Kehle vor Anspannung wie zugeschnürt war und er fürchtete, nur ein heiseres Krächzen herauszubringen, wenn er jetzt etwas zu sagen versuchte.

Mister Park wühlte in einem Haufen Papieren unmittelbar vor sich, fand endlich das dicke Bündel, das er gesucht hatte, zog es heraus und knallte es vor sich auf den Tisch. »Ich muss schon sagen, Mister O'Brien, Euer umfangreicher Bericht *Irlands Großer Hunger* lässt für einen noch so jungen Mann ein beachtliches schriftstellerisches Talent erkennen!«

Patrick räusperte sich. »Erlaubt mir die Bemerkung, dass Talent meines Erachtens nach nichts mit dem Alter zu tun hat«, sagte er dann mit verbindlichem Tonfall. »Es dürfte wohl viel eher die Erfahrung sein, die man dem Alter getrost zusprechen kann. Obgleich auch dies nicht zwangsläufig immer der Fall sein muss.«

Benjamin Park lachte kehlig auf. »Eine treffliche Feststellung, der ich nur zustimmen kann. Manche Schreiberlinge mühen sich ihr Leben lang ab und erreichen am Ende doch Eure bildhafte Sprache nicht einmal annähernd.«

»Ich danke Euch für dieses schmeichelhafte Kompliment.« Patrick konnte nicht verhindern, dass sich ein Lächeln auf seine Lippen stahl. War es möglich, dass er diesmal wirklich Erfolg haben sollte?

Umso ernüchternder fielen für ihn die nächsten Worte des Verlegers aus: »Aber gerade weil Ihr ein so vielversprechendes Talent besitzt, Mister O'Brien, verstehe ich nicht, weshalb Ihr Eure kostbare Zeit damit vertan habt, einige Hundert Seiten lang ausgerechnet das Elend des irischen Volkes in all seinen Facetten auszuleuchten!«

Patricks Lächeln gefror. »Wie . . . wie darf ich das verstehen, Mister Park?«

»Das ist ganz einfach zu verstehen. Ihr habt Euch ein Thema gewählt, von dem hier niemand etwas wissen, geschweige denn Geld dafür ausgeben will!«, erklärte der Verleger und zog genüsslich an seiner Zigarette. »Ihr hättet Eure Zeit und Kraft vielmehr für etwas Aufbauendes, Unterhaltsames und wirklich zu Herzen Gehendes einsetzen sollen. Und das Zeug dazu habt Ihr, dessen bin ich mir gewiss.«

Patrick hatte Mühe, äußerlich Haltung zu bewahren. Innerlich fiel er gerade zum dritten Mal in Folge in ein dunkles Loch. »Verzeiht, aber ich muss Euch heftigst widersprechen! Denn ich bin sehr wohl davon überzeugt, dass in meinem Manuskript sehr viel zu Herzen Gehendes steckt. Es findet sich fast auf jeder Seite!«, protestierte er. Er konnte es ertragen, wenn man ihm sagte, dass er in seinem Roman ein Thema behandelte, das nur wenige zeitgenössische Leser interessierte, auch wenn er diese Tatsache einfach nicht verstehen wollte. Aber eine solch falsche inhaltliche Kritik an seinem Werk, in das sein ganzes Herzblut geflossen war, konnte er einfach nicht unkommentiert hinnehmen.

Benjamin Park verdrehte die Augen und ließ sich in seinen

Drehstuhl zurückfallen. »Mein Gott, ja! Ich weiß, worauf Ihr anspielt. Auf das Schicksal dieses heroischen Mädchens ... dieser ... Ella ... Sheridan ...«

»Sullivan, Éanna Sullivan!«, korrigierte Patrick ihn ungestüm.

»Ja genau, genau die meine ich, also Éanna Sullivan. Natürlich hat sie ein bewegendes Schicksal, diese Éanna Sullivan, das gebe ich zu. Und Ihr zeigt in Eurem Manuskript in der Tat immer wieder, wie vorzüglich Ihr Euer Handwerk beherrscht, was die Recherche, die Realitätstreue und die Detailgenauigkeit betrifft«, räumte der Verleger ein. »Aber all dieses Sterben und Hungern und In-Erdlöchern-Hausen! Mein Gott, wer will denn hier in New York davon noch etwas lesen? Wenn man daran Interesse hat, dann schlägt man doch lieber die Zeitungen auf, die sind doch immer noch voll genug davon! Und was das zu Herzen Gehende anbelangt, so hat Euer Manuskript wohl vor allem für die Menschen in Irland ein bewegendes und hoffnungsvolles Ende. Aber nur, weil sie nicht wissen, was sie hier erwartet. Vorausgesetzt, sie schaffen es überhaupt, über den großen Teich bis nach Amerika zu gelangen. Aber meine Leser hier in New York, mein Lieber, die wissen nur zu gut, wie es Einwanderern im gelobten Land in der Regel ergeht. Und die wollen das, was viele von ihnen vermutlich selbst einmal durchgemacht haben, nicht ein zweites Mal in einem Buch lesen. Das können sie nämlich wesentlich billiger haben, indem sie sich an ihre eigenen Erlebnisse erinnern. Wobei noch dazu sehr fraglich ist, ob sie das überhaupt wollen.«

Patrick, der sich von Mister Parks atemloser Rede wie erschlagen fühlte, schwieg betreten. All seine hochgespannten Erwartungen an diesen Tag waren gerade zerplatzt wie eine Seifenblase!

»Nun macht nicht so ein bestürztes Gesicht, Mister O'Brien. Dazu besteht nicht der geringste Anlass!«, fuhr der Verleger nach einer kurzen Atempause fort. »Den wenigsten Autoren gelingt gleich beim ersten Anlauf der richtige Wurf. Und wie gesagt, mit dieser Éanna Sullivan habt Ihr eine Figur geschaffen, die mir wie aus dem richtigen Leben gegriffen erscheint. Aber meine Leser wollen nun mal in der wenigen freien Zeit, die sie haben, nicht vom Leid anderer Leute lesen, wo sie doch an ihrem eigenen Schicksal häufig selbst schon schwer genug tragen. Hier, solche Werke müsst Ihr schreiben, mein Bester!« Wieder wühlte er in den Papieren auf seinem Schreibtisch und zog dann eine Art dünnes Heft hervor, das er Patrick reichte. »Verfasst mir ein paar von diesen Mammuts und ich garantiere Euch bei Eurem Talent in kürzester Zeit einen durchschlagenden Erfolg!«

»Mammuts?« Verständnislos nahm Patrick das Heft entgegen, das einen Umfang von vielleicht zwanzig, dreißig Seiten hatte und – wie es schien – auf ziemlich billigem Papier gedruckt worden war. Auf dem Umschlag stand der reißerische Titel *Lady Jeffersons heimliche Liebschaften*, innen zogen sich zwei enge Textkolonnen in kleiner Schriftgröße über die Seiten.

»Das Ding ist auf einem einzigen Bogen gedruckt, sechs Fuß und sieben Inches mal vier Fuß und vier Inches«, erklärte Benjamin Park begeistert. »Wegen eines Schlupflochs in den Postgesetzen kann ich diese Mammuts mit der billigen Rate, die eigentlich für Zeitungen vorgesehen ist, verschicken lassen«, fuhr er mit einem breiten Grinsen fort und ließ wieder einen Aschekegel auf seinen Schreibtisch fallen, als er mit der Zigarre auf das erwähnte Heft zeigte. »*Damit* lässt sich Geld verdienen, Mister O'Brien! Solche Romanzen, Melodramen und Kriminalgeschichtchen kann ich für sechs Cent verkaufen. Und dafür gibt es mehr Käufer, als Ihr glaubt! Haltet die Augen auf und ihr werdet meine Hefte überall in New York an den Straßenständen finden. Das ist es, was die Leute lesen wollen! Nun, was sagt Ihr? Habt Ihr Interesse daran, für mich zu arbeiten? Ich bin fest davon überzeugt, dass Ihr mir ein paar vortreffliche Liebesgeschichten schreiben könntet, wenn Ihr nur wollt. Ihr würdet damit einen Haufen Geld verdienen. Nun ja, und wenn Ihr dann immer noch unbedingt dieses andere Zeug schreiben wollt, werdet Ihr nebenbei noch Zeit genug dafür haben!«

Patrick war sich sicher, dass er sich nie im Leben dafür hergeben würde, Lohnschreiber von Sechs-Cent-Mammut-Heften für Benjamin Park zu werden. So tief konnte er gar nicht sinken! Aber er wollte nicht unhöflich sein und erwiderte deshalb diplomatisch: »Ich werde mir Euer freundliches Angebot durch den Kopf gehen lassen, Mister Park.«

»Tut das und nehmt das Mammut ruhig gleich mit, dann könnt Ihr Euch schon ein bisschen einlesen und wisst, wie der Hase läuft. Solche Geschichten werden Euch aus der Feder fließen wie Butter auf einer heißen Herdplatte! Und lasst bald wieder von Euch hören, damit wir über das Geschäftliche reden können!« Damit stand der Verleger auf, drückte Patrick sein Manuskript in die Hände und wünschte ihm noch einen angenehmen Tag.

Nur wenige Augenblicke später trat Patrick aus dem Verlagshaus. Direkt vor der Tür stand ein offenes Fuhrwerk mit Schutt. Ohne zu zögern, warf er das Mammut mit den heimlichen Liebschaften der Lady Jefferson hinein. Nun lag es dort, wo es seiner Meinung nach hingehörte. Doch er ahnte, dass das Heft – vorausgesetzt, die Arbeiter entdeckten es rechtzeitig – wohl kaum auf einer Abraumhalde landen, sondern noch durch viele begierige Hände gehen würde, um vielleicht erst in mehreren Jahren völlig zerfleddert und verdreckt in einem Ofen zu enden.

Um sich etwas aufzuheitern, beschloss Patrick, den Ort seiner dritten Niederlage zu verlassen und Charles Templeton in seiner Buchhandlung einen Besuch abzustatten. Das kleine Geschäft lag nur eine Querstraße von der Houston Street entfernt und der Spaziergang würde ihm guttun. Sein erster Besuch dort war schon über eine Woche her.

Als er auf die Ecke Bleeker und Green Street zusteuerte, besserte sich seine Stimmung merklich. Vielleicht würde heute ja doch noch etwas Gutes geschehen, vielleicht war Éanna inzwischen bei Mister Templeton gewesen und hatte ihm ihre Adresse oder doch zumindest eine kurze Nachricht hinterlassen. Doch als er vor dem Buchladen ankam und die handschriftliche Nachricht an der geschlossenen Tür erblickte, sank sein Herz.

Denn welcher Art die traurige und dringende Familienangelegenheit auch sein mochte, Charles Templeton schien nicht damit zu rechnen, schnell wieder aus Chicago zurückzukehren. Unter Umständen blieb er gar einen Monat oder länger weg, überlegte Patrick besorgt. Was, wenn Éanna in dieser Zeit in Not geriete? Wie sollte sie ihn nur finden?

Und inzwischen hatte er ein sehr gutes Bild von dem Elend bekommen, das nicht nur in Irland, sondern auch hier in der Neuen Welt auf die meisten Einwanderer wartete.

Bedrückt wandte er sich ab und ging, ganz in seine trüben Gedanken versunken, zurück in Richtung Broadway. Dabei quälte ihn wieder einmal die Frage, warum sein Herz immer noch so sehr an Éanna hing. Warum konnte er sie, die seine Liebe so deutlich zurückgewiesen und sich für einen anderen Mann entschieden hatte, nicht einfach vergessen und ihr Bild aus seinem Kopf *und* seinem Herzen vertreiben?

Weil ich ein Tor bin und die Hoffnung noch immer nicht aufgegeben habe, dass sie meine Liebe eines Tages doch erwidert, gestand er sich selbst ein. *Weil ich immer noch denke, dass Éanna eines Tages frei und empfänglich sein wird für meine Gefühle.* Niedergeschlagen schüttelte er den Kopf. Ihm war wirklich nicht zu helfen!

An der Ecke zum Broadway stieß er plötzlich fast mit einem dandyhaft gekleideten Mann zusammen. Erst im letzten Augenblick wichen sie einander aus.

Patrick murmelte, ohne recht hinzusehen, eine Entschuldigung und wollte schnell weitergehen, doch der Fremde hielt ihn ungläubig zurück. »Patrick? Patrick O'Brien? Bei den sündhaft süßen Jungfrauen der Bowery, du bist es tatsächlich!«

Nun erkannte auch Patrick sein Gegenüber: Vor ihm stand – unverkennbar und fast unverändert – Gaylord Sloane, der blond gelockte, blendend aussehende Sohn eines reichen New Yorker Unternehmers, der in großem Stil in ganz Amerika Im- und Export betrieb.

Vor etwa dreieinhalb Jahren, als sie beide siebzehn gewesen waren, hatte Gaylord gute sechs Monate in Dublin verbracht und in dieser Zeit gemeinsam mit Patrick das Trinity College besucht. Sie waren in einer Klasse gewesen und hatten sich gut verstanden, wenn man wohl auch nicht von einer Freundschaft zwischen ihnen hatte sprechen können. Beide waren sie damals Mitglieder der Rugby-Mannschaft des Colleges gewesen. Während Patrick allerdings ein eher durchschnittlicher Spieler war, hatte Gaylord Sloane sich mit seinem groß gewachsenen, sehnig-sportlichen Körper, seiner Aggressivität und Kühnheit im Spiel in kürzester Zeit einen Stammplatz im Team erkämpfen können. Nur ungern hatte der Trainer den amerikanischen Jungen damals wieder gehen lassen, als Gaylords Vater seine umfangreichen geschäftlichen Transaktionen in Irland und England zu einem erfolgreichen Abschluss gebracht hatte und gemeinsam mit seinem Sohn nach New York zurückgekehrt war.

»Das ist ja wirklich eine Überraschung, ausgerechnet dir hier über den Weg zu laufen«, sagte Patrick und grinste. »Mit dir hätte ich heute wirklich am wenigsten gerechnet, Gaylord!«

»Mensch, Wahnsinn! Du hier in New York und ich weiß nichts davon!« Gaylord versetzte Patrick mit seiner linken Faust einen spielerischen, aber ziemlich kräftigen Schlag gegen die Schulter. Er hatte sich tatsächlich nicht verändert. »Sag, wie lange bist du schon hier?«

»Nicht einmal zwei Wochen.«

»Schon fast zwei Wochen? Mann, warum hast du dich denn dann noch nicht bei mir gemeldet?« Wieder ein Faustschlag.

»Na ja, ist ja doch mittlerweile schon etwas her, unsere gemeinsame Zeit im College. Und ich dachte, du hast bestimmt Besseres zu tun, als hier den Fremdenführer für mich zu spielen und mit mir über alte Zeiten zu plaudern«, wich Patrick aus. In Wahrheit hatte er Gaylord ganz einfach völlig vergessen. Zu viel war in den letzten dreieinhalb Jahren geschehen, in denen sie keinen Kontakt gehabt hatten.

»Idiot!« Noch ein Faustschlag. »Warum hast du nicht geschrieben, dass du kommst? Wir hätten dich vom Schiff abholen lassen können und du hättest natürlich erst einmal bei uns gewohnt.«

»Wie gesagt . . .«

»Ist dein Onkel denn auch in der Stadt?«

»Nein«, antwortete Patrick schnell, »den kriegen doch keine zehn Pferde auf ein Schiff. Außerdem hat er es nicht mit Amerika. Irland ist für Onkel Edmund einfach heiliger Boden. Alles andere interessiert ihn nicht – natürlich mit Ausnahme seines Biers.«

Gaylord grinste. »Aber dich interessieren andere Länder! Clever von dir, dich schon mal bei uns umzusehen und die Fühler auszustrecken! Hier in Amerika liegt die Zukunft, so viel ist gewiss. Auch für einen irischen Bierbrauer! Die Leute hier können von dem Zeug gar nicht genug bekommen. Das ist ein Markt, auf dem man im Handumdrehen ein Vermögen machen kann. Na ja, und dein Onkel wird ja auch nicht ewig leben.«

Patrick wurde das Gespräch allmählich unangenehm. Offenbar nahm Gaylord an, dass er aus geschäftlichem Interesse – als Nachfolger seines Onkels in der Dynastie der Wexford-Brauerei – in New York war. Und woher sollte er auch wissen, dass sein früherer Schulkamerad längst nicht mehr in der Gunst des Onkels stand und aufgrund seines eigenwilligen Wunschs, Schriftsteller zu werden, nicht einmal mehr auf eine kleine finanzielle Unterstützung der Familie Wexford zu hoffen brauchte.

»Also was Onkel Edmund und mich angeht . . .«, bemühte sich Patrick, den Irrtum richtigzustellen.

Doch Gaylord ließ ihn gar nicht erst ausreden. »Du musst gar nicht weitersprechen. Klar, dass er nicht gerade erbaut war, als du ihm gesagt hast, dass du mal hier das Wasser für euch ausloten willst. Dein Onkel gehört eben noch zur alten Generation. Aber wenn du erst einmal die Zügel in dem Laden in der Hand hältst, wirst du schon wissen, wo das Geld am besten und einfachsten zu scheffeln ist – nämlich hier. Erzähl mal, wo bist du denn untergekommen?«

»Im Shakespeare Hotel«, antwortete Patrick und ließ fast ein wenig erleichtert die Gelegenheit verstreichen, Gaylord von dem Streit mit seinem Onkel zu erzählen und einzugestehen, dass er von nun an ganz auf sich allein gestellt war und beruflich gerade wenig Erfolge vorweisen konnte. Was hatte es Gaylord auch groß zu interessieren!

»Der alte Geizhals hält dich wohl an der kurzen Leine, was?« Gaylord zwinkerte ihm zu. »Aber wenn es sein muss, kann man es in diesem Hotel schon aushalten. Hat wenigstens eine tüchtige deutsche Leitung! Die verstehen sich noch auf das Bedienen. Keiner buckelt so gut wie die Hunnen!« Er lachte. »Hör mal, ich bin im Augenblick etwas in Eile. Muss noch schnell ein Geschenk für meine Frau Mutter finden. Die hat nämlich in ein paar Tagen Geburtstag und da erwartet sie natürlich etwas ganz Besonderes von ihrem Sohn.« Wieder lachte er, diesmal etwas gequält. Dann aber leuchteten seine Augen auf. »Samstagabend gibt sie für Freunde einen Geburtstagsempfang. Du musst natürlich unbedingt auch kommen.«

»Ich weiß nicht, ob das eine so gute Idee ist.«

»Und ob das eine gute Idee ist! Mensch, wir waren doch zusammen auf dem Trinity und haben beim Rugby nebeneinander im Dreck gelegen! Du bist mein Freund und wir haben ganz sicher eine Menge zu bequatschen! Und meine Eltern werden sich freuen, wenn ich dich mitbringe. Nun hab dich doch nicht so! Du musst einfach kommen oder ich schleife dich eigenhändig aus dem Shakespeare!« Gaylord zückte ein schmales silbernes Etui. »Hier ist meine Karte mit unserer Adresse. Um halb neun stehst du bei uns auf der Matte, abgemacht?«

»Also gut, abgemacht!«, gab Patrick nach.

»Dann bist Samstagabend!« Ein letzter Faustschlag, dann hastete Gaylord Sloane mit wehenden Rockschößen und schwingendem Spazierstock den Broadway entlang.

Verblüfft blickte Patrick auf die edle Büttenkarte in seiner Hand, auf der in goldenen Lettern eine noch edlere New Yorker Adresse prangte. Dann sah er seinem einstigen Collegekameraden nach.

Nein, mit einer solchen Begegnung hatte er am heutigen Tag nun wirklich nicht gerechnet!

Zehntes Kapitel

Liam Maguire hatte für den Abend ihres Einzuges in das Haus auf der Cross Street einen alten Leiterwagen organisiert. Keine halbe Stunde nach Feierabend in der Gießerei tauchte er damit vor dem Emerald Isle auf.

»Endlich mal einer von Brendans Freunden, auf den offenbar Verlass ist«, sagte Éanna leise zu Emily, als sie ihn eiligen Schrittes die Division Street heraufkommen sahen, den rumpelnden Handkarren hinter sich herziehend.

Emily nickte. »Ja, er scheint wirklich anständig zu sein. Und hilfsbereit«, pflichtete sie ihrer Freundin bei.

Liam hatte Haare, so schwarz wie Rabenfedern. Sie waren ähnlich kraus wie bei Brendan und schienen sich jedem Kamm zu widersetzen. Er war von kräftiger, etwas untersetzter Statur und besaß ein offenes Gesicht mit einer markanten Nase und einem Grübchen in der linken Wange.

Éanna war er am Sonntag auf Anhieb sympathisch gewesen, als sie ihn nach der Messe getroffen und er Emily, Brendan und ihr das frei stehende Apartment in Five Points gezeigt hatte. Anders als dieses Großmaul Tom Mahony hatte Liam dabei nicht viele Worte gemacht und nicht versucht, sie davon zu überzeugen, was für ein toller Hecht er sei. Vielmehr war er eher ruhig und zurückhaltend gewesen, den Mädchen gegenüber hatte er sich sogar ein bisschen verlegen verhalten. Éanna hoffte, dass er ihnen mit der Zeit ein guter Freund werden würde.

»Tut mir leid, aber schneller ging es nicht!«, entschuldigte er sich ein wenig außer Atem, als er bei ihnen ankam.

»Ach was, wir sind doch auch gerade erst vors Haus getreten«, beruhigte Brendan ihn. »Und bis es dunkel wird, bleibt uns noch viel Zeit, um alles rechtzeitig zu erledigen.«

»Danke erst einmal, dass du den Leiterwagen für uns besorgt hast«, fügte Éanna noch hinzu.

»Ist doch selbstverständlich«, wehrte Liam ab und errötete, als hätte sie sich nicht für seine Hilfsbereitschaft bedankt, sondern ihm stattdessen ein Kompliment über seine herrlich langen Wimpern gemacht.

»Das finden wir gar nicht«, sagte nun Emily. »Wir kennen nämlich auch ganz andere Leute hier, die für uns keinen Finger gerührt hätten, um uns dabei zu helfen, unsere Sachen in die neue Wohnung zu transportieren.«

»Sachen, die wir erst einmal kaufen müssen!«, erinnerte Brendan sie und schlug Liam freundschaftlich auf die Schulter. »Also, dann lasst uns doch mal sehen, was die Händler auf dem Markt am Chatham Square für unser sauer verdientes Geld zu bieten haben!«

Sie zogen los, Liam und Brendan mit dem Karren voran, Éanna und Emily mit den ärmlichen Bündeln, die ihre wenigen Habseligkeiten enthielten, dahinter. Vom Emerald Isle aus war es nur ein kurzer Weg bis zu der Ecke, an der das südliche Ende der Bowery Street auf den großen, dreieckigen Platz stieß, wo täglich der Markt stattfand. Hier reihten sich dunkle vollgestopfte Läden von Pfandleihern und Trödelhändlern und Geschäfte, in denen Berge getragener ben doch, wenn sie die vierzig Cent abzogen, die sie am Morgen für den Karton vorgestreckt hatten, immerhin zweiunddreißig Cent Gewinn übrig. Es war mühsam verdientes Geld, aber zum ersten Mal seit ihrer Ankunft in Amerika kehrten Éanna und Emily nicht mit leeren Händen ins Emerald Isle zurück. Und das stimmte sie hoffnungsvoll, in den kommenden Tagen mit etwas mehr Übung und Erfahrung noch deutlich mehr Streichhölzer verkaufen zu können.

Brendan strahlte, als er sich wenig später zu ihnen an ihren angestammten Platz im Schankraum setzte und von den Neuigkeiten erfuhr.

»Und morgen werden es vielleicht schon vierzig Cent sein, die wir am Abend vorweisen können!«, erklärte Éanna aufgekratzt.

»Dann haben wir es heute ja zusammen auf achtbare zweiundachtzig Cent gebracht!« Brendan lachte über die überraschten Gesichter der Mädchen, griff in seine Tasche und legte zwei Quarter, die je einem Vierteldollar entsprachen, zu dem kleinen Häufchen Eincentmünzen auf den Tisch.

»Du hast auch Arbeit gefunden?«, stieß Éanna aufgeregt hervor. »Wo? Und was? Nun erzähl schon, Brendan.«

»Unten am Hudson in der Fabrik Browning & Dunham. Das ist eine Eisengießerei am Ende der North Moore Street.« Übermütig umarmte er Éanna, während die Worte ihm nur so über die Lippen sprudelten. »Ich kam gerade rechtzeitig auf den Hof, als dort noch ein Paar kräftige Hände zum Abladen einer ganzen Reihe von Kohlefuhrwerken gebraucht wurde. Ich habe vorgesprochen und wurde sofort vom Vorarbeiter angeheuert. Und offenbar habe ich meine Sache so

Kleidung verkauft wurden, aneinander. Ähnlich sah es unten auf der Chatham Street, am äußersten südlichen Rand von Five Points, aus.

Liam kannte sich hier aus. Er wusste, welche Händler unredlich waren und welche einen fairen Preis für ihre gebrauchten Waren verlangten. Die drei anderen waren froh über seine Hilfe, denn es galt nun, das Nötigste für ihren ersten eigenen Hausstand auszuwählen.

Sie kauften drei dünne Matratzen, die noch nicht allzu verschlissen und durchgelegen waren, dann einige leichte Decken sowie Bettlaken und Handtücher, die recht fadenscheinig wirkten und an mehreren Stellen gewissenhaft mit der Nadel geflickt worden waren. Doch bessere und damit teurere Qualität konnten sie sich nicht leisten. Im nächsten Geschäft erstanden sie einen einfachen Tisch, drei Stühle, eine Pfanne, zwei Kochtöpfe, ein scharfes Küchenmesser, Blechteller und -becher sowie Besteck für drei Personen. Zwei Nachttöpfe, ein Kohlen- und ein Ascheneimer, eine große Blechkanne für Wasser, eine Waschschüssel und eine Öllampe wanderten zusätzlich in ihren Besitz.

Um den Tisch und die drei Stühle feilschten sie am längsten und es gelang Éanna nach zähen Verhandlungen, ihren Preis um einige kostbare Cent zu senken, auch wenn der Händler nun so tat, als hätte er ihr die Dinge regelrecht geschenkt. Doch Éanna, die die rauen Dubliner Marktverhältnisse gewohnt war, lachte nur bei seinen mürrischen Worten. Denn der verschrammte Tisch hatte ein wackliges Bein und bei zwei Stühlen war das Rückenteil durchgebrochen – auch wenn sich dies leicht beheben ließ, wie Liam ihr leise zugeraunt hatte. Gern hätte sie auch noch ein Bettgestell gekauft, aber diese Ausgabe musste auf einen späteren Zeitpunkt verschoben werden.

»Alles in allem sind wir ganz gut davongekommen, findet ihr nicht auch?«, fragte Brendan zufrieden, als sie sich kurz darauf mit dem beladenen Handkarren auf den Weg zur Cross Street machten.

Liam nickte anerkennend. »Ihr habt gut gehandelt, vor allem du, Éanna! Das hätte ich auch nicht besser hingekriegt!«

»Wir haben genauso viel gezahlt, wie die Dinge wert sind«, antwortete Éanna achselzuckend, insgeheim jedoch war sie stolz. »Mehr hätten wir uns auch gar nicht leisten können. Denn wenn wir nachher dem Agenten des Hausbesitzers die Wochenmiete gezahlt haben, ist von unserem Geld nicht mehr viel übrig. Jetzt darf nichts mehr schiefgehen!«

Brendan beruhigte sie: »Mach dir mal darüber keine unnötigen Gedanken, mein Schatz! Du kannst dich ganz sicher fühlen. Von nun an geht es nur noch bergauf mit uns. Jackson, unser Vorarbeiter in der Gießerei, weiß schon, was er an Liam und mir hat! Wir bringen auch weiterhin gutes Geld nach Hause, genau wie ihr.«

»Das wird auch nötig sein, wenn wir von nun an jeden Monat sieben Dollar Miete zahlen und dazu auch noch Lebensmittel, Lampenöl, Kohlen und Brennholz zum Kochen kaufen wollen!«, erwiderte Éanna nachdenklich. Nein, sicher fühlte sie sich noch lange nicht, so viel stand fest. Denn wirklich sicher war in ihrer Welt nur, dass nichts sicher war und dass jeder neue Tag eine gute oder aber eben auch eine böse Überraschung bringen konnte.

Wenig später bogen sie von der Mott Street, über die sie den Chatham Square verlassen hatten, nach links in die Cross Street ein. Schon auf der Mott Street hatten sie links und rechts der Straße immer mehr heruntergekommene, windschiefe Bretterhäuser und Mietskasernen gesehen; in der Cross Street reihten sich nun baufällige Gebäude dieser Art nahtlos aneinander. Inzwischen wussten sie auch, warum so viele Häuser in Five Points auf abgesackten Fundamenten standen, die im Laufe der Zeit zu langen Rissen in den Fassaden und Innenwänden, zu verzogenen Fensterrahmen und klemmenden Türen geführt hatten:

Das Viertel – einst ein blühender Stadtteil, in dem vor allem wohlhabende New Yorker Bürger lebten – stand nämlich auf einem ehemaligen Sumpfgelände, das bei seiner Erschließung nicht gründlich genug trockengelegt und mit festem Erdreich aufgefüllt worden war. Bereits nach kurzer Zeit hatte sich der Grund unter den Gebäuden deshalb unterschiedlich weit abgesenkt und zu schweren Beschädigungen geführt. Daraufhin waren die damaligen Bewohner und Geschäftsleute nach und nach aus ihren Häusern ausgezogen und hatten sich in baulich sichereren Gegenden von New York niedergelassen. Nachgeströmt waren ebenjene Hungerleider, die nicht die freie Wahl hatten, wo sie wohnen wollten, sondern die ein möglichst billiges Quartier suchten. Und das waren vor allem die verarmten Einwanderer gewesen, die gemeinsam mit allerlei Gesindel in das Viertel gekommen waren.

Sie alle hatten aus Five Points das gemacht, was es nun schon seit Jahren war: das übelste und dreckigste Viertel in der dreckigsten Stadt der Welt, glaubte man den verschiedensten Zeitungen in der Empire City und den Berichten manch weit gereister Besucher.

Das Mietshaus, das auf halbem Weg zwischen Mulberry und Mott Street lag und ihr neues Zuhause werden sollte, war ein fünfstöckiger Backsteinbau und sah so heruntergekommen aus wie all die anderen schäbigen Mietskasernen in dieser Straße.

Éanna seufzte unwillkürlich, als ihr Blick an der rissigen Fassade hinauf zum dritten Stockwerk wanderte, wo ihre winzige Wohnung lag. Wenn sie sich doch nur in einer etwas besseren Gegend eine Unterkunft hätten leisten können als ausgerechnet hier in Five Points!

Sie tröstete sich mit dem Gedanken, dass zumindest das größere der beiden Zimmer, in dem der Herd und der schmale Ofen standen, ein Fenster hatte. Und dass dieses Fenster nach vorn zur Straße hinausging und nicht nach hinten auf den dunklen, engen und stinkenden Hinterhof führte, wo sich der Abort befand. Dieser bestand aus zwei Verschlägen über einer Sickergrube, die sich die rund fünfzig Bewohner des Hauses teilen mussten. Zwei schmale Reihen Bretter führten von der Hintertür des Mietshauses bis hin zu diesen Verschlägen; wer nach einem heftigen Regen auf den feuchten Brettern abrutschte, versank bis über die Knöchel in einem Morast aus Dreck und Abfall.

Aber auch wenn man Glück hatte und auf den morschen Brettern blieb, war noch nicht garantiert, dass man seine Schuhe einigermaßen sauber halten konnte. Schon gar nicht bei Nacht. Deshalb hatte Éanna auf dem Markt auch darauf bestanden, dass sie die beiden Nachttöpfe kauften.

Vor dem Nachbarhaus versperrte ihnen eine Menschentraube den Weg. Etwa zwanzig Leute hatten sich vor dem Hauseingang im Halbkreis um einen kleinwüchsigen, aber stämmigen, gut gekleideten Mann versammelt, der einen schwarzen Zylinder auf dem Kopf trug und von zwei breitschultrigen, muskulösen Burschen mit Prügeln in den Händen und grimmigen Mienen flankiert wurde. Erregte Stimmen und halblaute Verwünschungen drangen ihnen aus der Menge entgegen, als Éanna, Emily, Brendan und Liam näher kamen.

»Verdammter Blutsauger!«

»Die Pest und Krätze über diesen Beutelschneider! Lynchen sollte man den Hund!«

»Nicht einmal mit einer Witwe, die ihre zwei kleinen Kinder allein durchbringen muss, hat der Lump Mitleid!«

»Kein Wunder, dass er sich nur mit seiner Schlägertruppe zu uns wagt!«

Als sie mit ihrem Leiterwagen auf die Straße auswichen, erhaschte Éanna einen Blick durch die Menge auf eine hagere verhärmte Frau mit bleichem Gesicht, an deren Rockschöße sich zwei kleine weinende Mädchen klammerten. Das eine mochte vier, das andere nicht älter als sechs Jahre alt sein. Die Frau gab nicht einen Ton von sich. Wie erstarrt stand sie neben dem Hauseingang, vor ihr lagen ein paar Habseligkeiten und Bündel, die zwei bullige Männer mit Schlagstöcken an den breiten Ledergürteln gerade durchwühlten.

»Was geht da vor sich?«, wandte sich Emily an Liam.

»Der Mann mit dem Zylinder ist Mister O'Grady, der Agent des Hausbesitzers und zugleich auch der Mieteintreiber. Ihr werdet ihn noch persönlich kennenlernen, denn er ist auch für unser Mietshaus zuständig. Es scheint ganz so, als schmeiße er da gerade mit seinen vier Prügelknaben die Witwe Malone aus der Wohnung, weil sie seit zwei Wochen mit der Miete im Rückstand ist«, raunte Liam ihnen zu. »Ihr Mann hat sich vor einem Monat zu Tode gesoffen. Aber das kümmert O'Grady nicht. Wer nicht zahlt, wird vor die Tür gesetzt. Da fackelt er nicht lange. Und was seinen Männern dabei in die Hände fällt, kassiert er noch zusätzlich ein und macht es zu Geld. Da, seht, sie nehmen ihr den Wandspiegel und die bemalte Truhe ab!«

Brendan lachte bitter auf. »Hier geht es auch nicht besser zu als in Irland, wo man uns die Kate über dem Kopf eingerissen und uns wie räudige Hunde von unserem Stück Land vertrieben hat!«, murmelte er.

Éanna und Emily tauschten einen betroffenen Blick und dachten beide dasselbe: *Das* durfte ihnen nicht passieren! Von nun an mussten sie streng darauf achten, immer erst das Geld für die fällige Wochenmiete beiseitezulegen, bevor sie auch nur einen Cent für irgendetwas anderes ausgaben.

Sie beeilten sich, auf die andere Seite der Menge und zum Eingang ihres Mietshauses zu kommen.

»Einer von euch sollte immer hier unten beim Leiterwagen bleiben und aufpassen, dass niemand etwas stiehlt!«, sagte Liam zu Éanna und Emily. »Sonst ist der Karren im Handumdrehen geplündert!«

»Wir wechseln uns ab! Bleib du zuerst hier, Emily«, schlug Éanna vor und griff sich einen der Stühle, während Liam und Brendan den Tisch vom Karren hoben, um ihn gemeinsam in den dritten Stock zu tragen.

Im Treppenhaus war es stockfinster. Vorsichtig tasteten sie sich voran, bis sich ihre Augen an das Dunkel gewöhnt hatten. Es roch intensiv nach Urin, Moder, Kohl und kaltem Fett.

»Immer schön nah an der Wand bleiben!«, warnte Liam Éanna, die mit dem Stuhl voranging.

»Ich weiß, dem Geländer ist nicht zu trauen!«, gab Éanna über die Schulter zurück und fügte in Gedanken hinzu: *Und mit den Brettern der Stufen ist es nicht viel besser!*

Schon am Sonntag bei ihrer Besichtigung der Wohnung hatte ihr das schmale Treppenhaus wenig Vertrauen eingeflößt. Beim Bau dieses Hauses schien man an allen Ecken und Kanten an solidem Material gespart zu haben. Der Handlauf und die Stützlatten des Gitters waren erschreckend dünn und an einigen Stellen sogar morsch und wackelig. Wer hier stolperte und mit Wucht gegen das Geländer fiel, würde es zweifellos durchschlagen, in den Schacht stürzen und sich unten alle Knochen brechen. Ab dem zweiten Stock dürfte so ein Sturz wohl tödlich ausgehen. Und das Knarzen und Ächzen der Bretter unter Éannas Füßen ließen ähnliche Gefahren befürchten. Doch sie bezweifelte, dass sich die Treppenhäuser der anderen Gebäude in Five Points wesentlich von diesem unterschieden. Und wenn Liam nicht übertrieben hatte, gehörte ihr Haus sogar noch zu den etwas besseren Mietskasernen in dieser Gegend.

Als im zweiten Stock eine Tür geöffnet wurde und das Licht einer Lampe ins Treppenhaus fiel, wagte Éanna, etwas beherzter aufzutreten. Jetzt erst sah sie die langen Bahnen von vergilbtem Zeitungspapier, mit denen man schadhafte Teile der Wände einfach überklebt hatte und die an manchen Stellen bereits von weißem Schimmel bedeckt waren.

Ihr Zwei-Zimmer-Apartment im dritten Stock lag rechts vom Treppenabsatz in einem engen Seitenkorridor. Die Tür klemmte, ließ sich aber mit einigem Druck öffnen und schließen.

Direkt dahinter befand sich der erste, etwas größere Raum mit dem Herd, dem Ofen und dem Fenster, der zwölf Fuß* im Quadrat maß. Er würde ihnen zugleich als Küche und Wohnraum dienen und hier sollte Emily nachts ihren Schlafplatz haben, wenn Tisch und Stühle zur Seite gerückt waren. Tagsüber musste ihre Matratze an die Wand gelehnt werden, damit sie sich in dem Raum einigermaßen gut bewegen konnten.

Über und neben dem Herd hatte man je drei tiefe Bretter zum Abstellen von Kochtöpfen, Geschirr, Besteck und Lebensmitteln angebracht. Eine Reihe Nägel neben der Tür diente als Garderobe.

Der zweite, fensterlose Raum, den Éanna sich nachts mit Brendan teilen würde, war erheblich kleiner, nämlich acht Fuß tief und zehn Fuß breit und damit gerade groß genug für zwei Matratzen. Eine Tür gab es für diesen Raum nicht, sondern nur einen offenen, fünf Fuß breiten und knapp kopfhohen Durchgang, der genau gegenüber der Herdstelle lag. Einen Teil der Wände bedeckten Reste von altem Kalk, der Rest war mehrfach mit Zeitungspapier überklebt worden.

Éanna stellte den Stuhl im ersten Zimmer ab und blickte in das kahle dunkle Loch, wo Brendan und sie von nun an ihren Schlafplatz haben würden. Zwei Eisenhaken links und rechts des Durchgangs, auf denen eine Holzstange lag, ver-

* Ein Fuß entspricht ca. 33 cm.

rieten, dass hier einmal ein Vorhang als Sichtschutz gedient hatte. Sie nahm an, dass Brendan schon bald darauf drängen würde, ebenfalls einen solchen hier aufzuhängen. Beklommen betrat sie den winzigen Raum.

Als Brendan Augenblicke später mit Liam den Tisch hereintrug und ihren Gesichtsausdruck sah, lachte er, stellte den Tisch schnell ab und legte seine Arme um Éanna.

»Mein Gott, was machst du denn für ein Gesicht? Ich weiß, noch sieht es hier reichlich kahl und ungemütlich aus. Aber das kriegen wir schon hin!«, versicherte er mit fröhlicher Zuversicht. »Es wird schon ganz anders aussehen, wenn all die neuen Sachen, die jetzt noch unten im Wagen liegen, erst einmal hier oben sind. Und sobald wir wieder etwas Geld übrig haben, kaufen wir noch ein paar nette Kleinigkeiten und machen daraus eine richtig gemütliche Wohnung, in der wir uns wohlfühlen werden!«

Éanna zwang sich zu einem Lächeln und schämte sich insgeheim über ihre Befürchtungen und Vorbehalte.

Kaum hatten sie die letzten Gegenstände von der Straße hoch in ihr Apartment getragen, als auch schon Mister O'Grady in Begleitung eines seiner grobschlächtigen Muskelmänner erschien, um die erste Wochenmiete in Empfang zu nehmen.

»Seht bloß zu, dass ihr in Arbeit bleibt und euer Geld für die Miete immer schön pünktlich zusammenhabt!«, warnte er sie, während er die Münzen penibel nachzählte, die Brendan ihm gegeben hatte, und sie anschließend in einem blausamtenen Geldbeutel verschwinden ließ. »Ihr habt ja vermutlich mitbekommen, was denjenigen droht, die glauben, sie könnten mich mit Gewäsch und Gejammer hinhalten! Wer nicht zahlt, fliegt raus, da habt ihr mein Wort drauf!« Damit wandte er sich zur Tür.

»Habt keine Sorge, Ihr werdet ganz sicher am Zahltag immer Eure Miete erhalten, Mister O'Grady!«

Der Mieteintreiber drehte sich noch einmal um und bedachte Brendan mit einem geringschätzigen Blick. »Mein Gott, wie oft habe ich das schon gehört, Bursche! Hätte ich jedes Mal auch nur einen lausigen Nickel* bekommen, müsste ich mich jetzt nicht mit solchem Gesindel wie euch abgeben!« Mit diesen Worten stiefelte er davon.

Sein stiernackiger Kumpan tippte Brendan mit einem eisenbeschlagenen Prügel spielerisch vor die Brust. »Man sieht sich, Kerlchen!«, sagte er, verzog den Mund zu einem bösartigen zahnlosen Lächeln und folgte seinem Herrn.

»Ein und dieselbe Sippschaft, egal in welchem Land man auch auf sie trifft«, murmelte Éanna voller Abscheu, als die schweren Stiefelschritte der beiden Männer im Treppenhaus verklungen waren.

Gemeinsam mit Emily bezog sie die Matratzen in der fensterlosen Kammer, während Brendan ihr restliches Hab und Gut in den Wandregalen verstaute.

Liam hatte indessen den Leiterwagen zurückgebracht. Als er nach etwa einer halben Stunde wieder bei ihnen auftauchte, war er schwer beladen: In der linken Hand trug er einen kleinen Korb mit Kohlen und Feuerholz, auf dem ein Beutel mit Kartoffeln sowie in Zeitungen eingewickelte Heringe, ein halbes Brot und ein Stück Butter lagen, im rechten Arm hatte er eine große Kanne Bier.

---

* Eine Fünf-Cent-Münze

»Das ist mein Geschenk zu eurem Einzug!«, verkündete er. »Denn der muss doch gefeiert werden!«

Éanna, Emily und Brendan waren völlig überrascht. »Mensch, du bist ja wahnsinnig, Liam! Kartoffeln, Hering und Bier – das wird das beste Festessen seit Langem!«, rief Brendan begeistert.

»Das ist wirklich nett von dir«, auch Emily strahlte über das ganze Gesicht. »Aber das können wir doch gar nicht annehmen«, wandte sie dann ein. »Du musst dein Geld zusammenhalten, genau wie wir!«

Liam winkte verlegen ab. »Ach, das ist schon in Ordnung. Ich muss ja nicht ganz so arg auf jeden Cent achten wie ihr, schließlich wohne ich bei den Finnegangs zur Untermiete und habe sonst niemanden zu versorgen. Ich bringe euch gleich auch noch etwas Öl für eure Lampe, damit wir nicht im Dunkeln sitzen müssen, und hole mir einen Stuhl von oben.« Er verschwand schnell im Treppenhaus, bevor Emily und Éanna mit ihrer Dankesrede auch nur ansatzweise fertig waren.

Brendan schnappte sich die Kanne und brach zur nächsten öffentlichen Wasserstelle auf, während die Mädchen sich daranmachten, im Herd ein Feuer zu entfachen. Sie setzten die Kartoffeln auf, und als ihre Freunde zurückkehrten, brutzelten auch schon die Heringe in der Pfanne.

Es wurde ein fröhlicher Abend und sie saßen noch im Licht der Lampe um den alten Tisch zusammen, als längst alle Heringe und Kartoffeln verspeist und der letzte Rest Fett mit Brotstücken aus der Pfanne aufgestippt war.

Doch schließlich war es höchste Zeit, zu Bett zu gehen. Liam verabschiedete sich, Brendan schob den Tisch vor das

Fenster und stellte ihre drei Stühle mit den Sitzflächen nach oben auf die Platte, um Platz für Emilys Matratze zu machen.

Wenig später streckten er und Éanna sich im Nebenraum auf ihrem einfachen Lager aus.

»Schlaf gut, Emily!«, rief Éanna ihrer Freundin leise zu.

»Ja, ihr auch!«, antwortete diese und gähnte herzhaft.

»Und träum etwas Schönes!«, sagte Brendan. »Du weißt ja, was man in der ersten Nacht in seinem neuen Zuhause träumt, soll bekanntlich Wirklichkeit werden!«

»Wenn das so ist, werde ich ganz sicher von Bergen von Goldmünzen träumen.« Kurze Zeit später waren nur noch Emilys gleichmäßige Atemzüge zu hören.

Brendan lächelte. Dann schob er sich ganz nah zu Éanna heran und strich ihr zärtlich mit der Hand über das Gesicht. »Jetzt fängt das Leben hier für uns erst richtig an, mein Schatz«, flüsterte er. »Freust du dich auch, dass wir nun endlich ein eigenes Zuhause haben?«

Éanna spürte, wie heftig ihr das Herz in der Brust schlug. »Ich wünschte nur, es hätte nicht ausgerechnet Five Points sein müssen. Und im Logierhaus hat es mir auch nicht schlecht gefallen«, gab sie leise zurück.

»Das ist aber doch etwas ganz anderes . . . eben nichts Eigenes. Und wenn ihr beide, Emily und du, erst einmal eine besser bezahlte Arbeit gefunden habt, dann können wir bestimmt auch in ein anderes Viertel umziehen. Aber das Wichtigste ist doch, dass wir uns haben. Ist es nicht so?«

»Ja, Brendan«, entgegnete sie und dann spürte sie seinen warmen Mund auf ihren Lippen.

Sie erwiderte seinen Kuss und vergaß für einige Momente

ihre Ängste. Es war schön, ihm so nahe zu sein und zu fühlen, wie sehr er sie liebte. Sein Mund wanderte leicht über ihre geschlossenen Augen, die Wangen und den Hals hinab.

Éanna erstarrte. Plötzlich sah sie Caitlins Gesicht wieder vor sich, das hämische Grinsen, den abfälligen Blick, damals im Zwischendeck der *Boston Glory*. Und sie erinnerte sich auch an ihre Worte, an die böse Prophezeiung, sie, die *Unschuld vom Lande,* werde Brendan nicht bei sich halten können. Mit aller Kraft versuchte Éanna, die Gedanken wieder von sich zu schieben, aber es gelang ihr nicht.

Brendan, der ihre Unsicherheit spürte, hielt inne, blickte ihr aufmerksam ins Gesicht und stützte sich dann auf dem Ellbogen auf. »Was ist denn los, mein Liebling? Stimmt etwas nicht?«

Éanna schüttelte stumm den Kopf. Sie liebte Brendan von ganzem Herzen und doch hatte sie auf einmal einen Kloß im Hals und musste schlucken. »Ich . . . ich weiß nicht, Brendan. Ich musste auf einmal wieder an diese letzte Begegnung mit Caitlin auf dem Schiff denken und . . .«, sie suchte nach den richtigen Worten, »na ja, Caitlin hat damals etwas gesagt, was ich einfach nicht vergessen kann.«

Ruhig sah Brendan sie an und strich ihr eine wirre Haarsträhne aus der Stirn. »Sie hat gesagt, dass du etwas anderes brauchst, als ich dir geben kann, dass du . . . vielleicht mehr willst als ich.« Éanna spürte, dass ihr Gesicht glühte. Schnell sprach sie weiter: »Und ich habe Angst, dass sie recht hatte. Dass es dir so, wie es im Moment zwischen uns beiden ist, nicht reicht. Weißt du, ich will das ja auch, Brendan. Ich will es wirklich. Nur noch nicht jetzt. Nicht . . . so.«

Zärtlich blickte Brendan sie an. Dann lachte er, nahm sie

fest in die Arme und vergrub den Kopf in ihren Haaren. »Ach Éanna«, flüsterte er ihr ins Ohr, »was machst du dir nur für dumme Gedanken!« Er zögerte, schien sich zu besinnen. »Unser gemeinsames Leben hat doch erst angefangen.«

Éanna war plötzlich ganz leicht zumute. Erst jetzt merkte sie, wie sehr Caitlins Worte sie in der letzten Zeit verunsichert und belastet hatten. Sie lächelte Brendan an. Und als er sich nun vorbeugte und sie erneut küsste, waren ihre Gedanken ganz bei ihm.

Elftes Kapitel

In den folgenden Tagen lebten sich Éanna, Brendan und Emily in Five Points ein und machten sich mit ihrer neuen Umgebung vertraut. Schnell lernten sie die Eigenheiten des Viertels kennen. Und nicht nur Éanna dachte in diesen Tagen immer wieder wehmütig an ihr kleines Zimmer im Emerald Isle zurück.

Woran sich alle drei am wenigsten gewöhnen konnten, war der Lärm, der ständig auf den Straßen vor ihrem Haus, im Treppenaufgang und in den benachbarten Mietskasernen herrschte. Denn nicht einmal nachts kehrte hier auch nur für einige Minuten Ruhe ein. Ganz gleich zu welcher Tages- oder Nachtstunde – immer waren die lauten Stimmen von Männern und Frauen zu hören, die sich stritten, die betrunken und grölend die Treppen hochstolperten, die mit ihren Kindern schimpften oder sie verprügelten. Das Geschrei eines kranken Babys, das Weinen einer alten Frau, Gelächter, Gesang, rasselnde Hustenanfälle, Zurufe auf den Korridoren, das Schlagen von Türen und das Scheppern von Blecheimern und was es sonst noch an Geräuschen gab, die gut fünfzig Mieter auf engstem Raum Tag und Nacht verursachen konnten, das alles drang durch die dünnen Wände und sorgte für einen beständigen Geräuschpegel in ihrer kleinen Wohnung.

Und wenn es auf den Straßen von Five Points schon tagsüber betriebsam zuging, so war dies doch nichts gegen das lärmende und dichte Treiben, das bei Einbruch der Dunkelheit in diesem Viertel einsetzte, wenn die Männer von der Arbeit nach Hause kamen und einen Großteil ihres Lohns in den zahllosen Tavernen, Rumschenken, Spielkellern und Freudenhäusern verprassten.

In diesen Stunden traf man auf viele blutjunge, aber auch auf einige alte, abgetakelte Straßendirnen und ihre aufdringlichen Zuhälter, die vor den Schankstuben nach Freiern Ausschau hielten. Auch Taschendiebe und anderes Gesindel trieben sich dann hier herum, um angetrunkene Arbeiter, wenn sie eines der zahlreichen Wirtshäuser verließen, in einer Seitengasse abzufangen und ihnen ihren letzten Cent zu rauben.

Der Abend gehörte aber auch den Kellerratten – den Menschen ohne festen Wohnsitz, die eine Nacht lang für zwei oder drei Cent in einem der mit endlosen Reihen von Stockbetten vollgestellten Keller eines Mietshauses unterkamen. Sie blieben so lange wie eben möglich im Freien, bevor sie sich hinunter in die finstere, stinkende Enge dieser elendigen Massenquartiere begaben, und wurden meist von den anderen Bewohnern des Viertels gemieden. Viel tiefer konnte man in New York nicht mehr sinken: Wer morgens als Kellerratte die Treppe heraufkam und ins Licht des neuen Tages trat, wusste zumeist nicht, ob ihn an diesem Tag nicht endgültig ein Leben in der Gosse erwartete oder ob er bei Einbruch der Nacht doch wieder die wenigen Münzen für ein Kellerquartier aufbringen konnte.

In diesen Tagen erfuhren Éanna und Emily auch, was es mit dem mysteriösen Schneesammeln auf sich hatte: Viele

Bewohner der oberen Stockwerke hatten es sich in den Mietshäusern von Five Points zur schlechten Angewohnheit gemacht, ihre Nachttöpfe im Schutz der Dunkelheit einfach aus dem Fenster hinunter auf die Straße oder den Hinterhof zu leeren, um sich den mühsamen Weg zum Abort zu ersparen. Wer nach hinten hinaus wohnte, tat deshalb gut daran, vor Einbruch der Nacht seine Wäsche von den Stangen und Leinen vor den Fenstern zu nehmen. Häufig wurden die noch feuchten Kleider, Handtücher und Bettlaken dann zum Trocknen auf den Flachdächern der Häuser aufgehängt – was immer wieder minderjährige Jungen und Mädchen anlockte, die völlig auf sich allein gestellt waren oder von ihren Not leidenden Eltern dazu angestiftet wurden, die fremde Wäsche zu stehlen. Deshalb musste diese stets gut bewacht werden. Da aber meist nur alte Menschen und Kinder für diese Aufgaben infrage kamen, auf die am nächsten Morgen keine anstrengende Arbeit in der Fabrik oder im Hafen wartete, geschah es nur allzu oft, dass mitten in der Nacht plötzlich lautes Geschrei ertönte. Dann war die Wache eingeschlafen und erst wieder wach geworden, als die Diebe schon mit ihrer Beute davonliefen. War der »Schnee« erst einmal von den Leinen gerissen, blieb eine Verfolgung über die Dächer und durch die Treppenhäuser des Viertels zumeist erfolglos. Denn ein Großteil der Häuser in Five Points war durch Keller und unterirdische Gänge miteinander verbunden, und in diesem finsteren Labyrinth einen flinken jungen Dieb zu stellen, gelang nur in den seltensten Fällen. Bereits wenige Minuten nach dem Diebstahl landete die Beute gewöhnlich bei einem der vielen Händler für gebrauchte Kleidung und Bettwäsche am Chatham Square oder anderswo in New York, die sich hüteten, den jungen Verkäufern unangenehme Fragen zu stellen.

Eine weitere neue Erfahrung stellte für Éanna und Emily der wöchentliche Einkauf von Kohle, Anmachholz, Lampenöl und Lebensmitteln in einer der zahlreichen *Groceries* von Five Points dar. In diesen Geschäften ging es häufig kaum besser zu als in den Tavernen und *Groggeries*, den Rum- und Ginschenken im Viertel, wo man ein Glas billigen Alkohol schon für ein oder zwei Cent bekam.

Ein erstes einschneidendes Erlebnis dieser Art hatten die beiden Mädchen bereits wenige Tage nach ihrem Einzug in der Cross Street, als sie sich auf Liams Empfehlung hin auf die Suche nach einer solchen Grocery machten, um ihre kargen Lebensmittelvorräte aufzufüllen.

»Ob wir hier wirklich richtig sind?«, fragte Éanna skeptisch, als Emily und sie vor drei ausgetretenen Steinstufen standen, die hinunter zu einer dunklen Kelleröffnung führten. Kisten, Tonnen und Stapel von Weidenkörben türmten sich zu beiden Seiten des Eingangs und ließen nur einen schmalen Durchgang frei.

Ihre Freundin zuckte die Achseln und deutete auf das verwitterte Holzschild über dem Eingang, auf dem der verblichene Schriftzug gerade noch zu lesen war. »Dem Schild nach muss es der richtige Laden sein: *Pete Kendall's Grocery!* Mal sehen, ob wir dort tatsächlich alles so billig bekommen, wie Liam versprochen hat.«

Éanna verzog das Gesicht. »Sieht nicht gerade einladend aus. Aber gut, lass uns mal reingehen und uns umsehen.«

Sie stiegen die Stufen hinunter und traten in den nur spärlich beleuchteten Raum, der ihnen im ersten Moment wie eine große, düstere Kellerhöhle vorkam, in der mit dem Schlimmsten zu rechnen war. Doch als sich ihre Augen an die Dunkelheit gewöhnt hatten, standen sie eine Weile einfach nur da und schauten sich sprachlos um. Ein solches Geschäft hatten sie noch nie gesehen!

Gleich hinter der Tür reihten sich auf der einen Seite Körbe mit Kohlköpfen, Kartoffeln, Bohnen, getrockneten Äpfeln, Eiern und anderen Lebensmitteln aneinander. Auf der anderen Seite standen Kisten und Tonnen, die bis oben hin mit Kohlen, gebündeltem Anmachholz, Besenstielen, Schüreisen, Kautabakstangen, Melasse, Mehl, Zucker, aber auch mit Nägeln, Wasserkesseln und allerlei anderem Praktischen gefüllt waren. Von den niedrigen Deckenbalken hingen getrocknete Kräuter, Würste, Speckseiten, Rinderzungen und Ketten zusammengebundener Zwiebeln herab. Dahinter konnten die Mädchen eine Reihe Stand- und Wandregale ausmachen, auf deren Brettern Eingemachtes in Gläsern, Konserven, Kerzenbündel, abgepackter Tee, Gewürze, Zigarren und noch vieles mehr feilgeboten wurden. Davor standen weitere Kisten, Tonnen und Säcke voll neuer Kostbarkeiten.

Der hintere Teil von *Kendall's Grocery* wurde von einer langen, niedrigen und breiten Theke aus geschwärztem Holz beherrscht, über der zwei Öllampen hingen, deren diffuses Licht nicht einmal ausreichte, diesen Teil des Raumes wirklich zu erhellen. Auf der Theke standen zwei große Fässer, in dem Regal dahinter erspähte Éanna ein paar Dutzend Flaschen.

Drei Frauen in ärmlicher Kleidung standen bei den Fässern

und lachten über etwas, das eine von ihnen gerade gesagt hatte. Worauf der Mann mit dem Vollbart, der auf einem Schemel hinter der Theke saß und der, wie es schien, nur eine Lederschürze vor der nackten, dicht behaarten Brust trug und seiner Statur nach gut und gern für Mister O'Grady hätte arbeiten können, mit rauer Stimme erwiderte: »Keine Sorge, ich füll euch die Gläser schon auf. Aber erst die Münze auf den Tisch, Sally, sonst bleibt der Hahn zu! Bist hier nicht bei der Mission!«

»Alter Halsabschneider!«, beschwerte sich die mittlere der drei Frauen mit schriller Stimme. »Ich bin dir doch nie auch nur einen Cent schuldig geblieben, oder?« Und damit knallte sie eine Münze auf die Theke. »So, und jetzt lass endlich dein Giftwasser fließen, Pete! Und immer hübsch randvoll, wenn ich bitten darf!«

Éanna erkannte eine der drei Frauen wieder. Sie war ihnen am gestrigen Abend im Treppenhaus begegnet und hatte freundlich gegrüßt. Und jetzt stand sie da und trank schon am frühen Morgen irgendwelchen billigen Fusel, den der Ladeninhaber seiner Kundschaft ausschenkte, als führte er eine Kellertaverne!

Und tatsächlich war genau das das Hauptgeschäft von Pete Kendall's Grocery und all den anderen Groceries, auf die man in den Straßen von Five Points stieß. Mit dem billigen Gin, Brandy und Whisky, den die Besitzer der Geschäfte meist selbst in einem Hinterzimmer herstellten und nicht selten mit gefährlichen Zusätzen verschnitten, machten sie den meisten Umsatz. Denn es mangelte hier wahrlich nicht an Frauen, die ihrer Not und ihrem Elend für kurze Zeit zu entkommen suchten, indem sie bei ihren Einkäufen vom Haushaltsgeld ein paar Cent abzwackten und sich gemeinsam mit anderen Frauen aus der Nachbarschaft in einer der Groceries einen kleinen Schwips oder auch mehr antranken.

Als Martha, die schielende Frau des Ladeninhabers, wenig später zwischen zwei Regalen auftauchte und sie nach ihren Wünschen fragte, beeilten Éanna und Emily sich, so schnell wie möglich ihre Einkäufe zu tätigen und wieder an die frische Luft zu kommen. Denn es wurde allmählich höchste Zeit für sie, mit dem Streichholzverkauf für diesen Tag zu beginnen.

Das Geschäft lief bis zum Abend ausgesprochen schlecht und das änderte sich auch an den folgenden beiden Tagen nicht wesentlich. Denn in der Nacht von Mittwoch auf Donnerstag setzte starker Regen ein, der bis zum Samstag anhielt. Schon bei trockenem Wetter hatten sie am Abend das Gefühl, Blei in den Beinen zu haben. Doch bei Regen wurde das Auf- und Ablaufen auf den Straßen zu einer Tortur, die in keinem Verhältnis zu dem mageren Verdienst stand. Immer wieder mussten sie für eine Weile in einem Tordurchgang Unterschlupf suchen und waren doch bald bis auf die Haut durchnässt.

Es waren elende Tage, die den Mädchen aufs Gemüt schlugen und ihnen Angst vor der Zukunft in ihrer neuen Heimat machten. Denn kaum ein Passant nahm sich bei diesem Wetter die Zeit, auch nur für einen Moment stehen zu bleiben und nach einer Münze in seinen Taschen zu kramen. Jeder sah zu, dass er stattdessen so schnell wie möglich an sein Ziel kam. Und wer dennoch Mitleid zeigte und Streichhölzer auf der Straße kaufte, der tat es bei einem jener erbarmungswürdigen Kinder, die ohne Schuhe und Mantel unterwegs waren und in ihren durchnässten Lumpen zitternd an den Straßenecken standen.

»Das mit dem Verkauf von Streichhölzern wird nie etwas Richtiges«, sagte Éanna niedergeschlagen, als sie sich am späten Samstagnachmittag auf den Heimweg nach Five Points machten. »Damit hätten wir erst gar nicht anfangen sollen, auch wenn es am Anfang noch so vielversprechend ausgesehen hat!«

Auch Emily ließ den Kopf hängen, versuchte dann aber, sich selbst und der Freundin Mut zu machen: »Die letzten Tage waren wirklich übel. Aber jetzt hat der Regen ja endlich aufgehört und die meiste Zeit wird es hier im Sommer doch wohl trocken bleiben.«

»Und wennschon! Wir sehen einfach noch nicht elend und bedürftig genug aus, um Tag für Tag mindestens zwanzig Streichholzpäckchen zu verkaufen«, schimpfte Éanna. »Gegen die vielen anderen Hungerleider auf den Straßen wirken wir ausgesprochen gesund und sauber. Und erst gestern haben sie in der Zeitung geschrieben, dass die Zahl der Kinder zwischen sechs und sechzehn, die keine Angehörigen mehr in der Stadt haben oder ihren prügelnden und versoffenen Eltern davongelaufen sind, mittlerweile zwischen zwanzig- und vierzigtausend liegt!« Wie so viele andere Einwanderer hatte Éanna es sich in den letzten Wochen angewöhnt, regelmäßig eine der vielen New Yorker Tageszeitungen zu lesen, und sie verfolgte die Nachrichten aus ganz Amerika inzwischen mit großem Interesse.

»Würde mich auch nicht wundern.«

»Machen wir uns nichts vor, Emily. Auf diese Weise werden wir es nie zu einem halbwegs anständigen Lohn bringen«, fuhr Éanna nüchtern fort. »Und vergiss nicht, dass die Winter in New York länger und eisiger sein sollen als bei uns zu Hause! Willst du dann etwa bei Eis und Schnee und bitterkaltem Wind von morgens bis abends über die Straßen ziehen? Ich nicht! Da hätten wir auch gleich in Dublin bleiben können! Und wären in der Garnfabrik und als Tugger auf den Landstraßen ganz sicher erfolgreicher gewesen als hier mit dem Verkauf von elendigen Streichhölzern!«

Emily seufzte. »Das stimmt. Die Plackerei hat sich in Dublin besser bezahlt gemacht als hier. Und den ganzen Winter über auf der Straße zu sein, also das kann ich mir auch nicht recht vorstellen.«

Éanna schüttelte entschlossen den Kopf. »Das werden wir auch nicht! Am Montag gehen wir noch einmal neu auf die Suche nach Arbeit, und zwar nach einer, von der man leben kann. Denn ich möchte nicht, dass wir allein von Brendans Verdienst abhängen.« Und als sie den verblüfften Blick ihrer Freundin sah, fügte sie schnell noch hinzu: »Verstehe mich nicht falsch. Ich liebe ihn. Aber ich möchte einfach selbst für mich sorgen können, genau wie in Dublin! Für alles andere ist später noch Zeit genug!«

»Du meinst fürs Heiraten und Kinderkriegen?«, fragte Emily ein wenig spöttisch.

»Ja, dafür auch«, antwortete Éanna ausweichend.

Emily grinste. »Ich muss zugeben, dass ich es mir im Moment auch wirklich nicht vorstellen kann, wie du als brave Hausfrau einen Stall voll Kinder hütest! Dafür bist du viel zu umtriebig und einfallsreich. Du kannst doch gar nicht anders, als jede Herausforderung anzunehmen, die sich dir bietet, oder? Und du schaffst es ja alles auch immer irgendwie – so wie du zum Beispiel in Dublin als Tugger durchgehalten hast!«

Éanna drückte die Freundin an sich. »Genauso wie du in dieser elendigen Tuchspinnerei, Emily. Ich würde sagen, wir sind eben beide ganz schön dickköpfig. Und wissen, wofür es sich lohnt zu kämpfen. Solange man ein Ziel vor Augen hat, kann man alles schaffen, daran glaube ich fest.«

»Und welches Ziel hast du vor Augen?«

»Eines Tages ein eigenes Stück Land haben, von dem man leben kann, egal wie hart man dafür arbeiten muss«, entgegnete Éanna lächelnd. »Ein Stück Land, das nicht nur gut genug ist, um wässrige Kartoffeln darauf anzubauen. Von wo aus man bis weit in die Ferne blicken kann, am liebsten bis zum Horizont, und wo man einen hohen klaren Himmel über sich hat, so wie drüben bei uns in Irland – das ist mein Traum.«

»Ja, davon lohnt es sich zu träumen.« Emily blickte unwillkürlich in den von Rußwolken verhangenen Himmel hinauf, der über den Straßenschluchten der Stadt hing. Wie weit Éannas Traum von der Realität entfernt war!

»Ich will aber nicht nur davon träumen!«, fuhr Éanna energisch fort, als habe sie die Gedanken ihrer Freundin gelesen. »Sondern ich will und werde alles tun, damit ich eines Tages tatsächlich irgendwo hier in Amerika dieses Stück Land besitze – und einen kleinen Hof noch dazu. Und zwar ohne von der Gnade und Willkür eines Großpächters abhängig zu sein!«

Emily warf ihr einen skeptischen Blick zu. »Ich fürchte, bis wir beide ein eigenes Stück Land haben werden, liegt noch ein ganz schön langer und harter Weg vor uns!«

»Mag sein, aber ich bin fest entschlossen, diesen Weg zu gehen, Emily!« Und nach einem Blick in Emilys skeptisches Gesicht fügte Éanna noch hinzu: »Ich weiß, was du gerade denkst, aber Five Points ist nur eine vorübergehende Station auf unserem Weg! Wir werden nicht wie andere hier hängen bleiben und scheitern, das schwöre ich dir beim Grab meiner Eltern und Geschwister! Ich werde nie und nimmer auf Dauer in New York bleiben und schon gar nicht in Five Points oder einem ähnlich miesen Viertel!«

Emily musste lachen, als sie die geballten Fäuste ihrer Freundin sah. »Also wenn einer das schaffen kann, dann bist du es, Éanna! Auf dich würde ich immer setzen, sogar meinen letzten Cent!«

»Nicht ich, sondern *wir* werden es schaffen!«, korrigierte Éanna ihre Freundin ernst und entschlossen. »Keine Widerrede! Das haben wir uns geschworen – und das sind wir all unseren Lieben schuldig, die wir in Irland zu Grabe tragen mussten und die uns auf unserer Reise nach Amerika nicht begleiten konnten. So, und jetzt erzähl mir doch bitte mal, wie es kommt, dass Liam dich in dieser Woche schon mindestens zehn Mal scheinbar zufällig im Treppenhaus abgepasst hat!«, wechselte sie ganz plötzlich das Thema. »Gib zu! Er hat ein Auge auf dich geworfen. Und er gefällt dir, stimmt's?«

Emily wurde rot. »Wie kommst du denn darauf? Das bildest du dir bloß ein!«, wehrte sie verlegen ab.

»Von wegen! Ich habe doch Augen im Kopf. Liam schaut dich immer wieder verstohlen an, wenn er glaubt, dass es keiner mitbekommt. Und ich freue mich so für dich, Emily!«

»Liam ist einfach nur nett und hilfsbereit, Éanna, nichts weiter.«

»Wenn du meinst . . .« Éanna hakte sich bei Emily unter und lachte. »Aber ich sage dir trotzdem, da bahnt sich etwas zwischen euch an. Und ich würde mich riesig für euch beide freuen, wenn daraus wirklich etwas Ernstes würde.«

»Ernst ist gerade etwas ganz anderes, nämlich dass wir unbedingt eine neue Arbeit finden müssen!«, entgegnete Emily schlagfertig und war ganz offensichtlich erleichtert, dass Éannas Aufmerksamkeit in diesem Moment von einer Gruppe Menschen gefesselt wurde, die sich vor den beiden heruntergekommenen Tavernen *Diving Bell Saloon* und *Arcade Saloon* in der Orange Street versammelt hatten.

Es waren mehrere Männer und Frauen, Letztere ihrer Aufmachung nach zweifellos Dirnen, die in einen heftigen Wortwechsel vertieft zu sein schienen. Deutlich hob sich eine Frauenstimme von den anderen Stimmen ab, und als sie näher kamen, wusste auch Emily, zu wem sie gehörte: Es war die Stimme der Dirne Caitlin.

»Nun mal ganz langsam, Süßer«, säuselte Caitlin spöttisch und verlockend zugleich, als ihr ein Mann in dreckiger Arbeitskleidung grob und ohne jede Scham in den Ausschnitt fassen wollte. »Kannst sicher sein, dass der Inhalt hält, was die Verpackung verspricht. Aber ein wenig wirst du doch wohl noch warten können, oder?«

Abrupt blieb Éanna stehen und griff nach Emilys Arm, um schnell mit ihr die Straßenseite zu wechseln. Doch es war schon zu spät. Denn genau in diesem Moment drehte sich Caitlin in ihre Richtung um und sah sie.

»Na das ist ja mal ein hübscher Zufall! Éanna und ihr einfältiger Schatten Emily in meinem Revier!«, rief sie ihnen mit einem bösen Lachen entgegen. »Was bringt euch denn in diese noble Gegend? Sagt bloß, ihr seid plötzlich in mein Gewerbe eingetreten? Soll ich euch vielleicht ein paar gute Ratschläge geben?«

»Du kannst uns mal!«, erwiderte Éanna schroff und bahnte sich, ohne Caitlin anzublicken, einen Weg durch die Menschenmenge.

»Ja, du hast uns gerade noch gefehlt!«, zischte Emily. »Komm, Éanna, sehen wir zu, dass wir nach Hause kommen!«

»Ach was, ihr seid also auch in Five Points gelandet?«, rief Caitlin ihnen ungläubig nach. »Na dann wird man sich ja bestimmt noch öfter sehen. Sagt nur Bescheid, wenn ihr einen tüchtigen Zuhälter braucht. Denn ohne einen bringt ihr beide doch bestimmt noch nicht mal einen Volltrunkenen auf die Matratze!« Wieder lachte sie und diesmal klang es übertrieben schrill. »Und schöne Grüße an Brendan. Der war gar nicht mal so schlecht im Bett, wenn auch reichlich tollpatschig. Aber das wirst du inzwischen ja wohl schon selbst herausgefunden haben, nicht wahr, Éanna?«

»Halt deinen . . .!« Emily blieb mit hochrotem Kopf und geballten Fäusten stehen und drohte in Caitlins Richtung. Einige der Männer, die ihnen nachgafften, lachten.

»Lass sie!«, sagte Éanna, packte die Freundin am Arm und zog sie weiter. »Sie ist es nicht wert, dass man auf ihr böses Gerede eingeht. Das will sie doch nur!«

In ihrer Wohnung angekommen, verloren die Mädchen kein Wort mehr über die unangenehme Begegnung. Stattdessen machten sie sich daran, Kartoffeln zu schälen, zu denen es dicke Bohnen und für jeden zwei Scheiben knusprigen Speck geben sollte. Das Essen stand bereits auf dem Tisch, als Brendan von der Arbeit kam, und schon bald wurde die Stimmung gelöster.

Später schaute Liam wieder einmal für eine Stunde bei ihnen herein. Wie so oft drehte es sich um die Arbeitssuche von Emily und Éanna und an diesem Abend hatte Liam einen Vorschlag für sie. Er hatte sich oben bei ihm im vierten Stock umgehört. »Warum versucht ihr es nicht mal als Näherin für einen der vielen Betriebe, die Hemden, Blusen, Unterröcke und andere Kleidungsstücke aus bereits vorgefertigten Einzelstücken in Heimarbeit zusammennähen lassen?«

»Als Näherin? Daran habe ich noch gar nicht gedacht«, sagte Éanna überrascht.

»Weißt du vielleicht auch, was man da verdienen kann und wie man zu so einer Arbeit kommt?«, wollte Emily wissen. »Und wo finden wir solche Betriebe?«

Liam sah sie gut gelaunt an. »Das lässt sich leicht in Erfahrung bringen. Ich habe den Tipp von Kate O'Hara, sie wohnt bei uns auf dem Stockwerk und arbeitet als Näherin, seit ihr Mann sie mit ihren beiden Töchtern hat sitzen lassen. Wenn ihr wollt, dann frage ich sie, ob sie euch hilft, an solch einen Job zu kommen.«

Emilys Augen leuchteten auf. »Das wäre wirklich nett von dir, Liam! Vielleicht wäre das tatsächlich eine ordentliche Arbeit für uns. Denn mit der Nähnadel wissen Éanna und ich genauso gut umzugehen wie jede andere, die es schafft, Hemden zusammenzunähen!«

Liam genoss Emilys Aufmerksamkeit sichtlich. »Ich weiß

von einer Frau in der Fünften, die eine Nähmaschine hat, was die Sache natürlich um einiges leichter macht, als wenn man mit der Nadel in der Hand arbeiten muss. Aber das ist sicher keine Bedingung, um für diese Kleiderlieferanten zu arbeiten. Soviel ich von Kate weiß, verdienen auch noch andere Frauen und Mädchen hier im Haus ihr Geld als einfache Näherin. Wisst ihr was, ich gehe jetzt gleich zu Kate hoch und frage sie, ob sie euch helfen kann. Sie ist eine herzensgute Frau und wird es ganz sicher tun!« Er stand auf.

»Wenn sie nur halb so herzensgut und hilfsbereit ist wie du, Liam, dann werden wir schon bald Arbeit haben, meinst du nicht auch, Emily?«, sagte Éanna.

Emily und Liam erröteten zugleich, und noch bevor Emily etwas sagen konnte, war Liam auch schon zur Tür hinaus.

Als er wenige Minuten später zurückkehrte, brachte er ihnen die erhoffte gute Nachricht: »Ich habe es doch gewusst, dass Kate O'Hara euch helfen kann! Sie wird euch gleich am Montagmorgen zu der Fabrik mitnehmen, in der sie arbeitet, und bei ihrem Arbeitgeber ein gutes Wort für euch einlegen«, verkündete er freudestrahlend. »Sie hat mir gesagt, dass sie sowieso dort hinmuss, um einen Stoß fertiger Hemden abzuliefern und neues Material zu holen. Aber ich soll euch ausrichten, dass ihr unbedingt einen Dollar mitbringen müsst. Denn der wird von allen Kleiderfabrikanten als Pfand für das Material verlangt.«

»Kein Problem. Ich habe gerade heute meinen Lohn bekommen. Und für die Miete und das Essen bleibt auch noch genug Geld übrig«, sagte Brendan stolz darüber, so gut für sie sorgen zu können.

Éanna beugte sich zu Emily und stieß sie an. »Dafür hat

sich Liam eigentlich eine Umarmung verdient, finde ich«, sagte Éanna. »Hast du nicht Lust, das zu übernehmen?«

Emily wurde nun so rot wie eine reife Tomate und schüttelte hastig den Kopf. Ihr hatte es die Sprache verschlagen.

Éanna seufzte und begann, sich wortreich bei Liam zu bedanken, der wiederum gar nicht wusste, wohin er vor Verlegenheit blicken sollte.

Éanna sah von ihrer Freundin zu Liam und musste ein Lächeln unterdrücken. Wie gut sie doch zueinanderpassten! Auch Brendan schien das so zu sehen, denn er zwinkerte Éanna zu und boxte dann seinem Freund feixend in die Seite. »Ich glaube, du hast bei den beiden schon jetzt einen ziemlichen Stein im Brett, Liam! Nicht auszudenken, was erst ist, wenn das mit der Näharbeit am Montagmorgen wirklich klappt!«

Éanna lächelte gedankenverloren. Sie spürte, dass ihre Freundin schon längst das Herz von Liam Maguire erobert hatte und nun drauf und dran war, sich Hals über Kopf in den jungen Amerikaner zu verlieben.

Zwölftes Kapitel

Patrick zögerte lange, bevor er sich am Samstagnachmittag beim Floristen auf dem Broadway für ein seiner Ansicht nach sündhaft teures Bouquet gelber Rosen, das kunstvoll in königsblaues Lackpapier eingeschlagen war, entschied.

Es waren wunderschöne Seidenblumen, die mit ihren Blättern, Dornen und halb geöffneten Blüten täuschend echt wirkten. Er hatte sie erst vorsichtig anfassen müssen, um sich davon zu überzeugen, dass sie tatsächlich aus dünnem gestärktem Seidenstoff bestanden, und er hoffte, das passende Geschenk für Gaylords Mutter gefunden zu haben. Es sollte dem Anlass ihres Empfangs gerecht werden und weder zu aufdringlich noch zu mickrig für eine Frau ihres gesellschaftlichen Standes sein.

Patrick wusste, dass sich zumindest seine Tante in Dublin, deren Geschmack als gut und teuer galt, darüber gefreut hätte, denn in ihren Kreisen waren diese Kunstblumen gerade der letzte Schrei. Wie es darum hier in New York stand, würde er in wenigen Stunden wissen.

Als er aus dem Geschäft trat, hatte der Regen gerade aufgehört. Und dem fast wolkenlosen Himmel nach war vorerst auch nicht mit weiteren Schauern zu rechnen. Deshalb beschloss Patrick, auf die unnötigen Ausgaben für eine Mietdroschke zu verzichten und den Weg zurück in sein Hotel zu Fuß zurückzulegen. So konnte er auch wieder einmal einen kleinen Umweg zu Charles Templetons Buchhandlung machen, wo noch immer das handgeschriebene Schild an der geschlossenen Tür auf die Abwesenheit des Buchhändlers verwies.

»Hoffentlich hast du nicht in den letzten Tagen auch schon mehrfach so enttäuscht hier vor der Tür gestanden, Éanna«, murmelte er leise, während er wieder auf den Broadway zurückkehrte und der Prachtstraße in südlicher Richtung folgte. Er konnte nur hoffen, dass es ihr gut ging und sie seine Bände noch nicht an anderer Stelle weit unter Preis hatte verkaufen müssen.

Als er auf der Höhe der Canal Street an einem Stand mit gebrauchten Büchern, billigen Romanheften im Stil der Mammuts und allerlei Zeitschriften und Magazinen vorbeikam, hob sich Patricks Stimmung wieder. Denn unwillkürlich kam ihm sein gestriger Besuch im Verlagshaus *George Palmer Putnam* in den Sinn: Der ernüchternden Begegnung mit Benjamin Park zum Trotz hatte Patrick sein Manuskript nämlich bereits vor einigen Tagen bei der Sekretärin von Mister Putnam zur freundlichen Prüfung abgegeben und sich dann gestern in einem Anflug von ungezügelter Ungeduld bei ebendieser Sekretärin noch einmal nach seinem Manuskript erkundigt. Dabei war er zufällig dem Cheflektor des Verlags, Evert Augustus Duyckinck, begegnet, der ihn mit den Worten »Ah, Ihr also seid Mister Patrick O'Brien, der Verfasser dieser düsteren irischen Elendsgeschichte!« begrüßt und prompt in sein Büro gebeten hatte.

Der elegant gekleidete Mann, dem seine umfassende Bildung in allen Bereichen der Kultur im Gespräch sofort anzumerken gewesen war, hatte nach dem ersten unverbindlichen Geplauder über die Herkunft und den bisherigen Lebensweg des jungen Autors viele freundliche Worte für dessen Werk gefunden. Doch zu einem Vertrag war es dennoch auch mit dem Putnam-Verlag nicht gekommen.

»Unter etwas anderen, für Euch glücklicheren Umständen wäre ich vielleicht tatsächlich geneigt gewesen, Mister Putnam Euer Buch zur Veröffentlichung zu empfehlen, Mister O'Brien. Aber leider lassen dies ebenjene Umstände auf absehbare Zeit nicht zu«, hatte Duyckinck mit ehrlichem Bedauern gesagt.

»Und was sind das für unglückliche Umstände, wenn Ihr mir diese Frage gestattet?«, hatte Patrick sich erkundigt und gedacht, dass er allmählich eine gewisse Sicherheit darin gewann, Absagen mit Haltung zu tragen.

»Mister Putnam hat sich seit Kurzem gemeinsam mit Mister Charles Wiley einem überaus ehrgeizigen, um nicht zu sagen bahnbrechenden Projekt verschrieben, das sich *Library of American Books* nennt«, war die Antwort des Lektors gewesen. »Diese außergewöhnliche und aufwendig gestaltete Buchreihe hat das Ziel, sozusagen den Kanon der amerikanischen Literatur zu bilden. Und ich denke, dass wir diesem Anspruch mit der Auswahl unserer Autoren und der Qualität der Texte auch gerecht werden. Die Reihenfolge der noch zu veröffentlichenden Bücher steht schon für die nächsten achtzehn Monate fest. Da bleibt, wie Sie sehen, momentan deshalb leider kaum noch Spielraum für nicht amerikanische Werke.«

»Es sei denn, ich ließe mich in kürzester Zeit einbürgern und werde damit selbst zum amerikanischen Schriftsteller!« Patrick hatte mehr im Scherz gesprochen und bedauernd die Achseln gehoben. Wie ärgerlich!

Doch der Cheflektor war interessiert auf seine Bemerkung eingegangen. »Das ist gar keine schlechte Idee, Mister O'Brien! Dann hättet Ihr in der Tat eine Chance, nach den eben genannten achtzehn Monaten in die nähere Auswahl für weitere Bücher der *Library of American Books* zu kommen. Nun ja, aber in Anbetracht der Qualität Eures Manuskriptes wäre es unredlich von mir, Euch davon abzuhalten, es anderen Verlagen zur Prüfung vorzulegen. Denn ich bin mir sicher, dass es keine anderthalb Jahre mehr bis zu seiner Veröffentlichung dauern wird. Das Buchgeschäft boomt hier in Amerika, wie Sie sicher schon festgestellt haben.

Die Leute lesen längst nicht mehr nur die Klassiker, sondern auch viel neue Literatur. Und da springen in der Stadt die neuen Verlage aus dem Boden wie Pilze nach einem warmen Regen. Also keine Sorge, ich prophezeie Euch, dass Ihr Euer Manuskript schon bald veröffentlicht sehen werdet!«

Dieses uneingeschränkt positive Urteil hatte Patrick ein wenig mit seinem Pech bei Putnam's versöhnt. Doch Mister Duyckinck hatte noch eine weitere Überraschung für ihn gehabt: »Da ist noch etwas anderes, das ich Euch gern mitteilen und anbieten möchte. Denn Euer Stil gefällt mir ausnehmend gut, Mister O'Brien. Ihr schreibt nicht nur kraftvoll bildhaft und seid sicher im Ausdruck, sondern lasst auch einen wachen und kritischen Geist erkennen. Und solche Autoren können wir sehr gut gebrauchen.«

Patrick war einen Moment lang verwirrt gewesen. Hatte der Lektor es sich nun doch noch einmal anders überlegt?

Der schien seine Gedanken zu erraten. »Nein, mit unserem Buchprogramm hat mein Interesse an Eurer Mitarbeit bedauerlicherweise zurzeit nichts zu tun. Aber ich könnte mir gut vorstellen, Euch in die Gruppe unserer Rezensenten aufzunehmen.«

»Ich verstehe nicht ganz . . . Rezensent wofür?«

»Für gut lesbare und zugleich doch geistreiche Buchkritiken. Denn seit dem letzten Jahr gibt Mister Putnam in Zusammenarbeit mit Mister Wiley und der Appleton Company die *Literary World* heraus. Dieses Magazin widmet sich der amerikanischen Kunst und Literatur und veröffentlicht in jeder Ausgabe eine ganze Reihe von ausführlichen Buchbesprechungen. Und für diese würde ich Euch gern gewinnen.«

Der Vorschlag hatte Patrick sehr überrascht. »Ich gestehe, dass mir Euer Angebot schmeichelt. Aber ich weiß nicht, ob ich dafür der richtige Mann bin. Ich habe noch nie eine solche Buchkritik verfasst.«

»Natürlich seid Ihr der Richtige!« Begeistert war der Cheflektor aufgesprungen. »Ihr erfüllt alle Voraussetzungen, die ein guter Rezensent haben sollte: Ihr seid belesen, liebt die Literatur, habt einen kritischen Geist und wisst zu schreiben! Ich versichere Euch: Mehr braucht es nicht, um gute Kritiken zu verfassen. Und Ihr seid besser dafür gerüstet als manch anderer Rezensent, wie ich aus leidvoller Erfahrung sagen kann. Ich denke, dass ich mit Eurer Arbeit mehr als zufrieden sein werde. Fangt erst einmal als Rezensent bei uns an und wer weiß, was sich später noch aus dieser Zusammenarbeit ergibt. Nun, wollt Ihr es versuchen? Die Bezahlung ist anständig, wie ich meine: Je nach Buch und Umfang der Rezension erhaltet Ihr zweieinhalb bis fünf Dollar.

Macht Ihr Eure Sache gut, dann könnt Ihr mit weiteren Aufträgen rechnen. Drei bis vier Rezensionen im Monat würden es wohl werden, denke ich.«

Da hatte Patrick nicht länger gezögert und zugesagt. Die Aussicht, sich als Literaturkritiker Geld zu verdienen und nicht gezwungen zu sein, irgendwo in New York nach einer Anstellung als Buchhalter zu suchen, war einfach wunderbar. Und mit durchschnittlich zehn bis zwölf Dollar Honorar im Monat würde er bei einer preiswerteren Unterkunft als dem Shakespeare Hotel sicher auch gut auskommen. So blieben die knapp zweihundert Dollar, die er vor wenigen Tagen auf ein Bankkonto nahe der City Hall eingezahlt hatte, als eiserne Reserve für finanzielle Engpässe unangetastet. Zudem ließ ihm die Arbeit als Rezensent sicher noch ausreichend Zeit, sich seinem eigenen Schreiben zu widmen, hatte er erst einmal ein passendes Thema gefunden.

Mit einem Vorschuss in Höhe von fünf Dollar, sechs neu erschienenen Büchern und in Hochstimmung war Patrick wenig später aus Evert Augustus Duyckincks Büro geeilt.

Noch im Nachhinein wunderte er sich ein wenig über die überraschende Wendung, die das zunächst recht ernüchternde Gespräch für ihn genommen hatte. Er wusste, dass er allen Grund hatte, sich glücklich zu schätzen. Und darüber hinaus hatte Mister Duyckincks Zuspruch neue Zuversicht in ihm geweckt – eines Tages würde sein Manuskript gedruckt werden! Und bis dahin hatte er eine recht reizvolle Beschäftigung gefunden, die mit interessanter Literatur zu tun hatte und ihn dazu noch gut ernähren würde. Das war nach so kurzer Zeit in New York mehr, als er zu erreichen gehofft hatte.

In seinem Hotelzimmer angekommen, verbrachte Patrick im Folgenden mehrere Stunden damit, in dem Roman zu lesen, den er für seine erste Buchkritik ausgewählt hatte, und sich dabei Notizen zu machen. Die Zeit verging wie im Flug und fast hätte er vergessen, dass Gaylord ihn um halb neun zum Geburtstagsempfang seiner Mutter erwartete. Es dunkelte schon, als Patrick den Stift zur Seite legte und das Buch zuklappte.

In Windeseile zog er sich um. Der elegante Abendanzug mit der mitternachtsblauen Seidenweste und einer dazu passenden gedeckten Krawatte hatte ihn eine stattliche Summe Geld gekostet – eine Ausgabe, die ihm nicht gerade leichtgefallen war. Doch er ahnte, was ihn an diesem Abend an Eleganz und Reichtum im Hause der Sloanes erwartete und dass er in seinen Alltagsanzügen dort aufgefallen wäre wie ein bunter Hund.

Wenig später eilte er mit wehendem Mantel aus dem Shakespeare Hotel. »Zur Sloane-Residenz am Union Square Park!«, rief er dem Kutscher der wartenden Mietdroschke zu, der nicht nach der Hausnummer fragte, sondern nur nickte und kurz seinen Hut lüftete. »Sehr wohl, Sir.«

Während der Fahrt hing Patrick seinen Gedanken über das zu besprechende Buch nach und nahm sich vor, seinen Besuch bei den Sloanes so kurz wie möglich zu halten.

Nach einer knappen Viertelstunde kam der große freie Platz des Union Square mit seiner prächtigen Parkanlage in Sicht. Gaslaternen beleuchteten die grüne Oase und warfen ihr weiches Licht auf den Springbrunnen, das Vogelhaus und die große Bronzestatue von George Washington.

»Sir!«, erklang Augenblicke später die Stimme des Kutschers vom Bock, als die Droschke sich dem nördlichen Ende des Platzes näherte. »Es wird wohl etwas dauern, bis ich vor der Sloane-Residenz halten kann. Mächtiger Andrang heute Abend bei den feinen Herrschaften, Sir!«

Patrick schob neugierig das Fenster hoch und blickte hinaus. Der Kutscher hatte nicht übertrieben: Vor ihnen staute sich der Verkehr. Mindestens ein Dutzend Kutschen wartete darauf, vorzurücken und ihre Insassen vor dem Haus der Sloanes aussteigen zu lassen. Und was für prächtige Gefährte da zu sehen waren: exquisite Equipagen mit edlen Pferden im Vierer- oder sogar im Sechser-Gespann und livrierten Kutschern, die wie Gardeoffiziere herausgeputzt waren! Und diesen Equipagen entstiegen vor dem hell erleuchteten Säulenportal der imposanten Sloane-Residenz Männer und Frauen in nicht weniger atemberaubender Abendgarderobe.

Es dauerte eine ganze Weile, bis die Mietkutsche die livrierten Pagen erreichte, die vor dem Anwesen der Sloanes standen und die Aufgabe hatten, die Kutschenschläge der ankommenden Wagen zu öffnen und insbesondere weiblichen Gästen beim Aussteigen behilflich zu sein.

Patrick fühlte sich ein wenig fehl am Platz, als er aus der einfachen Kutsche stieg. Wie es aussah, war er der einzige Gast, der seinen Kutscher hier vor dem Haus entlohnen musste. Doch die Pagen verzogen keine Miene und grüßten ihn mit derselben förmlichen Höflichkeit, die sie auch den anderen Gästen entgegengebracht hatten.

Forsch durchquerte er im Anschluss mit seinem Bouquet in der Hand den gepflegten und von einem schmiedeeisernen Gitter umschlossenen Vorgarten, stieg die Stufen zum

Eingangsportal hinauf und betrat die weiträumige Empfangshalle des Anwesens, das mit seinen Marmorböden, den Kronleuchtern an den hohen Decken, den Seidentapeten und den vielen erlesenen Kunstwerken an den Wänden mehr wie ein Palast als wie ein Wohnhaus wirkte.

In der Halle, deren Boden ein Schachbrettmuster aus schwarzen und weißen Marmorplatten zierte, und in den angrenzenden Räumen hielten sich mindestens fünfzig andere Gäste auf. Nie zuvor hatte Patrick so viel funkelnden Gold-, Rubin-, Smaragd- und Diamantschmuck an Ohren, Händen und Hälsen von Frauen gesehen wie hier. Und ohne dass er es recht bemerkt hatte, war auch schon ein livrierter Kellner neben ihn getreten und reichte ihm nun mit weißseidenen Handschuhen ein Glas perlenden Champagner in einem dünnwandigen Kristallglas.

Kaum hatte Patrick sein Glas in Empfang genommen, als Gaylord sich aus einer Männergruppe links vor ihm in der Halle löste und auf ihn zueilte.

»Da bist du ja, Patrick! Schön, dass du gekommen bist! Ich hatte schon Angst, du würdest mich hier unter all den alten Herrschaften versauern lassen«, rief er freudestrahlend, schlug ihm jovial auf die Schulter und warf einen kurzen anerkennenden Blick auf das Bouquet. »Nicht schlecht, dein Geschenk! Das wird meiner Mutter gefallen. Ich habe leider mit meinem Präsent nicht ganz ihren Geschmack getroffen. Aber was soll's. Sie kauft sich doch sowieso alles, wonach ihr gerade der Sinn steht. Komm, ich stelle dich meinen Eltern vor!« Damit zog er Patrick mit sich in den hinteren Bereich der Halle, die hinsichtlich ihrer Größe und Ausstattung einem vornehmen Ballsaal alle Ehre machte.

Missis Harriet Sloane und ihr Ehemann William standen am Fuß des breiten Treppenaufgangs, der in einem elegant geschwungenen Viertelbogen ins obere Stockwerk hinaufführte, und begrüßten ihre Gäste.

Gaylords Mutter war eine bildhübsche schlanke Frau, die höchstens Ende dreißig sein konnte. Ihr rubinrotes Taftkleid entsprach der neuesten französischen Mode und brachte ihre schmale Taille vorteilhaft zur Geltung. Auch bot es einen herrlichen Kontrast zu dem honigblonden Haar. Um ihren Hals schmiegte sich eine dreireihige Perlenkette, in die Diamanten eingearbeitet waren. Sie strahlte Grazie aus und das Selbstverständnis einer Frau, die wusste, welch hohe Stellung sie und ihre Familie in der New Yorker Gesellschaft einnahmen.

Eine stattliche Erscheinung war auch ihr Mann. William Sloane, gute fünfzehn bis zwanzig Jahre älter als seine Frau, schien mit seinem durchdringenden Blick, seiner Größe und Körperfülle den ganzen Raum zu beherrschen. Er besaß ein herbes Gesicht, das von einem scharf konturierten und schon leicht grau melierten Backenbart umrahmt wurde. In seinem vollen schwarzen Haupthaar fand sich jedoch noch keine Spur von weißen Strähnen. Er trug einen Maßanzug aus feinstem Tuch.

»Mom . . . Dad, das ist Patrick O'Brien, mein Freund und Studienkollege aus Dublin, von dem ich euch bereits erzählt habe!«, stellte Gaylord Patrick vor, als sie bei seinen Eltern angekommen waren.

»Ah, Edmund Wexfords tüchtiger Neffe!«, sagte William Sloane erfreut und streckte Patrick seine Hand zu einem herzlichen Händedruck entgegen. »Schön, dass Ihr uns die Ehre gebt, junger Mann. Wir haben schon viel Gutes über Euch gehört! Seid herzlich willkommen! Ich freue mich darauf, später von Euren New Yorker Plänen zu erfahren!« Er zwinkerte ihm zu, als ginge auch er davon aus, dass Patricks Besuch in New York in Verbindung mit der Brauerei Wexford stand.

Patrick verbeugte sich höflich, bedankte sich für die Einladung und überreichte der Dame des Hauses sein Bouquet mit den entsprechenden Glückwünschen.

»Was für wunderbare Seidenblumen!« Harriet Sloane war über das Geschenk sichtlich entzückt. »Wie reizend von Euch, Mister O'Brien. Als hättet Ihr gewusst, wie sehr ich diese hübschen Blumenbouquets liebe, die nie verwelken und allzeit ihre Schönheit bewahren.«

»Nicht nur Seidenblumen verwelken nicht und bewahren sich ihre Schönheit, Missis Sloane«, erwiderte Patrick mit einem Lächeln.

Ihre Augen blitzten amüsiert und geschmeichelt zugleich auf. »Oh, Ihr seid mir ja ein rechter Charmeur, Mister O'Brien! Ich glaube, wir werden ein scharfes Auge auf Euch halten müssen!« Sie lachte hell und perlend und drohte ihm dabei mit dem Finger.

In der Zwischenzeit hatte sich hinter Patrick und Gaylord bereits eine beachtliche Ansammlung neuer Gäste eingefunden, die dem Hausherrn und seiner Gemahlin ihre Aufwartung machen wollten. Und so wandte sich Mister Sloane nun mit einem breiten Lächeln an seinen Sohn: »Gaylord, nimm dich bitte unseres neuen Freundes an und stell ihn heute Abend den Gästen vor, deren Bekanntschaft ihm von Nutzen sein kann. Solch ein Empfang ist schließlich nicht nur zum reinen Vergnügen da!«

Harriet Sloane machte eine leicht indignierte Miene. »William, also wirklich! Dass du immer nur Geschäfte im Sinn hast!«, tadelte sie ihren Mann und nickte Patrick noch einmal freundlich zu.

Patrick und Gaylord schlenderten zu einem der vielen Champagnerstände und stießen auf ihr Wiedersehen an. Dann sah Gaylord sich nachdenklich im Raum um. »Also dann lass uns doch mal sehen, wen du heute Abend unbedingt kennenlernen solltest.«

»Ähm . . . das hat wirklich keine Eile«, entgegnete Patrick schnell und ließ einmal mehr die Gelegenheit verstreichen, den ehemaligen Klassenkameraden über den wahren Grund seines Aufenthalts in New York zu informieren.

Doch Gaylord war nicht zu bremsen und so lernte Patrick an diesem Abend einige der mächtigsten und reichsten Männer und Frauen von New York kennen wie die Vanderbilts, die Laws und die Stewarts, die aus eigener Kraft in kurzer Zeit ein gewaltiges Vermögen angehäuft hatten und doch von den alteingesessenen New Yorker Clans wie den Beekmans, den Stuyvesants, den DePeters und den Schermerhorns noch immer nicht ganz akzeptiert wurden. Als neureich bezeichneten die Nachkommen der alten amerikanischen Ahnenlinien, die sich aufgrund ihres jahrhundertealten Erbes für die einzig wahren Aristokraten Amerikas hielten, diese erst in den letzten Jahrzehnten zu Geld und Ansehen gekommenen Familien. Und an dem abfälligen Unterton, mit dem dieses Adjektiv in der Regel ausgesprochen wurde, konnte man nur allzu deutlich erkennen, wie wenig der alte Adel von den neuen Emporkömmlingen hielt.

Nach dem, wie es Patrick vorkam, zwanzigsten dieser kurzen und unverbindlich freundlichen Gespräche, als sie sich gerade erneut einem Champagnerstand zuwandten, erklang plötzlich hinter Patrick und Gaylord eine weiche, helle Frauenstimme, die in vorwurfsvollem Ton sagte: »Hier steckt ihr also, Gaylord! Ich finde es empörend, dass ich dir nachlaufen muss, damit du auch mir endlich deinen Freund aus Dublin vorstellst! Aber ähnlich sieht es dir natürlich schon!«

»Oh, meine Schwester Florence!«, raunte Gaylord Patrick zu, dann drehte er sich mit einem schuldbewussten Lächeln um. »Wie konnte ich dich nur vergessen, Schwesterherz! Darf ich vorstellen: meine Schwester Florence, mein Freund Patrick O'Brien aus Dublin.«

Florence Sloane, die im letzten Jahr ihren Debütantinnenball gehabt hatte und nun siebzehn Jahre alt war, wie Patrick später von Gaylord erfuhr, hatte ein anmutiges herzförmiges Gesicht, das von honigblonden Korkenzieherlocken eingerahmt wurde und die vornehme Blässe aufwies, die in ihren Gesellschaftskreisen bei einer Frau als Ideal galt. Nur ein Hauch von Rouge lag auf ihren Wangen, der volle Mund war kirschrot geschminkt, die kleine Nase leicht nach oben gebogen. Sie hatte eine noch schmalere Taille als ihre Mutter und trug ein jadegrünes Seidenkleid mit verhältnismäßig schlichten grauen Paspelierungen, das sich über einer gewaltigen Anzahl von Petticoats bauschte. Am auffälligsten jedoch waren ihre blauen Augen, in denen nun der Schalk aufblitzte, zugleich aber auch eine Spur Empörung und so etwas wie Verlegenheit zu lesen waren.

»Verzeih mir, liebste Schwester! Aber unser Herr Vater hat

mir den dringlichen Auftrag erteilt, Patrick heute Abend mit einigen unserer wichtigsten Gäste bekannt zu machen, und du weißt, dass sein Wort Gesetz ist«, entschuldigte sich Gaylord mit spöttischem Unterton in der Stimme und legte den Arm um seine Schwester.

»So, *ich* bin also nicht wichtig?« Schmollend verzog Florence den Mund, während ihre Augen vor Vergnügen leuchteten.

»Ach, Kindchen! Deine teure Bekanntschaft habe ich Patrick doch bewusst bis zum Schluss vorenthalten. Du bist natürlich die Krönung in diesem Konversationsreigen!«, beteuerte Gaylord.

»Du sollst nicht immer *Kindchen* zu mir sagen!«, rügte Florence ihren Bruder empört. »Wie oft habe ich dir das schon gesagt!«

Gaylord gab sich zerknirscht und lenkte Florence' Aufmerksamkeit schnell auf Patrick, indem er begann, seinen Freund in den höchsten Tönen zu loben. Mehrmals betonte er dabei, dass er der Neffe von Edmund Wexford sei und wohl schon bald in dessen florierendem Unternehmen die Nachfolge antreten werde. Und wieder meldete Patrick, dem Gaylords Worte mehr als peinlich waren, keinen Widerspruch an.

»Ihr müsst mir unbedingt von Dublin erzählen, Mister O'Brien«, sagte Florence und schenkte Patrick ein reizendes Lächeln. »Ich habe meinen Bruder damals sehr darum beneidet, dass er unseren Vater nach Irland begleiten durfte. Und als er dann wieder hier war, hat er es noch nicht einmal für nötig erachtet, mir in aller Ausführlichkeit von dieser Zeit zu berichten.« Sie blitzte Gaylord an. »Wenn ich es recht bedenke, ist er eigentlich für nichts wirklich zu gebrauchen. Mit Ausnahme von Pferderennen, dem Kricketspiel und seinen Vergnügungen im Jachtklub natürlich!«

Gaylord lachte laut auf, ganz so, als hätte seine Schwester den Nagel auf den Kopf getroffen. »Das halte ich doch für eine sehr maßlose Übertreibung, Schwesterchen!«, protestierte er grinsend.

»Es wird mir ein Vergnügen sein, Miss Sloane, Ihnen von meiner Heimat zu erzählen«, versicherte Patrick lächelnd, und ehe er sich's versah, hatte Florence ihn nicht nur darum gebeten, ihr ein Glas Punsch zu bringen, sondern ihn im Anschluss auch in ein Gespräch über seine ersten Eindrücke von New York verwickelt.

Er genoss ihre Anwesenheit sehr; Florence Sloane war eine kritische und genaue Zuhörerin und ließ im Gespräch einen wachen und neugierigen Geist erkennen. Hatte Patrick zuvor geglaubt, sich nach spätestens zwei Stunden bei den Sloanes wieder verabschieden und in sein Hotel zurückkehren zu können, so musste er nun erkennen, dass er sich gewaltig geirrt hatte. Denn er amüsierte sich so gut auf diesem glanzvollen Fest, dass er bis in die späten Abendstunden blieb – und das angeregte Geplauder mit Florence, die immer wieder für einige Minuten bei ihm und Gaylord auftauchte, war dabei nur einer der Gründe.

Zu späterer Stunde gesellte sich schließlich auch William Sloane zu ihnen in den feudalen Rauchsalon, wo sie angeregt über die angespannte politische Lage in Europa und die industrielle Entwicklung Amerikas diskutierten. Champagner und Brandy taten ihr Übriges, um Patrick immer mehr das wohlig entspannte Gefühl zu geben, in diesem elitären Kreis wirklich willkommen zu sein und trotz seiner Jugend von erfolgreichen Männern wie Mister Sloane ernst genommen zu werden.

Als dieser schließlich nach einer guten Stunde seinen Zigarrenstummel in einem kristallenen Aschenbecher ausdrückte und aus dem tiefen Ledersessel aufstand, um sich anderen Gästen zu widmen, sprach er zu Patricks Überraschung eine spontane Einladung aus: »Ihr müsst uns in diesem Sommer unbedingt für einige Wochen in unserem Cottage auf Long Island besuchen, Mister O'Brien! Jemanden wie Euch um sich zu haben, kann meinem Müßiggänger von Sohn nur guttun!« Und an Gaylord gewandt fuhr er fort: »Sorge bitte dafür, dass wir das Vergnügen haben, Mister O'Brien auf Long Island wiederzusehen!« Dann stand William Sloane auf, schüttelte Patrick noch einmal die Hand und verließ den Salon.

Verblüfft sah Patrick zu Gaylord hinüber. »Was um alles in der Welt hat dein Vater denn damit gemeint?«, fragte er, obwohl er sich die Antwort schon denken konnte. Gaylord grinste. »Wir haben am Strand von Long Island ein Cottage. Wer kann, verbringt die Sommermonate, in denen es mörderisch heiß in der Stadt werden kann, nicht in New York. Stattdessen hält man sich irgendwo in den Bergen auf oder an der Küste. Ich hätte dich auch ohne den Wunsch meines Vaters zu uns nach Long Island eingeladen. Was meinst du – hast du Lust, uns dort Gesellschaft zu leisten?«

»Das ist sehr großzügig von dir und deinem Vater. Aber das kann ich doch nicht annehmen!«, wandte Patrick ein. »Schon gar nicht für mehrere Wochen!«

»Und ob du das kannst! Es werden sicher noch mindestens

zehn bis fünfzehn andere Freunde des Hauses einen Großteil des Sommers im Cottage verbringen. Dort herrscht stets ein reges Kommen und Gehen von Gästen!«, versicherte ihm Gaylord sofort.

»Na, dann dürfte die Bezeichnung Cottage ja wohl etwas untertrieben sein, oder?« Patrick lachte.

Auch Gaylord musste grinsen. »Immerhin hat mein Vater einen gewissen Ruf zu wahren. Es wird sehr nett dort werden, du wirst sehen. Es ist jeden Sommer eine bunt gemischte und fröhliche Gesellschaft, die sich im Cottage einfindet, und du passt glänzend dazu. Wir werden unseren Spaß dort haben, das garantiere ich dir. Und du wirst ja wohl meinen Vater nicht enttäuschen wollen! Also los, dein Ehrenwort darauf, dass du uns besuchst!«

Gaylord brauchte ihn nicht lange zu bedrängen. Die Aussicht, der Stadt in den heißen Sommermonaten zu entkommen und die Zeit am Strand von Long Island zu verbringen, war einfach zu verlockend. Er würde einen Stoß Bücher zum Rezensieren mitnehmen und zugleich viel Geld für eine Unterkunft in New York sparen. Und so sagte Patrick bereitwillig zu. Dass ihm dabei auch das reizende Bild von Florence Sloane vor Augen stand, dessen wurde er sich erst viel später bewusst.

Dreizehntes Kapitel

Am Montagmorgen warteten Éanna und Emily schon in aller Frühe ungeduldig darauf, dass Kate O'Hara an ihre Tür klopfte, um sie abzuholen. Um kurz vor sieben war es so weit – bepackt mit einem dicken, schweren Leinensack, den sie sich über die Schulter gelegt hatte, zog die Nachbarin mit ihnen los, um sie zu der Kleidermanufaktur zu bringen, für die sie selbst und ihre neunjährigen Zwillingstöchter Sarah und Sophie Hemden und Blusen nähten.

Kate O'Hara war eine schlanke Frau, die wohl noch keine dreißig Jahre alt sein mochte, jedoch mit ihrer grauen Haut und den dunklen Tränensäcken unter den großen Augen gute zehn Jahre älter wirkte. Ihre einfache Kleidung war sauber und gepflegt; selbst die Flicken auf der hellblauen Kittelschürze waren so geschickt eingesetzt, dass man sie erst bei näherem Hinsehen entdeckte.

Auf dem Weg sprach sie freundlich und interessiert mit Éanna und Emily und machte ihnen mit aufmunternden Worten Mut; ihr eigenes schweres Schicksal – die Armut und die alleinige Verantwortung für ihre beiden Töchter – schien sie zu tragen, ohne zu verzweifeln oder aufzugeben.

»Die Kleidermanufaktur liegt drüben in der William Street, kurz hinter der *Black Horse Tavern,* und sie gehört Mister Kerrigan«, erzählte sie, während sie in die Mulberry Street einbogen und in südöstliche Richtung gingen. »Chester

Kerrigan ist für einen Mann seiner Art ein verhältnismäßig umgänglicher Mensch, er drückt auch schon mal ein Auge zu, wenn eine Naht nicht hundertprozentig sauber und gerade genäht ist. Natürlich nur, wenn einem solch ein Patzer nicht allzu oft passiert.«

Éanna und Emily nickten stumm und hörten, froh über die Informationen und Ratschläge, aufmerksam zu.

»Aber bei Margaret, seiner Frau, müsst ihr auf der Hut sein«, fuhr Kate fort, »sie ist eine kratzbürstige und meist übel gelaunte Person, die einem nichts durchgehen lässt. Die zieht sofort einen Cent vom Lohn ab, wenn sie auch nur einen Knopf sieht, der nicht ganz fest angenäht ist. Und sie kann richtig fuchsig werden, wenn sie an den Hemden und Blusen auch nur einen winzigen Schmutzfleck findet! Dann berechnet sie für die Reinigung gleich unverschämte zwei Cent, selbst dann, wenn es nur ein paar rascher Bürstenstriche bedarf, um den Fleck zu beseitigen. Aber ich rate euch: Hütet eure Zunge in ihrer Gegenwart, denn wer Widerworte wagt, ist bei ihr sofort unten durch. Und dann muss man förmlich auf Knien darum betteln, neue Arbeit zu bekommen!«

»Dann können wir ja nur hoffen, dass wir heute Morgen auf Mister Kerrigan und nicht auf seine miesepetrige Frau treffen«, stellte Éanna beklommen fest.

»Wir werden sehen. Ich will euch nicht zu viel versprechen, aber ich glaube doch, dass auch Missis Kerrigan trotz ihrer unfreundlichen Art etwas auf mein Wort gibt. Und alles in allem ist man bei den Kerrigans doch noch verhältnismäßig gut dran, das dürft ihr auch nicht vergessen. Wenn man hört, wie skrupellos andere Kleiderfabrikanten ihre Arbeiterinnen betrügen, wie schamlos sie ihre Not ausnutzen und sie um ihren sauer verdienten Lohn bringen, kann man froh sein, wenn man in der Firma der Kerrigans Arbeit findet«, erklärte Kate O'Hara. »Außerdem kommt ihr zur richtigen Zeit. Denn in den nächsten drei Monaten müssen die Lager der Händler überall mit der Kleidung für den Herbst gefüllt werden und viel von dem, was wir hier in New York herstellen, wird im September in die Städte und Dörfer im Hinterland transportiert, wo Kaufleute auf die neue Ware warten. In dieser Zeit können sich die Kleiderfabrikanten in der Regel vor Aufträgen gar nicht mehr retten. Deshalb gibt es in den Sommermonaten immer mehr zu tun, als man eigentlich schaffen kann. Ich denke, ihr habt also heute gute Chancen! Aber wundert euch nicht, wenn die Kerrigans euch in den nächsten Wochen zur Eile antreiben und ihr bis in die Nacht arbeiten müsst, um euer Wochenpensum zu erfüllen und den Abgabetermin einzuhalten.«

»Über zu viel Arbeit werden wir uns bestimmt nicht beklagen«, versicherte Emily sofort.

»Gut so. Aber die harte Arbeit in diesen Monaten hat auch ihr Gutes, denn weil so viele Aufträge vorliegen, zahlen die Kerrigans im Sommer pro Hemd einen Cent mehr als sonst – also sechs statt fünf Cent, obwohl auch die hart verdient sein wollen. Habt ihr eigentlich an euren Dollar Pfand gedacht?«

»Ja!« Éanna öffnete kurz ihre Faust, in der die Silbermünze aufblitzte.

»Gut, dann sollte es ja keine Probleme geben.«

Wenig später traten sie auf der rechten Seite der William Street durch eine Toreinfahrt, überquerten einen kleinen sandigen Hof und folgten Kate in den niedrigen Ziegelbau der Kleidermanufaktur von Chester Kerrigan.

Erleichtert warfen sich Éanna und Emily einen kurzen Blick zu, als sie hinter der langen Holztheke einen Mann mit schütterem Haar und einem Zwicker auf der kräftigen Hakennase erblickten. Das musste Mister Kerrigan sein!

»So, ihr wollt also für mich arbeiten.« Der Unternehmer musterte die beiden Mädchen scharf durch seine Brille, nachdem Kate sie ihm vorgestellt hatte. »Versteht ihr euch denn auch auf das Nadelwerk? Seid ihr sicher, dass ihr eure Sache auch ordentlich für mich erledigen könnt?«

Éanna und Emily beteuerten einstimmig, geschickt mit der Nadel umgehen zu können und bei der Arbeit für ihn in Zukunft größte Sorgfalt walten zu lassen. Éanna unterstrich ihr Anliegen, indem sie den Dollar Pfand auf die Theke legte.

»Gut. Ich nehme an, Missis O'Hara hat euch schon gesagt, wie die Arbeit hier vonstattengeht und welch hohe Qualität meine Frau und ich von unseren Näherinnen erwarten?« Mister Kerrigans buschige Brauen schossen ein Stück in die Höhe.

Éanna und Emily nickten.

»Gut, gut. Dann will ich es mit euch versuchen, nachdem Missis O'Hara sich so überzeugend für euch eingesetzt hat!«, sagte er schließlich, steckte den Dollar ein und griff zu einem dicken Rechnungsbuch, um ihre Namen und Adresse sowie das Material einzutragen, das er ihnen mitgeben wollte. Dann verschwand er im Lager und kehrte einige Minuten später mit den vorgefertigten Teilstücken für dreißig Männerhemden und einem Beutel, der die dazugehörigen Knöpfe enthielt, zurück.

»Ihr habt Zeit bis zum nächsten Montagmorgen, um mir zu zeigen, dass ihr sauber arbeitet! Dann will ich alle dreißig Hemden akkurat genäht und mit gerader Knopfleiste wieder auf dem Tisch haben!«, teilte er ihnen mit. »Also seht zu, dass ihr keine Zeit vertrödelt! Denn ab der nächsten Woche ist die Schonzeit vorbei! Dann muss jede von euch mindestens dreißig Hemden in einer Woche schaffen – so wie Missis O'Hara, die sogar regelmäßig vierzig Kleidungsstücke pro Woche zusammennäht, und genauso wie all die anderen Arbeiterinnen, die ich beschäftige! Wenn ihr bei diesem Tempo nicht mithalten könnt, habt ihr hier nichts verloren! Wir haben Hochsaison und da muss die Arbeit flott und ohne Verzögerungen erledigt werden, wenn ich meine Verpflichtungen einhalten will.«

»Wir werden Euch bestimmt nicht enttäuschen, Mister Kerrigan!«, versicherte Éanna. Sie konnte nur hoffen, dass Emily und sie der Aufgabe, dreißig Hemden in einer Woche zusammenzunähen und mit Knöpfen zu versehen, auch wirklich gewachsen waren. Natürlich hatten sie in ihrem bisherigen Leben schon einiges an Näharbeiten verrichtet, doch diese neue Herausforderung war mit den alltäglichen Hausarbeiten nicht zu vergleichen. Éanna wusste, dass eine mühsame und anstrengende Woche vor ihnen lag. Aber dreißig Hemden bedeuteten auch einen Wochenverdienst von einem Dollar und achtzig Cent, ab der zweiten Woche sogar für jede von ihnen! Nachdem sie in der ganzen letzten Woche als Streichholzmädchen nicht einmal fünfzig Cent eingenommen hatten, erschien ihr eine solche Summe jede noch so harte Anstrengung wert. Endlich würden sie sogar einen Teil ihres Geldes sparen können!

»Meine Enttäuschung wird sich in Grenzen halten und nur eine einzige Konsequenz haben«, entgegnete Chester Kerrigan trocken, »nämlich die, dass ich eure Namen in meinem Buch durchstreiche und ihr euch anderswo Arbeit suchen müsst.« Dann rechnete er mit Kate O'Hara ab und brachte ihr das Material für vierzig neue Hemden.

Zum Glück hatte diese einen zweiten großen Leinensack mitgebracht, in dem Éanna und Emily nun ihr Material verstauten. Dann machten sich die drei in Hochstimmung auf den Heimweg.

Unterwegs kauften Éanna und Emily in einem Laden für Nähutensilien, wo Kate Stammkundin war, noch Garn, Fingerhüte und Scheren, um für ihre Arbeit gut gerüstet zu sein. Und weil Miss O'Hara für sie bürgte, durften die beiden Mädchen anschreiben lassen und mussten die gekauften Dinge erst am nächsten Montag, wenn sie von den Kerrigans ihren Lohn erhalten hatten, bezahlen.

Zu Hause angekommen, nahm sich die Nachbarin sogar noch die Zeit, auf einem Tisch die Schnittteile eines Hemdes in der richtigen Reihenfolge auszubreiten und zu erklären, wie sie am schnellsten zusammenzunähen waren und worauf Éanna und Emily dabei achten mussten.

Dann waren die zwei auf sich allein gestellt und machten sich – anfangs noch voller Zuversicht – daran zu beweisen, dass sie die neue Arbeit tatsächlich bewältigen konnten. Doch das böse Erwachen ließ nicht lange auf sich warten. Es kam nach der ersten Freude, eine Anstellung als Heimnäherinnen gefunden zu haben, noch am selben Tag.

Vierzehntes Kapitel

Es war noch nicht einmal Mittag, als Éanna und ihrer Freundin schon die Hände zu schmerzen begannen und sich die ersten Fehler einschlichen.

»Warte! Jetzt sitzt auch deine Naht schief!«, rief Emily plötzlich warnend, die selbst bereits den Saum eines Hemdes hatte auftrennen und neu vernähen müssen.

Éanna runzelte die Stirn, zog den Ärmel gerade und sah nun auch, dass die Naht hoch zur Achsel einen kaum merklichen, aber bei genauer Prüfung doch deutlich erkennbaren Bogen machte.

»Mist, warum ist mir das nicht selbst schon viel früher aufgefallen?«, ärgerte sie sich und griff zu ihrer kleinen Schere. »Jetzt kann ich noch einmal von vorne beginnen!«

»Ich fürchte, das wird nicht die einzige Naht sein, die wir in den nächsten Tagen wieder auftrennen müssen«, sagte Emily stirnrunzelnd. »Wenn wir uns da mal bloß nicht zu viel zugetraut haben! Und was soll erst werden, wenn die Schonzeit abgelaufen ist und *jede von uns beiden* dreißig Hemden in der Woche nähen muss!«

»Ach was, das sind doch nur lästige Anfängerfehler. Wir sind es eben einfach noch nicht gewohnt, so schnurgerade zu nähen«, widersprach Éanna ihrer Freundin heftig. Sie mussten den Ansprüchen der Kerrigans einfach gerecht werden, eine Alternative gab es nun einmal nicht. »Bei unseren alten Sachen ist es schließlich nie auf solch eine penible Genauigkeit der Nähte angekommen. Aber mach dir keine Sorgen, wir kriegen den Bogen schon raus.«

»*Eine* Art von Bogen beherrschen wir offenbar schon recht gut!«, spottete Emily.

Éanna lachte. »Du wirst sehen – den werden wir uns schnell abgewöhnen und zu Meisterinnen der geraden Nähte und fest sitzenden Knöpfe werden! Es wäre doch gelacht, wenn wir beide nicht hinbekommen, was so viele andere vorher auch nicht besser konnten als wir!«

So saßen sie Stunde um Stunde am Tisch, sprachen einander Mut zu und setzten konzentriert und wachsam gegenüber den eigenen gelegentlichen Fahrlässigkeiten eine Naht nach der anderen. Manchmal schlichen sich dabei erneut Fehler ein, doch ganz allmählich gelang es ihnen, diese immer rechtzeitiger zu erkennen.

Aber der Mangel an Erfahrung in akkurater Näharbeit, die noch ungelenken Finger und ihre Vorsicht, bloß keinen richtig groben Fehler zu machen oder gar Schweiß auf den Stoff tropfen zu lassen, all das kostete natürlich Zeit. So hatte jede von ihnen, als es Abend wurde und sie ihre Arbeit unterbrechen mussten, um das Abendessen zuzubereiten, nicht einmal zwei Hemden zusammengenäht.

»Und wennschon!«, meinte Éanna trotzig, als Emily niedergeschlagen auf das halb fertige zweite Hemd blickte. »Nach dem Essen machen wir weiter. Und morgen arbeiten wir bestimmt schon schneller als heute. Die dreißig Hemden schaffen wir bis Montagmorgen, Emily, so wahr ich Éanna Sullivan heiße! Aber jetzt wollen wir erst einmal ein richtiges Festessen auf den Tisch bringen, damit Brendan und Liam gleich wissen, dass es einen Grund zum Feiern gibt. Sie werden sich bestimmt freuen, wenn sie hören, dass wir heute so erfolgreich waren!«

Natürlich freuten Brendan und Liam sich, als sie die gute Neuigkeit vernahmen. Sie beglückwünschten Éanna und Emily, dann stießen die vier auf ihr neues Leben in Amerika an. Doch nach dem Essen – einem deftigen Auflauf aus Kartoffeln, Gemüse und etwas Fleisch – mussten die beiden Mädchen zu ihrer Näharbeit zurückkehren. Vor dem Zubettgehen wollten sie unbedingt ihr zweites Hemd fertig nähen und ein drittes zumindest in Angriff nehmen. Und so bekamen ihre Freunde einen ersten Vorgeschmack davon, wie die gemeinsame Abendgestaltung von nun an wohl jeden Tag verlaufen würde.

Sie ließen die Mädchen allein und gesellten sich zu den vielen anderen Bewohnern des Mietshauses, die vor der drückenden Hitze auf das breite Flachdach geflüchtet waren. Hier und unmittelbar vor dem Haus vertrieb man sich in den Abendstunden die Zeit mit Gesprächen, einem Brettspiel, Würfeln oder Karten, verfolgte die ständig bewegte Szenerie der Straße und sann still vor sich hin.

Éanna war froh, dass Brendan nicht stattdessen eine der Tavernen von Five Points aufsuchte und dort Geld für Unmengen Porter ausgab, wie so viele andere Männer es in dieser Gegend taten. Und warum sollten er und Liam auch bei ihnen im stickigen Zimmer sitzen? Sie hätten sie doch nur von ihrer Arbeit abgelenkt, die so viel Konzentration verlangte. Auch wusste sie, dass Liam ihrem Freund seit einigen Tagen das Schachspiel beibrachte und dass Brendan nun darauf brannte, sich auf dem Dach mit anderen Spielern zu messen.

Als sie in dieser ersten Nacht als Näherin für Chester Kerrigan schließlich müde, aber zufrieden neben Brendan auf der Matratze lag, erzählte sie ihm von ihrem brennenden Wunsch, eines Tages aus New York herauszukommen und irgendwo ein Stück eigenes Land zu besitzen, das sie gemeinsam bewirtschaften konnten.

»Mein Gott, hast du keine kleineren Träume, mein Schatz?« Brendan lachte leise auf und strich ihr zärtlich eine Haarsträhne aus dem Gesicht. »Musst du denn gleich nach den Sternen greifen?«

»Wenn man keine großen Träume hat, kommt man doch nirgendwohin!«, verteidigte sie sich gekränkt und enttäuscht über seine Reaktion. »Und für so groß und unerreichbar, wie du tust, halte ich meinen Wunsch gar nicht. Sieh doch mal, du und ich, wir verdienen jetzt beide gut und auch Emily wird von nun an ihren Anteil zur Miete und zum Essen selbst zahlen können und dann . . .«

»Emily wird nicht ewig mit uns eine Wohnung teilen«, fiel Brendan ihr leise ins Wort. »Über kurz oder lang wird sie sich mit Liam zusammentun. Du siehst doch, wie er jede Gelegenheit nutzt, in ihrer Nähe zu sein, und wie sehr es ihr gefällt. Am liebsten würde er ihr noch das Garn und die Schere beim Nähen halten, nur um bei ihr sitzen zu können. Es wird nicht mehr lange dauern, bis die beiden den Wunsch haben, eine eigene kleine Wohnung miteinander zu teilen.«

»Dass Emily und Liam einander sehr zugetan sind, ist offensichtlich«, pflichtete Éanna Brendan bei. »Aber Emily wird, wie ich sie kenne, in diesen Dingen nichts überstürzen wollen. Sie wird sich Zeit lassen und sich und Liam lange prüfen, bevor sie seinem Werben nachgibt und mit ihm zusammenzieht, da bin ich sicher!«

»Ich kenne da noch so eine, die nicht viel anders ist.« Brendan lächelte.

»Was ich aber gerade eigentlich sagen wollte, ist, dass wir doch jetzt anfangen könnten, einen Teil unseres Lohns wegzulegen«, nahm Éanna den Faden wieder auf. »Wenn wir sparsam haushalten, werden wir eines Tages sicher so viel Geld besitzen, wie man braucht, um fern der großen Städte, dort, wo das Land noch nicht so teuer ist, ein eigenes Stück Boden zu kaufen.«

»Hast du denn eine Ahnung, wie viel Geld man dafür braucht?«

»Nein. Du vielleicht?«

»Ich auch nicht. Aber es ist mit Sicherheit mehr, als wir in mehreren Jahren zusammenkratzen können«, entgegnete er nachdenklich. »Und das Land allein kaufen zu können, reicht ja auch noch längst nicht. Man muss auch das Geld für Samen und Werkzeuge, für Holz und für eine Unterkunft haben, ganz zu schweigen von einer Milchkuh, einem Schwein, Hühnern oder gar einem eigenen Pferd!«

»Aber wäre das denn nicht etwas, wofür es lohnt, sich abzurackern und eisern zu sparen, Brendan? Ein eigenes Stück Land?«, insistierte Éanna mit strahlenden Augen.

»Na ja, eine verlockende Vorstellung ist es schon«, räumte er ein. »Aber das ist etwas, was bestenfalls in ferner Zukunft liegt, Éanna, sogar wenn wir beide immer eine gute Arbeitsstelle haben. Klammere dich nicht zu sehr an dieser Idee fest, so schön sie auch ist. Und so übel ist es doch hier in New York auch wieder nicht. Bestimmt können wir uns schon bald eine bessere Wohnung in einem anderen Viertel leisten. Und mit etwas Glück und harter Arbeit bringe ich es in ein paar Jahren in der Gießerei zu einem der Kolonnenführer. Das ist dann doch auch schon einmal etwas, das sich sehen lassen kann.«

»Sicher«, stimmte Éanna ihm zu und ergänzte dann hartnäckig: »Aber es ist doch nichts im Vergleich zu einem Stück eigenen Lands mit einem kleinen Hof und etwas Vieh darauf.« Sie dachte gar nicht daran, von ihrem Vorsatz abzurücken, egal, wie lange es dauern würde, ihn zu verwirklichen! Mochten Brendan und Emily sie ruhig für verrückt, unrealistisch und verträumt halten, sie wusste, dass ihr Traum eines Tages Wirklichkeit werden würde. Sie würde Brendan schon noch davon überzeugen, dass dies das Ziel ihrer gemeinsamen Zukunft war, für das sich jede Anstrengung und Entbehrung lohnte. Schließlich war sie ein irisches Landmädchen und die Erde mit all ihren Wundern lag ihr im Blut. Und wenn dieser Traum nicht hier in Amerika, im Land der unbegrenzten Möglichkeiten, wahr werden konnte, wo dann?

So sicher wie sie auf der *Boston Glory* gewusst hatte, dass sie die Neue Welt erreichen würden, so sicher war sie sich nun, dass auch der Tag kommen würde, an dem sie über ihren eigenen Ackerboden schreiten und die Erde mit dem Pflug aufbrechen konnte. Und wenn bis zu diesem Tag ein ganzes Jahrzehnt oder mehr vergehen müsste, sie würde es schaffen, schließlich war sie eine Sullivan!

Fünfzehntes Kapitel

Es wurde eine bitterharte Woche für Éanna und Emily. Auch wenn sie von Tag zu Tag mehr Sicherheit gewannen und immer seltener einen Fehler beheben mussten, saßen sie doch an vielen Abenden bis weit nach Mitternacht im Licht der Öllampe über ihre Näharbeiten gebeugt, um den Termin einzuhalten und die dreißig Hemden rechtzeitig in der Manufaktur von Mister Kerrigan abgeben zu können. Doch als der Montagmorgen dann anbrach, hatten Ehrgeiz und Angst über ihre Müdigkeit und die schmerzenden Hände gesiegt: Alle dreißig Hemden waren fertig. Voller Stolz machten sie sich in Begleitung von Kate O'Hara, die sich mit ihnen freute, in die William Street auf.

Doch an diesem Tag hatten sie weniger Glück als beim ersten Mal. Statt Chester Kerrigan empfing sie seine Frau Margaret in der Fabrik und zeigte sich den beiden Anfängerinnen sofort von ihrer unangenehmsten Seite: Verdrossen begutachtete die dickleibige Frau, der schwarzer Bartflaum über der Oberlippe und am Kinn spross, jedes einzelne Hemd. Mit ihren dicken, kurzen Fingern prüfte sie die Nähte und den Sitz aller Knöpfe, wobei sie unablässig ein schnaufendes Geräusch von sich gab und den Mund verzog, als könne sie nicht glauben, wie man es wagte, ihr solch stümperhafte Arbeit vorzulegen.

Aber sosehr sie auch nach einer nicht exakten und nicht

sauber gearbeiteten Naht suchte, sie konnte keine finden. Es widerstrebte ihr jedoch ganz offensichtlich, Éanna und Emily den vollen Lohn auszuzahlen – noch dazu in der Probewoche!

Und so fand sie schließlich auch, was sie suchte. »Was ist denn das hier?« Mit einem grimmigen Schnaufen zerrte Missis Kerrigan an einem Ärmelknopf. »Der sitzt ja überhaupt nicht richtig fest! Ihr habt wohl geglaubt, das merke ich nicht, was?«

»Aber das kann gar nicht . . .«, protestierte Emily unwillkürlich. Sie war mit Éanna in der Nacht noch einmal jeden einzelnen Knopf durchgegangen, um ganz sicherzugehen, dass nicht ein einziger davon locker saß. Doch als Kate O'Hara sie verstohlen mit ihrem Ellbogen anstieß und ihr einen warnenden Blick zuwarf, schwieg sie sofort.

»Was ist?«, zischte Margaret Kerrigan aggressiv und stemmte ihre kurzen Arme drohend in die beleibten Hüften. »Willst du mir vielleicht sagen, ich könnte einen schlampig angenähten Knopf nicht von einem ordentlich fest sitzenden unterscheiden?«

»Nein, Missis Kerrigan!«, beeilte sich Emily zu versichern und senkte den Blick, um den ohnmächtigen Zorn in ihren Augen zu verbergen. »Wenn Ihr es sagt, wird es wohl so sein. Es tut uns leid. Dieser eine Knopf scheint uns entgangen zu sein.«

»Es wird wohl so sein«, äffte Margaret Kerrigan sie gehässig nach. »Nein meine Liebe. Es *ist* so! Mir schiebt ihr beiden keine schlampige Arbeit ungestraft unter, lasst euch das gesagt sein!«

Und um ihnen eine Lehre zu erteilen, fand sie in der Folge

weitere drei angeblich nicht fest angenähte Knöpfe. Kopfschüttelnd und mit verkniffenem Gesicht schleuderte sie die entsprechenden Hemden hinter sich in eine große, hüfthohe und mit Leinen ausgeschlagene Kiste, an der ein großes Pappschild mit der Aufschrift *Knöpfe!* hing. Daneben stand eine zweite Kiste, hier war *Nähte!* auf das Schild geschrieben worden, eine dritte Kiste beinhaltete Hemden mit *Schmutzflecken!*. Bei keinem der drei Schilder fehlte das Ausrufezeichen, das den Näherinnen wohl schon beim Betreten der Manufaktur wie eine stumme Anklage in die Augen springen sollte.

»Lasst das bloß nicht zur Gewohnheit werden, sonst könnt ihr euren Dollar sofort wieder mitnehmen und sehen, wo ihr bleibt!«, herrschte Missis Kerrigan sie an, gab ihnen ihren Lohn abzüglich der missratenen Ware und knallte dann einen neuen Stapel Material für sechzig Hemden auf den Tresen.

»Seid froh, dass ihr so billig davongekommen seid!«, sagte Kate O'Hara, als sie wenig später mit ihren schweren Kleiderbündeln wieder auf dem Hof standen.

Éanna verzog das Gesicht. »Vier Cent Abzug, obwohl nicht einer der Knöpfe locker saß, das nennst du billig?«

»Ja, andere sind nach ihrer ersten Woche mit ganz anderen Beträgen abgestraft worden«, teilte Kate O'Hara ihnen mit. »Fünf bis zehn Cent sind bei ihr der übliche Betrag, den sie den Mädchen und Frauen abzieht. So kann man sich denken, was einem bei *wirklich* schlampiger Arbeit droht. Heute habt ihr sie an einem ihrer seltenen guten Tage erwischt, das könnt ihr mir glauben!«

Emily stöhnte gequält auf. »Das kann ja noch heiter werden, jetzt, wo wir beide so viel Arbeit pro Woche schaffen müssen wie vorher zusammen!«

»Was andere können, könnt ihr auch«, erwiderte Kate O'Hara. »Und ihr habt heute doch schon gezeigt, dass ihr mit der Nadel gut umzugehen wisst. Der Rest ist Übung, Gewissenhaftigkeit und Fleiß.«

»Und eine Menge Schweiß«, fügte Éanna hinzu, denn der Kraft der Sonne nach zu urteilen, die bereits erbarmungslos auf sie herunterbrannte, stand ihnen an diesem Tag der erste wirklich heiße Sommertag bevor.

Die Nachbarin lachte. »Du sagst es, Éanna. Viel Schweiß und Muskelschmerzen sind bei dieser Arbeit so sicher wie das Amen in der Kirche. Aber mit der Zeit gewöhnt man sich daran. Es gibt viel Schlimmeres im Leben, als für die Kerrigans zu arbeiten. Und ich denke, auch ihr könnt davon ein bitteres Lied singen.«

Emily nickte. »Ein ellenlanges sogar!«

Bei allem Ärger über Margaret Kerrigan waren Éanna und Emily doch sehr stolz, in dieser einen Woche bereits einen Dollar und sechsundsiebzig Cent verdient zu haben. Auch wenn davon, als sie ihre Schulden für Garn, Fingerhüte und Scheren beglichen und einige zusätzliche Rollen Nähgarn für die nächsten Tage gekauft hatten, nicht mehr viel übrig war.

Die kommenden Wochen wurden den beiden entsetzlich lang und stellten ihre Ausdauer immer wieder auf eine harte Probe. Zehn, zwölf und mehr Stunden täglich über den Stoffen zu sitzen und eine Naht nach der anderen zu setzen, war schon erschöpfend genug und ging an manchen Tagen bis an die Grenzen ihrer Kräfte. Abends brannten ihnen die Muskeln in den Armen, im Rücken und im Nacken wie Feuer.

Zusätzlich ließ die Sommerhitze, die sich über New York gelegt hatte und die die Stadt in einen Brutofen verwandelte, der sich auch nachts kaum abkühlte, ihre Arbeit im Zimmer zu einer wahren Tortur werden. Wie in einer Waschküche füllte sich der Raum Tag für Tag mit Schwaden feuchtheißer Luft und es half auch wenig, dass sie den Tisch direkt unter das weit geöffnete Fenster rückten. Emily und Éanna konnten kaum so viel Wasser vom nächsten öffentlichen Brunnen herbeischleppen, wie sie ausschwitzten. Und darauf zu achten, dass ja kein Schweiß von ihren Gesichtern auf die Hemden tropfte, erschwerte ihnen die Arbeit zusätzlich. Jedes Hemd, das sie fertigstellten, schien ihnen ein neuer Sieg über die Schmerzen, ihre überanstrengten Augen und die brütende Hitze zu sein.

Brendan und Liam hatten in diesen Tagen kein leichteres Los zu tragen – völlig erschöpft kamen sie abends aus der Gießerei, die sich bei den heißen Temperaturen in eine wahre Hölle verwandelte. Alle vier fielen sofort in einen tiefen Schlaf, sowie sie sich nach dem Essen auf den Betten ausgestreckt hatten. Doch keiner von ihnen beklagte sich – ein Blick auf die Kellerratten und auf die zerlumpten und ausgemergelten Kinder und Erwachsenen, die Tag und Nacht bettelnd durch die Straßen von Five Points streiften und den Abfall nach Essbarem durchwühlten, reichte aus, um dankbar für die Möglichkeit zu sein, eine feste Arbeit zu haben.

Nur der Sonntag bildete eine Ausnahme, die einzige Vergnügung, die sie sich in diesen langen und quälend heißen

Wochen erlaubten. Dann wanderten sie nach der Messe für ein bis zwei Stunden flussaufwärts nach Corlear's Hook, wo der East River oberhalb der letzten Werften und Kaianlagen einen scharfen Bogen machte und wo das Wasser sauber und erfrischend kalt war. Hier fanden sich die einfachen Leute jeden Sonntag zu Hunderten ein, um im Fluss zu baden, am Ufer Ball oder Fangen zu spielen, mit ihren Familien und Freunden bei einem ärmlichen Picknick zusammenzusitzen oder einfach nur träge in der Sonne zu liegen und den vorbeiziehenden Schiffen nachzuschauen. Sehr beliebt war dieser Treffpunkt auch bei vielen unverheirateten jungen Männern und Frauen, die hauptsächlich nach Corlear's Hook kamen, um miteinander anzubändeln. Für Emily und Liam stellten diese wenigen Stunden die einzige Möglichkeit in der Woche dar, länger als ein paar Minuten zusammen zu sein und die Nähe des anderen unbeschwert zu genießen. Dass die beiden einander gern hatten, war mittlerweile nicht mehr zu übersehen.

Doch allzu schnell waren die kostbaren Stunden verstrichen und Éanna und Emily mussten zu ihrer Näharbeit in das stickig heiße Zimmer in der Cross Street zurückkehren. Durch diese eiserne Disziplin gelang es den beiden immer wieder, ihr Pensum in der vorgegebenen Zeit zu erfüllen, und so wurde der montägliche Gang zur Manufaktur der Kerrigans allmählich zum festen Ritual, das stets von gemischten Gefühlen begleitet wurde: von dem Hochgefühl, die erwartete Arbeit verrichtet zu haben, der Hoffnung, in der Fabrik auf Mister Kerrigan zu treffen, und der Sorge, wie viel Lohn Missis Kerrigan ihnen wohl diesmal abziehen würde. Nie begingen die beiden Mädchen erneut den Fehler, ihrer Vorgesetzten zu widersprechen, wenn diese ein Kleidungsstück bemängelte, das in Wirklichkeit tadellos vernäht war, vielmehr fanden sie sich mit der Zeit immer mehr mit diesen Launen ab.

An besonders drückenden Tagen verbrachten Éanna, Emily, Brendan und Liam die Nächte nicht in ihrer winzigen Wohnung, sondern schliefen oben auf dem Flachdach. Das war eine Angewohnheit, die sie von den Bewohnern der Mietshäuser übernahmen, die schon mehrere Sommer in New York verbracht hatten.

In heißen Nächten waren die Dächer überall in Five Points und auch in anderen Vierteln der Metropole bis auf die letzte Ecke belegt. Und man durfte mit seinen Decken nicht zu spät erscheinen, wenn man noch einen Schlafplatz ergattern wollte, so dicht gedrängt lagen die Menschen nebeneinander. Diejenigen, deren Zimmer nach hinten zu den engen Höfen hinaus lagen, wo von den Aborten ein entsetzlicher Gestank aufstieg und durch die Fenster in die Wohnungen der unteren Stockwerke drang, flüchteten meist schon am frühen Abend auf die Hausdächer.

War es nachts in den Räumen überhaupt nicht mehr auszuhalten, wagten sich die Hausbewohner sogar auf die wenigen geneigten Dächer des Viertels. Und nicht selten geschah es dabei, dass ein Schlafender versehentlich vom Dach gestoßen wurde oder sich durch eine unbewusste Drehung selbst in die Tiefe stürzte. Diese entsetzlichen Tragödien hielten die anderen jedoch nicht davon ab, sich in der nächsten heißen Nacht erneut in Gefahr zu begeben. In Five Points zählte ein Leben eben nicht viel.

Wenn Éanna in sternklaren Nächten rücklings auf ihrer

Decke lag und hinauf in das glitzernde Universum schaute, träumte sie mit offenen Augen von ihrem eigenen Stück Land und malte sich ihr zukünftiges Leben in den schönsten Farben aus. Sie dachte dann an die Ersparnisse, die Brendan und sie in einer alten Teebüchse aufbewahrten und die mit jeder Woche um eine bescheidene Handvoll Münzen anwuchsen.

Manchmal aber schweiften ihre Gedanken, ohne dass sie es wollte, auch zu Patrick O'Brien ab, zu den Sonntagnachmittagen in Dublin, die nun schon eine halbe Ewigkeit zurückzuliegen schienen. Jedes Mal spürte sie dann tief in sich eine Wehmut, die fast an Sehnsucht grenzte. Und sie fragte sich, welche Erfahrungen er wohl seit ihrer Ankunft in New York gemacht hatte. Ob es ihm gelungen war, einen Verleger für sein Manuskript zu finden? Oder hatte man sein Buch vielleicht sogar schon gedruckt? Lag es bereits in den Geschäften aus? Und wieder nahm sie sich dann vor, die Buchhandlung Templeton aufzusuchen – um sich gleich darauf für ihre törichten Gedanken zu schämen.

Dennoch war sie schon zweimal zu *Templeton's Finest Books* geeilt, wenn sie allein unterwegs gewesen war. Sie war einfach so neugierig zu erfahren, was aus Mister O'Briens Buch geworden war! Aber beim ersten Mal war das Geschäft noch geschlossen gewesen und bei ihrem zweiten Versuch vor knapp einer Woche hatte es zwar wieder geöffnet, doch vor der Tür war sie dann plötzlich unsicher geworden. Schließlich hatten Patrick O'Brien und sie nun jeder ein eigenes Leben und gingen getrennte Wege, genau wie sie es sich bei ihrer Ankunft in Amerika gewünscht hatte. Würde er es nicht unweigerlich erfahren, wenn sie nun die Buchhandlung betrat und nach seinem Buch fragte? Und würde er dann nicht alles daransetzen, erneut Kontakt zu ihr aufzunehmen? Wollte sie das wirklich? Jetzt, wo sie endlich glücklich hier in New York war – an der Seite von Brendan?

Sie hatte sich letztlich dazu entschieden, das Geschäft nicht zu betreten, und war weitergeeilt, während sie an ihren Freund aus Dubliner Zeiten dachte. Von ganzem Herzen wünschte sie ihm, dass er als Schriftsteller in Amerika mehr Anerkennung erfuhr als in seiner Heimat. Eines Tages, dessen war sie sich sicher, würde sie sein Buch in ihren Händen halten und lesen, was von ihren Erzählungen über ihr eigenes Leben, über ihre Familie und Freunde hineingeflossen war! Mit diesem glücklichen Gedanken schlief Éanna in vielen Nächten ein.

So verflogen die heißen Sommermonate Juni und Juli. Und gerade, als die vier Einwanderer an ihre neu gewonnene Sicherheit zu glauben begannen und ihnen das geregelte Einkommen, die neue Wohnung und das fremde Land selbstverständlich wurden, brach aus heiterem Himmel erneut das Unglück über sie herein. Es kam ohne Vorankündigung an einem mörderisch heißen Tag Anfang August und nistete sich für eine lange Zeit bei ihnen ein.

Als Brendan und Liam schon am frühen Nachmittag und damit Stunden vor dem regulären Feierabend in der Gießerei mit grimmig-finsteren Mienen nach Hause kamen, blickten Emily und Éanna alarmiert von ihren Näharbeiten auf.

»Was ist passiert?«, zögernd legte Éanna die Nadel aus der Hand.

Brendan mied ihren Blick. »Wir haben unsere Arbeit verloren. Jackson, dieser Dreckskerl, hat uns rausgeschmissen«, erklärte er mit zorniger Stimme und ließ sich auf einen Stuhl fallen.

»Nein!«, stießen die Mädchen erschrocken und wie aus einem Mund aus.

Liam verzog das Gesicht. »Ich wünschte auch, es wäre nicht wahr, aber leider ist es so.«

»Aber warum?« Éanna konnte nicht glauben, was sie da hörte. »Ihr habt doch immer wieder gesagt, dass er mit eurer Arbeit zufrieden ist!«

Brendan zuckte die Achseln. »Es hat eben Streit gegeben«, murmelte er zögernd.

»Was für einen Streit?«

»Na, Streit mit Jackson eben.«

»Mein Gott, muss man dir denn jede Einzelheit Stück für Stück aus der Nase ziehen?« Éanna fühlte, wie sie ohnmächtige Wut überkam. »Nun erzählt schon, was das für ein Streit war und worum es dabei ging!«

Brendan saß jetzt wie ein Häufchen Elend auf dem Stuhl und blickte kurz zu Liam hoch. »Erzähl du es ihnen. Du hast ja alles mitbekommen. Denn wenn ich es sage, glaubt mir Éanna vielleicht nicht, dass es wirklich so gewesen ist.«

Plötzlich ahnte Éanna, was nun kommen würde. Ungläubig wartete sie auf Liams Erklärung.

Der holte tief Luft. »Also, die Sache war so«, begann er und räusperte sich. »Brendan und ich mussten eine von diesen Loren, die man aus der Halle der Gießerei zu den Fuhrwerken im Hof schieben muss, mit schweren Eisenteilen beladen. Wir haben das auch richtig gemacht, so wie immer. Aber dann ist plötzlich eine Achse durchgebrochen, die Lore ist zur Seite gekippt und die Eisenteile haben sich über den Boden verstreut. Da ist dann Jackson auf uns losgegangen und hat uns vorgeworfen, wir hätten die Lore zu schwer beladen oder nicht darauf geachtet, dass die Ladung auf beiden Seiten gleichmäßig verteilt war.«

»Was überhaupt nicht stimmte!«, warf Brendan hastig ein.

»Na ja, und dann ist Brendan wütend geworden und ...«, Liam zögerte kurz, bevor er fortfuhr: »... und dabei vielleicht auch ein bisschen zu laut.«

»So, er ist also zu laut geworden!«, wiederholte Éanna grimmig.

»Aber ich war auch kurz davor, Jackson die Meinung zu sagen, das könnt ihr mir glauben!«, nahm Liam seinen Freund in Schutz. »Tja, und dann ist es eben passiert.«

»Was ist passiert?«, fragte Emily drängend.

Liam machte eine hilflose Handbewegung. »Jackson war nun richtig wütend und hat Brendan mit seinem Stock eins über die Schulter gezogen. Darauf hat Brendan ihm dann mit einem Faustschlag geantwortet, der den Kerl glatt rückwärts in den Dreck geworfen hat.«

Für einen flüchtigen Augenblick huschte ein Grinsen über Brendans Gesicht.

Ungläubig sah Éanna ihn an. »Du hast die Nerven verloren und ihn einfach zu Boden geprügelt?«, stieß sie hervor. »Bist du denn von Sinnen, deinen Vorarbeiter anzugreifen? Dafür hätte er dich ins Gefängnis werfen lassen können!«

»Ich lass mich doch nicht wie ein Hund mit dem Stock schlagen!« Brendans Stimme wurde nun laut. »Ich bin doch kein Sklave, der von seinem Herrn jede Gemeinheit hinnehmen und sich auspeitschen lassen muss!«

»Ein Stockschlag ist wohl etwas anderes als eine Auspeitschung und davon stirbt man nicht, auch wenn es den Stolz verletzt!«, hielt Éanna ihm entgegen. »Sag jetzt bloß nicht auch noch, dass dieser Faustschlag es wert war, dass du deine gute Arbeit verloren hast!«

»Also ich hätte mir das auch nicht gefallen lassen!«, versicherte Liam erneut. »Das hätte sich Jackson nicht herausnehmen dürfen! Den Lohn kürzen ja, aber nicht das!«

»Und wieso hat der Vorarbeiter auch dich entlassen?«, wollte Emily wissen.

»Weil er ein noch größerer Idiot war als ich und zu mir gehalten hat«, erklärte Brendan. »Er hat Jackson auf den Kopf zugesagt, dass er kein Recht hatte, mich zu schlagen.«

»Dass du dich wie ein Idiot benommen hast, ist zwar eine richtige Erkenntnis, aber leider kommt sie dir viel zu spät!«, sagte Éanna. Sie wusste selbst, dass sie wie eine keifende alte Ehefrau klang, aber die Enttäuschung war einfach übermächtig. So gut sie auch verstehen konnte, dass Brendan seinen Stolz wahren wollte, so war es doch nur zu offensichtlich, dass er sein hitziges Temperament nicht unter Kontrolle hatte halten können. Wie hatte er nur so selbstsüchtig handeln können? Ihrer aller Überleben hing schließlich von der Arbeit ab. Da konnte man es sich nicht leisten, stolz zu sein.

»Was wollt ihr denn jetzt machen?«, fragte sie verzagt.

Stumm hockte Brendan auf dem Stuhl und ließ die Schultern hängen.

»Was geschehen ist, ist geschehen und lässt sich nun mal nicht mehr ändern«, antwortete Liam, während er sichtlich gegen seine eigene Niedergeschlagenheit ankämpfte.

»Aber ihr werdet sehen – wir finden schon schnell wieder eine gute Arbeit. Und zum Glück haben wir ja auch noch unsere Ersparnisse. Das schaffen wir schon, bestimmt.« Er warf Emily einen um Entschuldigung bittenden Blick zu, doch diese wandte sich nur kopfschüttelnd ab und griff wieder zu ihrer Nadel.

Liams Hoffnung erfüllte sich nicht. Weder er noch Brendan fanden in den nächsten beiden Wochen eine feste Anstellung. Sie hatten schon Glück, wenn sie in den Docks gelegentlich für einige Stunden beim Be- und Entladen von Schiffen aushelfen konnten.

Und so schmolz der kleine Berg Münzen in der alten Teedose langsam, aber stetig dahin. Dank Éannas und Emilys Näharbeit konnten sie zwar noch die Miete und das tägliche Essen bezahlen, doch jede zusätzliche Ausgabe bereitete ihnen große Sorgen. Éanna begann, den Tag zu fürchten, an dem sie gezwungen sein würde, die sechs herrlichen ledergebundenen Bücher, die sie so gern behalten wollte, zum Verkauf in Mister Templetons Buchhandlung zu tragen.

Von einem auf den anderen Tag hatte sich ihre Situation in New York bedrohlich verschlechtert. Doch die böswillige Laune des Schicksals hielt noch einen weiteren, weitaus schlimmeren Schlag für die vier Einwanderer bereit.

Sechzehntes Kapitel

Eine beständige Brise aus Nordost blähte die Segel der beiden offenen schnittigen Boote, die auf den Strandabschnitt von Long Island zuhielten, wo das Sommercottage der Sloanes stand. Sie schossen mit rasender Geschwindigkeit über das Wasser, denn sie segelten so hoch am Wind, wie es sich gerade noch verantworten ließ, ohne zu kentern.

Gaylord reizte die Kraft des Windes und die Möglichkeiten seiner Jolle noch waghalsiger aus als Patrick, der erst in den vergangenen sechseinhalb Wochen hier auf dem Atlantik das Segeln gelernt hatte. Immer wieder hob sich Gaylords Boot auf der Luvseite gefährlich weit aus den Wellen, sodass für kurze Momente sogar ein Teil des Schwertes zu sehen war. Doch jedes Mal, wenn Patrick sicher war, nun müsse der Freund unweigerlich kentern, zog Gaylord ein wenig die Pinne an und brachte sein Schiff gerade noch rechtzeitig wieder in eine stabile Segellage.

Auf der letzten halben Meile ihres Wettrennens schienen sie dem Strand und dem höher gelegenen Cottage förmlich entgegenzufliegen. Patrick war wie berauscht von diesem neuen Gefühl der Schwerelosigkeit und Freiheit. Dass Gaylord gute zwei Bootslängen vor ihm lag, als sie in das flache Ufergewässer gelangten, kümmerte ihn kaum. Der Amerikaner johlte siegessicher und winkte ihm zu. Er manövrierte geschickt und sein Boot schien nun noch einmal an Geschwindigkeit zuzulegen. Das Cottage der Sloanes war nun schon deutlich zu erkennen: ein herrschaftliches zweistöckiges Anwesen aus grauem witterungsbeständigem Zedernholz, das aus einem weitläufigen Mitteltrakt und zwei schmalen Seitentrakten bestand. Der auffällige Mittelteil des Hauses lag mit seiner großen und halb überdachten Veranda parallel zum Strand, von hier hatte man einen weiten Blick über die Dünen und das Meer. Ein breiter Bohlensteg führte von der Terrasse zum Strand hinunter, wo weiß lackierte Tische, Stühle und Liegen unter mehreren gelbweiß gestreiften Sonnenbaldachinen zum Verweilen einluden. Unter einem dieser Baldachine erkannte Patrick nun Florence und zwei ihrer Freundinnen. Alle drei trugen einen Sonnenhut, um die empfindliche Haut vor der unbarmherzigen Sonne zu schützen. Sie schienen das Wettrennen aufmerksam zu verfolgen.

Und dann war der Strand auch schon nah. Patrick steuerte auf den Liegeplatz für die sechs Jollen der Sloanes zu, der neben einer kleinen Hütte lag, in der die verschiedensten Segelutensilien aufbewahrt wurden. Er gab das Segel frei und legte die Pinne quer, um die Fahrt aus seinem Schiff zu nehmen. Gaylord dagegen hielt weiter unbeirrt auf den Strand zu. Erst im letzten Moment riss er das Schwert hoch. Der Rumpf fuhr knirschend auf den Sand auf, erst anderthalb Längen hinter der Brandungslinie kam das Boot zum Stehen und wurde von dem noch immer geblähten Segel auf die Leeseite gerissen. Mit einem geschickten Satz sprang Gaylord heraus und bewahrte sich so davor, in den Sand geworfen zu werden. Er lachte und machte eine galante Verbeugung vor Florence und ihren Freundinnen, die erschrocken aufgestanden waren und nun erleichtert Beifall klatschten.

»Das war gar nicht schlecht, mein Lieber!«, rief Gaylord Patrick mit einem breiten Grinsen zu. »Aber wenn du nicht endlich mal aufs Ganze gehst, schlägst du mich nie!«

»Eines Tages legst du mit deinen riskanten Manövern noch einen richtigen Mast- und Schwertbruch hin!«, erwiderte Patrick, während er im knietiefen Wasser aus der Jolle stieg und sie den Strand hinaufzog.

»Und wennschon!«, winkte Gaylord ab und kam ihm entgegen. »Dann wird das Schiff eben repariert. Und es ist ja weiß Gott nicht so, als ob wir nur dieses eine hätten! Morgen müssen wir unbedingt auch Tim und Jonathan dazu bringen, mit uns ein Rennen zu segeln. Tim ist ziemlich stark, er hat mich im letzten Jahr sogar einmal geschlagen. Aber jetzt lass uns erst mal was trinken gehen! Ich habe einen höllischen Durst nach der Anstrengung.«

Als Patrick mit Gaylord zur Veranda hinaufging, winkte Florence ihnen zu. Und während ihr Bruder seine Schwester gar nicht mehr wahrnahm, erwiderte Patrick die Geste, woraufhin Florence' Freundinnen sofort kichernd die Köpfe zusammensteckten.

Auf der Terrasse kam ihnen Jonathan Walsh, ein schlaksiger junger Mann mit pomadisiertem Haar, sichtlich erregt entgegen. »Mensch, habt ihr das schon gelesen?«, rief er ihnen aufgeregt zu und wedelte mit einer Zeitung in der erhobenen Hand.

»Ist irgendwo ein Krieg ausgebrochen oder ein Passagierdampfer abgesoffen?«, fragte Gaylord mit gespieltem Entsetzen.

»Nein, hier steht, dass ein paar Siedler in Kalifornien – drüben an der Westküste in einem Tal bei Sacramento – Gold gefunden haben! Das soll dort praktisch auf der Straße liegen! Mann, da müsste man jetzt hin!«

Gelangweilt winkte Gaylord ab. »Ach glaub doch nicht alles, was diese Schmierfritzen in den Zeitungen schreiben. Das ist doch bestimmt nur ein raffinierter Trick von irgendwelchen Landagenten, die einfältige Siedler in diese Einöde locken wollen. Und außerdem kann ich mir kaum vorstellen, dass ausgerechnet du mit deinen zarten Mädchenhändchen nach Gold graben würdest! Du hältst ja kaum ein Spiel auf dem Tennisplatz durch!«

»Aber wenn es wirklich stimmt, Gaylord, könnte man da jetzt im Handumdrehen ein Vermögen scheffeln!«

»Blödsinn! Mit Goldschürfen verdient man kein Vermögen. Reich wird man, wenn man diesen dreckigen armen Idioten, die da in der Erde wühlen, die Dinge für teures Geld verkauft, die sie für ihre Arbeit und zum Leben brauchen!«, erwiderte Gaylord und verzog geringschätzig den Mund. »Und sollte das mit dem Goldfund wirklich stimmen, wird mein Vater ganz schnell einige seiner Schiffe, die er unter Chartervertrag hat, mit all dem billigen Gelumpe für die Siedler nach San Francisco schicken und damit die einzig lohnende Goldader ausbeuten. Aber genug geredet! Patrick und ich haben uns gerade ein Rennen ganz nach meinem Geschmack geliefert und jetzt habe ich Durst. Wo steckt denn eigentlich der alte Schnarchsack Tim?« Lachend verschwand er im Haus, gefolgt von Jonathan und Patrick.

Timothy Preston und Jonathan Walsh, beide in etwa in

Patricks Alter, waren Söhne aus ebenso reichem Haus wie Gaylord. Timothys Vater gehörte zu den Stahlbaronen der Ostküste, Mister Walsh herrschte über ein Eisenbahnimperium. Beide zählten zu Gaylords besten Freunden und keinen von ihnen konnte Patrick sonderlich leiden. Er war zwar bisher gut mit ihnen ausgekommen, doch ihre Gespräche waren stets oberflächlich geblieben und man war schnell zu den einzigen Themen abgeschweift, für die sich Tim und Jonathan ernsthaft begeistern konnten: die Leidenschaft für schnelle Pferde, das Kartenspiel, Wetten jeder Art und amouröse Abenteuer mit jungen Schauspielerinnen und Revuemädchen, die sich von ihrem Geld leicht beeindrucken und verführen ließen.

Die beiden anderen jungen Herren, ebenfalls Söhne reicher Eltern, die Gaylord ebenfalls in das Cottage eingeladen hatte, waren zwar von etwas angenehmerer Wesensart und weniger aufdringlich in ihrem übersteigert selbstbewussten Gehabe und ihrer peinlichen Aufschneiderei, aber letztlich interessierten auch sie sich nur für die kostspieligen Vergnügungen, die ihnen das Leben dank des elterlichen Vermögens bot. Mit einem Buch in der Hand hatte Patrick bislang noch keinen von ihnen gesehen.

In dieser Hinsicht waren auch die vier jungen Freundinnen, mit denen Florence sich auf Long Island umgab, eine Enttäuschung. Wann immer Patrick zufällig eine Unterhaltung zwischen ihnen mit anhörte, ging es dabei um Mode, Frisuren und gesellschaftliche Großereignisse. Wer in der letzten Saison die sensationellsten Bälle ausgerichtet hatte, wer von wem nicht eingeladen und somit in Ungnade gefallen war, wer sich von den Männern, die als gute Partie galten, auf den Bällen in wessen Tanzkarten hatte eintragen lassen und bei welchem Junggesellen es sich in der kommenden Saison lohnte, auf sein Werben einzugehen – all das waren Themen, die die jungen Frauen brennend interessierten. Sie alle standen kurz vor ihrem achtzehnten Lebensjahr und nichts schien ihnen dringlicher zu sein, als noch in diesem Jahr ein vermögendes Mitglied der New Yorker Oberschicht kennenzulernen und natürlich möglichst auch zu heiraten.

Die Mütter von Florence' Freundinnen, die Harriet Sloane im Cottage Gesellschaft leisteten, hatten neben Modefragen und gesellschaftlichem Klatsch und Tratsch noch ein anderes Thema, über das sie sich zu Patricks Leidwesen stundenlang unterhalten konnten: Immer wieder ließen sie sich darüber aus, wie mühsam es doch sei, bei dem momentanen Mangel an akzeptablem Personal einem ihrem Stand entsprechenden Haushalt vorzustehen. Jede dieser Frauen konnte ein Lied über die Schlampigkeit, Dummheit und Faulheit ihrer Angestellten singen. Die wenigsten Dienstmädchen verdienten den Lohn, den sie erhielten, schienen nichts richtig zu machen und einzig an jungen Burschen, hübschen Kleidern und billigem Tand interessiert zu sein, für den sie am Monatsende ihren Lohn verprassten. Insbesondere irische Dienstmädchen wurden bei solchen Gesprächen häufig zur Zielscheibe von harter Kritik und Spott:

»All diese nichtsnutzigen irischen Bridgets, die einem die Agenturen aufschwatzen wollen!«, hörte Patrick beispielsweise einmal eine New Yorker Nachbarin der Sloanes sagen, als man nach einem Federballturnier gerade in kleinen

Gruppen zusammenstand und sich stärkte. »Die meisten von ihnen wissen noch nicht einmal, was ein Fischmesser ist, geschweige denn, dass es einen Unterschied zwischen Rot- und Weißweingläsern gibt. Den ganzen Tag muss man ein Auge auf sie haben! Als hätten wir nichts Besseres zu tun, als ihnen zum hundertsten Mal zu sagen, wie das Silber zu putzen ist und dass auch die Bilderrahmen abzustauben sind!«

Worauf eine andere Dame nickte und entrüstet hinzufügte: »Und schon allein diese Vorstellungsgespräche! Der unverschämte Tonfall, den sie sich dabei anmaßen, und die Forderungen, die diese irischen Mädchen stellen! Als würde man sich bei ihnen bewerben und nicht umgekehrt! Erst vor einigen Wochen hatte ich es wieder mit solch einer ungehobelten Person zu tun. Und nun ratet, was sie mich fragte: Ob sie jeden Sonntag freihaben könnte. Als ob der Haushalt am Sonntag stillsteht. Und als ob es nicht schon großzügig genug von mir wäre, meinen Dienstboten jede zweite Woche einen halben Sonntag lang freizugeben. Unmöglich! Natürlich habe ich sie nach dieser unverschämten Frage sofort vor die Tür setzen lassen. Was denken sich solche Personen denn nur bei einem dermaßen frechen Betragen?«

Erfreulicherweise unterschied sich Florence deutlich von ihren flatterhaften, überspannten Freundinnen und deren überheblichen Müttern. Zwar zeigte sie viel Vergnügen an Mode und gesellschaftlichem Klatsch, doch sie liebte es zugleich auch zu lesen – und zwar nicht nur die billigen Romanzen, die ihre Freundinnen bevorzugten, sondern vor allem geschichtliche Abhandlungen, Reiseberichte und Klassiker. Und darüber hinaus konnte man sich mit ihr wunderbar über die verschiedensten Themen unterhalten, wobei sie in Gesprächen mit Patrick häufig einen neckend-freundschaftlichen Ton anschlug.

Wenn er ehrlich war, war Florence auch der Grund, warum Patrick sich noch immer in der Sommerresidenz der Sloanes aufhielt. Und war er noch ehrlicher, so verzauberte Gaylords Schwester ihn so sehr, weil sie auf verblüffende Weise einer anderen Frau glich, an die er sein Herz wohl für immer verloren hatte. Florence' Offenheit und ihr ungekünstelter Tonfall, das weit gefächerte Interesse an den Dingen, die in der Welt jenseits der Ballsäle und Schneiderateliers lagen, selbst ihr Lächeln, all das erinnerte Patrick an Éanna. Nur dass Éanna in den zauberhaften Kleidern, die Florence trug, wohl noch hinreißender ausgesehen hätte.

Bereits am Ende der zweiten Woche hatte Patrick zum ersten Mal den Versuch unternommen, den Gastgebern seine Abreise anzukündigen. Aber die Sloanes hatten davon nichts wissen wollen, allen voran Gaylord und Florence, aber auch ihr Vater hatte darauf bestanden, dass er blieb. Und auf ähnliche Weise waren zwei spätere Versuche, sich zu verabschieden, gescheitert.

Eigentlich war Patrick ganz froh darüber. Es war einfach zu verlockend, den Sommer auf diesem herrlichen Anwesen zu verbringen, wo auf solch außergewöhnliche Weise für das Wohl der Gäste gesorgt wurde: Während die sechs Boote am Strand hauptsächlich dem Zeitvertreib der jüngeren Besucher dienten, verbrachten William Sloane und seine Geschäftsfreunde ihre Zeit häufig auf der schnittigen Hochseejacht Shadow, die im nächsten Fischerhafen vor

Anker lag, von einer Crew von Seeleuten gewartet wurde und stets zum Auslaufen bereit war. Hinter dem Haupthaus der Sloanes befanden sich neben zwei Bungalows, die Gaylord spöttisch die »Flitterwochensuites« nannte, in einer Parkanlage zusätzlich zwei Tennisplätze, ein Kricket- und ein Bowlingfeld. Hier hielten sich vor allem die männlichen Sommergäste auf, während sich die Damen auf den gepflegten Rasenflächen im Federballspiel übten. Des Weiteren gehörten ein Tontaubenschießstand und ein großer, künstlich angelegter Teich in Form eines weitläufig geschwungenen S zum Anwesen der Familie Sloane, auf dem seltene Vögel und langhalsig-elegante Schwäne schwammen und wo man sich in Ruderbooten die Zeit vertreiben konnte.

Doch für Patrick gab es noch mehr Gründe, sich über seinen verlängerten Aufenthalt auf Long Island zu freuen: Zum einen sparte er so eine Menge Logis- und Kostgeld, zum anderen hatte er wunderbar Zeit, den neuen Stoß Bücher zu lesen und zu beurteilen, den Duyckinck ihm, hochzufrieden mit den ersten Buchbesprechungen, noch am Tag vor seiner Abreise mitgegeben hatte.

Patricks anfängliche Befürchtung, nicht genug entsprechende Kleidung für einen längeren Aufenthalt zu besitzen, hatte sich schnell als völlig grundlos erwiesen. Die drei hellen Sommerhosen, die vier kurzärmeligen Hemden und die beiden Paar Schuhe für Strand und Tennisplatz, die er auf der Bowery Street bei *Second, But First Class* erstanden hatte und die, ebenso wie sein Abendanzug, noch wie neu aussahen, reichten völlig aus. Denn was er morgens an Schmutzwäsche in den Wäschekorb in seinem geräumigen Gästezimmer warf, fand er am Abend gewaschen, gebügelt, gestärkt und aufgehängt in seinem Kleiderschrank wieder. Und bis auf gelegentliche festliche Dinner, wenn wichtige Geschäftsfreunde des Hausherrn im Cottage zu Gast waren, herrschte bei den Sloanes eine angenehm lockere Kleiderordnung, die Patrick, genauso wie die meisten anderen männlichen Gäste, dankbar befolgte. Anders als die Frauen, die es sich nicht nehmen ließen, mehrmals am Tag die Garderobe zu wechseln. So trugen sie, ganz auf den jeweiligen Anlass abgestimmt, einmal die edelsten Abendroben, dann wieder luftige bunt bedruckte Gewänder und große Hüte für den Strand, sportlich-moderne Tenniskleidung oder elegante Kostüme bei Spaziergängen oder Ausflügen in die nahe Umgebung.

Dabei ergab es sich meist, dass Patrick an der Seite von Florence ging. Sie hatten immer etwas zu besprechen, Florence lachte viel und gern und bestand bereits nach der zweiten Woche darauf, dass sie einander endlich mit Vornamen ansprachen.

»Denn es gefällt mir bedeutend besser, Patrick als Mister O'Brien zu Euch zu sagen«, hatte sie mit einem koketten Augenaufschlag gesagt, um dann leicht errötend hinzuzufügen: »Denn dann fühle ich mich Euch näher. Und ich hoffe, dass auch Ihr so denkt . . . und fühlt.«

Das war der erste, fast schon unschicklich offene Hinweis darauf gewesen, dass die freundliche Aufmerksamkeit, die sie ihm hier auf Long Island seit seiner Ankunft schenkte, nicht nur in der gebotenen Höflichkeit der wohlerzogenen Tochter der Gastgeber begründet lag.

Er hatte ihr an dem Tag sofort versichert, dass er sich über ihren Wunsch sehr freue und gar nicht wisse, womit er diese außergewöhnliche Liebenswürdigkeit verdient habe.

»Dann bemüht Euch doch, sie Euch im Nachhinein zu verdienen, Patrick«, hatte Florence lächelnd erwidert.

An diesem Abend hatten sie zum ersten Mal allein einen Spaziergang am Strand gemacht – natürlich waren in gebührendem Abstand ihre kichernden Freundinnen mit zwei Freunden von Gaylord gefolgt und dahinter zwei Mütter, die, dem Gebot der Schicklichkeit gehorchend, die Rolle der Gouvernanten übernommen hatten.

Und damit hatten die Dinge ihren Lauf genommen. Denn William Sloane und seine Frau schienen ganz offensichtlich nichts dagegen zu haben, dass Gaylords irischer Freund ihrer Tochter den Hof machte, wenn Patrick auch sehr darauf bedacht war, Florence seine wachsende Zuneigung zurückhaltend zu zeigen.

Doch lag er dann nachts allein in seinem Bett, überfielen ihn oft Zweifel und Gewissensbisse. Denn sowohl Florence als auch ihr Bruder und ihre Eltern hielten ihn noch immer für den wohlhabenden Erben des Wexford-Unternehmens. Gemäß dem gesellschaftlichen Kodex gingen sie davon aus, dass die beiden Töchter seines Onkels bei ihrer Heirat zwar eine stattliche Mitgift erhalten würden, Patrick dagegen als einzigem männlichem Nachkommen der Löwenanteil des Vermögens zufallen würde. Auch den wahren Grund seines Aufenthalts in New York hatte er ihnen bisher verschwiegen. Und so schien die ganze Familie Sloane nur darauf zu warten, dass er, der in ihren Augen die Zeichen der neuen Zeit erkannt hatte, ihnen eröffnete, in New York einen Ableger der Wexford-Brauerei gründen zu wollen.

Sie mussten ihn daher für eine gute Partie halten, die dem Stand ihrer Tochter angemessen war. Hätten sie gewusst, dass er gerade einmal zweihundert Dollar auf dem Konto hatte und sich seinen Unterhalt mit der Lektüre der vielen Bücher verdiente, die er vor ihren Augen so gewissenhaft studierte, wäre sein Ansehen bei Gaylord und seinen Eltern schnell gesunken, dessen war er sich sicher.

Aber es war nicht nur seine Unaufrichtigkeit, die ihn in vielen Sommernächten auf Long Island quälte, sondern trotz oder gerade wegen der reizenden und zunehmend vertrauter werdenden Bekanntschaft mit Florence auch die Sehnsucht nach Éanna. Und da half es auch nicht, sich immer wieder vor Augen zu halten, dass Éanna sich nicht für ihn, sondern für Brendan entschieden hatte, dass sie für ihn verloren war und er sie endlich vergessen und über den Schmerz hinwegkommen musste.

Stunde um Stunde lag er wach und glitt oft erst gegen Morgen in einen unruhigen Schlaf. Häufig träumte er dann davon, dass er auf eine weit entfernte Person zulief, die einmal Éanna, dann wieder Florence ähnelte, ohne sie je erreichen zu können und Gewissheit zu erlangen.

Siebzehntes Kapitel

Ein tiefblauer Himmel spannte sich über das leicht gewellte Land, das sich bis zum Horizont erstreckte, wenn man auf einem der kleinen Hügel stand und den Blick in die Ferne schweifen ließ.

Das Getreide stand schon hoch, wie ein goldenes Meer wogte es im sanften Wind. Ihre flache Hand streifte die Ähren, während sie langsam an dem Feld entlangging. Nicht mehr lange und sie würden die ersten Früchte ihrer Arbeit ernten und in Scheune und Keller lagern können: Korn, Kartoffeln und Äpfel. Es würde ein gutes Jahr werden.

Hinter sich hörte sie die vertrauten Geräusche des Hofes, das Gegacker der Hühner und das gleichmäßig rhythmische Geräusch der Axt, mit der Brendan Feuerholz spaltete, damit sie für den Winter gut gerüstet waren. Sie würden nicht frieren müssen. Und wenn ihre Milchkuh dann im nächsten Jahr ihr erstes Kalb warf . . .

Éanna zuckte zusammen. Der Geruch nach Erde und frischem Gras war plötzlich scharf geworden, irgendwie stechend, verbrannt . . . Ohne Vorwarnung packte sie plötzlich ein heftiger Windstoß und riss sie zur Seite.

»Éanna! Um Gottes willen, wach auf!«

Brendans sich überschlagende Stimme riss Éanna jäh aus ihrem Traum. Sie öffnete die Augen und richtete sich verschlafen auf. Tiefste Finsternis umgab sie. Kein Stern war zu sehen. Dann erinnerte sie sich, wo sie war: in dem kleinen stickig-warmen Zimmer in ihrer Wohnung, in die sie mit Brendan und Emily geflüchtet war, nachdem sie am Abend ein heftiges Sommergewitter auf dem Dach überrascht hatte. Nach den entsetzlich schwülen, drückenden letzten Tagen waren sie alle drei froh über die Abkühlung gewesen.

»Was . . .?« Weiter kam sie nicht, denn als sie den Mund öffnete, drang sofort Qualm in ihre Lunge. Sie hustete.

»Es brennt!«, ertönte Emilys panische Stimme aus dem Zimmer nebenan. »Im Haus muss irgendwo Feuer ausgebrochen sein!«

»Wir müssen hier raus, bevor es zu spät ist!« Brendan zerrte Éanna vom Bett hoch.

Im Treppenhaus war nun Geschrei zu hören.

»Die Hemden!«, stieß Éanna hustend hervor und versuchte, sich von Brendan loszumachen. »Wir müssen die Hemden zusammenraffen! Wenn wir die hier zurücklassen, verlieren wir den Dollar Pfand und kriegen keine neue Arbeit mehr . . .«

»Vergiss die verdammten Hemden!«, schrie Brendan und zog sie energisch hinter sich her. »Hier geht es um unser Leben! In so einem verfluchten Kasten frisst sich das Feuer doch im Nu von einem Stockwerk ins andere.«

»Beeilt euch doch!« Im nächsten Moment tanzten unruhige Schatten über den Türrahmen. Das Feuer musste bereits ganz in der Nähe ihrer Wohnung sein. Éanna konnte Emily nun deutlich erkennen, die hastig ihre Kleidung von den Nägeln neben der Tür zerrte. »Wir müssen hier sofort raus!«

»Aber die Bücher!«, rief Éanna verzweifelt, riss sich von

Brendans Hand los und lief zurück in den angrenzenden, noch immer stockdunklen Raum, wo sie fieberhaft und orientierungslos nach dem verschnürten Paket tastete. Es musste links neben ihrem Kissen auf der Matratze liegen. Aber wo war ihre Bettseite und wo das Kopfende des Bettes? »Die Bücher dürfen wir . . . auf keinen Fall zurücklassen, sonst . . . stürzen wir ins Elend!«, stieß sie mühsam hervor. Der Rauch brannte ihr inzwischen in den Augen und in der Lunge.

»Éanna! *Komm jetzt!*«, schrie Brendan so laut, wie sie ihn bisher nie hatte schreien hören.

Da stieß ihre Hand endlich an etwas Hartes, Kantiges. Die Bücher! Sie zerrte sie an der Kordel zu sich heran. Und dann war Brendan auch schon bei ihr, packte sie fest am Oberarm und zerrte sie mit sich aus ihrer Schlafkammer, durch das zweite Zimmer und hinaus in den Tumult auf den Flur.

Das Geschehen im Treppenhaus erinnerte an eine Szenerie aus einem Alptraum: Dicke Rauchschwaden stiegen aus der Tiefe auf, trieben durch die Gänge und ließen die vielen in haltloser Panik fliehenden Menschen husten und keuchen. Das Feuer schien bereits das gesamte zweite Stockwerk erfasst zu haben. Prasselnd und brüllend fraß es sich nun, aus den beiden Seitenkorridoren kommend, am Holz des Treppengeländers empor. Der Lärm der Flammen mischte sich mit dem Geschrei, den Hilferufen und wüsten Flüchen, den ohnmächtigen Gebeten und dem Weinen der Menschen, die in panischer Todesangst aus ihren Wohnungen zur Treppe stürzten und einander in den Korridoren und auf den engen Treppen vorwärtsdrängten oder erbarmungslos zur Seite stießen. Mit allen Mitteln versuchte man, möglichst schnell den Flammen zu entkommen und nach oben aufs Dach zu gelangen.

Eigentlich sanftmütige Mütter mit schreienden Babys auf dem Arm und jammernden Kleinkindern an der Hand versuchten, sich ebenso rücksichtslos einen Weg durch die Menge zu bahnen wie Männer, die im Haus für ihre Brutalität gegenüber Frauen und Kindern bekannt waren. Jeder dachte in diesem Moment nur daran, sein eigenes Leben und vielleicht noch das seiner Angehörigen zu retten, wobei einige kleine Kinder und alte Menschen brutal an die Hauswand gedrängt wurden.

»Los, kommt! Wir müssen hoch aufs Dach und uns dann über die Nachbardächer in Sicherheit bringen!«, keuchte Brendan, der die Situation schnell überschaut hatte. »Das ist unsere einzige Chance, dem Feuer zu entkommen!«

»Gib mir deine Hand, Emily!« Éanna tastete mit ihrer freien linken Hand hinter sich nach ihrer Freundin, die, ihre Kleiderbündel vor die Brust gepresst, zitternd im Korridor stand. »Wir müssen zusammenbleiben!«

Emily ergriff ihre Hand und Brendan zog die beiden Mädchen vorwärts. Gemeinsam erreichten sie den Treppenaufgang. Doch kaum hatten sie die ersten Stufen überwunden, als zwei Männer in ihrem Rücken auftauchten, die sich mit wuchtigen Schlägen und Stößen skrupellos einen Weg durch die Menge bahnten.

Der erste, der hinter ihnen hochgestürzt kam, trennte Éanna von Emily. Unwillkürlich blieb Éanna stehen und drehte sich nach der Freundin um. In diesem Moment drängte sich der zweite Mann, breitschultrig wie ein Kohlenschlepper, zwischen ihr und Brendan durch. Dabei stieß er Brendan mit einem brutalen Fausthieb gegen die Wand des Treppenhauses, woraufhin dieser das Gleichgewicht verlor, und versetzte Éanna mit seinem linken Ellbogen einen kräftigen Stoß vor den Brustkorb, der sie gegen das morsche Geländer prallen ließ.

Ihr war, als hätte sie ein Vorschlaghammer getroffen. Unter ihrem Aufprall barst das Treppengeländer wie dünnes Zunderholz, einige der Holzlatten stürzten in den feurigen Hausschacht. Éannas Arm mit dem Buchpaket wurde nach hinten gerissen, die Schnur entglitt ihren Fingern und die sechs kostbaren Bücher segelten, ohne dass sie etwas dagegen tun konnte, hinab in das höllische Flammenmeer.

Éanna verlor das Gleichgewicht und kippte nach hinten. Erst im letzten Moment bekam sie einen der geborstenen Stützbalken des Geländers zu fassen und klammerte sich mit beiden Händen daran fest. Sie baumelte im Schacht über den nach ihr leckenden Flammen, spürte die feurige Hitze, die nach ihren nackten Beinen griff, und die Rauchwolke, die wie in einem Kamin nach oben zum Dachausstieg zog, und schrie in Todesangst.

»Éanna!«

Im Licht der Flammen konnte Éanna das entsetzte Gesicht von Brendan erkennen, der von dem brutalen Faustschlag der Länge nach auf die Stufen geschleudert worden war, sich nun aufrappelte und verzweifelt auf das Geländer zustürzte. Gemeinsam mit einem anderen Mann packte er sie mit festem Griff an den Armen und zog sie zurück auf die Treppe, wo Éanna in sich zusammensackte.

Doch sie durften jetzt keine Zeit verlieren. Der ihnen so unvermutet zu Hilfe gekommene fremde Mann war, gleich nachdem Éanna wieder festen Boden unter den Füßen gespürt hatte, weiter die Treppe hinaufgestürmt, ohne sich noch einmal nach ihnen umzudrehen, und auch Brendan wusste, in welch gefährlicher Lage sie sich noch immer befanden. Er zog Éanna an der Hand nach oben, bahnte sich mit ihr einen Weg durch die Menge und schob sie an der Wand des Treppenhauses vor sich her. Unnachgiebig verteidigte er ihren sicheren Platz gegen jeden, der sich rechts an ihnen vorbeizudrängen versuchte.

Éanna liefen die Tränen über das Gesicht, während sie vor Brendan hertaumelte. Sie stand immer noch unter Schock und hatte nur einen einzigen verzweifelten Gedanken: Patricks kostbare Bücher! Sie waren für immer verloren! Ihre eiserne Reserve und ihr einzig wertvoller Besitz lagen zu Asche verbrannt im Treppenhaus. Nur mit diesen Büchern hätten sie genug Geld gehabt, um nach dem Brand neu anzufangen und Missis Kerrigan für den Verlust der Hemden entschädigen zu können! Was sollte jetzt nur werden? Angst schnürte ihr die Kehle zu.

Endlich hatten sie das Dach erreicht. Hustend und nach frischer Atemluft gierend taumelten Brendan und Éanna aus der Luke. Während die anderen Bewohner des Hauses, die sich hierher hatten retten können, schon über die Nebendächer flüchteten, stand Liam noch nahe der Ausstiegsluke und schrie unablässig Emilys Namen. Dann erblickte er Brendan und Éanna.

»Wo ist Emily? Ist sie bei euch?«, rief er verzweifelt. »In Gottes Namen, bitte sagt mir, dass ihr wisst, wo sie ist!«

Wie durch ein Wunder erklang da plötzlich hinter ihnen Emilys heisere Stimme: »Ich bin hier, Liam! Mir ist nichts passiert!« Sie stürzte mit rußgeschwärztem Gesicht und wirren Haaren auf ihre Freunde zu, noch immer hielt sie das Kleiderbündel eng an sich gepresst.

Liam lief ihr entgegen und vergaß seine Schüchternheit völlig. Er schloss Emily in seine Arme, drückte sie mit einem erlösten Aufschluchzen fest an sich und küsste sie. »Mein Liebstes! Dem Himmel sei Dank!«

Allen vier war die Erleichterung anzusehen. Das Einzige, was in diesem Moment zählte, war, dass sie noch lebten und wieder zusammen waren. Doch viel Zeit zur Freude blieb ihnen nicht. »Wir müssen weiter!« Brendan sah sich besorgt um. »Es kann nur noch Sekunden dauern, bis die Flammen aus dem Dach schlagen und das Feuer auch auf die Nachbarhäuser übergreift! Also nichts wie weg!«

Hastig folgten sie dem Strom der anderen Flüchtenden, ließen sich auf das angrenzende Flachdach eines Nachbarhauses herab und rannten, nachdem sie erkannt hatten, wie überfüllt das Treppenhaus hier bereits war, hinüber zum nächsten Gebäude. Selbst im Treppenhaus der zweiten Mietskaserne ging es noch chaotisch zu: Nicht nur die Menschen, die sich aus dem brennenden Haus hatten retten können, hasteten hier hinunter ins Freie, auch die Hausbewohner selbst hatten die Flucht ergriffen. Denn Brände waren in Five Points keine Seltenheit. Und man wusste nur zu gut, wie lange es dauerte, bis die Feuerwehrwagen mit ihren großen Wassertanks zur Stelle waren und die Männer mit der Bekämpfung des Feuers beginnen konnten. Stand ein Haus lichterloh in Flammen, dann griff der Brand in diesem Viertel meist unweigerlich auch auf die Nachbarhäuser über. Nicht selten wurde auf diese Weise ein ganzer Straßenzug vernichtet, bevor die Feuerwehr Herr über die Situation geworden war.

Als sie endlich die Straße erreicht hatten und inmitten einer Menge von halb nackten Männern, Frauen und Kindern, aber auch zahlreichen Neugierigen standen, die das Spektakel angelockt hatte, verteilte Emily schnell die gerettete Kleidung an ihre Freunde. Indessen schlugen in allen Stockwerken wild zuckende Flammen aus den Fenstern ihres Mietshauses. Aus verschiedenen Richtungen ertönten nun die lauten Glocken von mehreren Feuerwehrwagen.

Als die Feuerwehr eintraf, standen Éanna, Emily, Brendan und Liam noch eine Weile wie gelähmt da und beobachteten stumm vor Schrecken, wie die Männer begannen, das tödliche Feuer einzudämmen. Die erste Freude, den Flammen entkommen zu sein, hatte sich gelegt und bedrückenden Sorgen Platz gemacht: Wie sollten sie fortan leben – ohne Geld, Arbeit und ein Dach über dem Kopf? Sie besaßen nicht mehr als das, was sie auf der Haut trugen.

»Lasst uns irgendwo anders hingehen«, schlug Liam schließlich vor.

»Und wohin sollen wir gehen?«, fragte Emily ratlos.

Darauf wusste auch Liam keine Antwort.

Schließlich verbrachten sie die Nacht mit vielen ihrer ehemaligen Nachbarn, die wie sie all ihr Hab und Gut verloren hatten, auf dem nahen Chatham Square, wo ständig neue Opfer der Flammen eintrafen. Denn wie erwartet hatte das Feuer, dessen Ursache nie bekannt werden sollte, auf die Nachbarhäuser übergegriffen und fraß sich bis in die frühen Morgenstunden unerbittlich seinen Weg durch die Mietskasernen.

Éanna machte sich in dieser Nacht bittere Vorwürfe, als sie, eng an Brendan gedrängt, unter dem Dach eines Markthauses kauerte. Warum hatte sie die Bücher von Mister O'Brien nicht längst verkauft? »Und warum habe ich mich im Treppenhaus nicht dichter bei dir an der Wand gehalten«, überlegte sie unter Tränen. »Dann wäre ich nicht über das Treppengeländer gestürzt und hätte die Bücher nicht verloren. Und wir hätten noch genügend Geld, um uns eine neue Unterkunft zu suchen und weiter für die Kerrigans arbeiten zu können!«

»Du hast keinen Grund, dir Vorwürfe zu machen«, versicherte Brendan sofort und drückte Éanna an sich. »Im Treppenhaus herrschte doch völliges Chaos und schuld sind allein diese verfluchten Kerle, die sich so brutal an uns vorbeigedrängt haben. Hör auf, dich zu bestrafen, Éanna. Seien wir lieber dankbar, dass nichts Schlimmeres passiert ist. Ich weiß nicht, was ich getan hätte, wenn du in den Flammenschacht gefallen wärst!« Seine Stimme klang belegt und er küsste sie sanft auf die Stirn.

Sie nickte. »Einen Augenblick lang dachte ich wirklich, ich müsste sterben. Ohne dich wäre ich verloren gewesen, Brendan. Du hast mir das Leben gerettet.«

Brendan schüttelte den Kopf. »Nicht ich allein. Der andere Mann war sogar noch schneller bei dir als ich.«

Eine Weile herrschte bedrücktes, mutloses Schweigen. Die Sonne schickte ihre ersten milden Strahlen über den Himmel, der im Südwesten noch immer glutrot erleuchtet wurde.

»Wie soll es denn jetzt nur mit uns weitergehen?«, fragte Emily leise. »Keiner von uns hat Arbeit.«

»Zu Missis Kerrigan brauchen wir gar nicht erst zu gehen«, murmelte Éanna. »Ohne unsere Nähsachen und ohne Geld können wir dort nicht mehr arbeiten.«

Liam durchsuchte seine Jackentaschen und förderte ein paar kümmerliche Münzen zutage. »Ich habe noch siebenunddreißig Cent«, sagte er und lachte bitter auf. »Die Büchse mit meinen Ersparnissen, in der ich fast drei Dollar gesammelt hatte, hat mir jemand im Tumult auf der Treppe aus der Hand geschlagen. Aber zumindest für den ersten Hunger sollte das Geld reichen.«

Auch Brendan, Éanna und Emily kramten nun in ihren Taschen.

»Ich habe noch sechs Cent«, stellte Brendan fest.

»Ich noch einen Dime*«, erklärte Éanna.

Emily brachte acht Cent zum Vorschein.

»Alles in allem haben wir also einundsechzig Cent gerettet.« Brendan verzog das Gesicht. »Weit werden wir damit wohl nicht kommen.«

»Aber es reicht zumindest, um für vierzig Cent bei Mister Patterson Streichhölzer zu kaufen«, erwiderte Éanna und lächelte schwach. »Dann werden wir eben wieder zu Streichholzmädchen. Damit können wir uns schon über Wasser halten!«

»Aber nicht sehr lange«, wandte Brendan mit düsterer Miene ein. »Der Sommer ist bald vorbei und dann kommt der harte Winter hier in New York.«

»Wir vier schaffen das schon.« Liam legte einen Arm um Emily. »Und irgendwo wird es schon wieder Arbeit für uns geben, Brendan!«

---

* Eine Zehn-Cent-Münze

»Und wenn nicht?«

Keiner gab darauf eine Antwort. Es war Emily, die schließlich aussprach, was ihnen allen durch den Kopf ging: »Dann werden wohl auch wir zu den Kellerratten gehören.«

Achtzehntes Kapitel

Mit leichten Paddelschlägen manövrierte Patrick das Ruderboot zurück an den Anlegesteg. Libellen tanzten neben ihnen über das Wasser des Teiches. Fast regungslos schwebten einige über den Seerosen, die mit ihren großen dunkelgrünen Blättern nahe dem Ufer auf der Oberfläche schwammen.

»Warum seid Ihr heute so schweigsam, Patrick?« Florence' Stimme klang besorgt. »Ist es Euch vielleicht lästig, die Zeit mit mir zu verbringen? Wärt Ihr jetzt lieber mit meinem Bruder und diesen Langweilern Tim und Jonathan auf dem Kricketplatz?«

»Natürlich nicht!« Patrick lächelte sie entschuldigend an. »Verzeiht mir meine Unaufmerksamkeit, Florence! Es ist mir ganz und gar nicht lästig, den Nachmittag mit Euch zu verbringen!«, versicherte er. »Ganz im Gegenteil, es sind stets die kostbarsten Zeiten des Tages und ich hoffe, Ihr wisst, dass ich so denke.«

»Diesen Eindruck macht Ihr heute aber nicht auf mich«, erklärte sie beharrlich, während Patrick den Kahn am Steg festmachte. »Beschäftigt Euch vielleicht ein ernsthaftes Problem, von dem Ihr mir nicht erzählen wollt?«

Er zögerte kaum merklich mit seiner Antwort. »Ich muss gestehen, dass mir tatsächlich etwas durch den Sinn geht, was mir schon seit geraumer Zeit keine Ruhe mehr lässt.

Und ich denke, ich sollte es Euch nicht länger verschweigen, Florence.« Patrick wusste, dass der Zeitpunkt gekommen war, der Freundin gegenüber offen zu sprechen, auch wenn er keine Ahnung hatte, wie er dieses ernste Gespräch beginnen sollte.

Florence' Augen leuchteten auf, erwartungsvoll sah sie ihn an.

»Es ist wohl an der Zeit, ehrlich zu Euch zu sein«, erklärte er und schwieg dann, unsicher, wie er fortfahren sollte. Er war froh, als sie aufstand und er ihr beim Aussteigen aus dem Ruderboot behilflich sein konnte.

Mit einem strahlenden Lächeln nahm sie ihren eingeklappten bunten Sonnenschirm von der Ruderbank, legte ihm eine Hand auf den Arm und trat auf den Steg. Automatisch wanderte ihr Blick hinüber zu ihrer Mutter, die in der Nähe unter einer von Heckenrosen überwucherten Pergola saß und über der Lektüre eines Modemagazins eingeschlafen war.

»Was haltet Ihr von einem kleinen Spaziergang durch den Park?«, schlug sie ihm mit leiser Stimme vor. »Nur wir beide! Diese einmalige Gelegenheit, einmal nicht den scharfen Augen meiner Mutter und der anderen Damen der Gesellschaft ausgesetzt zu sein, sollten wir unbedingt ergreifen, meint Ihr nicht auch?« Sie schenkte ihm ein verschwörerisches Lächeln.

»Gern, Florence.« Patrick war erleichtert über den Vorschlag, denn so hatte er die Chance, ihr in Ruhe zu erklären, was er auf dem Herzen hatte, ohne dass es sofort zum gesellschaftlichen Eklat kommen würde.

Leise entfernten sie sich vom Teich und folgten dem Kiesweg, bis sie hinter hohen Zypressen und blühenden Büschen außer Sicht waren.

»So, hier sind wir ungestört«, stellte Florence zufrieden fest. »Und nun sagt mir endlich, was Euch beschäftigt, Patrick!« Ungeduldig spielte sie mit ihrem geöffneten Sonnenschirm.

»Es fällt mir schwer, den richtigen Anfang und die richtigen Worte für das zu finden, was ich Euch sagen möchte«, begann er erneut verlegen.

»Ihr, der Ihr Euch sonst so wunderbar auszudrücken wisst, wollt auf einmal nicht die richtigen Worte für mich finden?«, fragte sie scherzhaft und geschmeichelt zugleich. »Darf ich das als Kompliment deuten, Patrick? Verwirre ich Euch etwa dermaßen?«

»In der Tat, das tut Ihr, und zwar vom ersten Tag an«, bestätigte er und seine Worte waren keine galante Schmeichelei, sondern entsprachen der Wahrheit.

Florence errötete. »Nun bin ich aber wirklich gespannt, was Ihr mir sonst noch zu sagen habt!«

Er räusperte sich. »Florence, ich möchte Euch bitten, mir einen Augenblick lang zuzuhören, ohne mich zu unterbrechen. Denn ich verliere sonst den Mut, Euch das von Angesicht zu Angesicht zu sagen, was Ihr endlich einmal erfahren müsst.«

Sie blickte ihn lächelnd an und nickte.

»Ihr seid mir schon an dem Abend, als wir uns zum ersten Mal sahen, als zauberhafte und bildhübsche junge Frau aufgefallen, Florence«, fuhr er nun mit belegter Stimme fort. »Ihr seid die Anmut in Person, habt einen wunderbaren Humor und nichts von der Oberflächlichkeit anderer junger

Damen, deren Bekanntschaft ich hier in New York gemacht habe. Der Mann, der Euch zur Frau gewinnt, darf sich in höchstem Maße glücklich schätzen.«

Florence hing an seinen Lippen, während sie weitergingen.

Patrick fürchtete die nächsten Worte. Er wollte sie auf keinen Fall verletzen, doch einmal musste es ausgesprochen werden! »Florence, ich wünschte, ich könnte dieser glückliche Mann sein. Aber ich kann es nicht, sosehr ich mich auch zu Euch hingezogen fühle und jede Minute in Eurer Gegenwart genieße.«

Jäh blieb sie stehen. Das Lächeln auf ihrem Gesicht erstarb, ungläubig starrte sie ihn an.

»Glaubt mir, dass ich es mir in den vergangenen Wochen mehr als einmal vorgestellt habe, Euch eines Tages als meine Frau vor den Traualtar führen zu dürfen!«, fuhr er hastig fort. »Aber ich weiß, dass es nicht richtig wäre. Ihr verdient einen Mann, der Euch bedingungslos liebt. Und ich könnte Euch niemals so glücklich machen, wie Ihr es Euch wünscht.«

»Aber warum?«, hauchte Florence mit bebender Stimme und kämpfte sichtlich um ihre Fassung.

»Weil immer eine andere Frau zwischen uns stehen würde.« Endlich war ausgesprochen, was ihn so lange gequält hatte.

»Ihr habt schon einer anderen Euer Wort gegeben? Und mir nichts davon gesagt?« Florence' Gesicht verriet, wie verletzt sie war.

Patrick schüttelte den Kopf und lächelte traurig. »Nein, ich bin mit keiner anderen Frau verlobt, Florence. Die Frau, der mein Herz gehört, hat meine Liebe abgelehnt. Sie lebt mit einem anderen Mann hier in New York zusammen.«

Sofort wurde Florence' Blick weicher. »Euch hält also eine unglückliche, unerfüllte Liebe gefangen?«, sagte sie und wischte sich rasch über die Augen. »Aber meint Ihr nicht, sie eines Tages überwinden zu können und frei für . . . für eine andere Frau zu sein?«

Hilflos zuckte er die Achseln. »Ich weiß es nicht, Florence. Eines Tages vielleicht. Ich weiß im Augenblick nur, dass mich meine Sehnsucht nach ihr nicht verlässt, sosehr ich auch dagegen ankämpfe. Und wie könnte ich Euch da in die Augen sehen und um Eure Liebe oder gar Eure Hand werben?«

Florence wandte sich von ihm ab und schwieg lange, sodass Patrick schon fürchtete, sie mit seinen offenen Worten zu sehr gekränkt zu haben. Dann aber drehte sie sich um und sah ihm fest in die Augen. Ihre Lippen umspielte ein schwaches Lächeln.

»Es klingt verrückt, aber Ihr macht mich mit Eurem Geständnis traurig und dankbar zugleich, Patrick. Ich muss gestehen, dass ich mir von ganzem Herzen wünsche, Ihr hättet mir etwas anderes offenbart. Aber ich weiß nun, dass ich mich nicht in Euch getäuscht habe. Ihr seid ein Mann von Ehre, der aufrichtig und nach seinem Gewissen handelt, auch wenn es noch so schwer ist. Ich weiß nicht, was ich Euch wünschen soll.« Patrick ahnte, dass diese Worte Florence viel Überwindung kosten mussten, und er bewunderte sie in diesem Moment sehr für ihre Selbstlosigkeit. Wie viel einfacher wäre alles gewesen, wenn er ihre Gefühle hätte erwidern können!

Er nahm ihre Hand. »Verzeiht mir, dass ich Euch diesen

Schmerz zugefügt habe. Ich hätte von Anfang an ehrlich zu Euch sein sollen.«

Sie lächelte traurig und er war erneut froh, dass sie ungestört hatten miteinander sprechen können. Erst jetzt wurde ihm bewusst, wie sehr sie mit seiner Zuneigung gerechnet hatte. Hätte er ihr vor den Augen ihrer Mutter oder gar ihrer klatschsüchtigen Freundinnen die Wahrheit gesagt, wäre seine Zurückweisung eine schmachvolle und unverzeihliche Kränkung gewesen, die nicht nur für ihn, sondern durchaus auch für sie unangenehme Folgen gehabt hätte. Er beschloss, noch am nächsten Morgen abzureisen und Florence' Familie vorerst über seine wahren Beweggründe im Ungewissen zu lassen.

»Es wird wohl das Beste sein, wenn ich so bald wie möglich abreise«, teilte er Florence seine Entscheidung mit. »Gegenüber Euren Eltern werde ich vorgeben, wichtige Geschäfte in New York erledigen zu müssen. Und ich werde immer an Eure Großherzigkeit denken, Florence. Ich wünsche mir sehr, dass Euch eines Tages ein Mann so glücklich macht, wie Ihr es verdient.«

Die Sloanes bedauerten seine Abreise aufrichtig, ließen sich jedoch von der Dringlichkeit seiner Geschäfte überzeugen, nachdem sie ihm das Versprechen abgenommen hatten, sie bald wieder zu besuchen. Florence gab sich unbekümmert und freundlich bei ihrem Abschied und dennoch war Patrick froh, als er endlich in der Kutsche saß und New York entgegenrollte. Er nahm sich vor, so bald wie möglich nach einer anderen Unterkunft als dem Shakespeare Hotel zu suchen, um spontane Besuche von Gaylord in Zukunft möglichst zu vermeiden.

Keine Stunde, nachdem er ermüdet von der langen Fahrt und der drückenden Hitze, die wie eine Glocke über New York lag, im Hotel eingetroffen war, klopfte es plötzlich an der Zimmertür. Zu seiner Überraschung war es Charles Templeton, der ihm einen Besuch abstatten wollte.

»Mister Templeton, mit Euch habe ich nun wirklich nicht gerechnet«, entfuhr es Patrick, »was macht Ihr denn hier?«

»Oh, ich hoffe, Ihr seht mir großmütig nach, dass ich mich nicht bei Euch angekündigt habe, Mister O'Brien«, entschuldigte sich der Buchhändler. »Eigentlich sind derartige Überfälle nicht meine Art. Und sollte ich gerade ungelegen kommen . . .«

»Nein, überhaupt nicht!« Patrick trat mit einer einladenden Handbewegung zurück. »Bitte kommt doch herein! Ich freue mich sehr, Euch wohlbehalten wieder in New York zu sehen.«

»Ich bin schon seit Mitte Juli wieder in der Stadt. Doch wenn ich ehrlich sein darf, wäre es mir trotz der fast unerträglichen Hitze der letzten Wochen lieber, ich hätte keinen Anlass gehabt, New York zu verlassen, Mister O'Brien. Auch wenn sich letztlich alles zum Guten gewendet hat.«

»Ich habe mit großem Bedauern auf dem Schild an Eurer Buchhandlung gelesen, dass Ihr gezwungen wart, recht überstürzt nach Chicago zu reisen.« Patrick führte seinen Besucher zu einem der beiden Sessel am Fenster.

Charles Templeton seufzte. »Ja, und zwar aufgrund einer sehr dringlichen Angelegenheit. Mein einziges Kind, meine Tochter Julia, die mit ihrem Mann in Chicago lebt, war schwer erkrankt. Es stand lange Zeit sehr ernst um sie, so ernst, dass ich kurzerhand mein Geschäft geschlossen habe, um bei ihr zu sein. Doch zum Glück hat sie sich schließlich von ihrer Krankheit erholt und mittlerweile geht es ihr schon wieder richtig gut.« Er lachte befreit und zwinkerte Patrick dann vergnügt zu. »Nun, aber ich bin heute nicht hergekommen, um Euch mein Herz auszuschütten, Mister O'Brien. Ich habe mir aus einem ganz anderen Grund die Freiheit genommen, die Direktion Eures Hotels zu bitten, mir unverzüglich eine Nachricht zukommen zu lassen, wenn Ihr wieder hier eintrefft.«

Patrick wurde immer neugieriger. Was mochte den Buchhändler dazu bewogen haben, sich diese Mühe zu machen? Hatte es vielleicht mit Éanna zu tun? War ihr womöglich etwas zugestoßen?

»Nun erzählt endlich, weshalb Ihr hier seid!«, drängte er.

»Nun ja, es handelt sich um die . . .«, Mister Templeton zögerte kurz, sichtlich erfreut über Patricks Neugierde, ». . . um die junge Dame, von der Ihr mir im Mai berichtet habt und der ich Eure Adresse geben sollte, wenn sie in meinem Geschäft nach Euch fragen würde.«

Patricks Herz machte einen Sprung. »Ist Miss Éanna Sullivan zu Euch gekommen?«

»Nun ja, wie man es nimmt.« Charles Templeton blickte ihn über seinen Zwicker hinweg vielsagend an. »In den vergangenen Tagen habe ich beobachtet, wie dreimal eine junge Frau eiligen Schrittes auf meine Buchhandlung zukam. Einmal stand sie sogar schon halb in der Tür, um es sich dann doch plötzlich wieder anders zu überlegen und recht überstürzt davonzueilen.«

»Und woher wisst Ihr, dass es Miss Sullivan war?«, fragte Patrick ein wenig enttäuscht.

Der Buchhändler lächelte rätselhaft. »Das habe ich selbst in Erfahrung gebracht.«

Patrick sah ihn verwirrt an. Die Geschichte wurde immer rätselhafter.

»Darf ich fragen, *wie* Ihr das in Erfahrung gebracht habt?«

»Nun, ich habe mich daran erinnert, dass Euch an dieser jungen Frau sehr viel liegt, wenn ich das einmal so salopp ausdrücken darf, und dass Ihr sehr daran interessiert wart, den Kontakt mit ihr nicht zu verlieren . . . oder besser gesagt, ihn wieder aufzunehmen.«

»In der Tat!« Patrick nickte und wartete ungeduldig, dass Mister Templeton mit seiner Erklärung fortfuhr.

»Deshalb habe ich mich, als sie am letzten Freitag spätnachmittags wieder einmal eine geraume Zeit vor meinem Geschäft stand und schließlich unverrichteter Dinge davoneilte, entschlossen, ein paar Nachforschungen anzustellen. Ich heftete mich an ihre Fersen und folgte ihr. Und so habe ich herausfinden können, wo sie wohnt und dass es sich bei ihr tatsächlich um Miss Éanna Sullivan handelt«, berichtete Charles Templeton stolz.

Es hätte nicht viel gefehlt und Patrick hätte den Buchhändler vor Begeisterung umarmt. »Mein Gott, Ihr wisst gar nicht, welche Freude Ihr mir mit dieser Nachricht macht!«

Charles Templeton drehte den hellen Sommerhut in seinen Händen ein wenig verlegen hin und her, das Lächeln war augenblicklich aus seinem Gesicht verschwunden. »Nun ja, ich fürchte nur, Euch mit meiner Nachricht keine wirkliche Freude machen zu können. Denn Miss Sullivan scheint es ausgesprochen schlecht zu gehen: Als ich in dem Haus, zu dem ich ihr gefolgt war, diskret bei einer freundlichen älteren Dame Erkundigungen einholte, erfuhr ich, dass Miss Sullivan bis vor zwei Wochen in der Cross Street wohnte, wo sie bei diesem entsetzlichen Häuserbrand alles verloren haben soll, was sie besaß. Nun scheint sie ganz offensichtlich nur mit Mühe verhindern zu können, dass sie auf der Straße landet.«

Bestürzt hörte Patrick von dem Schicksalsschlag, der Éanna getroffen hatte, während er selbst auf dem Anwesen der Sloanes im Luxus schwelgte.

»Sagt mir schnell, wo ich sie finden kann!«

»In der Mulberry Street.« Charles Templeton reichte ihm einen Zettel, auf den er Éannas Adresse notiert hatte. »Aber erschreckt nicht. Bei dieser Mietskaserne handelt es sich um ein sogenanntes *Wabennest.*«

Patrick blickte ihn verständnislos an.

»Nun, so heißen die Häuser hier in New York, in denen skrupellose Vermieter alle Wohnungen durch dünne Trennwände in kleine Räume unterteilt haben, die sie einzeln vermieten und für die jede Nacht im Voraus bezahlt wird. Nicht wenige Familien müssen sich zu sechst, siebt oder acht solch einen engen Verschlag teilen, weil ihnen das Geld für mehr Wohnraum fehlt«, erklärte der Buchhändler. »Auch Miss Sullivan teilt sich solch einen kleinen Raum mit mehreren Personen, wie ich erfahren habe.«

Die Nachrichten von Éanna erschütterten Patrick sehr. Nachdem er sich von Charles Templeton mit dem Versprechen verabschiedet hatte, bald wieder in seiner Buchhandlung vorbeizusehen, begann er, fieberhaft zu überlegen, wie er ihr helfen konnte. Er wusste, dass sie nicht wieder Geld von ihm annehmen würde. Doch es musste einen Weg geben, Éanna zu helfen, ohne gegen ihren Dickkopf und ihren Stolz ankämpfen zu müssen.

Vor den Fenstern war es schon dunkel, als ihm endlich eine Idee kam, die er nicht sofort wieder verwarf. Er dachte an die vielen Gespräche in geselliger Runde bei den Sloanes zurück und ein Gesprächsthema hob sich in seiner Erinnerung deutlich von den anderen ab. Und plötzlich wusste er, wie er Éanna helfen konnte.

Doch er würde für seinen Plan eine Verbündete brauchen und er konnte nur hoffen, dass diese den Großmut besaß, ihm *und* Éanna ihre Hilfe zu gewähren.

Voller Tatendrang sprang er auf, setzte sich an den Sekretär, holte Papier, Tintenfass und Feder hervor und begann, einen Brief aufzusetzen.

Neunzehntes Kapitel

Anderthalb Wochen später stand Patrick am frühen Morgen in Five Points im Schatten eines Tordurchgangs und wartete. Auch wenn er vorgab, völlig mit dem Stopfen seiner Pfeife beschäftigt zu sein, so galt sein Interesse in Wirklichkeit dem Hauseingang der Mietskaserne auf der anderen Straßenseite, wo Éanna mit Brendan, ihrer Freundin Emily und einem ihm unbekannten Mann namens Liam Maguire für fünf Cent die Nacht Unterschlupf gefunden hatte. Voll Ungeduld und banger Ungewissheit, welchen Verlauf sein Wiedersehen mit Éanna nehmen würde, hatte er sich nun schon seit zwei Stunden nicht von der Stelle bewegt.

Bereits in der vergangenen Woche, noch bevor der Antwortbrief von Florence bei ihm eingetroffen und sie tags darauf mit ihrer Familie nach New York zurückgekehrt war, hatte er dreimal bei Sonnenaufgang Ausschau nach Éanna gehalten und die Mietskaserne aus einer noch weiteren Entfernung als an diesem Morgen beobachtet. Und stets war sie zwischen sechs und halb sieben mit ihren Freunden aus dem Haus gekommen. Während die beiden Männer den Weg zu den Docks einschlugen, waren Éanna und Emily gewöhnlich in die entgegengesetzte Richtung losgezogen und hatten sich dann bald voneinander verabschiedet, um auf den Straßen Streichhölzer zu verkaufen. Patrick hoffte inständig, dass es an diesem Morgen nicht anders sein würde.

Endlich traten die beiden Paare aus dem Haus. Es versetzte ihm einen kleinen Stich, als er sah, wie Brendan Éanna zum Abschied einen Kuss gab, bevor er mit Liam die Mulberry Street in Richtung Chatham Street hinunterging. Allem Anschein nach hatten die Männer an diesem Morgen vor, ihr Glück bei den Docks am East River zu versuchen und dort nach Arbeit zu fragen. Wie in den Tagen zuvor liefen Éanna und Emily stattdessen nach Nordwesten.

Patrick wartete sicherheitshalber noch einen Moment. Dann winkte er die Mietkutsche heran, die einige Dutzend Schritte weiter unten auf der Straße auf ihn wartete.

»Seht Ihr die beiden jungen Frauen, die dort drüben gerade die Straße überqueren?«, rief er dem Kutscher hastig zu und deutete auf Éanna und Emily.

»Na, die sind ja wohl nicht zu übersehen, Sir«, gab der Kutscher mürrisch zurück.

»Sie werden sich bald trennen und verschiedene Wege einschlagen«, teilte Patrick ihm mit. »Folgt der Frau in dem dunkelgrünen Kleid und mit dem rötlich blonden Haar! Sobald die andere Frau außer Sicht ist und ich Euch das erste Klopfzeichen gebe, bringt Ihr Eure Kutsche auf eine Höhe mit ihr und haltet auf mein zweites Klopfzeichen hin an.«

»Von Dunkelgrün und Rötlichblond sehe ich zwar nichts, sondern nur den üblichen Dreck der Five Pointer, aber es soll mich nicht kümmern, was Ihr vorhabt, solange Ihr mir wie verabredet meinen Lohn zahlt«, brummte der Kutscher achselzuckend und wenig respektvoll.

Patrick schluckte die ärgerliche Antwort, die ihm auf der Zunge lag, hinunter, stieg schnell in die Kutsche und schob das Fenster hoch, sobald er den Kutschenschlag zugezogen hatte. Es dauerte nicht lange, bis Éanna sich an der Kreuzung Mulberry Street/Walker Street von ihrer Freundin trennte. Während Emily der Mulberry Street nach Norden folgte, bog Éanna links in die Walker Street ein und wanderte wenig später die Centre Street hinauf. Patrick nahm an, dass die beiden Mädchen verabredet hatten, parallel zueinander zu laufen, um sich unterwegs immer wieder einmal zu treffen.

Er gab dem Kutscher das erste Klopfzeichen und der Mann ließ das Pferd etwas schneller traben. Als er Éanna zu seiner Linken sah, klopfte er erneut gegen die vordere Wand und der Kutscher brachte sein Gefährt zum Stehen.

Augenblicklich stieß Patrick die Tür auf und sprang aus der Kutsche. »Éanna!«

Wie von einem Peitschenschlag getroffen, zuckte sie zusammen, blieb stehen und drehte sich ungläubig zu ihm um. Kurz glaubte er, in ihrem Gesicht so etwas wie Freude aufblitzen zu sehen, doch schon im nächsten Augenblick sahen ihre Augen ihn abweisend an und ihr Gesicht wirkte verschlossen.

»Komm, steig ein!«, forderte er sie ohne große Umschweife auf, bemüht, sich seine Enttäuschung über ihre Reaktion nicht anmerken zu lassen.

»Was wollt Ihr von mir, Mister O'Brien?«, fragte sie kühl, jedoch mit einer Spur Verwunderung in der Stimme.

»Mit dir reden.«

»Das ist sicher nett von Euch gemeint. Aber ich wüsste

nicht, was es zwischen uns zu besprechen gäbe! Außerdem bin ich dreckig und stinke!«

»Das stört mich nicht.« Er lächelte.

»Aber mich!« Éannas Blick glitt über seine gute Kleidung. Die soziale, aber auch die emotionale Kluft, die in diesem Moment zwischen ihnen stand, war deutlich spürbar.

»Das ist schade. Denn es gab Zeiten, da war das anders. Oder haben dich solche Äußerlichkeiten etwa auch gestört, als du mir in Ballinasloe den Spazierstock stehlen wolltest und ich dich zum Essen in den Gasthof eingeladen habe?«, erinnerte er sie an ihre allererste Begegnung. »Damals sahst du noch um einiges schlimmer aus als jetzt. Und nach einem edlen Parfum hast du auch nicht gerade geduftet! Also sei jetzt bitte nicht so störrisch, sondern steig endlich zu mir in die Kutsche! Ich muss wirklich dringend mit dir sprechen. Es ist wichtig!«

Sie zögerte noch immer. »Was kann es denn schon Wichtiges geben, das ich mit Euch zu besprechen hätte!«, antwortete sie, stieg dann jedoch in die Kutsche.

»Und wo soll's hingehen?«, wollte der Kutscher wissen.

»Das ist ganz Euch überlassen. Sucht eine Route aus. Später werde ich Euch dann sagen, wohin Ihr uns bringen sollt«, erwiderte Patrick und die Kutsche setzte sich in gemächlichem Tempo in Bewegung.

Stumm saß sie ihm gegenüber und schaute ihn abweisend an.

»Ich habe von dem Brand in der Cross Street gehört, bei dem ihr alles verloren habt«, eröffnete Patrick das Gespräch. »Und ich bin froh, dass du dem Feuer mit heiler Haut entkommen bist!«

»So, hat sich die Nachricht also inzwischen auch bis zu Euren Kreisen herumgesprochen?«, gab sie bissig zurück.

»Ich war fast zwei Monate nicht in New York, Éanna, und bin erst seit wenigen Tagen wieder in der Stadt«, sagte er und hoffte inständig, dass sie ihn nicht danach fragte, wo er die Sommermonate verbracht hatte.

»Woher wisst Ihr überhaupt, dass wir in der Cross Street gewohnt haben?«

»Von Mister Templeton.« Patrick errötete leicht bei dem Gedanken, Éanna beichten zu müssen, dass der Buchhändler ihr in seinem Auftrag nachgeschlichen war. »Er hat mich am Tag meiner Rückkehr nach New York im Hotel aufgesucht und mir die entsetzliche Nachricht überbracht. Mein Gott, Éanna, warum bist du denn nicht schon längst zu ihm in die Buchhandlung gegangen und hast nach meiner Adresse gefragt, wie wir es verabredet hatten? Und auch die Bücher hättest du ihm doch bereits verkaufen können! Oder hast du sie vielleicht in der Zeit, als sein Geschäft geschlossen war, zu einem anderen Händler gebracht?«

Éanna schüttelte den Kopf. Abneigung und Zorn waren aus ihrem Gesicht gewichen. Sie wirkte stattdessen plötzlich sehr verletzlich und bekümmert. »Nein. Die Bücher sind in jener Nacht auf der Flucht vor dem Feuer verloren gegangen und im Treppenhaus verbrannt. Ich bin gestürzt und konnte sie einfach nicht mehr halten. Es war wirklich nicht meine Schuld«, beteuerte sie und wich seinem Blick aus, als schäme sie sich, sein Geschenk, das sogar den Untergang der *Metoka* unbeschadet überstanden hatte, nicht vor dem Feuer gerettet zu haben. »Sie wurden mir in dem Tumult auf der Treppe aus der Hand geschlagen.«

»Das ist jetzt nicht mehr wichtig, Éanna«, versicherte Patrick. »Wichtig ist allein, dass ihr dem Feuer noch rechtzeitig entkommen seid und dass ihr nun so schnell wie möglich wieder auf die Beine kommt. Denn ich weiß, wie schlecht es euch geht und dass ihr in diesem schrecklichen Haus in der Mulberry Street zu viert in einem winzig kleinen Raum leben müsst.«

»Um uns müsst Ihr Euch keine Sorgen machen, Mister O'Brien. Wir schaffen das schon, da wieder herauszukommen!«, versicherte sie trotzig.

»Und wie soll das geschehen, Éanna? Hat wenigstens einer von euch eine regelmäßige Arbeit, die einigermaßen anständig bezahlt wird?«

Éanna schwieg, die Lippen fest zusammengepresst.

»Bitte lass dir doch helfen«, bat Patrick. »Nur deshalb bin ich heute zu dir gekommen.«

»Ich nehme kein Geld von Euch!«, entgegnete sie sofort abwehrend. Patrick seufzte. »Ich weiß. Ich kenne dich so gut, Éanna, und ich wusste genau, wie du auf mein Angebot reagieren würdest. Aber hör mir doch erst einmal zu: Ich habe gar nicht vor, dir Geld anzubieten. Obwohl es mir eine Freude gewesen wäre, dich auf diese Weise zu unterstützen. Aber ich glaube, ich habe einen viel besseren Weg gefunden, dir zu helfen, ohne dadurch deinen Stolz zu verletzen.«

»Und wie soll das gehen?«, fragte sie und die Hoffnung, doch noch einen Weg zu finden, dem Elend in der Mulberry Street zu entkommen, schwang plötzlich deutlich hörbar in ihren Worten mit.

»Ich habe die Absicht, dich in einem guten amerikanischen Haus als Dienstmädchen in Stellung zu bringen – vorausgesetzt, du sagst dazu Ja!«, verkündete er ihr mit einem Lächeln.

Überrascht sah Éanna ihn an. Dann lachte sie ungläubig. »Ich soll ein Dienstmädchen in einem guten Haus werden? Habt Ihr denn keine Augen im Kopf, Mister O'Brien? So dreckig und zerlumpt, wie ich bin, komme ich noch nicht einmal durch den Dienstboteneingang einer besseren Taverne, geschweige denn eines guten Hauses! Auch scheint Ihr mit Scheuklappen über den Augen hier in New York unterwegs zu sein, denn sonst hättet Ihr längst die vielen NINA-Schilder gesehen, die überall hängen, wo Dienstpersonal gesucht wird, und würdet mich heute nicht in meinem Elend auch noch zum Narren halten. Und ich dachte immer, Ihr würdet mit offenen Augen und wachem Verstand durch die Welt gehen!«

»Dann haben wir uns eben beide ineinander getäuscht, Éanna. Denn ich war bisher davon überzeugt, dass du inzwischen weißt, wie sehr du dich auf meine Hilfe verlassen kannst. Ich dachte, du wüsstest, dass ich nicht einfach irgendetwas dahersage, sondern mir sehr genau überlege, was ich tun kann, um dir zu helfen!«, erwiderte er aufgebracht über ihren ungerechten Zorn. »Du machst es mir mit deinem falschen Stolz und dem wenigen Vertrauen, das du in mich zu haben scheinst, wahrlich nicht leicht, Éanna Sullivan! Habe ich jemals etwas getan, das dein abweisendes Verhalten rechtfertigt? Habe ich dich irgendwann einmal verletzt oder dir das Gefühl gegeben, ein besserer Mensch zu sein als du?«

Éanna schoss bei seinen Worten das Blut ins Gesicht. »Nein, das habt Ihr nicht«, murmelte sie beschämt.

»Mein Gott, ich liebe dich, Éanna!«, brach es plötzlich aus ihm heraus. »Und ich kann es nicht mit ansehen, wenn du leidest! Ich habe inzwischen akzeptiert, dass du meine Gefühle nicht erwidern kannst, auch wenn es mir schwerfällt. Aber ich will das Recht haben, dir zu helfen, wenn es in meiner Macht steht. Verstehst du das denn nicht? Meine Hilfe abzuweisen, hat nichts mit Stolz oder mit Angst um deinen Brendan zu tun, den ich wohl akzeptieren muss, sondern ist in meinen Augen eine unverzeihliche Dummheit und noch dazu hartherzig. Und zwar nicht nur gegen mich, sondern auch gegenüber denjenigen, deren Wohl dir am Herzen liegt: gegenüber Brendan und deiner Freundin Emily. Wie viel besser würde es auch ihnen gehen, wenn du einmal über deinen Schatten springen und meine Hilfe annehmen würdest!« Er holte tief Luft und versuchte, sich wieder zu beruhigen. »Also wollen wir nun wie zwei vernünftige Menschen miteinander reden oder weiter dieses kindische Spiel spielen, zu dem auch dein unsägliches ›Mister O'Brien‹ gehört, mit dem du mich jedes Mal, wenn du es aussprichst, tief verletzt?«

Éanna war sprachlos über das unerwartete Geständnis. »Es tut mir leid, Mis. . . Patrick.« Sie räusperte sich und fuhr dann fort: »So . . . so habe ich es nicht gemeint . . . und nie war es meine Absicht, Euch zu verletzen, nach allem . . .«

Schnell fiel er ihr ins Wort. »Lass es gut sein, Éanna. Ich denke, ich weiß, warum du glaubst, mir so abweisend begegnen zu müssen. Lass uns das Gespräch noch einmal neu beginnen. Denn ich möchte dir endlich ein bisschen mehr zu dieser Anstellung als Dienstmädchen erzählen, die ich für dich gefunden habe.«

Stumm wartete Éanna darauf, dass er fortfuhr.

»Natürlich sind mir die unverschämten NINA-Schilder überall in der Stadt nicht entgangen. Aber dennoch sind viele unserer Landsleute sehr wohl hier in New York und auch anderswo in Amerika als Dienstpersonal untergekommen, das weiß ich aus sicherer Quelle. Ihre Zahl muss längst in die Hunderte gehen. Und wenn du es willst, wird es auch dir gelingen – mit meiner Hilfe und der viel entscheidenderen einer guten Bekannten, die ich als Unterstützung gewinnen konnte«, erklärte Patrick und hütete sich, mehr über Florence zu erzählen. »Ich habe nämlich erfahren, dass die Harringtons, die unweit vom Union Square wohnen, gerade ein neues zweites Zimmermädchen suchen. Dort kannst du dich noch heute vorstellen, am Nachmittag um Punkt vier Uhr dreißig. Ich war so unverschämt, dich schon anzukündigen, denn ich habe nicht damit gerechnet, dass dein Stolz so viel größer zu sein scheint als dein Verstand. Soweit ich weiß, beträgt der Lohn bei den Harringtons für ein Dienstmädchen siebeneinhalb Dollar – natürlich bei freier Kost und Logis. Du könntest also mit deinem Lohn sowohl deine Freundin als auch . . . Brendan und sogar diesen Liam Maguire unterstützen.«

Éanna fühlte sich einen Augenblick lang benommen und schwindelig. Siebeneinhalb Dollar Lohn! Was das für sie, Brendan, Emily und Liam bedeuten würde!

»Aber wie soll ich denn dort arbeiten?«, fragte sie gequält, während sie zwischen hoffnungsvoller Freude und tiefen Zweifeln hin- und hergerissen wurde. »So wie ich aussehe! Und ich habe doch außerdem keinerlei Empfehlungen vorzuweisen und weiß überhaupt nicht, wie die Arbeiten in einem so vornehmen Haus verrichtet werden müssen!«

Patrick lachte verschmitzt, froh, dass Éanna langsam Gefallen an seinem Vorschlag fand. »Also der Reihe nach: Was deine äußere Erscheinung betrifft, so soll das die geringste Sorge sein. Ein ausgiebiges Bad im nächstgelegenen öffentlichen Badehaus und ein paar anständige, saubere Kleider werden wahre Wunder wirken, Éanna.«

»Aber das kostet doch . . .«

Er ging gar nicht erst auf ihren Protest ein, sondern fuhr unbeirrt fort: »Dann wirst du bei den Harringtons schon mal einen sehr guten ersten Eindruck machen. Außerdem weißt du, was sich gehört und wie man sich zu verhalten hat. Was die nötige Empfehlung angeht, so habe ich ein entsprechendes Schreiben bereits aufgesetzt. Darin wird dir bestätigt, im Haushalt meines Onkels in Dublin anderthalb Jahre in Stellung gewesen zu sein und die Arbeit dort stets zur vollsten Zufriedenheit verrichtet zu haben. Das Schreiben enthält darüber hinaus die Adresse meines Hotels und den Hinweis, dass ich gern für weitere Auskünfte zur Verfügung stehe. Zudem hat Missis Helena Harrington schon eine mündliche Empfehlung von meiner Bekannten erhalten. Deshalb gehe ich davon aus, dass es erst gar keine Nachfragen geben wird.«

Éanna war sprachlos vor Überraschung.

»Und was nun die Art der Arbeit betrifft, so wirst du erst einmal ein Mädchen ersetzen, das im Haushalt der Harringtons bislang für die einfachen Arbeiten zuständig war und nun in einer besseren Position in einem anderen Haushalt arbeitet. Es erwartet dich also nichts, wovor du dich fürchten müsstest. Außerdem hat man mir versichert, dass dich eines der anderen Dienstmädchen in alles einweisen wird. Und wenn dir doch einmal etwas fremd ist, kannst du dich einfach damit herausreden, dass diese Dinge im Haus meines Onkels eben anders gehandhabt wurden. So, und jetzt frage ich dich noch ein letztes Mal, Éanna Sullivan: Willst du mir bitte den Gefallen tun und mein Angebot annehmen?«

Éanna konnte nur wortlos nicken, so überwältigt war sie von der überraschenden Wende, die ihr Leben offensichtlich gerade zu nehmen schien.

Patrick lachte gelöst. »Gut! Denn es wird jetzt auch höchste Zeit, den Plan in die Tat umzusetzen. Ich schlage vor, dass wir zuerst einmal zu einem Geschäft fahren, wo es gute, aber nicht zu teure Kleidung gibt. Denn die hohen Damen lieben es nicht, wenn ihr Personal fast so gut gekleidet daherspaziert kommt wie sie selbst. Und dann bringe ich dich zum nächsten Badehaus. Danach werden wir noch etwas essen gehen, denn jemand mit solch einem knurrenden Magen macht selbst auf mich keinen guten Eindruck, Éanna.«

In Éannas Kopf überschlugen sich die Gedanken. Eine Anstellung in einem vornehmen Haus als Zimmermädchen! Jeden Monat siebeneinhalb Dollar Lohn und dazu freie Kost und Logis! Das alles erschien ihr wie ein Traum, der zu schön war, um wahr zu sein. Und doch, wenn Patrick ihr versicherte, dass ihr die Anstellung so gut wie sicher war, dann stimmte es. Wieder einmal hatte er sie aus einer ausweglos erscheinenden Situation gerettet. Wie konnte sie ihm nur danken?

»Aber warum weinst du denn, Éanna?«, rief er betroffen,

als er sah, wie ihr die Tränen über das Gesicht rannen. »Dazu besteht doch wirklich kein Anlass!«

»Doch!«, erwiderte sie mit erstickter Stimme. »Immer seid Ihr da, wenn ich nicht mehr weiterweiß . . . und alles so . . . so hoffnungslos für uns aussieht!«

Wie gern hätte er sie jetzt in die Arme genommen und ihre Tränen getrocknet. All sein Geld hätte er dafür hergegeben!

Doch er tat nichts dergleichen.

Stattdessen beugte er sich zur Vorderwand der Kutsche vor, schob den Holzschieber der schmalen Sprechluke auf und rief dem Kutscher entschlossen zu: »Bringt uns zur Bowery, Ecke Broome Street, und zwar auf dem schnellsten Weg!«

Zwanzigstes Kapitel

Éanna saß mit dem Gesicht zur Tür an einem der kleinen Holztische von *Kelly's Cosy Kitchen*, die man in zwei Reihen entlang der Backsteinwand in dem tiefen, schlauchförmigen Raum aufgestellt hatte. Links von den Tischen zog sich eine solide Holztheke mit erhöhten dreibeinigen Schemeln davor an der Wand entlang, hinter der Thomas Kelly mit seiner Frau Martha und ihrer hübschen fünfzehnjährigen Tochter Charlotte kalte und warme Sandwiches zubereiteten, Fleischspieße über dem offenen Feuer wendeten und Kartoffelsuppe mit Wurststücken darin in einem mächtigen Kessel warm hielten.

Das einfache Lokal, eines der wenigen reputierlichen seiner Art in Five Points, lag am westlichen Rand des Viertels nahe der Ecke, wo sich die Centre mit der Walker Street kreuzte. Vier Stufen führten die Besucher hinab in den weitläufigen Raum. Das Essen war einfach, aber schmackhaft, reichhaltig und preiswert. An Alkohol wurde nur eine Sorte Porterbier ausgeschenkt. Und wer versuchte, sich damit zu betrinken, den setzte der bullige Thomas Kelly ohne langes Federlesen auf die Straße.

Wegen seines guten Rufes wurde *Kelly's Cosy Kitchen* auch von weiblichen Gästen ohne männliche Begleitung aufgesucht und war zudem der bevorzugte Treffpunkt der Zeitungsjungen des Bezirks. Am Mittag, wenn sie die Morgenzeitungen ausgetragen hatten, trafen sich die Jungen hier auf eine deftige Mahlzeit, und wenn sie mit dem Verkauf der Abendausgaben fertig waren, versammelten sie sich wieder bei *Kelly's,* bevor sie loszogen, um sich irgendwo in einem Park, auf den Stufen der City Hall oder in Hauseingängen einen Schlafplatz für die Nacht zu suchen. Auch an diesem Abend herrschte lautes Stimmengewirr und Gedränge im Lokal.

Vor Éanna auf dem Tisch standen ein Becher und eine billige Tonkanne mit Tee, den sie bisher kaum angerührt hatte. Sie war viel zu aufgeregt und angespannt, um jetzt etwas trinken zu können. Unablässig blickte sie zur Tür und wartete voller Unruhe und mit einer Mischung aus Angst und Freude darauf, dass Brendan endlich hereinkam. Nachdem sie Emily rasch von der unglaublichen Neuigkeit erzählt hatte, hatte sie die Freundin gebeten, Brendan sofort zu ihr in das Lokal zu schicken, wenn er nach Hause kam.

Denn es war ihr tatsächlich gelungen, die Anstellung bei den Harringtons zu erhalten, obwohl sie es noch immer nicht recht glauben konnte. Missis Harrington, deren Eleganz Éanna fast so eingeschüchtert hatte wie ihre kühle Reserviertheit, hatte nach einer kurzen, kritischen Musterung ihrer Person Patricks Empfehlungsschreiben entgegengenommen und überflogen. Anschließend hatte sie Éanna über ihren Lohn und ihre Arbeitszeiten in Kenntnis gesetzt und dann ganz unvermittelt gefragt, ob sie gleich morgen anfangen könne. Natürlich hatte Éanna sofort Ja gesagt. Und mit einem knappen Nicken sowie der Anweisung, am nächsten Tag pünktlich um halb sieben zur Stelle zu sein und sich von einer gewissen Agnes über ihre Aufgaben unterrichten zu lassen, hatte die Hausherrin sie wieder weggeschickt.

Was würde Brendan wohl sagen, wenn er erfuhr, dass sie von morgen an eine Arbeit als Dienstmädchen hatte? Und wie würde er reagieren, wenn er hörte, wer ihr zu der Anstellung verholfen hatte? Sie wusste nur zu gut, dass Patrick O'Brien für Brendan immer noch ein rotes Tuch war, und konnte nur hoffen, dass er vernünftig war und die Dinge so sah wie sie.

Éanna war allmählich übel vor Aufregung.

Da trat Brendan in den Raum. Und kaum fiel sein Blick auf sie, da nahm sein Gesicht auch schon einen ungläubigen Ausdruck an.

»Wo hast du denn diese guten Sachen her?« Fassungslos starrte er Éanna an, als er sich zu ihrem Tisch durchgedrängt hatte, und vergaß völlig, sie zu begrüßen. »Was machst du überhaupt hier? Wieso hat Emily vorhin so geheimnisvoll getan? Und woher hast du das Geld, dich in so ein Lokal zu setzen?«

Sie schenkte ihm ein etwas gezwungenes Lächeln. »Das ist eine längere Geschichte, Brendan. Ich erzähle sie dir, aber du musst mir versprechen, nicht gleich aus der Haut zu fahren und unvernünftig zu werden!«, bat sie.

»Ich wüsste nicht, wann ich jemals unvernünftig gewesen wäre!«, erwiderte er mit argwöhnischer Miene, während er ihr gegenüber auf einem Schemel Platz nahm. »Aber gut, ich verspreche es dir. Und nun erzähl endlich, was passiert ist!«

Éanna hatte lange überlegt, wie sie ihre Geschichte beginnen sollte. Und sie war zu dem Ergebnis gekommen, dass nichts unklüger war, als sofort den Namen Patrick O'Brien zu erwähnen. Deshalb verkündete sie nun erst einmal freudestrahlend: »Stell dir vor, ich habe Arbeit gefunden, Brendan! Und noch dazu eine, die richtig gut bezahlt wird! Ab morgen arbeite ich als Zimmermädchen bei einer vornehmen Herrschaft oben am Union Square. Sie zahlen mir im Monat siebeneinhalb Dollar Lohn bei freier Kost und Logis. Was sagst du dazu?«

Brendan schüttelte ungläubig den Kopf. »Was? Du arbeitest ab morgen als Zimmermädchen?«, wiederholte er langsam. »Bei irgendwelchen feinen Leuten?«

Éanna nickte. »Ja, ist das nicht eine wunderbare Nachricht, Brendan? Von dem Lohn werdet ihr euch schon bald eine bessere Wohnung suchen können und dann haben wir schnell auch den Dollar Pfand zusammen, den Emily braucht, um wieder als Näherin zu arbeiten!« Éanna bemühte sich, ihr Lächeln aufrechtzuerhalten. Sie wusste, was als Nächstes kommen würde.

Brendan starrte sie an, als könnte er die Informationen gar nicht so schnell verarbeiten, wie sie ihr über die Lippen kamen.

»Aber wie um alles in der Welt bist du zu dieser Arbeit gekommen?«, stellte er schließlich die unvermeidliche Frage, vor der sich Éanna die ganze Zeit gefürchtet hatte. Der wachsende Argwohn in seinem Blick verriet, wie misstrauisch er war. »Und du hast mir auch immer noch nicht gesagt, woher du das Geld für die neue Kleidung hast! Denn so, wie du heute Morgen noch ausgesehen hast, wird dich doch niemand von den feinen Herrschaften ins Haus gelassen und dir Arbeit angeboten haben. Wer hat dir das Geld gegeben, Éanna?«, seine Stimme klang nun scharf.

»Mister O'Brien«, gab sie zu und flüchtete sich in eine kleine Notlüge, um seinen Zorn zu dämpfen: »Er hat mir das Geld vorgestreckt und ich werde es ihm in den nächsten Monaten in kleinen Raten zurückzahlen!«

Brendan schlug mit der flachen Hand hart auf den Tisch. »Habe ich es doch geahnt, dass dieser verfluchte O'Brien hinter dieser Sache steckt!«, stieß er wütend hervor. »Er hat dir also wieder einmal aufgelauert und dir schöne Augen gemacht, ja?«

Éanna wusste, dass sie ihm sofort Einhalt gebieten musste, bevor er sich in seinem Zorn zu Äußerungen hinreißen ließ, die sie ihm nicht ein zweites Mal würde verzeihen können.

»Halte ja deine Zunge im Zaum, Brendan!« Es kümmerte sie in diesem Augenblick nicht, dass sich an den Nebentischen bereits einige Gäste zu ihnen umdrehten. »Er hat mir weder aufgelauert noch mir schöne Augen gemacht! Und ich ihm auch nicht, ganz im Gegenteil. Ich wollte erst nichts von seinem Vorschlag wissen. Aber ich will dir gerne mehr darüber erzählen, wenn du mir die Gelegenheit dazu gibst, ohne mir gleich über den Mund zu fahren oder mir unverschämte Dinge zu unterstellen. Hast du vielleicht schon wieder vergessen, was du mir erst vor wenigen Wochen versprochen hast?«

Brendan presste die Lippen zu einem schmalen Strich zusammen und schwieg mit finsterer Miene.

So kurz und knapp wie möglich berichtete Éanna ihm nun, wie sie Patrick getroffen und er ihr ins Gewissen geredet hatte, seine Hilfe nicht abzulehnen, sondern die einmalige Chance, die sich ihr bot, um ihrer selbst und ihrer Freunde willen anzunehmen.

»Das ist alles und mehr ist nicht geschehen!«, beendete sie ihre Geschichte schließlich mit Nachdruck. »Und ich hätte eigentlich erwartet, dass du dich über mein Glück freust, statt dich von deiner völlig unbegründeten Eifersucht wieder einmal zu einem Wutausbruch hinreißen zu lassen! Vertraust du mir denn gar nicht?«

Bei diesen letzten Worten zog er ein wenig den Kopf ein. »Ich mag den Kerl nun mal nicht, Éanna. Denn du kannst mir nicht weismachen, dass er das alles nur tut, weil er ein so verdammt weiches Herz hat und gern den Samariter spielt!«, brummte er, darauf bedacht, sein Temperament im Zaum zu halten. Denn er spürte, dass er sie wirklich verletzt hatte.

»Niemand hat von dir verlangt, dass du ihn mögen musst, obwohl du allen Grund dazu hättest, schon um meinetwegen«, erwiderte sie kühl. »Und es kann dir doch gleichgültig sein, warum er uns hilft, solange wir beide, du und ich, wissen, zu wem wir gehören!« Sie schwieg einen Moment. Sie wusste, dass es nicht gerecht war, aber sie konnte es sich doch nicht verkneifen: »Sag, hast du vielleicht heute Arbeit bekommen?«

Brendan senkte seinen grimmigen Blick. »Nur für einen halben Tag. Hat Liam und mir je vierzig Cent gebracht«, entgegnete er verdrossen. »Wir mussten einen Graben oben auf der Third Avenue ausheben. Da werden Kanalisationsrohre verlegt, die wir hier in Five Points vermutlich noch in einem Jahrzehnt nicht zu Gesicht bekommen.«

»Und da regst du dich so darüber auf, dass wenigstens ich jetzt eine gute Arbeit gefunden habe und regelmäßig Lohn verdiene, den ich euch natürlich geben werde?«

Verlegen zuckte er die Achseln und sah sie nachdenklich

an. »Ja, das ist schon toll. Aber was soll denn dann aus uns werden?«

»Wie meinst du das denn?«

»Na ja, ich werde dich dann ab morgen wohl kaum noch zu sehen kriegen, wenn du auch nicht mehr bei uns wohnst«, erklärte er missmutig.

»Ich habe alle zwei Wochen den halben Sonntag frei«, entgegnete sie vorsichtig.

»Einen *halben* Sonntag, und das nur jede zweite Woche?« Er verdrehte die Augen. »Und das findest du in Ordnung?«

»Natürlich finde ich es nicht in Ordnung, Brendan, und es wäre mir auch lieber, wenn wir in Zukunft mehr Zeit füreinander hätten. Aber so ist es nun mal, wenn man als Dienstmädchen in New York arbeitet. Da müssen wir wohl in der nächsten Zeit durch«, erwiderte sie. Warum musste Brendan ihr das Gespräch nur so schwer machen? »Außerdem können wir uns sonntagmorgens zur Frühmesse in der Kirche sehen. Denn den Gang erlaubt Missis Harrington mir jede Woche.«

»Wirklich großzügig von ihr«, murmelte Brendan böse und starrte mit finsterer Miene vor sich auf die Tischplatte.

Éanna musste sich sehr zusammenreißen, um nicht wütend zu werden. Am liebsten hätte sie ihn an den Armen gepackt und geschüttelt, damit er zur Vernunft kam. Aber sie wollte nicht, dass sie sich jetzt noch richtig in die Haare gerieten. Sie wünschte sich, dass er das Positive an ihrer neuen Arbeitsstelle sah und an ihre gemeinsame Zukunft dachte, so wie sie. Und deshalb legte sie ihm nun sanft ihre Hand auf den Arm.

»Brendan, nun benimm dich doch nicht wie ein kleines

Kind! Es wird mir natürlich auch schwerfallen, dich nicht öfter sehen zu können. Aber es ist doch nicht für alle Ewigkeiten, sondern nur für ein paar Jahre, bis . . .«

»Nur!«, fiel er ihr ins Wort und lachte freudlos auf.

»Ja, bis wir eben gemeinsam genug zusammengespart haben, um . . .«

Wieder unterbrach er sie. »Ich weiß, für das eigene Stück Land und die Milchkuh!«

»Ja, genau! Und dafür lohnen doch das Opfer und all die harte Arbeit, die wir noch vor uns haben, oder nicht? Und wenn wir zusammenhalten und gemeinsam dafür kämpfen, werden wir unser Ziel sicher viel schneller erreichen, als wir jetzt denken!«

Brendan schüttelte langsam den Kopf. »Ich wünsche mir das ja auch, Éanna. Aber dieser Traum von der Zukunft ist nichts, woran ich mich festhalten kann, nichts, das es mir erträglich macht, dich von jetzt an nur noch so selten zu sehen und für mich allein zu haben.« Jeder Zorn war nun aus seiner Stimme gewichen, Müdigkeit und tiefe Niedergeschlagenheit lagen in seinem Blick.

»Versuch es doch wenigstens, Brendan!«

Er nickte. Aber als sie später in dem winzigen Zimmer in der Mulberry Street auf den alten Decken lagen, nahm er sie nicht wie sonst in den Arm, sondern drehte sich mit dem Rücken zu ihr auf die Seite. Und als sie ihm Gute Nacht wünschte, antwortete er nur mit einem unverständlichen Brummen.

Éanna biss sich auf die Lippen, um die Tränen zurückzuhalten. Sie betete, dass es bald wieder gut zwischen ihnen sein würde und dass dies nicht der Anfang von etwas noch viel Schlimmerem war.

Einundzwanzigstes Kapitel

Als Éanna am folgenden Morgen pünktlich zur verabredeten Zeit ihren Dienst bei den Harringtons antrat, wartete Agnes Fuller schon auf sie. Das schwarzhaarige Zimmermädchen, ein gutes Jahr älter als sie selbst und bereits seit zwei Jahren im Dienst der Harringtons, war von erstaunlich zierlicher Gestalt und hatte ein offenes, rundliches Gesicht mit rosigen Wangen. Sie neigte, wie Éanna schnell feststellte, zu fröhlicher Geschwätzigkeit, wenn niemand in der Nähe war, der sie zur Ordnung rufen konnte. Aber sie war auch flink und arbeitete konzentriert und sorgfältig.

Sie trug ein fersenlanges dunkelviolettes Kleid und darüber eine mit Rüschen gesäumte weiße Schürze, deren obere Bänder auf dem Rücken über Kreuz liefen und mit den Taillenbändern zu einer kunstvollen Schleife zusammengebunden waren. Am Hals lugte der Rüschenkragen einer Bluse unter dem hochgeschlossenen Kleid hervor. Und auf dem Haar saß wie ein Diadem aus gestärkter Spitze ein weißes Häubchen. Éanna war tief beeindruckt von Agnes' Erscheinung und es erschien ihr seltsam unwirklich, dass sie selbst von nun an zum Arbeiten auch solche vornehmen Kleider tragen sollte.

»So, du bist also die Neue!«, begrüßte Agnes sie auf dem Flur hinter dem Dienstboteneingang fröhlich und schüttelte ihr die Hand. »Éanna Sullivan ist dein Name, nicht wahr?

Und du kommst aus Irland, richtig? Ich stamme aus Wales, also von der anderen Seite der Irischen See. Wir waren also quasi mal Nachbarn mit nur ein bisschen Wasser dazwischen!« Rasch schaute sie sich im Flur um und fuhr dann gedämpft fort: »Willkommen im Haus der vier weiblichen Tyrannen, Éanna! Du wirst schnell feststellen, wen ich meine, wenn du erst einmal mit der Arbeit hier begonnen hast: Missis Harrington und ihre beiden elf- und dreizehnjährigen Töchter Liz und Daphne. Und dann ist da noch Miss Alberta Forsyth, die Haushälterin, die immer so dreinblickt, als hätte sie gerade eine halbe Tonne Lebertran geschluckt!« Als sie Éannas betroffenes Gesicht sah, kicherte Agnes und fuhr augenzwinkernd fort: »Ach was, das war doch nur ein Scherz, Éanna! Es gibt viel schlimmere Herrschaften in New York als die Harringtons, das kann ich dir sagen. Wenn man sich nichts zuschulden kommen lässt, hat man es hier sogar recht gut. Obwohl Liz und Daphne manchmal schon ziemliche Quälgeister sein können. Aber das wirst du alles noch früh genug selbst herausfinden. Jetzt komm mit, bevor Miss Forsyth, der alte Hausdrache, uns hier noch beim Tratschen erwischt und du sie schon gleich an deinem ersten Tag gegen dich aufbringst!«

Éanna, die seit ihrem Eintreten noch nicht ein einziges Wort von sich hatte geben können, nickte nur schnell und verkniff sich einen Kommentar über Agnes' Redseligkeit. Denn genauso wenig wie sie die Haushälterin gegen sich aufbringen wollte, hatte sie vor, es sich durch eine dumme Bemerkung mit Agnes Fuller zu verscherzen.

Über die hintere Dienstbotenstiege gelangten sie in die nach frischer Stärke und einem dezenten Blumenduft riechende Kleiderkammer für das Personal. Dass es solch einen Ort überhaupt gab, war nur eine von zahlreichen neuen Erfahrungen, die Éanna an ihrem ersten Tag in dem weitläufigen Anwesen der Harringtons machte.

»Du bekommst zwei Dienstmädchenkleider, zwei weiße Blusen, zwei Schürzen, zwei Häubchen, zwei Paar schwarze Strümpfe und Schnallenschuhe«, teilte Agnes ihr in der Kammer mit und musterte sie von Kopf bis Fuß, bevor sie sich an den langen Kleiderstangen zu schaffen machte. »Und pass bloß auf, dass du dich bei der Arbeit nicht schmutzig machst, vor allem nicht beim Ausräumen der Kamine und beim Feuermachen. Denn diese Schürzen und Blusen mit ihren Falten und Rüschen zu bügeln, ist eine Heidenarbeit, das kann ich dir sagen! Ich wünschte manchmal, die gnädige Frau hätte uns eine Arbeitskleidung ausgesucht, die ein bisschen praktischer ist!«

Éanna dagegen freute sich über die schönen neuen Kleider. Nachdem Agnes auf Anhieb die passende Kleidergröße gefunden hatte, zog sie sich schnell in der Kammer um. Jetzt war sie Patrick dankbar, dass er in dem Geschäft auf der Bowery Street darauf bestanden hatte, dass sie sich auch neue Leibwäsche und Unterröcke aussuchte, denn so stand sie jetzt nicht in ihren alten, verschlissenen Sachen vor Agnes.

Als Schürze und Häubchen richtig saßen, führte Agnes Éanna hinauf ins Dachgeschoss, wo sich die Kammern für das Personal befanden. Das Zimmer, das Éanna von nun an mit Agnes teilen sollte, war spartanisch eingerichtet, aber sauber und hell. Rechts und links an der Wand stand je ein Bett mit einem kleinen Nachttisch davor, es gab einen Kleiderschrank, zwei schmale Regale und einen Tisch mit zwei einfachen Holzstühlen.

»Deine Vorgängerin hat das Bett auf der linken Seite gehabt«, teilte Agnes ihr mit. »Das ist jetzt also auch deins, ebenso wie die Garderobe und das kleine Regal in der Ecke. Fürstlich ist es hier nicht gerade und im Winter haben wir manchmal sogar innen Eisblumen an der Fensterscheibe, sodass man mit Mütze und Handschuhen schlafen muss. Aber wenn endlich Feierabend ist und du hier heraufkommst, dann denkst du sowieso nur noch ans Schlafen und kriechst unter die Decken. Jetzt stell am besten schnell deine persönlichen Sachen da in die Ecke und dann gehen wir wieder ins Erdgeschoss und ich weise dich in die Arbeit ein. Sie beginnt morgens um sechs Uhr und endet gewöhnlich am Abend um zehn.«

Ein solch vornehmes Haus wie das der Harringtons hatte Éanna noch nie betreten. Als Agnes sie nun durch die vielen verschiedenen Zimmer, die prachtvollen Salons und weitläufigen Wirtschaftsräume führte, wusste sie nicht, wohin sie zuerst blicken sollte. Und schon bald schwirrte und dröhnte es in ihrem Kopf von all den fremden Eindrücken und den nicht endenden Hinweisen und Ratschlägen, die das Dienstmädchen ihr unablässig gab.

»Deine erste Aufgabe wird es morgens sein, die Asche aus den Kaminen zu räumen, von denen es hier mehr gibt, als du Finger und Zehen am Leib hast. Dabei musst du darauf achten, dass du genug Glut zum Entfachen eines neuen Feuers zurücklässt, damit die Herrschaften es auch schön warm in ihren Zimmern haben, wenn sie aus ihren Federbetten steigen.«

Erschrocken sah Éanna Agnes an. »Du meinst, ich muss am Morgen auch in die Zimmer der Herrschaft?«

»Na klar, und zwar noch bevor du irgendetwas anderes tust. Aber was ist denn schon dabei? Für die Herrschaften sind wir doch sowieso nur Luft. Die reden sogar über uns, wenn wir direkt neben ihnen stehen, gerade so, als wären wir überhaupt nicht da. Aber das müsstest du doch eigentlich schon von deiner früheren Arbeitsstelle kennen, oder?«

»Ähm . . . ja schon, aber dort wurde die Arbeitsaufteilung anders gehandhabt«, antwortete Éanna geistesgegenwärtig. »Es gab einen Diener, der nur für die Zimmer der Herrschaften zuständig war.«

»Ach so!« Agnes zuckte gleichmütig die Achseln. »Nun, hier bist du dafür verantwortlich. Du verrichtest diese Arbeit folgendermaßen: Zuerst klopfst du morgens bei der gnädigen Frau an die Tür. Erst wenn du nichts hörst, gehst du mit dem Ascheneimer in das Zimmer, wobei du den Blick immer zu Boden richtest. So schnell wie möglich machst du deine Arbeit und verschwindest dann leise wieder. Das Ganze wiederholst du im Zimmer von Mister Harrington und den beiden Töchtern.«

»Mister und Missis Harrington schlafen in getrennten Zimmern?«, fragte Éanna verblüfft.

Agnes nickte. »Klar. Das ist doch bei fast allen feinen Leuten so. Die begegnen sich eben morgens nicht gerne zerknittert vom Schlaf und mit verquollenen Augen und Mundgeruch, so wie unsereins«, sagte sie spöttisch. »Die gnädige Frau kommt erst dann aus ihrem Gemach heraus, wenn sie fein angezogen, frisiert und geschminkt ist. Und zu diesem Zeitpunkt ist der Vormittag meist schon halb vorbei. Also merk dir: Erst betrittst du das Zimmer der gnädigen Frau, dann das von Mister Harrington und danach die Zimmer ihrer Töchter, wobei Daphne darauf besteht, dass sie vor ihrer kleinen Schwester an der Reihe ist. Diese Reihenfolge musst du streng einhalten, sonst werden die Herrschaften fuchsig. Hier geht alles schön nach Rang und Namen.«

»Und wenn Missis und Mister Harrington mein Klopfen gar nicht mitbekommen?« Éanna wurde rot.

»Du meinst, weil sie zusammen in *einem* Bett sind?«

Agnes lachte. »Das brauchst du nicht zu befürchten.« Und flüsternd fuhr sie fort: »Die Köchin hat nämlich mal zufällig mitbekommen, wie die gnädige Frau zu ihrer besten Freundin gesagt hat, dass ihr Mann nach der Geburt von Liz den Anstand hatte, nicht mehr auf seine ehelichen Rechte zu bestehen.«

»Sie kann doch noch keine vierzig sein!«, entfuhr es Éanna ungläubig.

»So sind die feinen Damen nun mal. Aber du kannst mir glauben, dass Mister Harrington dafür nichts anbrennen lässt!«, erzählte Agnes leise. »Der soll seine jungen Mätressen fast so oft wechseln wie seine Hemden. Was mit seinem Geld ein Kinderspiel ist. Wir können nur froh sein, dass er uns nicht auch an die Wäsche geht und dass es keinen jungen Herrn im Haus gibt, der glaubt, wir wären Freiwild, wie es in manch anderem feinen Haushalt der Fall ist! So, aber jetzt zeige ich dir erst einmal, wo sich das Tafelgeschirr und das Silber befinden und welche Ordnung du beim Einräumen beachten musst!«

»Muss ich denn auch Geschirr und Besteck zu den Mahlzeiten auflegen und mit auftischen?«, erkundigte Éanna sich vorsichtig.

Agnes zog die Augenbrauen hoch. »Hast du etwa auch darin keine Erfahrung?«

»Nicht viel«, antwortete Éanna ausweichend. »Die Wexfords lebten recht zurückgezogen, sodass es selten große Gesellschaften gab.«

»Na, das scheint ja für dich ein Leben wie im Schlaraffenland gewesen zu sein! Lass das hier bloß keinen hören! Ich bring dir das schon noch schnell bei, ohne dass jemand etwas davon mitbekommt!«, beruhigte Agnes sie. »Außerdem ist das Servieren die Domäne von Claire und Rose, den beiden Lieblingen der gnädigen Frau. Du erkennst sie daran, dass sie besonders oft und tief vor Missis Harrington knicksen und sie immer mit kuhäugiger Bewunderung ansehen. Doch jetzt, zu Beginn der Ballsaison, wirst du sicher auch einmal mit anpacken müssen. Aber keine Sorge, bis dahin weißt du, was du zu tun hast! Versprochen!«

Éanna war noch Wochen später froh, an ihrem ersten Tag bei den Harringtons von der fröhlichen und offenen Agnes empfangen worden zu sein, auch wenn sie sich im Laufe der Zeit gut mit den beiden anderen Dienstmädchen Claire und Rose verstehen sollte, weil sie erst gar nicht versuchte, ihnen ihren Sonderstatus bei Missis Harrington streitig zu machen.

An diesem Vormittag lernte sie auch Miss Forsyth, die Haushälterin, kennen, die zu ihrer Erleichterung jedoch nicht die Zeit fand, sich näher mit dem neuen Dienstmädchen zu befassen. Ihren Argusaugen schien nichts zu entgehen und Éanna wusste sofort, dass sie vor Miss Forsyth auf der Hut sein musste. In ihrer Nähe würde sie sich nicht den kleinsten Patzer erlauben dürfen, wollte sie eine scharfe Zurechtweisung und einen Eintrag in das kleine graue Büchlein vermeiden, in dem die Haushälterin alle Verfehlungen des einfachen Personals notierte.

Dieselbe Vorsicht war auch gegenüber Arthur Hemlock, dem leicht ergrauten Butler des Hauses, angebracht, den Éanna aufgrund seiner vornehmen Erscheinung zunächst für Mister Harrington hielt. Er würdigte die beiden Mädchen kaum eines Blickes und blieb nicht einmal stehen, als Agnes ihm Éanna vorstellte.

Ganz anders verlief ihre erste Begegnung mit Amelia Simpson. Die füllige, aber wieselflinke Köchin, die gemeinsam mit ihren drei Helferinnen schon am frühen Morgen alle Hände voll zu tun hatte, legte für einen Moment die Küchengeräte beiseite, schüttelte Éanna die Hand und wünschte ihr freundlich ein gutes und schnelles Eingewöhnen im Haushalt.

Und dann begann auch für Éanna Sullivan, Zimmermädchen im Hause Harrington, die Arbeit. Und wenn sie geglaubt hatte, siebeneinhalb Dollar wären ein fürstlicher Monatslohn, ganz egal, wie sehr man sich dafür plagen musste, so dachte sie schon bald ganz anders darüber.

Zweiundzwanzigstes Kapitel

Dienstmädchen in einem so großen Haus zu sein, wie es die Harringtons bewohnten, erschien Éanna schon nach wenigen Tagen wie ein Leben in einer sich unaufhörlich drehenden Tretmühle. Sosehr man auch strampelte und sich abmühte, man kam doch nicht aus ihr heraus. Nur in der Nacht kam das geschäftige Treiben für kurze Zeit zum Stillstand.

Die Arbeiten, die Éanna tagein, tagaus zu erledigen hatte, schienen sich wie die Perlen einer endlosen Kette aneinanderzureihen: Da mussten Kamine gesäubert und das Feuer darin neu entfacht werden, die Asche war zu den Eimern hinter das Haus zu tragen, Nachttöpfe mussten geleert, Kohlen und Brennholz ins Haus getragen, Treppen gefegt, Böden gescheuert und gewachst, Betten abgezogen und wieder neu bezogen werden. Es galt, Fenster zu putzen, Teppiche auszuklopfen, Silber auf Hochglanz zu bringen, Berge von Wäsche zu waschen, zu mangeln, zu bügeln und in die Schränke zu räumen. Ferner war der Gehsteig vor dem Haus zu fegen und im Winter vom Schnee zu befreien und nach langen nächtlichen Gesellschaften war es außerdem die Aufgabe der Dienstmädchen, im Anschluss aufzuräumen, damit am nächsten Morgen alles wieder so blitzsauber strahlte wie zuvor.

Von morgens bis abends war Éanna auf den Beinen, doch

wie sehr sie sich am Tag auch plagte, es schien doch immer etwas liegen zu bleiben, von dem sie nur hoffen konnte, dass es den scharfen Augen von Miss Forsyth und der gnädigen Frau entging.

Wenn sie dann um zehn oder elf Uhr abends todmüde in ihre Kammer kam, waren ihre Füße bleischwer und es dauerte keine fünf Minuten, bis sie erschöpft eingeschlafen war. Sich zu entkleiden und zu waschen stellte in den ersten Wochen eine Anstrengung dar, die Éannas ganze Willenskraft erforderte. Und ähnliche Überwindung kostete es sie, sich am Sonntag in aller Herrgottsfrühe aufzuraffen und die Messe zu besuchen. Viel lieber hätte sie diese anderthalb Stunden im Bett verbracht.

Doch andererseits freute sie sich natürlich an diesen Tagen jedes Mal, Brendan wiederzusehen. Und da sie die einzige Irin und Katholikin im Haus der Harringtons war und das andere Dienstpersonal der anglikanischen Kirche angehörte, störten sie bei diesen Treffen keine neugierigen Augen und Ohren. Aber sie hatten dennoch wenig Zeit, in Ruhe miteinander zu sprechen. Denn Éanna musste nach dem Gottesdienst unverzüglich den kurzen Heimweg antreten. Brendan war weniger denn je von ihrer neuen Arbeitsstelle angetan.

»Diese wenigen lausigen Minuten sind also alles, was wir von nun an miteinander haben!«, stellte er am ersten Sonntag nach ihrer Anstellung bei den Harringtons fest, als er nach der Messe missmutig neben ihr herlief.

»Nächste Woche habe ich meinen ersten halben Sonntag frei«, erinnerte Éanna ihn mit einem Lächeln.

»Ach so. Dann habe ich also jetzt eine hübsch lange Woche

vor mir, in der ich mich so richtig auf einen kümmerlichen halben Tag mit dir freuen kann, um dich dann wieder zwei Wochen lang praktisch überhaupt nicht zu sehen, ja?«, entgegnete er mit bitterem Vorwurf in der Stimme.

»Ja, Brendan. Ich hoffe zumindest, dass du das tust, genauso wie ich«, sagte Éanna ernst und gab ihm dann die drei Dollar, die sie Missis Harrington am Tag zuvor als Vorschuss hatte abgewinnen können. »Hier ist das erste Geld für euch. Bitte gib Emily davon einen Dollar, damit sie wieder als Näherin anfangen kann. Sag ihr, sie soll das Garn wieder in dem Laden anschreiben lassen, wo man uns kennt. Am Monatsende werde ich dann alles auslösen. Und der Rest reicht bestimmt, damit ihr euch ein etwas besseres Quartier suchen könnt. Und jetzt erzähl mir, wie eure Woche gewesen ist.«

Brummelnd bedankte sich Brendan und steckte das Geld ein. »Na, wie soll sie schon gewesen sein. Zweimal haben Liam und ich unten an den Docks Kohlen geschaufelt. Morgen wollen wir mal unser Glück als Straßenfeger versuchen.«

»Das ist eine gute Idee!«, ermunterte Éanna ihn. »Diese Feger stehen doch überall an den belebten Straßenkreuzungen herum. Sie sollen gar kein schlechtes Trinkgeld dafür bekommen, dass sie den Leuten den Dreck aus dem Weg fegen.«

»Kann schon sein. Aber diese Burschen sind organisiert, fast so gut wie die Zeitungsjungen. Sie werden es uns nicht leicht machen, wenn wir plötzlich auftauchen, und die guten Reviere wahrscheinlich mit Händen und Füßen gegen uns verteidigen.«

Éanna hakte sich bei ihm unter. »Das schafft ihr schon! Ihr werdet euch euer Revier schon erkämpfen, da bin ich mir ganz sicher, Brendan!«

Er lachte trocken auf. »*Erkämpfen* dürfte dafür das richtige Wort sein.«

Nur wenige Augenblicke später standen sie bereits vor dem Herrenhaus der Harringtons. Sie umarmten sich, Brendan gab Éanna einen raschen Kuss und dann mussten sie sich auch schon wieder für eine weitere Woche trennen.

Am nächsten Sonntag trafen sie sich nach der Frühmesse mit Emily und Liam. Emily dankte der Freundin für das Geld und berichtete freudestrahlend, dass sie seit einigen Tagen wieder Hemden zusammennähte, allerdings nicht für die Karrigans, sondern für einen anderen Kleiderfabrikanten.

Brendan und Liam hatten weniger gute Nachrichten. Ihre Versuche, als Straßenfeger etwas Geld zu verdienen, waren bisher wenig erfolgreich gewesen. Auf den belebten Kreuzungen hatten die anderen Straßenfeger sie sofort angegriffen, als sie die Konkurrenz bemerkten. Es war zu mehreren Prügeleien gekommen und stets hatten Brendan und Liam keine Chance gegen die zu Banden organisierten Jungen gehabt, die einander schnell zu Hilfe gekommen waren. Und dort, wo sie keinem der alteingesessenen Feger seinen Stammplatz streitig gemacht hatten, war der Verdienst entsprechend gering gewesen. Aber immerhin war doch zusammen mit Éannas Gehalt genug Geld zusammengekommen, um in der nächsten Woche die Miete und alle anderen notwendigen Ausgaben bezahlen zu können.

Am Nachmittag beschlossen die vier, ein letztes Mal nach Corlear's Hook zu wandern, um dort in der Sonne zu liegen.

Lange unterhielten sie sich über die Goldfunde in Kalifornien, die mittlerweile einen immer größeren Raum in allen New Yorker Zeitungen einnahmen.

»Die ersten Schiffe voller Goldsucher, die da drüben an der Westküste ihr Glück machen wollen, sind schon aus dem Hafen ausgelaufen«, erzählte Liam Éanna. »Unter ihnen sollen sich sogar Männer befinden, die in Banken, Kontoren und anderswo eine richtig gut bezahlte Arbeit hatten! Stellt euch das mal vor! Die haben alles stehen und liegen lassen, um auf das nächste Schiff zu springen, das um Kap Hoorn herum nach Kalifornien segelt. Für mich wäre so eine lange Schiffsreise nichts. Es heißt, man ist mehrere Monate unterwegs, bis man in der Bucht von San Francisco eintrifft – falls die Schiffe nicht vorher schon in den Stürmen am Kap untergehen!«

»Aber jetzt dort in diesem Sacramento-Tal zu sein und nach Gold zu schürfen, das wäre schon was!«, erwiderte Brendan. »Natürlich müsste man erst einmal das Geld für so eine lange Schiffspassage beisammenhaben.«

»Und die Preise unten an den Kais steigen täglich«, fügte Liam hinzu.

Éanna folgte der Unterhaltung nur mit halbem Ohr. Das ferne Gold Kaliforniens interessierte sie nicht. Stattdessen war sie dankbar für ihre gute Stellung und froh, dass Brendan trotz seiner Misserfolge als Straßenfeger ganz offensichtlich endlich wieder gute Laune hatte.

Mitte Oktober, als die Tage und vor allem die Nächte schon empfindlich kalt zu werden begannen, hatte sie sich im Haushalt der Harringtons völlig eingelebt und Sicherheit in allen Arbeiten erlangt, die von ihr verlangt wurden. Und wenn jeder Tag auch aufs Neue hart und ermüdend war, so hatte sich ihr Körper doch mittlerweile an den Rhythmus gewöhnt.

Manchmal, wenn sowohl die gnädige Frau als auch Miss Forsyth außer Haus waren und es eine ruhige Stunde für das Personal gab, saß Éanna mit Agnes und den anderen Dienstmädchen unten bei Amelia Simpson in der Küche bei einer Tasse schnell aufgebrühtem Tee zusammen. Dann ging es munter und lebhaft zu. Besonders Agnes und Amelia wussten immer viel zu erzählen. Man tauschte allerlei Klatsch aus, diskutierte, wo es die schönsten Kleider zu einem guten Preis gab, und zog sich gegenseitig mit den neuesten Verehrern auf, die die Mädchen an ihren freien Tagen in den Volkstheatern, den Tavernen und Tanzsalons auf der Bowery Street kennengelernt hatten.

Aber auch ernsthafte Themen und Probleme wurden besprochen: Ganz unverblümt informierte Amelia sie zum Beispiel eines Nachmittags darüber, an welche Engelmacherin man sich am besten bei einer ungewollten Schwangerschaft zu wenden hatte – ein Thema, das für viele der Mädchen nicht neu war, wie Éanna verblüfft feststellte. Es schien selbst in den besseren Kreisen völlig legal, eine Schwangerschaft durch Abtreibung zu beenden. Erst wenn man das sogenannte *Quickening* bei sich feststellte, also die ersten Bewegungen des Kindes im Mutterleib spürte, wurde die Abtreibung zu einem Verbrechen, für das man in Amerika mit einer harten Strafe rechnen musste. Doch auch wenn es erlaubt sein mochte, das Leben eines in sich heranwachsenden Kindes vorzeitig zu beenden, kam es Éanna wie ein schreckliches, nicht wiedergutzumachendes Verbrechen vor.

In den ersten Novembertagen stieß sie dann eines Morgens auf eine Zeitungsanzeige, deren Inhalt sie nicht mehr loslassen sollte. Éanna kniete gerade im Rauchsalon vor dem Kamin und hatte zum Schutz vor herabfallender Asche mehrere Blätter einer Zeitung aus der vergangenen Woche vor sich ausgebreitet, als ihr Blick auf eine fast halbseitige Anzeige fiel, die schwarz umrandet war. *Millionen Morgen fruchtbares Land!* war in großen, sichelförmig geschwungenen Lettern über einem fein gestochenen Stahlstich zu lesen, der eine weite Landschaft mit sanften baum- und buschbestandenen Hügelketten und einem breiten Flusslauf zeigte. Unter dem Bild stand in nicht weniger großen Buchstaben: *Freies Land im Westen!* In etwas kleinerer Schrift folgte die Ankündigung:

Der ehrenwerte Nathan J. Palmer, seines Zeichens anerkannter Landvermesser mehrerer Eisenbahngesellschaften und ein Mann der Tat, führt Mitte April 1849 von Independence, Missouri aus einen Treck mutiger Farmer und Pioniere an die Westküste! Ziel des Wagenzuges sind die freien Territorien im paradiesischen Kalifornien und Oregon! Als kundigen und verlässlichen Wegbegleiter hat er den erfahrenen Trapper, Fallensteller und früheren Armee-Scout Jeremiah Fennmore verpflichten können.

In einem schmalen Kasten folgten mehrere klein gedruckte Zeilen mit allerlei Informationen und Bedingungen, die zukünftige Teilnehmer des Wagentrecks zu erfüllen hatten.

Éanna war wie elektrisiert. Freies Land! Kalifornien und Oregon! Schnell riss sie die Anzeige aus der Zeitung, um sie später sorgfältig mit der Schere zurechtzuschneiden. Und wann immer sie in den folgenden Tagen eine ruhige Minute hatte, nahm sie das Stück Zeitungspapier heimlich aus ihrer

Schürze, studierte die Zeichnung und las den Text so lange, bis sie ihn auswendig kannte.

Sie fieberte dem nächsten freien Sonntag entgegen, an dem sie Brendan in Ruhe von ihrer Entdeckung erzählen konnte.

»Lass uns zu *Kelly's* gehen!«, schlug sie ihrem Freund an diesem Tag vor, als sie ihn nach der Arbeit vor dem Haus der Harringtons traf, wo er im Nieselregen bereits unruhig von einem Bein auf das andere trat. »Ein bisschen was können wir uns heute doch leisten, jetzt wo wir endlich nicht mehr jeden Cent zehnmal umdrehen müssen, bevor wir ihn ausgeben. Außerdem möchte ich etwas Wichtiges mit dir besprechen und dabei nicht im Regen stehen.«

»Soll mir recht sein.« Brendan nickte. »Ich möchte dir nämlich auch etwas erzählen.«

»Was denn? Hast du vielleicht endlich eine regelmäßige Arbeit gefunden?«, fragte sie hoffnungsvoll.

»Sozusagen. Aber darüber reden wir gleich, wenn wir bei *Kelly's* sind.«

Als sie das Lokal betraten, war Brendan aufgekratzt und so gut gelaunt, wie Éanna ihn schon lange nicht mehr erlebt hatte. Sie fanden auf Anhieb einen freien Tisch und wenig später stellte Thomas Kelly eine Kanne Tee, zwei Becher und einen Teller mit schmalzgebackenen Kringeln vor ihnen auf den Tisch.

»Also, dann leg du mal zuerst los!«, forderte Brendan Éanna auf, nachdem ihre Becher gefüllt waren, und biss herzhaft in einen der noch warmen Kringel.

Éanna holte das Zeitungsinserat aus ihrem kleinen bestickten Beutel, den sie sich für einen Vierteldollar von ihrem zweiten Monatslohn gekauft hatte und nun an einer dunkelblauen Kordel um ihr Handgelenk trug. Aufgeregt faltete sie den Zettel auseinander und schob ihn ihrem Freund zu.

»Brendan, das musst du lesen! In diesen neuen Territorien Kalifornien und Oregon gibt es freies Land! Und zwar Millionen Morgen davon! Und im nächsten April bricht ein Siedlertreck unter der Führung von diesem Landvermesser Palmer dorthin auf!«

In Brendans Augen waren erst Überraschung, dann Verwunderung und schließlich Enttäuschung zu lesen, als er die Anzeige überflog.

»Da scheint es ja wirklich jede Menge freies Land zu geben«, stellte er schließlich verdrossen fest. »Aber hast du denn das Kleingedruckte in diesem Kasten nicht gelesen, wo steht, was man diesem Palmer allein für das Zusammenstellen des Trecks und die Führung zahlen muss?«

»Doch«, gab Éanna zu, »pro Kopf zehn Dollar und für Kinder bis zehn die Hälfte. Und man muss auch . . .«

»Ja, man muss noch verdammt viel mehr Geld zur Verfügung haben, wenn man an seinem Treck teilnehmen will«, unterbrach Brendan sie. »Nämlich eine umfangreiche Ausrüstung und Proviant für fast ein halbes Jahr! Ganz zu schweigen von einem anständigen Präriewagen und dem dazugehörigen Gespann. Mindestens vier Maultiere oder Zugochsen sollen es sein! Und empfohlen werden sogar sechs Ochsen! Weißt du, welche Summe das alles zusammen ergibt?« Er schob das Stück Zeitungspapier wieder auf ihre Seite des Tisches und schüttelte ärgerlich den Kopf. »Proviant für ein halbes Jahr, dazu ein Wagen mit starkem Gespann! Von dem Kopfgeld für diesen Palmer gar nicht zu reden! Und ich weiß ja noch nicht einmal, wo genau dieses Independence eigentlich liegt!«

Éanna war enttäuscht. Sie hatte gedacht, dass Brendan von der Anzeige so begeistert sein würde wie sie, statt sie von vorneherein zu verwerfen.

»Aber es geht doch gar nicht darum, ob wir bis zum nächsten April genug Geld zusammenbekommen, um mitzufahren, sondern . . .«

Wieder fiel er ihr ins Wort. »Als ob das überhaupt eine Frage wäre. Natürlich bekommen wir das Geld nicht zusammen. Ach Éanna! Du mit deinen absolut unrealistischen Träumen!«

»Ich bin nicht unrealistisch, Brendan!«, verteidigte sie sich und spürte, wie sie ärgerlich wurde. »Es wird ja sicher nicht nur diesen einen Treck geben! Auch im übernächsten Jahr werden bestimmt wieder Siedler nach Westen ziehen, um sich dort niederzulassen, und genauso im Jahr danach! Warum sollten wir denn nicht eines Tages dazugehören?«

Er schwieg einen Moment und schien ernsthaft über ihre Worte nachzudenken. »Na ja, wenn wir das Geld dafür hätten, würde ich es natürlich schon ausprobieren und im April mit dem Treck losziehen. Vorausgesetzt, das stimmt alles auch so, wie es in der Anzeige steht.«

»Siehst du!« Éanna lächelte.

»Und wer weiß, vielleicht kommen wir deinem Traum ja wirklich bald ein ganzes Stück näher«, sagte er langsam. »Vielleicht können wir in wenigen Wochen schon wieder damit beginnen, etwas Geld zur Seite zu legen. Wenn das gelingt, was Liam und ich in der letzten Woche zu tun beschlossen haben.«

»Was habt ihr denn beschlossen?«, fragte Éanna gespannt.

»Wir wollen zu den Großen Seen aufbrechen!«, teilte er ihr strahlend mit. »In die Gegend um Chicago.«

Augenblicklich sank Éanna das Herz. Sie wusste zwar nicht genau, wo die Großen Seen und Chicago lagen, aber dass es bis dahin ein weiter und gefährlicher Weg war, war ihr klar. »Aber warum denn, Brendan?«

»Da oben sollen sie gerade händeringend nach Arbeitern für den Eisenbahnbau suchen«, erklärte er. »Sie planen eine neue Strecke, ich glaube, nach St. Louis im Süden, und dafür müssen riesige Erdmassen abgetragen, Schwellen und Schienen verlegt und was weiß ich welche Arbeiten sonst noch erledigt werden. Und um diese Knochenarbeit scheinen sich die Leute im Herbst und Winter nicht gerade zu reißen. Darum haben die verschiedenen Bauunternehmen Männer losgeschickt, die Arbeiter für die Camps entlang der Strecke anwerben sollen. Liam und ich haben vor ein paar Tagen einen von ihnen getroffen und gleich unterschrieben. Éanna, das ist ein Glücksfall, sie zahlen uns einen Dollar und zwanzig Cent am Tag!« Stolz schwang in seiner Stimme mit. Denn das war selbst für New Yorker Verhältnisse ein hoher Lohn für einen gewöhnlichen Arbeiter.

»Das ... das ist natürlich viel Geld«, räumte Éanna widerstrebend ein. Sie konnte sich nicht so über Brendans Neuigkeit freuen, wie er es zu erwarten schien. »Aber warum hast du denn nicht bis heute gewartet und erst einmal mit mir darüber gesprochen, Brendan?«

»Na hast du das denn getan, als du bei den Harringtons in Stellung gegangen bist?«

Der Hieb saß. Éanna schluckte.

»Außerdem war dafür gar keine Zeit«, fuhr er fort. »Wir

mussten uns sofort entscheiden, später wäre die Liste sicher schon voll gewesen. Liam und ich waren froh, dass wir überhaupt davon erfahren haben.«

»Was sagt denn Emily dazu?«

Brendan zuckte die Achseln. »Was soll sie schon dazu sagen? Hier gibt es keine Arbeit für uns. Und da müssen wir eben dahin gehen, wo es welche gibt.«

»Und wie lange werdet ihr weg sein?«

Wieder hob er die Schultern. »Keine Ahnung. Bei dem Lohn natürlich so lange wie möglich. Ich denke, zwei bis drei Monate könnten es schon werden. Und gleich morgen geht es los. Wir haben schon die Tickets für die Reise zu unserem ersten Eisenbahncamp in der Tasche.«

»Ach, Brendan!«

»Was machst du denn jetzt für ein Gesicht? Freu dich doch, dass wir endlich eine gut bezahlte Arbeit gefunden haben! So eine Gelegenheit bekommen Liam und ich vielleicht nie wieder!«

»Natürlich freue ich mich für euch. Aber müsst ihr denn gleich morgen aufbrechen und dann auch noch für so lange Zeit?«

»Was macht das denn für einen Unterschied, ob ich hier in New York oder irgendwo zwischen Chicago und St. Louis in einem Camp bin?«, fragte er bitter zurück. »Bei den paar Stunden, die wir uns nur jeden zweiten Sonntag sehen können, keinen allzu großen, wenn du meine Meinung dazu hören willst.«

Diese Worte schmerzten Éanna noch mehr als sein Vorwurf, sich nicht mit ihm abgesprochen zu haben, bevor sie die Anstellung bei den Harringtons annahm.

Brendan, der merkte, wie hart seine letzte Bemerkung geklungen hatte, beugte sich nun über den Tisch und nahm Éannas Hände behutsam in seine. »Außerdem ist es auch für unsere gemeinsame Zukunft wichtig, dass ich möglichst lange bei der Eisenbahn arbeiten kann«, erklärte er mit dem schiefen Lächeln, das sie so an ihm liebte. »Wenn ich sparsam bin, kann ich vielleicht mit hundert oder sogar hundertzwanzig Dollar aus den Camps zurückkommen und mit der Erfahrung, die ich dann haben werde, hier in New York ähnliche Arbeit finden. Und dann haben wir zusammen mit deinem Lohn eine ganz ansehnliche Menge Geld und können diese Sache mit dem Treck *ernsthaft* ins Auge fassen.«

Éanna hatte nicht vor, die wenigen Stunden, die ihnen noch blieben, traurig und verbittert zu verbringen. Aber es kostete sie viel Kraft, Brendan möglichst wenig zu zeigen, wie schwer es ihr fiel, dass er einige Monate lang so weit weg von ihr sein würde.

Auch Emily wirkte traurig, als die vier sich später trafen. Und als schließlich der Moment gekommen war, sich auf ungewisse Zeit voneinander zu verabschieden, gelang es Éanna nicht mehr, die Tränen zurückzuhalten.

»Versprich mir, dass du mir schreibst!« Sie umarmte Brendan voller Verzweiflung.

»Du weißt doch, dass ich es nicht so mit dem Schreiben habe. Aber ich werde es versuchen, das verspreche ich dir!«

Eine letzte Umarmung, ein letzter Kuss, ein letztes Winken im Davoneilen und dann hatte die regnerische Nacht Brendan und Liam auch schon verschluckt.

Dreiundzwanzigstes Kapitel

Als sie am folgenden Sonntag in der Kirchenbank kniete, fühlte Éanna sich so verlassen wie in der Zeit, als sie nach dem Tod ihrer Mutter – zum ersten Mal in ihrem Leben völlig auf sich allein gestellt – ziel- und mittellos durch Irland geirrt war.

Dass die Monate verstreichen, Brendan in absehbarer Zeit zu ihr zurückkehren und sie dann ihrem Traum vom eigenen Land einen großen Schritt näher sein würden, konnte sie in diesem Moment nicht trösten. Zusätzlich quälte Éanna die Frage, ob es richtig von ihr gewesen war, Patricks Hilfe anzunehmen und sich um die Anstellung bei den Harringtons zu bemühen. Hätte sie sich damals anders entschieden, wäre sie nun an der Seite von Brendan auf dem Weg nach Chicago, statt Tag für Tag als Dienstmädchen zu schuften!

Doch dann rief sie sich selbst energisch zur Vernunft. Nein, an ihrer Entscheidung durfte sie nicht zweifeln! Ihr Elend, die ausweglose Situation, in der sie sich alle befunden hatten, und die Aussicht auf den ersten harten Winter in New York, all das waren genug gute Gründe für sie gewesen, die Stelle bei den Harringtons anzutreten. Und hätte sie noch einmal die Wahl, würde sie sich sicher wieder so entscheiden!

Als Éanna nach der Messe ins Freie trat, war sie einen Moment lang wie geblendet von der Helligkeit. Der erste Schnee war gefallen und eine leuchtende weiße Decke hatte sich über die umstehenden Häuser gebreitet. Einen Augenblick lang glaubte sie, Patrick O'Briens dunklen Haarschopf plötzlich vor sich in der Menge zu sehen, die mit ihr aus der Kirche strömte. Doch gleich darauf war die gepflegte Gestalt in einer Seitenstraße verschwunden und Éanna lachte über das Hirngespinst. Wahrscheinlich hatte sie ihn einfach mit einem anderen Mann verwechselt!

Schon wollte sie sich zügigen Schrittes auf den Heimweg machen, als sie eine alte, hagere Frau bemerkte, die sich mit krummem Rücken auf einen zerkratzten Krückstock stützte und mit unsicheren kleinen Schritten langsam aus der Kirche trat. Den zögerlichen Bewegungen war anzusehen, wie groß die Angst der Frau war, auf der dünnen Schneeschicht auszurutschen und zu stürzen.

Sofort lief Éanna zu ihr hinüber. »Kann ich Euch helfen, Ma'am? Verzeiht, aber Ihr macht den Eindruck, als könntet Ihr bei dem Wetter eine stützende Hand gebrauchen.«

Die Frau, die altmodisch gekleidet war und ihre schlohweißen Haare zu einem sorgfältigen Kranz geflochten hatte, blickte Éanna überrascht aus aufmerksamen hellen Augen an. »Oh, einer so alten Frau wie mir ist nicht mehr zu helfen, mein liebes Kind. Das vermag allein der liebe Gott, indem er mich endlich zu sich ruft«, erwiderte sie mit seltsam froher, unbeschwerter Stimme. Ein Lächeln erhellte ihr faltenreiches Gesicht. »Aber bis es so weit ist, bin ich für jede irdische Hilfe von Herzen dankbar.«

»Dann begleite ich Euch gern nach Hause!« Éanna hakte sich bei der Frau unter, froh über die Ablenkung von ihren trübsinnigen Gedanken. Die paar Minuten würde man im Hause Harrington eben einmal auf sie warten müssen!

Die Angesprochene bedankte sich und nannte die Adresse ihrer Wohnung, die ganz in der Nähe lag. »Verrätst du mir auch deinen Namen, mein Kind?«, fragte sie dann. »Obwohl es wohl nicht recht ist, dich noch ›Kind‹ zu nennen, auch wenn es mir in meinem Alter so erscheinen mag. Ich hoffe, du siehst mir diese Ungezogenheit nach.«

»Ich heiße Éanna . . . Éanna Sullivan. Und ich habe nichts dagegen, dass Ihr mich so nennt.«

»Gottes Segen für deine Hilfe, Éanna Sullivan.«

Und so lernte Éanna die achtundsechzigjährige Eleanor Cox kennen, die sie von diesem Tag an jeden Sonntag vor der Messe in ihrer winzigen, aber stets ordentlichen Wohnung abholte und sie später dorthin zurückbegleitete.

Bald wurde es den beiden sogar zur Gewohnheit, dass Éanna Eleanor an ihren freien halben Tagen für eine gute Stunde besuchte, wenn Emily keine Zeit hatte, sich schon am frühen Nachmittag mit ihr zu treffen. Sie half der alten Frau dann bei der Hausarbeit und erledigte die Einkäufe für sie.

Dabei erfuhr Éanna, dass Eleanor die Witwe eines Buchhalters war, der bei einem Schiffsausrüster angestellt gewesen und schon vor mehr als einem Jahrzehnt verstorben war, und dass sie ausschließlich von ihren bescheidenen Ersparnissen lebte. Ganz selten einmal schickte ihr Sohn James, ein eingefleischter Junggeselle, ein wenig Geld aus Boston, noch viel seltener kam er zu Besuch. James arbeitete als Seemann auf einem Küstendampfer der *New England Steamship Company* namens *Lady Lennox,* die vor allem die

Route Boston–Maine befuhr und hauptsächlich Holz transportierte. Wenige Tage vor Weihnachten lernte Éanna ihn kennen – James Cox war ein grobschlächtiger und verschlossener Mann, der wenig sagte und schon bald wieder nach Boston aufbrach.

»Eine Frau in meinem Alter braucht ja nicht mehr viel, schon gar nicht zum Essen, mein Kind«, sagte Eleanor auf ihre ruhige, unbeschwerte Art, als Éanna sie wieder einmal fragte, was sie ihr an Lebensmitteln besorgen sollte. »Wenn es für die Kohlen und das Lampenöl, für etwas Suppe und Brot bis an mein Ende reicht, habe ich keinen Grund, unzufrieden zu sein. Und oft wärmen und nähren ein freundliches Wort und ein geduldiges Ohr für die langweiligen Geschichten einer alten Frau mehr als das beste Feuer und ein reich gedeckter Tisch!« Damit zwinkerte sie Éanna dankbar zu und gab ihr eine kurze Liste der Dinge, die in ihrem Haushalt zur Neige gingen.

Nach ihrem Besuch bei Eleanor schlug Éanna an den freien Sonntagen meist den Weg zu Emily in die Franklin Street ein. Die Freundin wohnte, solange Liam und Brendan nicht in New York waren, zur Untermiete bei einer Familie namens Schauermann in einem kleinen, aber gemütlich eingerichteten Zimmer.

Emily unterbrach dann ihre Näharbeit, setzte Tee auf und die beiden Mädchen berichteten einander von den Erlebnissen der letzten Woche, machten sich gegenseitig Mut und malten sich aus, wie es Brendan und Liam wohl gerade gehen mochte, von denen sie noch kein einziges Lebenszeichen erhalten hatten.

An einem dieser Nachmittage zeigte Éanna der Freundin

auch das Zeitungsinserat, das sie noch immer hütete wie einen Schatz, und erzählte ihr von dem Wunsch, an solch einem Wagentreck teilzunehmen, sowie Brendan und sie genug Geld zusammengespart hatten. Emily war sofort begeistert von dieser Idee. Doch als sie hörte, wie viel Geld man für solch ein Abenteuer benötigte, schwieg sie bedrückt. Sie hatte keine so gute Arbeit wie Éanna und so würde es vermutlich viele Jahre länger dauern, bis auch Liam und sie in den Westen aufbrechen konnten. Éanna ahnte, was in der Freundin vorging.

»Wir bleiben natürlich zusammen, Emily! Ich breche erst dann in den Westen auf, wenn du mitkommen kannst. Und dann werden wir beide Hof an Hof siedeln und unsere Kinder werden die besten Freunde, genau wie wir!«

Emilys Augen glänzten bei Éannas Worten. Bis zum späten Abend redeten und diskutierten die beiden über den geplanten Siedlertreck, über den Ort, an dem sie sich später niederlassen und das Land, das sie bewirtschaften wollten. Und darüber, wie es wohl wäre, eine Familie zu gründen. Der Gedanke daran war neu für Éanna. Es fühlte sich seltsam fremd und unwirklich an, über ein eigenes Haus, über Heirat und Kinder zu sprechen, und doch war es zugleich aufregend, mit der besten Freundin herumzufantasieren.

Eleanor schien zu merken, was in Éanna vorging. Und da sie praktisch dachte, machte sie ihrer jungen Freundin eines Sonntagnachmittags einen überraschenden Vorschlag: »Was hältst du davon, deinen Lohn nicht in der Kammer unter der Matratze oder sonst wo zu verstecken, mein Kind, sondern ihn auf ein Sparkonto einzuzahlen? Über kurz oder lang wirst du sicher mit deinem Brendan alleine wohnen wollen, wenn er wieder hier ist. Und wer weiß, wofür ihr das Geld sonst noch gebrauchen könnt. Auf der Bank ist es jedenfalls sicherer und du bekommst zudem auch noch Zinsen dafür. Auch wenn es anfangs nur ein paar Cent sind, die dir gutgeschrieben werden, so ist das doch gutes Geld, für das du nicht arbeiten musst! Geh zur *Empire Savings & Loan* auf der 12th Street und eröffne dort ein Konto!«

Und so betrat Éanna an einem Dienstagnachmittag Ende November mit klopfendem Herzen und dem Gefühl, in ihrer Dienstmädchenkleidung völlig fehl an diesem Ort zu sein, zum ersten Mal in ihrem Leben eine Bank. Doch sie merkte schnell, dass ihre Befürchtung völlig unbegründet war. Denn die Mehrzahl der Männer und Frauen, die in der großen Halle an den Schaltern standen, Einzahlungen machten oder andere wichtige Anliegen mit den Angestellten besprachen, schienen ihrem Äußeren nach ebenso einfache Leute zu sein wie sie. Und als sie wenig später mit einem Sparbuch, auf dem ein Guthaben von zwölf Dollar und vierzig Cent eingetragen war, durch den Dienstboteneingang zurück ins Haus der Harringtons eilte, platzte Éanna fast vor Stolz. Sie war von jetzt an tatsächlich die Kundin einer angesehenen Bank in New York! Wie viel war geschehen, seit man sie und ihre Mutter mit nichts als den Kleidern am Leib vor einem Jahr von ihrem kargen Stück Land vertrieben hatte!

Und es sollte noch mehr geschehen, womit Éanna nicht rechnete. Denn als der Dezember die ersten heftigen Schneefälle brachte, trat Patrick O'Brien unverhofft wieder in ihr Leben.

Vierundzwanzigstes Kapitel

Es geschah am ersten Sonntag des Monats, als Éanna um drei Uhr nachmittags aus dem Haus der Harringtons kam und sich auf den Weg machte, einige Lebensmittel für Eleanor Cox zu besorgen. Merkwürdigerweise überraschte es sie nicht im Geringsten, ihn plötzlich vor sich stehen zu sehen. Irgendwie hatte sie seit ihrem letzten Treffen immer mit dieser Begegnung gerechnet und sie – besonders seit Brendan nicht mehr in New York war und Éanna manchmal ein Gefühl furchtbarer Einsamkeit überkam – ein paar Mal sogar richtig herbeigesehnt.

»Ihr scheint ja sehr gut darüber unterrichtet zu sein, wann ich Freizeit habe, und darüber hinaus auch, zu welcher Zeit ich aus dem Haus komme, Patrick«, begrüßte sie ihn nun spöttisch, freute sich zugleich aber sehr, ihn zu sehen.

Er machte eine verlegene Geste. »Das wusste ich, bevor ich dich ermutigt habe, bei Missis Harrington vorzusprechen.«

»Kann es außerdem sein, dass ich Euch vor Kurzem in der Kirche St. Michael the Archangel an der 7th Avenue gesehen habe?«, fuhr sie fort und genoss das Gefühl, dass sie es einmal war, die ihn in Verlegenheit brachte.

»Das mag sein, denn mir gefällt diese Kirche besser als die Kathedrale, wo immer ein großer Andrang herrscht«, sagte er achselzuckend. »Zudem liegt meine Pension gar nicht so weit von St. Michael entfernt.«

Éanna, der Patrick bei ihrem letzten Treffen seine neue Adresse aufgeschrieben hatte, wusste sehr genau, wo die Pension lag – nämlich einen ordentlichen Fußmarsch oder eine zehnminütige Kutschfahrt von der 7th Avenue entfernt. Sie grinste nur und wechselte dann das Thema.

»Und wem verdanke ich nun die Ehre eines so überraschenden Wiedersehens mit Euch?«

»Meiner unverbesserlichen Neugier zu wissen, ob es dir gut geht und ob du zufrieden mit deiner Anstellung bei den Harringtons bist, Éanna.«

»Wenn man sich erst einmal daran gewöhnt hat, ein kleines Rädchen in dem fein abgestimmten Uhrwerk der Herrschaft zu sein und sich von morgens bis in die Nacht hinein sputen zu müssen, um dieses Getriebe am Laufen zu halten, lässt es sich bei ihnen aushalten«, antwortete Éanna leichthin, wurde, als sie seinen bestürzten Blick sah, jedoch schnell wieder ernst: »Nein, ich kann mich wirklich nicht beklagen, Patrick. Der Lohn ist anständig und ich komme mit Mister und Missis Harrington und auch mit den anderen Dienstmädchen gut zurecht. Wenn ich ehrlich bin, habe ich in den letzten beiden Monaten so viel Neues gelernt, wie ich es mir vorher nie hätte träumen lassen.«

»Ich bin sehr froh, dass du das sagst.« Patrick war sichtlich erleichtert. »Ich wollte mich schon viel früher bei dir erkundigen, wie dir die Arbeit gefällt, aber ich fürchtete, du könntest mich für . . . nun ja, für aufdringlich halten. Und jetzt verabschiede ich mich von dir, denn du bist sicher auf dem Weg zu deinem Freund, und ich möchte nicht, dass du meinetwegen noch einmal in Schwierigkeiten gerätst.«

Éanna schüttelte den Kopf. »Ich würde zu Fuß im Moment

wohl einige Wochen unterwegs sein, um Brendan zu Gesicht zu bekommen!« Sie hörte selbst, wie enttäuscht sie bei diesen Worten klang. Denn noch immer war weder von Brendan noch von Liam eine Nachricht in New York eingetroffen. Dabei waren seit deren Abreise mittlerweile schon anderthalb Monate vergangen und Emily und sie schwankten täglich zwischen Sorge und Wut, da sie vermuteten, dass ihre Freunde einfach zu faul oder zu müde waren, um sich bei ihnen zu melden.

Patrick zog verwundert die Augenbrauen nach oben.

Éanna, die froh über ein bisschen Abwechslung war, hatte eine Idee: »Ihr könntet mich bei einigen kleinen Besorgungen für eine alte alleinstehende Freundin begleiten, wenn das nicht unter Eurer Würde ist!«, schlug sie ihm vor. »Dann erzähle ich Euch genauer, wie es mir in der letzten Zeit ergangen ist. Und dann könnt Ihr mir auch berichten, wie weit Ihr es inzwischen mit Eurem Manuskript gebracht habt und ob Ihr schon wieder an etwas Neuem arbeitet.«

Erfreut reichte er ihr seinen Arm und sie brachen zum nächsten Lebensmittelladen auf, während Éanna erzählte, was sich in den letzten Wochen bei ihr ereignet hatte.

»So, und nun seid Ihr an der Reihe!«, erklärte sie, als die Einkäufe erledigt waren und sie sich auf den Rückweg machten. »Ich bin sicher, dass Ihr Interessanteres zu erzählen habt als ich.«

»Nun, ich denke, das kommt ganz auf den Standpunkt des Betrachters an«, erwiderte Patrick. »Aber einige erfreuliche Fortschritte habe ich in der letzten Zeit doch machen können: Ich habe mein Manuskript in der letzten Woche an einen recht renommierten New Yorker Verlag geschickt und gestern Morgen hat man mich wissen lassen, dass die Chancen auf eine Veröffentlichung gut stehen.«

»Das ist ja wunderbar, Patrick!« Éanna lächelte ihm zu. Sie freute sich, dass sein großer Traum endlich in Erfüllung zu gehen schien.

»Na ja, eine definitive Zusage habe ich ja noch nicht bekommen«, wandte Patrick ein. »Eine endgültige Entscheidung ist noch nicht getroffen worden und es sieht auch ganz so aus, als müsste ich mich noch eine ganze Weile gedulden, bis es so weit ist. Zu meinem Pech ist der Verleger nämlich vor wenigen Tagen mit seiner Familie nach Ägypten und ins Heilige Land aufgebrochen. Er wird voraussichtlich erst Ende Januar oder Anfang Februar zurück sein. Und wer weiß, wie er dann zu meinem Manuskript steht!«

»Ihr werdet sicher das Glück haben, das Ihr verdient!«, beruhigte Éanna ihn zuversichtlich. »Habt Ihr denn in der Zwischenzeit schon mit einem anderen Werk begonnen?

»Um ehrlich zu sein – nein. Denn mir fehlt noch eine zündende Idee«, gab Patrick zu. Éanna hatte, ohne es zu ahnen, seinen wunden Punkt getroffen. Denn seit seiner Ankunft in New York zerbrach er sich vergeblich den Kopf über einen interessanten Aufhänger für das zweite Buch und allmählich fürchtete er, vielleicht gar nicht in der Lage zu sein, ein solches zu schreiben. »Aber ich habe schon vor Monaten eine Arbeit gefunden, bei der ich mich weiterhin im Schreiben üben kann und die mir sowohl Freude bereitet als auch einen recht guten Verdienst einbringt«, lenkte er Éannas Aufmerksamkeit schnell auf ein anderes, wesentlich angenehmeres Thema und erzählte ihr mit wachsender Begeisterung von seinen Rezensionsaufträgen.

»Ihr besprecht die Bücher von anderen Autoren?«, unterbrach sie ihn freudig überrascht und war in diesem Moment so stolz auf ihn, als wäre sein Leben noch immer eng mit ihrem verbunden. »Sind denn bereits Besprechungen von Euch in diesem Magazin erschienen?«

»Ja, in den beiden letzten Ausgaben der *Literary World*. Wenn es dich interessiert, bringe ich sie dir gelegentlich einmal vorbei«, schlug er vor. In seinen Augen las sie zugleich die unausgesprochene Frage, ob sie es ihm erlaubte, sie in den nächsten Wochen erneut zu besuchen.

»Gern!«, erwiderte Éanna, ohne zu zögern, und spürte, wie sehr sie sich darauf freute, eine Buchbesprechung von Patrick zu lesen – und auch, ihn bald wiederzusehen. Einer spontanen Eingebung folgend, holte sie die Zeitungsanzeige aus ihrem Beutel und zeigte sie ihm. »Hier, seht! Dafür arbeite *ich* jetzt, Patrick! Im Westen gibt es Hunderte Morgen freies Land, das auf mutige Siedler wartet. Was würde ich dafür geben, im April mit diesem Treck aufbrechen zu können! Aber Brendan ist sicher, dass es auch in den nächsten Jahren noch genug andere Trecks geben wird, wenn wir erst das Geld dafür zusammengespart haben.«

Aufmerksam studierte Patrick die Anzeige. »Ein Wagentreck nach Westen durch nicht annähernd erforschte Gebiete und vermutlich sogar Indianerland . . . was für ein Abenteuer! Das wäre doch einmal eine Geschichte, die es sich lohnt zu erzählen!« Seine Stimme klang immer begeisterter. »Auf so einem Treck könnte man bestimmt eine Menge Material sammeln . . . und hinterher würde man dann etwas schreiben, was die Menschen hier in Amerika mehr interessiert als die Hungersnot in unserer Heimat. Eine großartige Idee!« Er lachte. »Und wer ist es, der mich mit der Nase darauf stößt! Mal wieder du, Éanna!«

Éanna schüttelte den Kopf. »Das stimmt ja wohl nicht ganz«, widersprach sie. »Ihr hattet doch schon mit Eurem Buch in Irland begonnen, bevor wir uns begegnet sind.«

»Ja schon, aber ich hatte mich zu diesem Zeitpunkt in eine Idee verrannt, die nichts taugte, und kam mit meinem Manuskript nicht mehr weiter!«, erinnerte er sie. »Du hast mir damals die Augen dafür geöffnet, wie man eine Geschichte über die große Hungersnot erzählen muss. Erst dadurch ist der Text wirklich lebendig und lesenswert geworden!«

Éanna zuckte die Achseln und steckte die Anzeige wieder ein. »Das kann schon sein, aber geschrieben habt letztlich Ihr dieses Buch, wenn mich nicht alles täuscht. Und jetzt muss ich mich leider von Euch verabschieden, denn Missis Cox wird sicher schon auf mich warten. Und dann will ich auch noch Emily besuchen!«

Zwei Wochen später, nur wenige Tage vor Weihnachten, wartete Patrick erneut wie selbstverständlich vor dem Haus der Harringtons auf Éanna, die ihn fröhlich begrüßte. Er führte sie in eine Gaststube ganz in der Nähe und wieder sprachen sie lange und voller Begeisterung über den Siedlertreck, der im Frühjahr von Independence aus zu seiner langen Reise an die Westküste aufbrechen sollte.

Und Patrick brachte ihr an diesem Tag nicht nur wie versprochen die beiden Magazine mit, sondern überredete Éanna auch, im Anschluss an ihren Gasthausbesuch gemeinsam mit ihm in einem Theater auf der Bowery Street eine Marionettenvorstellung anzuschauen. Éanna, die neugierig war, zögerte nicht lange.

Die Aufführung gefiel ihr sehr. Noch nie hatte sie so etwas Kunstvolles und Aufregendes gesehen wie dieses Miniaturschauspiel. Wie unglaublich lebensecht die Marionetten in ihren herrlichen Kostümen wirkten und wie liebevoll und detailliert die Kulisse gestaltet war! Mit großen Augen verfolgte Éanna das Schauspiel und merkte dabei gar nicht, wie schnell die Zeit verstrich. Anderthalb Stunden lang vergaß sie ihre mühselige Arbeit als Dienstmädchen völlig.

Als Patrick sie nach der Vorstellung in die Franklin Street begleitete, wo Éanna Emily besuchen und ihr ein Weihnachtsgeschenk – einen schönen dicken Wollschal und ein Paar warme Handschuhe – bringen wollte, zog er zum Abschied plötzlich ein kleines Päckchen aus seiner Manteltasche.

»Aber Ihr habt mir doch heute schon ein so wunderschönes Geschenk gemacht!«, wehrte sie verlegen ab, als er ihr das in Seidenpapier eingeschlagene Paket in die Hand drückte.

»Morgen ist Heiligabend, Éanna, und da macht man doch Menschen, die einem am Herzen liegen, ein kleines Geschenk«, erwiderte er. »Mehr ist es auch nicht. Und nun mach es auf und sieh nach, ob es dir gefällt!«

Zögernd wickelte sie die Schachtel aus dem Schmuckpapier und öffnete den Deckel. Was sie sah, überraschte sie völlig: Auf rotem Samt lag eine Kamee*, die an einem runden schwarzen Lederband hing. Der ovale Anhänger, etwas größer als ein Silberdollar, bestand aus einem cremeweißen Material, das Elfenbein sein musste und in das in unglaublich feiner Schnitzarbeit das Bild eines vierblättrigen

* Schmuckstein mit dem herausgeschnittenen Relief eines Bildes

Kleeblattes, umrankt von winzigen Rosenknospen, gearbeitet war.

»Ihr müsst von Sinnen sein, Patrick!«, stieß Éanna fast erschrocken hervor. »So etwas Kostbares kann ich nicht von Euch annehmen! Unmöglich! Das müsst Ihr wieder dorthin zurückbringen, wo Ihr es gekauft habt!« Schnell schloss sie die Schachtel wieder und hielt sie ihm entgegen.

»Du musst es annehmen, Éanna! Es ist gar nicht so kostbar, wie es aussieht!«, versicherte er hastig und schob ihre Hände zurück. »Außerdem kann ich es gar nicht mehr zurückgeben, selbst wenn ich es wollte. Denn diese Kamee ist nicht aus Elfenbein gearbeitet, wie es den Anschein hat, sondern aus einem Stück Walknochen. Ich habe sie einem Matrosen im Hafen abgekauft, der sich auf seinen langen Fahrten die Zeit mit solchen Schnitzarbeiten vertreibt. Die Kamee war also wirklich nicht teuer, darauf gebe ich dir mein Wort! Aber ich wollte sie dir so gerne schenken. Gefällt sie dir denn gar nicht?«

»Natürlich gefällt sie mir! Sehr sogar! Aber das geht wirklich nicht, Patrick!«, wehrte Éanna erneut ab, diesmal jedoch weniger heftig als zuvor.

»Aber natürlich geht das! Es ist doch Weihnachten, Éanna, und ich habe sonst niemanden, dem ich heute eine Freude machen könnte!« Ernst blickte er sie an. »Die Kamee soll dich immer an unsere Heimat erinnern. Bitte nimm sie an! Damit würdest du mir eine viel größere Freude bereiten als ich dir!«

Éanna rang noch eine Weile mit sich, dann gab sie seinem Drängen nach. Die Kamee war einfach zu schön. Und bis Brendan zurück war, wüsste sie sicher auch, wie sie ihm die

Herkunft des Schmuckes erklären könnte, ohne dass er gleich eifersüchtig wurde.

Patrick strahlte vor Freude. »Frohe Weihnachten, Éanna!«

»Ja, Euch auch, Patrick«, erwiderte sie bewegt.

Als sie wenig später in Emilys kleinem Zimmer saß, beseitigte die Freundin ihre letzten Zweifel.

»Du hast recht daran getan, die Kamee anzunehmen, Éanna. Wenn Patrick so viel daran liegt, dir diese Freude zu machen, dann wäre es wirklich undankbar und hartherzig von dir gewesen, sein Geschenk zurückzuweisen. Außerdem . . .« Emily zögerte weiterzusprechen.

»Außerdem was?«

»Außerdem hätte Brendan es wirklich verdient, dass du ihn bei seiner Rückkehr dorthin schickst, wo der Pfeffer wächst! Und Liam kann er dann gleich mitnehmen!«, fuhr Emily grimmig fort. »Nicht eine Zeile haben sie uns bis heute geschrieben! Dabei wissen sie doch genau, dass wir an sie denken und uns Sorgen um sie machen! Wir wissen ja noch nicht einmal, ob sie auch gut in den Eisenbahncamps eingetroffen sind. Wenigstens ihre Adresse und ein paar Zeilen hätten sie uns doch schicken können! Aber nein, nichts lassen sie von sich hören, überhaupt nichts. Wenn Liam zurückkommt, wird er was zu hören bekommen, darauf kannst du Gift nehmen!«

Éanna nickte. »Brendan auch!«

»Ach Éanna, denkst du nicht manchmal daran, wie es dir heute gehen würde, wenn du dich damals auf der Überfahrt nach Amerika nicht wieder mit Brendan versöhnt, sondern stattdessen Mister O'Brien eine Chance gegeben hättest? Ich glaube, ich habe noch nie einen Mann gesehen, der eine

Frau so sehr anhimmelt wie er dich. Und das, obwohl du ihn zurückgewiesen hast. Ich bin mir sicher, dass er dich auf Händen tragen würde, wenn du ihn nur ließest.«

Éanna funkelte die Freundin wütend an: »Nein, Emily, darüber denke ich nicht nach. Und ich will jetzt auch nicht weiter mit dir über dieses unsinnige Thema sprechen. Der Mann, der mich auf Händen trägt, wird Brendan sein, nicht Patrick O'Brien!«

Emily schwieg. Sie wusste nicht, ob sie sich für Éanna wünschen sollte, dass sich ihre Worte bewahrheiteten oder nicht.

Fünfundzwanzigstes Kapitel

Die letzten Tage des alten Jahres verstrichen und dann auch die eisigen Wochen des Januars, ohne dass die Mädchen etwas von ihren Freunden hörten. Und längst überwog ihre Furcht davor, dass den beiden in der Fremde etwas zugestoßen sein könnte, den Groll. Auch der Februar kam und ging und noch immer war nicht ein einziges Lebenszeichen von Brendan und Liam eingetroffen.

Doch dann, am ersten Märzsonntag, einem eisigen, windigen Tag, stand Brendan plötzlich in abgerissener Kleidung und etwas muskulöser als früher mit einem breiten Grinsen im Gesicht und weit geöffneten Armen vor Éanna, als sie gerade aus dem Haus kam, um erst Eleanor und dann Emily zu besuchen.

»Brendan?«, fragte sie ungläubig, lief dann mit einem Freudenschrei auf ihn zu und ließ sich von ihm auffangen. »Du bist zurück! Endlich!« All der Ärger und die Sorgen der letzten Wochen waren vergessen, als er sie nun vor dem Anwesen der Harringtons küsste. Und es war ihr in diesem Moment völlig egal, wer sie dabei beobachtete.

Er lachte stolz und drückte sie an sich. »Die müden, aber tapferen Krieger sind heimgekehrt. Wenn du nur wüsstest, wie du mir gefehlt hast!«

Als sie sich Minuten später voneinander lösten, holte er eine prall gefüllte Börse aus seiner Manteltasche und hielt sie ihr entgegen.

»Jetzt rate mal, wie viel Geld ich nach Hause bringe?« Éanna kam gar nicht dazu, eine Antwort zu geben, denn Brendan sprach schon weiter: »Hundertachtzehn Dollar und sechzig Cent! Liam hat fast genauso viel gespart. Na, was sagst du nun? Das hat sich doch wirklich gelohnt, oder? Und wenn diese Halsabschneider im Camp uns nicht gezwungen hätten, im Geschäft der Eisenbahngesellschaft einzukaufen, wären es jetzt sicher noch zehn Dollar mehr!«

Éanna war beeindruckt. Hundertachtzehn Dollar! Was für eine gewaltige Summe! Das war ja mehr, als sie in anderthalb Jahren an Lohn erhielt und auf die Bank tragen konnte.

Sie brannte darauf, ihm von ihrem Sparbuch zu erzählen, kam jedoch erst einmal nicht zu Wort. Denn Brendan war nicht zu halten. Auf dem Weg zu *Kelly's Cosy Kitchen* berichtete er ihr von den Wochen seiner Abwesenheit: von der Arbeit an der Eisenbahnstrecke, den üblen Zuständen in den Camps und den Schlägereien, die es zwischen den einzelnen Arbeitskolonnen der Polen, Engländer, Iren und Deutschen immer wieder gegeben hatte. Und wie viele Zugpferde beim gnadenlosen Transport von Erde und Baumaterialien täglich entkräftet zusammengebrochen und vom Aufseher einfach auf der Stelle erschossen worden waren!

Éanna erschrak über Brendans lebhafte Schilderungen. Sie hatte nicht geahnt, wie hart und gewaltsam sein Leben in den letzten Monaten gewesen war, und es erschien ihr nun umso mehr wie ein Wunder, dass er gemeinsam mit Liam so lange durchgehalten hatte und heil nach New York zurückgekehrt war.

Als die erste Freude über ihr Wiedersehen schließlich verebbt war, Brendan bei *Kelly's* allmählich zur Ruhe kam und Éanna Gelegenheit fand, mehr als nur ein erschrockenes »Um Gottes willen!« oder eine kurze Nachfrage von sich zu geben, sprach sie doch an, was sie in den letzten Monaten so bedrückt hatte.

»Warum habt ihr denn nie geschrieben?«, wollte sie wissen und bemühte sich, ihre Enttäuschung nicht ganz so deutlich zu zeigen, wie Emily und sie es sich eigentlich vorgenommen hatten. »Du hattest es mir doch fest versprochen!«

»Ich hatte dir versprochen, dass ich es *versuchen* würde!«, korrigierte Brendan sie rasch, als hätte er schon mit diesem Vorwurf gerechnet und sich bereits genau überlegt, wie er sich herausreden konnte.

»Was soll das denn heißen? Ihr habt doch bestimmt sonntags nicht arbeiten müssen, oder? Sag bloß, du hattest nicht genug Zeit, mir alle paar Wochen einen kurzen Brief zu schreiben?« Noch immer war Éanna entschlossen, ihm die Standpauke zu ersparen, die sie sich in Gedanken in den letzten Wochen so oft zurechtgelegt hatte. »Und erzähl mir jetzt nicht, dass du nicht schreiben kannst! Denn ich weiß genau, dass du dazu sehr wohl in der Lage bist!«

»Éanna, ich habe es nun mal nicht mit diesem gelehrten Zeugs!«, brummte er entnervt.

»Ich habe wirklich keine gelehrten Abhandlungen von dir erwartet, sondern einfach nur ein Lebenszeichen und ein paar liebe Worte. Die Nachricht, dass es dir gut geht, hätte mir völlig gereicht!« Nun war sie doch richtig verärgert. »Nur ein paar Zeilen, Brendan, und alles wäre in Ordnung gewesen.«

»So, in Ordnung! Na, da gibst du mir ja gleich das richtige Stichwort!«, brauste er auf und sein Gesicht nahm einen argwöhnischen Ausdruck an. »Vielleicht erzählst du mir jetzt einmal, was in meiner Abwesenheit hier passiert ist. Ich wüsste zum Beispiel zu gerne, warum dieser Lackaffe O'Brien vorhin vor dem Haus an der Straßenecke stand! Wird schon seinen Grund gehabt haben, warum er sich so schnell davongemacht hat, als er mich kommen sah, oder?«

»Gar nichts ist passiert!«, erwiderte sie erbost. »Ich habe einfach manchmal sonntags ein paar Stunden mit ihm verbracht! So wie man eben mit guten Freunden Zeit verbringt. Ich war froh, dass ich jemanden treffen konnte, den ich kannte und der mich ein bisschen von meiner Sorge um dich abgelenkt hat. Und dabei habe ich nichts getan, dessen ich mich schämen oder was ich dir beichten müsste!«

»Was du nicht sagst!«

»Und damit wir jetzt gleich ein für alle Mal in dieser Angelegenheit reinen Tisch machen, will ich dir etwas sagen, Brendan Flynn! Ich will nie wieder aus deinem Mund ein schlechtes Wort über Patrick O'Brien hören – weder *Lackaffe* noch *Dandy* noch *aufgeblasener Pinsel* oder sonst irgendetwas anderes Abfälliges!« Sie fauchte ihn wütend an, wie eine Katze, die ihre Krallen ausgefahren hatte und bereit zum Angriffssprung war. »Ich bin es nämlich leid, mir diese Beleidigungen weiter anzuhören. Patrick bedeutet mir viel, aber eben nur als ein guter und treuer Freund, das habe ich dir schon so oft erklärt. Er hat nicht nur meine Dankbarkeit und meine Aufmerksamkeit verdient, sondern auch deine, auch wenn du das gar nicht gerne hörst! Ich denke nicht daran, meine Freundschaft mit ihm zu verleugnen, nur weil du einen völlig unbegründeten Groll gegen ihn hegst und aus irgendwelchen schwachsinnigen Gründen glaubst, ich könnte dir untreu werden! Ich sage dir jetzt etwas, Brendan: Wenn ich dir eines Tages untreu werden sollte, dann bist du es selbst und kein anderer, der mich dazu treibt! Und wenn du das nicht endlich begreifst, dann kannst du jetzt aufstehen, deine hundertachtzehn Dollar nehmen und verschwinden! Und zwar für immer. Dann lass dich ja nie wieder in meiner Nähe blicken!«

Brendan war blass geworden und brauchte einige Sekunden, um seine Fassung wiederzugewinnen. »Verdammt noch mal, was regst du dich denn so auf?«, fluchte er, fügte dann jedoch schon wesentlich kleinlauter hinzu: »Man wird doch wohl noch mal fragen dürfen, Éanna.«

»Nein. Diese Fragen habe ich so satt!«, entgegnete sie hart. »Denn du kennst die Antworten darauf längst. Und ich will und werde mir deine Vorwürfe nicht länger anhören. Und das ist mein letztes Wort dazu. Also entscheide dich, wie es mit uns weitergehen soll!«

Brendan schwieg einen Augenblick. Dann sagte er ernst: »Also gut, ich gewöhne mir in Zukunft ab, so von Patrick O'Brien zu sprechen. Aber wenn er mir die wenige Zeit klaut, die ich alle paar Wochen mit dir habe, werde ich sauer. Und das ist *mein* letztes Wort!«

Éanna fiel ein Stein vom Herzen. »Das wird nicht passieren, Brendan. Denn ich will die wenigen freien Stunden, die ich habe, ja auch nur mit dir verbringen.«

»Dann ist jetzt wieder alles gut zwischen uns?« Er sah sie wie ein kleiner Junge an, der etwas ausgeheckt hatte.

Es rührte ihr das Herz und sie lächelte. »Ja, das ist es.«

»Dann lass uns jetzt zu Emily und Liam gehen. Ich kann wirklich nur hoffen, dass Emily etwas sanftmütiger mit Liam umgegangen ist als du mit mir. Sie war doch bestimmt genauso sauer auf ihn wie du auf mich, weil auch er nicht geschrieben hat!«

»Worauf du dich verlassen kannst. Und ich weiß nicht, wer von euch beiden heute besser davongekommen ist! Ich vermute fast, dass du der Glückliche bist!«

Brendan hob spöttisch die Augenbrauen. »Also mit euch beiden haben wir uns wirklich zwei ganz schön widerspenstige Biester ausgesucht, die einem das Leben nicht gerade leicht machen.«

Éanna legte mit einem zufriedenen Seufzer die Arme um ihren unmöglichen Freund. »Besser hätte ich Liam und dich nicht beschreiben können!«

Sechsundzwanzigstes Kapitel

Eine Woche später starb Eleanor. Sie schlief einfach abends ein und wachte am nächsten Morgen nicht wieder auf. Éanna erfuhr die traurige Nachricht von ihrem Sohn.

Am Tag der Beerdigung, für die Miss Harrington Éanna ausnahmsweise freigestellt hatte, war es eisig kalt und regnete in Strömen. Außer James Cox und Éanna waren nur zwei von Eleanors früheren Nachbarn und einige alte Frauen gekommen, die Éanna noch nie gesehen hatte und die jedem Begräbnis beizuwohnen schienen, ganz gleich, wer eigentlich gestorben war. Der Sarg bestand aus billigem, dünnem Fichtenholz und der anglikanische Priester hatte es sichtlich eilig, die Zeremonie möglichst rasch hinter sich zu bringen. Als sich die kümmerliche Trauergemeinde aufgelöst hatte, stand Éanna noch eine ganze Weile allein vor dem frisch aufgeschütteten Grab. Tränen liefen ihr über das Gesicht und sie nahm sich vor, Eleanor an ihren freien Sonntagen weiterhin ab und zu zu besuchen. Sie wusste, dass sie die Freundin, die in diesem Winter so unvermutet in ihr Leben geschneit war, nie vergessen würde.

Eine Woche später, als sie gerade die Betten von Liz und Daphne neu bezog, stand plötzlich Miss Forsyth unvermittelt im Raum. »Komm nach unten in den Salon!«, kommandierte die Haushälterin und fixierte Éanna scharf. »Ein Mister Kenneth Gallagher möchte dich sprechen! Er hat sich als Anwalt vorgestellt!«

»Ich kenne keinen Mister Gallagher!«, entgegnete Éanna, der sofort mulmig zumute war. »Und schon gar keinen Anwalt!«

»Er steht aber unten im Salon und verlangt, dich zu sprechen!«, fauchte Miss Forsyth ungeduldig. »Ich hoffe für dich, dass du nicht irgendetwas angestellt hast, was dich vor Gericht und dieses Haus in Verruf bringt! Denn wenn dem so ist, kannst du noch heute dein Bündel packen. Und jetzt beweg dich gefälligst und hör auf, so zu tun, als wüsstest du nicht, warum dieser Mann ausgerechnet nach dir gefragt hat!«

Tief beunruhigt eilte Éanna nach unten. Miss Forsyth, die sich kein Wort des Gespräches zwischen der irischen Dienstmagd und dem vornehm aussehenden Herrn entgehen lassen wollte, folgte ihr dicht auf den Fersen.

Mister Gallagher war ein gut aussehender und dezent, aber teuer gekleideter schlanker Mann Mitte dreißig, der sich Éanna freundlich als Anwalt und Vertreter der Kanzlei *Gallagher & Sons* vorstellte.

»Ich darf wohl annehmen, dass ich es bei Euch mit Miss Éanna Sullivan aus Galway zu tun habe, richtig?«, erkundigte er sich mit förmlicher Höflichkeit.

»Ja, so viel steht einmal fest! Das hier ist das Zimmermädchen Éanna Sullivan!«, sagte die Haushälterin im scharfen Tonfall einer Anklägerin.

Éanna nickte nur beklommen.

»Nun, dann habe ich als Anwalt unserer Kanzlei, der die Testamentsvollstreckung von Missis Eleanor Cox obliegt, einerseits die traurige Pflicht, Euch mein Beileid auszusprechen, andererseits möchte ich Euch über den Geldbetrag in Kenntnis setzen, den Missis Cox Euch in ihrem Testament zugedacht hat«, erklärte Mister Gallagher umständlich. »Und das ist die doch recht beachtliche Summe von zweihundertfünfzig Dollar!«

Miss Forsyth zog scharf die Luft ein.

Ungläubig sah Éanna den Anwalt an. »So viel Geld? Aber das kann gar nicht sein. Sie war doch so eine arme Frau!« Nie hatte Eleanor Cox mehr als anderthalb Dollar in kleinen Münzen in ihrer Geldbörse gehabt, wenn sie Éanna Geld für ihre Einkäufe gegeben hatte. Und jetzt sollte sie ihr auf einmal zweihundertfünfzig Dollar vererbt haben? Und warum ihr, Éanna, warum nicht ihrem Sohn?

»Missis Cox war zwar äußerst sparsam, jedoch nicht arm«, stellte der Anwalt richtig, zog eine schmale Ledertasche unter seinem Arm hervor, klappte sie auf und brachte ein Holzkästchen mit Schreibutensilien, ein verschraubbares Tintenfass, einen Scheck und ein sehr offiziell wirkendes Schriftstück zum Vorschein. »Wenn Ihr jetzt so freundlich wärt, auf diesem Beleg den Empfang des Geldes zu bestätigen? Den Scheck könnt Ihr bei der Hausbank unserer Kanzlei jederzeit einlösen.«

»Mach dein Zeichen und ich beglaubige deine Unterschrift!«, schaltete sich Miss Forsyth, der es einen Augenblick lang die Sprache verschlagen hatte, erneut in das Gespräch ein und trat grimmig einen Schritt vor.

»Das ist nicht nötig, Miss Forsyth, denn ich kann sehr wohl schreiben!«, erwiderte Éanna, setzte ihre Unterschrift unter die Empfangsbestätigung und nahm wie in Trance den Scheck von Mister Gallagher entgegen.

Dieser räumte seine Sachen rasch wieder zusammen, wünschte den beiden Damen noch einen guten Tag und ließ sich dann von der Haushälterin zur Tür bringen.

Als diese zurückkam, war ihren Worten deutlich anzumerken, was sie von dem Vorfall hielt, dessen Zeugin sie gerade geworden war: »So, jetzt hältst du dich wohl für reich, was? Und sicher willst du auf der Stelle kündigen, nicht wahr? Aber warte nur ab! Wie ich euch leichtlebige Dinger kenne, wird von dem ganzen Geld schon bald nichts mehr übrig sein, vermutlich ist es im Handumdrehen für Kleider und anderen Tand verplempert oder in Bars und Kneipen mit Männern durchgebracht!«

»Mich kennt ihr nicht, Miss Forsyth«, erwiderte Éanna zornig. »Ich habe nicht die Absicht zu kündigen. Und das Geld werde ich erst einmal auf mein Sparkonto einzahlen.«

»So?« Der Haushälterin schien diese Antwort noch viel weniger recht zu sein. Die Lippen fest aufeinandergepresst, musterte sie Éanna von oben bis unten. »Das werden wir ja sehen, wie lange du etwas von dem Geld hast. Aber glaub ja nicht, dass du von nun an etwas Besseres bist als das übrige Personal hier. Denk nicht, du müsstest jetzt nicht mehr genauso hart arbeiten wie jedes andere Dienstmädchen im Haushalt. Nur weil du einer alten Frau, die wahrscheinlich einfach zu verwirrt war, um zu wissen, was sie tat, so viel Geld abgeluchst hast, mit Gott weiß was für raffinierten Einflüsterungen! Und lass dich bloß nicht von mir dabei erwischen, dass du diese zweifelhafte Geschichte unter dem Personal herumtratschst und dich damit wichtig machst! Denn ich verspreche dir, dann werde ich persönlich dafür sorgen, dass du schneller auf der

Straße stehst, als du das Vaterunser herunterbeten kannst! Und jetzt mach, dass du wieder an deine Arbeit kommst. Diese ganze anrüchige Sache hat schon viel zu viel Zeit gekostet!«

Éanna nahm die gehässigen Worte gar nicht richtig wahr. Viel zu groß war der Schock, unter dem sie seit Mister Gallaghers Erscheinen stand.

Doch sie dachte den ganzen Tag lang über die Sache nach. Sie erinnerte sich daran, dass Eleanor keine sehr gute Meinung von ihrem Sohn gehabt hatte.

Hatte sie sich nicht sogar mehrmals darüber beklagt, dass James sich nicht ernsthaft genug darum bemühte, eine kleine Wohnung für sie in seiner Nähe zu suchen? Aber egal, wie zerrüttet das Verhältnis zwischen Mutter und Sohn auch gewesen sein mochte, war es doch nicht richtig von ihr, nun Geld anzunehmen, dass eigentlich James Cox zugestanden hätte. Und so kam Éanna nach langem Ringen mit sich selbst zu dem Schluss, dass Eleanor ihrem Sohn ihr mühsam zusammengespartes Geld vorenthalten hatte und dass sie Kontakt zu ihm aufnehmen musste.

Deshalb lieh sie sich nach der Arbeit von der Köchin Amelia, die in regelmäßigem Briefkontakt mit ihrer Schwester in Philadelphia stand, einen Schreibblock, Briefumschlag und Stifte aus und setzte ein kurzes Schreiben an James Cox auf. Dann adressierte sie den Brief an die *New England Steamship Company* in Boston, zu Händen des Seemanns James Cox von der *Lady Lennox* und gab ihn am nächsten Morgen in der Post auf.

Gespannt und ohne ein Wort über die Erbschaft gegenüber Brendan zu verlieren, wartete sie auf Antwort. Gut eine Woche später, an einem Freitagvormittag, erreichte sie ein Brief aus Boston. Darin teilte James Cox ihr in ungelenker Handschrift mit, dass es sich bei dem angeblichen Erbe seiner Mutter zweifellos um einen Irrtum der Kanzlei handeln müsse. Denn er wisse mit Sicherheit, dass seine Mutter eine solche Summe nie besessen habe. Eleanor war zwar Kundin bei der *Empire Savings & Loan* gewesen, doch das einzige Konto, das sie dort besessen hatte, hatte ihr Sohn kurz nach ihrem Tod aufgelöst – siebenundzwanzig Dollar und zehn Cent waren darauf eingezahlt worden. Zum Schluss riet James ihr, sich unverzüglich mit den Anwälten der Kanzlei in Verbindung zu setzen, bevor der rechtmäßige Erbe den Irrtum bemerken und rechtliche Schritte gegen sie einleiten würde, die unangenehme Folgen für sie haben könnten.

Nachdem Éanna von Missis Harrington unter der Auflage, die versäumte Arbeitszeit am kommenden Sonntag nachzuholen, die Erlaubnis erbeten hatte, das Haus am Mittag kurz zu verlassen, lief sie noch am selben Tag zur Kanzlei *Gallagher & Sons*, die in der Nähe der pompösen Astor-Oper mit ihren hohen Säulenkolonnaden lag. Dort eingetroffen, ließ sie sich unverzüglich in das Büro von Mister Kenneth Gallagher führen.

Verwundert blickte er ihr entgegen, als sie ins Zimmer eilte und dabei atemlos rief: »Mister Gallagher, das Geld, das angeblich zum Erbe von Missis Cox gehört und das Ihr mir erst letzte Woche übergeben habt, steht mir nicht zu!« Rasch holte sie James Cox' Brief hervor und hielt ihn dem Anwalt hin. »Ihr müsst den Scheck also unverzüglich zurücknehmen und mir bestätigen, dass ich ihn Euch zurückgegeben habe! Denn ich will nicht, dass der rechtmäßige Besitzer schlecht von mir denkt!«

Kenneth Gallagher sah sie ruhig an, stand dann auf und kratzte sich verlegen am Kinn. »Nun, mit dem Geld hat es schon seine Richtigkeit, Miss Sullivan. Es ist für Euch und niemand sonst bestimmt ... Auch wenn ich nun wohl zugeben muss, dass es stimmt: Das Geld stammt nicht aus der Hinterlassenschaft der verstorbenen Missis Cox.«

»Was? Aber von wem stammt es denn dann?«

Mister Gallagher druckste herum. »Nun, das ist eine etwas prekäre Situation. Denn meine Schweigepflicht erlaubt es mir eigentlich nicht, Euch nähere Auskünfte darüber zu erteilen, wer mich mit der Auszahlung dieser Summe beauftragt hat.«

Éanna glaubte, ihren Ohren nicht zu trauen. Plötzlich hatte sie eine Idee, die eigentlich viel zu absurd war, um wahr zu sein. Und doch – ihr fiel nur eine einzige Person ein, die verrückt genug war, ihr so viel Geld unter dem Deckmantel einer angeblichen Erbschaft zukommen zu lassen.

»Ist es Euch als Anwalt denn erlaubt, mir eine Erbschaft vorzuschwindeln?«, fragte sie nun kühner. Sie musste unbedingt herausfinden, ob ihr Verdacht sich bestätigte.

Der Anwalt errötete leicht. »Nun ja, da befinden wir uns natürlich auf recht unsicherem juristischem Boden«, räumte er widerstrebend ein. »Aber da es sich bei dieser Transaktion nicht um eine Täuschung oder um Betrug zu Eurem Nachteil handelt ... nun ja, sondern vielmehr lediglich um eine wohl entschuldbare Verschleierung der Person, die Euch ...«

»Handelt es sich bei dieser Person vielleicht um Mister Patrick O'Brien?«, fiel Éanna ihm ins Wort.

Kenneth Gallagher räusperte sich. »Lasst es mich so sagen, Miss Sullivan: Der Name ist mir im Zusammenhang mit dieser Angelegenheit nicht unbekannt. Ich habe tatsächlich einen Gentleman mit ebendiesem Namen kürzlich erzählen hören, dass er vor nicht allzu langer Zeit einen Buchvertrag unterschrieben habe und es nun für angemessen halte, die Hälfte seines Vorschusses mit einer gewissen Dame zu teilen, die am Zustandekommen des Manuskriptes, wie er sagte, einen entscheidenden Anteil hatte. Und wie ich seinen Äußerungen außerdem noch entnehmen konnte, ist er unter keinen Umständen gewillt, den Scheck zurückzunehmen. Eher würde er ihn zerreißen, ließ er verlauten. Er gab zudem auch bereits Anweisungen für die Verwendung des Geldes: Es sei für einen gewissen Wagentreck bestimmt, meine ich, mich zu erinnern. So, ich glaube, damit dürfte genug gesagt sein. Und ich möchte Euch zuletzt noch darauf hinweisen, dass Ihr den Namen dieses Gentlemans nicht aus meinem Mund gehört habt!«

Éanna nickte und konnte sich, trotz ihrer Empörung, ein Lächeln nicht verkneifen. Sie hatte es doch gewusst! »Ich danke Euch für die Auskunft. Das ist alles, was ich wissen wollte«, sagte sie, steckte den Scheck wieder ein und machte sich umgehend zu der Pension auf den Weg, in der Patrick wohnte. Doch zu ihrer Enttäuschung teilte die Wirtin ihr dort mit, dass Mister O'Brien das Haus bereits vor einer guten Stunde verlassen habe und sie nicht wisse, wann mit seiner Rückkehr zu rechnen sei.

Auch am Sonntagnachmittag hatte Éanna Pech, wieder war Patrick außer Haus. Als sie wenig später in der kleinen Wohnung von Brendan, Emily und Liam eintraf, in die die drei vor ein paar Tagen gezogen waren, erzählte sie ihnen von den zweihundertfünfzig Dollar, gab aber wohlweislich vor, das Geld von Eleanor Cox geerbt zu haben.

Brendan tanzte vor Freude mit ihr im Zimmer auf und ab, als er die Neuigkeit erfuhr. »Du hast zweihundertfünfzig Dollar von dieser alten Witwe geerbt? Das ist ja nicht zu fassen, Éanna! Dann haben wir ja jetzt doch noch rechtzeitig genug Geld zusammen, um Mitte April an dem Wagentreck nach Westen teilzunehmen!«

Sofort zählten die vier ihre Ersparnisse zusammen. »Für euch beide allein wird es reichen«, dämpfte Liam wenig später die allgemeine Begeisterung. »Aber für vier Erwachsene wird es wohl doch zu knapp, wenn man bedenkt, was man alles braucht, um eine so lange Zeit unterwegs zu sein. Aber natürlich nehmen Emily und ich es euch nicht übel, wenn ihr euch im April ohne uns auf den Weg nach Independence machen wollt.«

Emily nickte und schenkte Éanna ein tapferes Lächeln. »Ja. Und irgendwann kommen wir dann auch nach.«

»Das kommt ja gar nicht infrage!«, entgegnete Éanna energisch. »Wir ziehen gemeinsam los, auch wenn es noch etwas dauern wird! Das habe ich dir doch versprochen, Emily! Und dabei bleibt es auch! Wir vier bleiben zusammen und das ist mein letztes Wort!«

Brendan war davon weniger überzeugt als sie, wie sich kurz darauf herausstellte, als er Éanna zum Haus der Harringtons zurückbegleitete. Sie ärgerte sich über ihren Freund.

»Ich denke nicht daran, mein Wort zu brechen und Emily und Liam in New York zurückzulassen! Und du solltest dich schämen, so etwas auch nur in Erwägung zu ziehen, Brendan!«, hielt sie ihm vor. »Liam ist dein bester Freund und hat dir schon oft geholfen, wenn es nötig war, und Emily ist meine beste Freundin. Wenn wir uns nicht alle vier dem Treck nach Westen anschließen können, dann müssen wir uns eben noch etwas gedulden, bis es so weit ist!«

»War ja auch nur so ein Gedanke«, brummte Brendan, der sich nun selbst ein bisschen schämte. »Natürlich ist es mir auch lieber, wenn Liam und Emily dabei sind. Aber vielleicht reichen unsere Ersparnisse ja doch schon jetzt aus.«

Skeptisch sah Éanna ihn an. Sie hatte keinen größeren Wunsch, als bereits Mitte April zu der Gruppe zu gehören, die mit Nathan Palmer und seinem Armeescout nach Westen zog. Aber sie wusste auch, dass es gefährlich war, die Dinge zu überstürzen und mit zu wenig Geld auf solch eine lange Reise zu gehen.

»Meinst du wirklich?«

Er nickte heftig. »Na klar! Du weißt doch auch, mit wie wenig Geld wir auskommen können, wenn es nötig ist! Für so einen Präriewagen und das Zuggespann reicht es ganz sicher. Und wenn wir bei der restlichen Ausrüstung und beim Proviant ein paar Abstriche machen, müsste es hinkommen, Éanna. Und ein bisschen Hunger macht uns doch auch nichts aus, da haben wir doch schon ganz andere Zeiten erlebt. Ich finde, wir sollten es jetzt wagen, wo du gerade so viel Geld geerbt hast! Wer weiß, was in einem Jahr ist. Wenn wir Anfang April nach Independence aufbrechen, können wir dabei sein! Und wenn wir erst einmal dort sind und merken, dass unser Geld doch nicht reicht, können wir immer noch ein oder zwei Jahre in Independence bleiben und dort arbeiten. In einer solchen Stadt, von der aus Hunderte von Siedlertrecks und Goldgräbern nach Kalifornien aufbrechen, fehlt es doch mit Sicherheit an Männern und Frauen, die erst einmal dortbleiben und arbeiten wollen, meinst du nicht?«

Die Verlockung war groß, unwiderstehlich groß. Und es dauerte nicht lange, bis Éanna bereit war, das Abenteuer bereits im nächsten April zu wagen.

Schon am nächsten Tag stand Brendan am Dienstboteneingang der Harrington-Residenz und ließ ihr durch eines der Küchenmädchen ausrichten, dass auch Emily und Liam seinem Vorschlag begeistert zugestimmt hatten. Nun durften sie keine Zeit mehr verlieren.

Éanna erschrak fast ein wenig, als sie erkannte, wie bald sich ihr Leben nun wieder grundlegend ändern würde: Bereits am folgenden Montag, wenn Emily ihre letzte Lieferung Hemden abgegeben und den Lohn dafür erhalten hatte, würden sie nach Missouri aufbrechen! Erst mit dem Hudson-Fährdampfer um acht Uhr abends in der dritten Klasse nach Albany und dann am folgenden Morgen von dort auf dem billigsten Weg mit Eisenbahn und Booten weiter nach Independence.

Noch in derselben Nacht schrieb Éanna in ihrer Kammer einen Brief an Patrick. Lange dachte sie darüber nach, wie sie beginnen sollte: *Lieber Patrick* erschien ihr genauso unpassend wie das steife *Werter Patrick*. Schließlich schrieb sie *Mein treuer Freund* auf den weißen Briefbogen. Und dann bedankte sie sich für seine unglaubliche und beschämende Großzügigkeit, die er ihr erneut erwiesen hatte, und wünschte ihm, er möge in New York glücklich und ein erfolgreicher Schriftsteller werden. Ihre Sätze klangen steif und umständlich und doch hoffte sie, dass Patrick zwischen den Zeilen lesen würde und wüsste, wie dankbar sie ihm für seine Hilfe war. Sie versicherte ihm, ihn fortan immer in ihre Gebete einzuschließen und ihn nie zu vergessen, auch wenn sie in Zukunft weit voneinander entfernt leben würden.

Zuletzt teilte sie ihm noch den Tag und die Uhrzeit ihrer Abreise nach Albany mit, falls er am kommenden Sonntag nicht die Zeit finden würde, sich von ihr zu verabschieden. Und sie hoffte sehr, dass Patrick ihrem Wunsch folgen und zur angegebenen Zeit am Hafen sein würde. Denn sie wusste, dass sie ihn unbedingt noch einmal sehen und sprechen musste, bevor er für immer aus ihrem Leben verschwand.

Siebenundzwanzigstes Kapitel

Dichtes Schneegestöber fegte über die Docks am East River und Brendan zog seine Kappe zum Schutz tief in die Stirn. Es war spät geworden, schon eine gute Stunde nach Einbruch der Dunkelheit. Aber es war trotzdem ein guter Tag für ihn gewesen: Weil es schon im Morgengrauen neue Fracht an Bord nehmen sollte, hatte das Kohlenschiff unbedingt noch an diesem Tag entladen werden müssen. Und er hatte seine Sache so gut gemacht, dass ihm vom Vorarbeiter versichert worden war, auch morgen wieder in den Docks arbeiten zu können. Das war ein Glücksgriff, denn sie konnten jeden Dollar gut gebrauchen, den er und Liam in den noch verbleibenden vier Tagen bis zu ihrer Abreise zusätzlich verdienten!

Als er mit tief gesenktem Kopf durch die dunklen Gassen Richtung Five Points ging, dachte er darüber nach, warum es noch immer so schwer für sie war, Arbeit zu finden. Es müsste nun, wo jeden Tag mehr Menschen ihre Jobs in New York aufgaben, um im Goldfieber nach Kalifornien aufzubrechen, doch eigentlich um einiges leichter sein als zum Zeitpunkt ihrer Ankunft in der Stadt. Doch die Arbeitsstellen, die frei wurden, waren häufig nicht für Tagelöhner wie Liam und Brendan vorgesehen, und waren sie es doch einmal, so standen die beiden in unmittelbarer Konkurrenz zu den vielen einheimischen Arbeitssuchenden, aber auch zu unzähligen mittellosen Einwanderern aus Irland und anderen Ländern, die noch immer täglich in New York an Land gingen. Und es war nicht abzusehen, wann der Strom der Flüchtenden verebben würde. Der Ausbruch des Goldrausches hatte die Lage auf dem Arbeitsmarkt also nicht im Mindesten einfacher gemacht. Aber das brauchte ihn ja nun nicht mehr zu kümmern! Brendan lachte leise in sich hinein. Für morgen hatte er Arbeit gefunden und drei Tage später wären Éanna, Emily, Liam und er bereits auf dem Weg nach Independence!

Brendan war so in Gedanken versunken, dass er, als er in eine enge Seitengasse einbog, die dunkle Gestalt gar nicht bemerkte, die sich im ersten Stock eines schmalen Hauses vorsichtig aus dem Fenster beugte und einen großen Eimer in den Händen hielt.

Kaum hatte er das Haus erreicht, da ergoss sich plötzlich ein dichter Regen aus durchsiebter Asche über ihn. Feine Aschepartikel setzten sich in seinen Haaren fest und drangen in Mund und Nase. Sofort brannten ihm die Augen, er hustete und rang nach Atem.

Wie durch einen feinen Schleier sah er, wie zwei Gestalten links von ihm aus einer Kellertür stürzten. Einer schlug Brendan mit einem Knüppel auf den Kopf, während der andere ihn an seinem Umhang packte und brutal aus der Gasse und hinunter in den Kellerraum zerrte.

Halb bewusstlos und nach Luft ringend stürzte er in den Dreck. Er hörte eine Tür zuschlagen, konnte vage eine Lichtquelle in einer Ecke des Raumes ausmachen und spürte dann Hände, die seine Taschen durchwühlten.

»Verdammt, der Bursche hat nur einen einzigen lausigen Dollar!«, fluchte eine raue Stimme.

»Immer noch besser, als gleich bei Morton auf dem Trockenen zu sitzen!«, gab eine andere, unangenehm hohe Männerstimme zurück. »Das reicht für ein paar Kannen Porter. Und jetzt dreh den Kerl auf den Rücken, damit wir ihm den Mantel aufknöpfen können. Der sieht noch ganz gut aus und bringt uns sicher noch etwas Kleingeld ein! Und wenn er versucht, den Helden zu spielen, dann zieh ihm noch mal eins über den Schädel, Nick!«

»Nur ein Dollar?«, hörte Brendan im nächsten Moment eine ihm wohlbekannte Frauenstimme ärgerlich fragen. »Pah! Was seid ihr doch für Versager! Warum habt ihr bloß nicht auf mich gehört? Wir hätten auf jemanden warten sollen, bei dem es sich wirklich lohnt, sich die Hände schmutzig zu machen!«

Brendan hustete und würgte. »Caitlin?«, stieß er hervor, während grobe Hände ihn auf den Rücken warfen.

»Na, so was!! Wenn das mal nicht mein Schätzchen Brendan Flynn ist!«, entgegnete Caitlin spöttisch und beugte sich mit einem breiten Grinsen im Gesicht zu Brendan herab. Dann fuhr sie ihre beiden Gehilfen an: »Los, Finger weg von ihm! Und gib ihm gefälligst seinen Dollar zurück, Leslie! Den Burschen da kenn ich. Wir sind alte Freunde und haben schon so einiges miteinander erlebt, nicht wahr?«

Brendan hielt es für besser, gar nicht erst auf ihre Anspielung einzugehen. Mühsam richtete er sich halb auf, rutschte zur Kellerwand hinüber und blinzelte, um seine Umgebung wieder klarer zu sehen.

»Seit wann . . . bist du denn unter die Straßenräuber . . . gegangen, Caitlin!«, stieß er schließlich hustend hervor und spuckte immer wieder feine Ascheklümpchen aus, während er zu ihr aufblickte. Genau wie bei ihrer letzten Begegnung auf der *Boston Glory* sah Caitlin gut genährt aus, sie trug ein flaschengrünes Kleid mit blassgelbem Mieder und darüber einen dicken warmen Wollmantel.

Sie lachte. »Ach was, das ist nur ein kleiner Nebenerwerb, wenn gerade mal nichts Besseres bei Frederick ansteht«, teilte sie ihm leutselig mit. »Aber jetzt komm mal wieder auf die Beine, Brendan. So wild war der Hieb doch nun auch wieder nicht, den Nick dir verpasst hat. Lass uns rüber zu Morton gehen! Ich spendier eine Runde. Wir zwei haben uns bestimmt eine Menge zu erzählen!«

Für einen kurzen Augenblick meldete sich Brendans Instinkt und riet ihm, die Gelegenheit zu nutzen, die Beine in die Hand zu nehmen und so schnell wie möglich diesen Kellerverschlag zu verlassen. Doch er unterdrückte diesen Wunsch rasch. Nur Feiglinge rannten davon. Und außerdem war er neugierig zu hören, wie Caitlin es geschafft hatte, in New York Fuß zu fassen.

So saßen sie wenig später in der Taverne von Morton Pembrook bei Porterbier zusammen und Caitlin horchte Brendan gründlich aus.

»Nun erzähl schon, wie ist es dir hier ergangen und was machst du in diesem Moloch von einer Stadt?«, drängte sie ihn mit schmeichelnder Stimme.

Brendan zuckte die Achseln. »Na ja, da gibt es eigentlich nicht viel zu erzählen. Man schlägt sich halt so durch«, antwortete er ausweichend und war klug genug, die Sache mit dem Treck für sich zu behalten.

»Und bist du noch immer mit diesem Gänschen Éanna zusammen? Oder hat sie sich inzwischen mit Patrick O'Brien zusammengetan und dir den Laufpass gegeben?«, fragte sie spöttisch.

»Nein, hat sie nicht! Aber der Kerl scharwenzelt noch immer um sie herum!« Mit ihrem feinen Gespür für den wunden Punkt anderer Leute hatte Caitlin bei Brendan ins Schwarze getroffen. Erst gestern hatte er von Emily erfahren müssen, dass Patrick darüber nachdachte, auch an dem Treck nach Kalifornien teilzunehmen. Allein die Erinnerung an dieses Gespräch ließ ihn von Neuem wütend werden. »Ich wünschte, ich wäre diesen eitlen Dandy und Möchtegern-Schriftsteller, der Tag für Tag in seiner warmen Pension auf der 10th Street sitzt und irgendeinen Schwachsinn aufs Papier kritzelt, während ich mir auf der Straße und im Hafen die Seele aus dem Leib schuften muss, ein für alle Mal los.«

Caitlin nickte. »Ich kann diesen herausgeputzten Affen auch nicht leiden. Typen wie der glauben, sie könnten sich alles, was sie wollen, einfach nehmen, nur weil sie mit einem goldenen Löffel im Maul zur Welt gekommen sind. So einem müsste man mal eine Lektion erteilen: ihm erst kräftig eins überziehen und ihn dann bis aufs letzte Hemd ausnehmen und splitternackt in der Gosse liegen lassen. Das wäre schon was, was mir gefallen könnte!«

»Und warum tun wir das nicht, wenn er so viel Kohle hat?«, fragte Leslie, der wie sein Komplize kräftig gebaut war und über dessen Gesicht sich mehrere tiefe Narben zogen. »Wir müssen dem Kerl doch nur vor dieser Pension auflauern und warten, bis sich eine gute Gelegenheit ergibt, ihn ein bisschen mit dem Messer zu kitzeln!«

»Halt dein Maul, Leslie! Und das gilt auch für dich, Nick!

Trinkt einfach euer Bier und quatscht mir bloß nicht rein, verstanden?«, herrschte Caitlin die beiden an.

Leslie und Nick zogen stumm die Köpfe ein und Brendan wunderte sich über ihr Verhalten. Warum ließen sie es zu, dass Caitlin so mit ihnen sprach?

»Hör mal zu, Brendan-Schätzchen«, wandte sie sich nun mit einem Lächeln wieder ihm zu. »Ich möchte dir ein Geschäft vorschlagen, das dich interessieren dürfte. Jemanden wie dich können wir gerade gut gebrauchen, wo drei von unseren Jungs einfach so ausgestiegen sind und kurzerhand den nächsten Kahn nach Kalifornien genommen haben.«

»Wer ist *wir?«*, fragte Brendan vorsichtig.

»Wir, das sind Caitlin und Frederick Cash«, antwortete Caitlin, um mit breitem Grinsen hinzuzufügen: »Du hast sicher schon von ihm gehört. Und ich sage dir – Frederick könnte gar keinen treffenderen Nachnamen haben! Zu seinen Leuten zu gehören, bedeutet genau das: eine Menge Geld auf leichte Art zu verdienen!«

»Und sie ist sein Liebchen . . .«, warf Leslie leise und mit schwerem Zungenschlag ein und deutete mit dem Finger auf Caitlin.

Die schoss ihm einen scharfen, wütenden Blick zu, der ihn augenblicklich verstummen ließ.

»Und auf welche Weise verdient man sein Geld?«, wollte Brendan wissen. Er war auf der Hut, denn er konnte sich nicht vorstellen, dass Caitlin jemals ehrlicher Arbeit nachgehen würde.

Sie beugte sich weit über den Tisch zu ihm herüber und fragte leise: »Schon mal was von den Daybreak Boys gehört?«

Natürlich kannte Brendan die berüchtigten Daybreak Boys – so wie jeder andere, der in New York die Ohren offen hielt oder Zeitung las. Daybreak Boys wurden die Mitglieder der ebenso tollkühnen wie gefährlichen Banden genannt, die in dunklen, mondlosen Nächten meist ein, zwei Stunden vor Morgengrauen mit ihren schnellen Ruderbooten auf dem Hudson oder dem East River zu einem hier vor Anker liegenden Schiff ruderten, die Mannschaft im Schlaf überwältigten und einen Teil der Fracht stahlen. Ebenso schnell und unbemerkt, wie sie gekommen waren, verschwanden die Flusspiraten anschließend mit ihrer Beute wieder.

»Ja klar, gehört habe ich davon schon«, sagte er nun. »Aber für solch krumme Touren bin ich nicht zu haben! Denn ich habe nicht die Absicht, für den Rest meines Lebens im Zuchthaus zu sitzen und Steine zu klopfen!«

Caitlin winkte ungeduldig ab. »Ach was, Frederick gehört doch nicht zu den Schwachköpfen, die so etwas riskieren. Er lässt sich immer viel Zeit damit, einen Coup vorher genau zu planen, und riskiert nichts. Wir sind noch nie erwischt worden«, versicherte sie. »Es ist also alles ganz unbedenklich und sicher. Und du wärst ausgesprochen dumm, wenn du kneifen würdest! Nein, lass mich ausreden. Also es gibt da einen kleinen Schoner, die *Swan,* der am Freitag oben an der Clinton Street mit Brandyfässern beladen werden soll, und zwar mit dem teuersten französischen Brandy, den es auf der Welt gibt! Die Fracht ist für ein paar reiche Plantagenbesitzer in Virginia bestimmt. Aber die *Swan* muss den Pier schon am Abend räumen, weil da am Samstag wohl einige Stützbalken und Bohlen erneuert werden müssen. Und deshalb wird das Schiffchen die Nacht drüben auf der anderen Seite vom East River vor der Küste von Brooklyn verbringen.«

Brendan runzelte die Stirn. »Woher weißt du das alles? Und warum segelt die *Swan* nicht gleich nach Virginia?«

»Das ist ja der Clou an der ganzen Sache, Schätzchen! Einer von der Mannschaft, den Frederick von früher kennt, hat ihm das alles gesteckt und ist selbst mit von der Partie. Kriegt sogar einen doppelten Anteil. Und von ihm weiß Frederick auch, dass der Captain in der Nacht von Freitag auf Samstag nicht an Bord sein wird. Sein Reeder hat ihn zu irgendeiner wichtigen Feier eingeladen. Tja, Pech für ihn und Glück für uns! Du siehst: Es ist alles durchgeplant und wird eine ganz sichere Sache werden!«, redete sie auf ihn ein. »Man serviert uns das Schiff und die Ladung quasi auf dem Silberteller. Wir müssen nachts nur noch unsere beiden Boote mit den Brandyfässern beladen und mit der Beute verschwinden. Und glaub mir, diesen Verlust können die feinen Herrschaften locker verkraften! Die ganze Ware ist sicher sowieso gut versichert. Also schaden wir ihnen im Grunde nicht einmal. Das Ganze wird ein Kinderspiel! So leicht wirst du nie wieder Geld verdienen. Denn wenn du mitmachst, ist dir ein Hunderter sicher! Also sag schon Ja!«

Hundert Dollar! Brendan schluckte. Was sie sich mit einhundert Dollar noch alles an Treckausrüstung und Nahrungsmitteln würden kaufen können! Damit wären sie endgültig über den Berg und könnten die Reise in den Westen ohne Sorgen antreten. Und dann hätte er auch fast so viel dazu beigesteuert wie Éanna. Eine plausible Geschichte, woher er das Geld hatte, würde ihm schon noch einfallen, darüber würde er sich später Gedanken machen.

Er kämpfte noch eine Weile mit seinem Gewissen, doch Caitlin, die merkte, dass sie ihn am Haken hatte und die Leine nur noch geschickt einholen musste, zerstreute mit Argumenten, Versicherungen und Lockungen auch die letzten Zweifel.

»Also gut, ich bin dabei!«, gab Brendan schließlich nach und ließ sich erklären, wann und wo er in der Nacht vom Freitag auf den Samstag zu Frederick Cashs Truppe stoßen sollte.

Achtundzwanzigstes Kapitel

Es war schon dämmrig, als Patrick am Donnerstagabend von einem langen Gespräch mit seinen Verlegern, den Brüdern Harper, bestens gelaunt in die Pension auf der 10th Street zurückkehrte. Es hatte viel zu besprechen gegeben. Dabei war es zum einen um seine Zustimmung zu kleineren stilistischen Änderungen und Kürzungen gegangen, zum anderen hatte man ihm mitgeteilt, dass sein Text mit hochwertigen Stichen ausgestattet werden sollte, was ihn sehr gefreut hatte. Auch sein Titelvorschlag *Irlands Großer Hunger* war angenommen worden und so würde das Buch wohl schon im kommenden Herbst in den Buchhandlungen zum Verkauf ausliegen.

Als er die Pension betrat, erschien die Wirtin im Flur und teilte ihm mit, dass am Nachmittag ein Brief für ihn abgegeben worden sei und dass bereits mittags eine junge Frau nach ihm gefragt und ein Schreiben dagelassen habe.

Patrick bedankte sich und eilte in sein Zimmer. Der erste Brief war von Éanna!

»Und ob ich am Montagabend unten an der Hudson-Pier bei der Albany-Fähre sein werde! Aber nicht, um von dir Abschied zu nehmen!«, sinnierte er mit verschmitzter Miene, als er die Nachricht gelesen hatte. Éanna würde Augen machen, wenn sie erfuhr, dass auch er die Reise nach Independence antreten und an dem Wagentreck teilnehmen würde. Dieses Abenteuer durfte er sich nicht entgehen lassen, erst recht nicht jetzt, wo endlich ein Verlag sein Manuskript angenommen hatte und er mehr als genug Geld für dieses Unternehmen besaß. Und die Gebrüder Harper hatten sogar schon Interesse an einem Reisebericht aus seiner Feder bekundet. Nun, und was Brendan betraf, so nahm er an, dass die Gruppe von Nathan Palmer groß genug sein würde, um sich gegenseitig aus dem Weg gehen, und doch zugleich klein genug, um in Éannas Nähe bleiben zu können.

Schließlich sah er sich das zweite Schreiben genauer an. Es steckte in einem schmutzigen Umschlag, war in krakeliger Handschrift verfasst und aufgrund der zahlreichen Rechtschreibfehler nur mühsam zu entziffern. Als er die rätselhaften Zeilen überflog, erschien eine tiefe Sorgenfalte auf seiner Stirn:

Mister O'Brien!

Ich hab vas erfaren, vas Ihr unbedinkt wizzen müst! Éanna is in grozzer Gevar, was ich abbar hier nich allez schraiben kann. Es wirt vas Schrekkklichez pazieren, wenn Ihr nich helfft. Komt heute abänd um neun in die Taverne The Butcher's Block inner Lombardy Street. Dah sag ich Euch dann allez!

Daz hier hat Caitlin geschrieben, die Ihr schon mal mit Éanna in Irland auz em Gefänknizs gehold habt! Hab vas gut zu machen bey Euch!

Wieder und wieder las Patrick in den folgenden Stunden diese Nachricht, während er darauf wartete, dass die Zeit verging und es endlich neun Uhr wurde. Er zermarterte sich das Gehirn, in welcher Gefahr Éanna schweben und von wem oder was diese ausgehen mochte. Aber was immer er sich auszudenken versuchte, nichts davon erschien ihm auch nur im Entferntesten wahrscheinlich.

Endlich war die Zeit gekommen, sich den Mantel überzuwerfen, zum Hut zu greifen und in die Lombardy Street am East River aufzubrechen.

Als er die Taverne betrat, genügte ein rascher Blick durch den rauchgeschwängerten Raum, um zu wissen, dass diese Schenke zu den schäbigsten in den Docks zählte. Allerlei Gesindel hockte an den billigen Tischen und an der Theke, schüttelte grölend den Würfelbecher, knallte Spielkarten auf die Tischplatten oder vergnügte sich in den Armen von Dirnen.

Patrick sah sich suchend um und ignorierte dabei die vielen misstrauischen Blicke, die sich bei seinem Eintreten auf ihn gerichtet hatten. Er erkannte Caitlin sofort wieder, als er sie sah. Gestikulierend stand sie am oberen Ende der Theke bei zwei Männern, unterbrach das Gespräch dann und kam rasch auf ihn zu.

»Mister O'Brien! Was bin ich froh, dass Ihr meine Nachricht erhalten habt und auch wirklich gekommen seid!«, sprach sie ihn aufgeregt und mit besorgter Miene an. »Ich hab mir einfach keinen anderen Rat mehr gewusst, als Euch um Hilfe zu bitten!«

»Worum geht es denn?«, wollte er distanziert und zugleich tief besorgt wissen.

»Nicht hier!«, raunte Caitlin ihm zu. »Man könnte uns hören. Wir gehen besser nach hinten in den Nebenraum. Da können wir ungestört reden.« Damit wandte sie sich zum Wirt um, der sie im Auge behalten hatte. »Wilbert, eine

Kanne von deinem besten Porter und zwei Becher für den Herrn und mich!«

»Von meinem besten?«, fragte der Wirt mit spöttisch hochgezogenen Augenbrauen.

»Hast du mich nicht gehört? Also mach schon! Wir wollen hier schließlich keine Wurzeln schlagen!« Patrick überfiel ganz plötzlich ein ungutes Gefühl. Wieso wusste Caitlin eigentlich, dass Éanna in Gefahr schwebte? Hatten sich die beiden während der Überfahrt nach Amerika nicht abgrundtief gehasst? Doch schnell schob er die Gedanken beiseite, nickte dem Wirt freundlich zu und folgte Caitlin an der Theke vorbei in ein Zimmer, dessen Zugang mit einem dreckigen Tuch verhängt war. Ganz gleich, welche Beweggründe die andere haben mochte, jetzt war nur wichtig, dass er Éanna helfen konnte! Hinter dem Vorhang kamen ein Tisch und eine Eckbank zum Vorschein, eine Hintertür schien in den Hof zu führen.

Sie hatten sich kaum gesetzt, da trat auch schon der Wirt mit der Bierkanne und zwei vollen Steinhumpen ein, die er vor ihnen absetzte. »Zum Wohlsein, der Herr«, brummte er und verschwand wieder.

»Na, dann lasst uns erst einmal einen kräftigen Schluck trinken, bevor ich Euch von dieser schrecklichen Sache erzähle. Ihr könnt die Stärkung gleich gut gebrauchen, das versichere ich Euch!« Caitlin griff zu ihrem Humpen, kniff, als er keine Anstalten machte, es ihr nachzutun, die Augen zusammen und fragte spitz: »Oder seid Ihr Euch vielleicht zu fein, um mit einer wie mir zu trinken?«

»Natürlich nicht«, erwiderte er so freundlich wie möglich und trank einen Schluck von seinem Bier, obwohl er Porter eigentlich nicht ausstehen konnte. Aber er wollte Caitlin nicht verärgern und möglichst schnell von ihr erfahren, in welcher Gefahr Éanna schwebte.

»Was?«, rief Caitlin sofort entrüstet. »Ihr habt ja nur einmal an Wilberts Bestem genippt! Ich wusste doch, dass Ihr nur widerwillig mit mir an einem Tisch sitzt und gar nicht schnell genug wieder wegkommen könnt!«

»Aber das stimmt doch überhaupt nicht!«, wandte Patrick ein, der meinte, sehr wohl einen guten Schluck Porter getrunken zu haben. »Aber damit du endlich Ruhe gibst, sieh her!« Und dann setzte er den Humpen erneut an die Lippen und zwang sich, zwei weitere große Schlucke Porter zu trinken. Der Nachgeschmack war scheußlich bitter. Wie musste erst das andere Bier in dieser Schenke schmecken, wenn das hier Wilberts bestes Gebräu war. »So, und jetzt erzähl endlich, weshalb du mich herbestellt hast!«

»Na ja«, begann Caitlin und ein zufriedenes Lächeln umspielte ihre Lippen, »Ihr wisst ja, dass ich mit Éanna in letzter Zeit nicht allzu gut ausgekommen bin. Obwohl ich ihr wirklich nichts Schlechtes wollte, als ich mich in Dublin mit ihrem Brendan eingelassen habe. Die beiden hatten sich damals ja ganz ordentlich zerstritten und in mein Bett zerren musste ich den Jungen bestimmt nicht, da habt Ihr mein Wort drauf!«

Patrick war unruhig. Am liebsten hätte er Caitlin aufgefordert, ihre alten Geschichten für sich zu behalten und endlich zum Punkt zu kommen. Aber er war auf sie angewiesen, wollte er Éanna helfen. Und so nickte er nur geduldig. Auf ein paar Minuten mehr oder weniger sollte es ihm jetzt auch nicht mehr ankommen.

»Eigentlich mag ich sie ja immer noch, die Éanna, auch wenn sie mir bei unserer letzten Begegnung die kalte Schulter gezeigt hat«, erzählte Caitlin weiter. »Aber ich trage ihr das nicht nach. Nein, ich bin großherzig, müsst Ihr wissen. Sie war ja sogar mal meine Freundin und wir haben im Arbeitshaus und auf der Landstraße immer zusammengehalten. Sogar noch, als wir den Konstablern in die Hände gefallen und in der Zelle gelandet sind. Und so was vergisst man nicht.«

Patrick wurde auf einmal ganz schummerig zumute. Caitlins Worte drehten sich in seinem Kopf, der immer schwerer wurde. Er überlegte, ob er aufstehen und die Hintertür öffnen sollte, um ein wenig frische Luft in den Raum zu lassen, blieb dann jedoch sitzen.

»Ja gut, Caitlin, das verstehe ich alles. Und ich verspreche dir auch, dass ich mich sehr verbindlich zeigen werde, wenn du mir nun sagst, wieso Éanna in Gefahr schwebt«, versicherte Patrick und musste sich auf der Tischplatte abstützen, weil der Schwindel zunahm und sich der Raum vor seinen Augen zu drehen begann.

»Ist Euch nicht gut?« Caitlins Gesicht erschien ihm plötzlich überdimensional groß.

»Ich glaube, ich bin zu schnell zu dieser Taverne gelaufen ... und dann diese stickige Luft! Ich brauche einen Moment ... frische Luft!«, stieß Patrick abgehackt hervor und hatte Mühe, die Worte über die Lippen zu bringen, so schwach fühlte er sich auf einmal. Er wollte von der Bank aufstehen, doch kaum hatte er sich zittrig erhoben, als seine Beine unter ihm einknickten. Er verlor das Gleichgewicht, griff noch im Fallen nach der Tischkante und stürzte zu Boden.

Unter größter Anstrengung zwang er sich dazu, die müden Augen offen zu halten. Er sah Caitlins bunten Rocksaum an seinem Gesicht vorbeiwehen und hörte wie aus weiter Ferne ihre Stimme: »Er ist hinüber! Ging ja schneller als gedacht! Leslie, Nick, packt ihn euch! Und dann nichts wie hinaus mit ihm auf den Hinterhof und in den Leiterwagen!«

Mühsam formten sich in Patricks Kopf wirre Gedanken, wurden zu einer Kette zusammenhangloser Überlegungen, die er lallend vor sich hin murmelte, bevor er in eine schwarze bodenlose Tiefe stürzte: »Betäubungsmittel ... Laudanum* ... im Bier ... Caitlin ... heimtückische Falle ... Warum? ... Éanna ...«

* In Alkohol gelöstes Opium

Neunundzwanzigstes Kapitel

Die beiden schnellen Langboote von Frederick Cashs Bande lagen ein gutes Stück oberhalb von Corlear's Hook in einem verwitterten windschiefen Uferschuppen versteckt, der einem Fischer gehörte. Doch mit dem Fischfang verdiente der Mann wohl längst nur noch einen geringen Teil seines Geldes, vermutete Brendan. Was er von den Daybreak Boys für die Nutzung des Schuppens und für sein Schweigen erhielt, machte sicher ein Vielfaches von dem aus, was er auf dem Markt für seine Fische erzielen konnte.

»Ideales Wetter! Dichte Wolkendecke und zusätzlich auch noch jede Menge Nebel auf dem Wasser!« Frederick Cash rieb sich die Hände.

Er hatte die breitschultrige Statur eines zweitklassigen Preisboxers und das dazu passende kantige Gesicht mit einer flachen Nase. An seiner linken Hüfte hing ein langes, machetenähnliches Messer und auf der rechten Seite steckte eine Pistole im breiten Ledergürtel. Auch die vier anderen Männer trugen vor allem Messer bei sich, selbst Caitlin war bewaffnet. Brendan hatte gleich bei seiner Ankunft einen langen Dolch von Leslie erhalten.

»Könnte nicht besser für uns laufen, Leute! Also, dann holt die Boote raus, damit wir aufs Wasser können. Die süße *Swan* wartet nur darauf, von uns geschlachtet zu werden!«

Brendan stand stumm neben Caitlin. Schon als er die Pistolen gesehen hatte, waren ihm plötzlich Zweifel an diesem Unternehmen gekommen, aber er wusste, dass es zu spät war, einen Rückzieher zu machen. Er kannte nun sowohl das Bootsversteck als auch den Plan der Daybreak Boys und wusste, dass er einen Fluchtversuch mit dem Leben bezahlt hätte. Und der Anführer der Flusspiraten schien ganz selbstverständlich davon auszugehen, dass er ab dieser Nacht fest zu seiner Bande gehören würde.

Wenig später saß Brendan mit Frederick Cash, Caitlin, Leslie und einem anderen, ihm unbekannten Bandenmitglied in einem der beiden Langboote und ruderte mit gemischten Gefühlen über den East River.

Caitlin lachte ihm zu, als sie seine verschlossene Miene sah. »Mach doch nicht so ein ängstliches Gesicht! Ich sage dir, das wird ein Heidenspaß! Du wirst sehen: Wenn wir zur *Swan* kommen, steht die Frachtluke schon offen und wir müssen nur noch einladen!«

»Kein Gequatsche!«, zischte Frederick ungehalten. »Auf dem Wasser wird das Maul gehalten, das müsstest du inzwischen doch wissen, Caitlin! Oder willst du vielleicht die Mannschaft eines Polizeibootes auf uns aufmerksam machen, das möglicherweise gerade zufällig unseren Kurs kreuzt?«

Caitlin zog den Kopf ein, zwinkerte Brendan jedoch kurz zu, als wäre es zwischen ihnen wieder so wie in Dublin nach seinem bitterbösen Streit mit Éanna. Und hinter vorgehaltener Hand flüsterte sie: »Ich hab später noch eine Überraschung für dich, die dir gefallen dürfte!«

Frederick Cash gab den Kurs vor, der sie in einem spitzen Winkel einmal quer über den East River und hinüber an sein östliches Ufer führte, das zweite Boot hielt sich dicht hinter ihnen. Fast lautlos glitten sie durchs Wasser. Die Blätter der Riemen hatten die Männer an Land mit Lappen umwickelt, ebenso die Klampen, die zusätzlich noch in Öl getränkt worden waren, um jedes verräterische Geräusch zu verhindern. Nur der dumpfe, traurige Ton von Nebelhörnern und das leise Klingeln verschiedener Schiffsglocken waren auf dem Fluss zu hören.

Brendan fragte sich, wie man bei solch einer finsteren Nacht und den vielen Nebelfeldern, die wie vom Himmel gefallene Wolken über dem Wasser trieben, einen sicheren Kurs steuern und einen Küstenschoner ausmachen konnte, der weit unterhalb des Fischerschuppens irgendwo auf der Höhe von Brooklyn vor Anker lag. Immer wieder nahm Frederick Kursänderungen vor, ab und zu ließ er die beiden Boote anhalten und lauschte angestrengt in die Dunkelheit, um gleich darauf erneut das Zeichen zum Weiterrudern zu geben. Mittlerweile bereute Brendan aufrichtig, sich auf dieses gefährliche Abenteuer eingelassen zu haben. Niemals durfte Éanna davon erfahren, dass er zu so etwas Ja gesagt hatte – und dann auch noch ausgerechnet von Caitlin dazu überredet worden war!

Er schreckte aus seinen bedrückenden Gedanken auf, als Frederick Cash plötzlich das allgemeine Schweigen brach und im Flüsterton rief: »Aufgepasst! Gleich muss der Schoner vor uns liegen!«

Und tatsächlich tauchte kurz darauf ein dickes Ankertau vor ihnen aus der Dunkelheit auf, gefolgt von dem schemenhaften Umriss eines bauchigen Schiffrumpfes mit niedriger Reling. Frederick packte das Tau und knotete ihre

Bootsleine sorgfältig an den dicken Hanfstrang. Er achtete darauf, dass das kleine Schiff nicht gegen die Bordwand der *Swan* stieß, während er es längsseits treiben ließ. Auch das zweite Boot machte am Ankertau fest, ließ sich jedoch von der Strömung an die andere Seite des Schoners treiben.

»Los, aufgeentert!«, raunte Frederick seinen Komplizen zu und richtete sich auf, um sich als Erster an Bord des Schoners zu schwingen, als plötzlich eine gellende Stimme die Stille durchbrach: »Da sind sie, Captain! . . . Die Daybreak Boys sind längsseits!«

»Verflucht noch mal, jetzt sitzen wir in der Klemme!« Entsetzt duckte sich Frederick zurück in das Langboot. »Der verdammte Kerl auf dem Schoner muss uns verraten haben! Los, die Leinen kappen! Wir sitzen hier auf dem Präsentier. . .«

Doch weiter kam er nicht. Denn in diesem Augenblick liefen mehrere dunkle Gestalten über das Deck der *Swan* und eröffneten das Feuer auf die ungeschützten Flusspiraten.

Eine der ersten Kugeln traf ihren Anführer. Sie riss seinen Kopf nach hinten und er stürzte, ohne einen Laut von sich zu geben, ins Wasser. Unmittelbar hinter ihm traf die erste Salve einen zweiten Mann, der wie Frederick schon fast die Reling erklommen hatte. Er taumelte, kippte mit einem erstickten Röcheln über die Seitenwand und versank in den tintenschwarzen Fluten des East River. Jetzt waren auch von der anderen Bordseite der *Swan* laute Schüsse, grässliche Schreie und Verwünschungen zu hören.

Geistesgegenwärtig robbte Brendan auf dem Bauch nach vorne zum Bug, riss den Dolch aus seinem Gürtel, durchschnitt die Leine, die ihr Boot mit dem Schoner verband, und stieß das Schiff kräftig vom Rumpf ab. So schnell wie möglich mussten sie jetzt aus der Schussweite der aufgebrachten Seeleute auf der *Swan* und in den Schutz der nächsten Nebelbank kommen! Nur dieser eine Gedanke kreiste in seinem benommenen Kopf.

»Tod und Teufel!«, stieß Caitlin mit vor Schreck zittriger Stimme hervor und beugte sich zu Leslie hinüber, der bleich und verschreckt im Boot kauerte. »Da hätten wir uns doch um ein Haar auch eine Kugel . . .« Sie stieß einen schrillen Schrei aus und stürzte rücklings auf die Planken, getroffen von einem Bleigeschoss, das man ihnen von der *Swan* nachgesandt hatte. Von oben kommend war es nahe an Brendans Kopf vorbeigesirrt und hatte sie unterhalb der rechten Brust getroffen.

Brendan war wie gelähmt vor Entsetzen. Er wollte Caitlin helfen, doch Leslie, der sich bei dem Schuss aus seiner Erstarrung gelöst hatte, hielt ihn mit festem Griff zurück. »Verdammt, bist du wahnsinnig? Wir müssen weg hier, los, an die Ruder! Caitlin ist sowieso nicht mehr zu helfen! Und wenn doch, dann nur, wenn wir beide lebend das nächste Ufer erreichen sollten! Also leg dich in die Riemen, Mann!«

Es fielen noch mehrere Schüsse, doch keine der Kugeln kam noch einmal so nahe an sie heran, dass sie ihnen hätte gefährlich werden können. Und während Brendan und Leslie verbissen zum Ufer zurückruderten, hüllte sie der Nebel immer mehr ein. Bald war von dem Schoner nichts mehr zu sehen und auch die Geräusche verebbten allmählich.

Sie ruderten flussaufwärts zu Corlear's Hook, denn Leslie hielt es für zu gefährlich, mit der Strömung zu rudern, wo die Flusspolizei sicher über kurz oder lang ihren Weg kreuzen würde. Brendan war froh, dass der Flusspirat das Kommando übernahm. Immer wieder sah er zu Caitlin hinüber, deren Kopf er, als sie die erste schützende Nebelbank erreichten, mit seiner Jacke gestützt hatte und die nun schwer atmend auf den Planken lag. Während er mit all seiner Kraft ruderte, betete er, sie möge durchhalten, bis sie das Ufer erreicht hatten und Hilfe holen konnten.

Als ihr Boot endlich bei Corlear's Hook auf Grund lief, sprang Leslie ohne ein Wort über Bord und rannte davon.

Brendan beugte sich verzweifelt zu Caitlin hinunter, deren Atem flach und stoßweise ging.

Sie hatte ihre Hände auf die Wunde gepresst und sah ihn aus großen verwunderten Augen an, als könne sie nicht begreifen, was gerade geschehen war. »Bren. . .dan! Bist du . . .?«, flüsterte sie.

»Nein, ich bin unverletzt.« Er legte vorsichtig seine Hand auf ihre Hände und hatte Tränen in den Augen. Für Caitlin würde jede Hilfe zu spät kommen.

Sie lächelte ihm schmerzverzerrt zu. »Hab . . . uns . . . beiden . . . noch einen . . . Gefallen getan!«, stieß sie stockend hervor. »Patrick O'Brien . . . kannst ihn abschreiben . . . ist auf hoher See und . . .« Jäh brach ihre Stimme ab, ihr Kopf fiel zur Seite. Caitlin war tot.

»Gott sei deiner Seele gnädig!«, flüsterte Brendan, schloss ihr die Augen und zögerte, was er nun tun sollte. Ihm blieb nicht viel Zeit; sobald es dämmerte, würde man auf das verwaiste Boot aufmerksam werden und die Tote entdecken. Und es würde sicher nicht lange dauern, bis die Polizei eins und eins zusammengezählt und erkannt hatte, dass es einen Bezug zwischen Caitlin, dem Ruderboot und dem nächtlichen Überfall der Daybreak Boys auf die *Swan* gab. Er musste verschwinden, und zwar so schnell wie möglich! Brendan warf einen letzten Blick auf Caitlin und erhob sich. Da bemerkte er das Bündel, das eine Handbreit von ihrem Kopf entfernt unter der Ruderbank klemmte. Frederick hatte es dort verstaut, kurz bevor sie aufgebrochen waren. Einem Instinkt folgend, nahm Brendan es an sich. Was immer das Bündel enthielt, es sollte besser nicht in die Hände der Hafenpolizei fallen. Dann lief er gebückt und mit schnellen Schritten davon. Von nun an würde alles anders werden. »Ich will mich nie wieder zu so etwas hinreißen lassen«, murmelte er, während er rannte, wie ein Gebet vor sich hin.

Als Brendan die Docks erreicht und nichts mehr zu befürchten hatte, blieb er im Licht einer Laterne stehen und öffnete Fredericks Beutel. Er enthielt allerlei persönlichen Kram, ganz unten lag eine Geldbörse mit Silber- und Goldmünzen. Brendan zählte siebenundachtzig Dollar und achtzig Cent.

Scham und Freude über diesen überraschenden Fund kämpften in ihm gegeneinander an, als er das Geld zögernd einsteckte und das Bündel ins dreckige Hafenwasser schleuderte. Es war eindeutig Blutgeld. Aber hätte er es deshalb im Boot lassen oder ins Wasser werfen sollen? Es gab niemanden mehr, der auf die Münzen Anspruch hätte erheben können. Und Tote brauchten kein Geld.

Und während er schnell weiterging, kamen Brendan Caitlins letzte Worte wieder in den Sinn. Was zum Teufel hatte sie bloß damit gemeint, dass Patrick O'Brien sich auf hoher See befand?

Dreißigstes Kapitel

Als ihn ein eisig kalter Schlag aus seiner Betäubung riss, wusste Patrick im ersten Moment nicht, was mit ihm geschehen war und wo er sich befand. Sein Kopf schmerzte, als würden darin mehrere Hämmer gegen die Schädeldecke schlagen, und seine Glieder fühlten sich taub und wund an.

Das Erste, was in sein benebeltes Bewusstsein drang, war, dass der Boden unter ihm merkwürdig zu schwanken schien. Dann drangen knarrende und ächzende Geräusche an sein Ohr, als stünde Holz unter hoher Belastung . . . so wie auf einem Schiff. Undeutlich nahm er nun auch Stimmen wahr. Er stöhnte und im nächsten Augenblick traf ihn ein zweiter eisiger Schlag, der von einem Eimer kalten Wassers herrührte, das über ihm ausgegossen wurde. Gleichzeitig rief eine laute, unfreundliche Stimme: »Bootsmann, der Kerl kommt endlich zu sich!«

Patrick schlug mühsam die Augen auf und brachte sich unter größter Anstrengung in eine sitzende Stellung. Mit Entsetzen stellte er fest, dass es früher Morgen zu sein schien und dass er sich tatsächlich an Deck eines Schiffes befand, eines Zweimasters. Und nun fiel ihm auch wieder ein, was geschehen war. Caitlin hatte ihn in diese Spelunke gelockt und ihn dort bewusstlos gemacht . . . Er hielt sich den dröhnenden Kopf und ahnte, was danach geschehen war: Er war verkauft worden, *shanghait,* wie man hier in Amerika dazu sagte! Für ein Kopfgeld hatte man ihn im Hafen an einen skrupellosen Schiffscaptain verschachert, der sich der ebenso beliebten wie gefürchteten Methode des *Shanghaiens* bediente, um mit einer vollzähligen Crew in See zu stechen. Fassungslos starrte Patrick den bulligen Bootsmann an, der nun, ein Tauende in der Hand, mit finsterer Miene auf ihn zukam.

»Aha, haben wir also ausgeschlafen, ja? Los, auf die Beine, Bursche! Du hast lange genug gefaulenzt! Auf dich wartet jetzt Arbeit!«, herrschte er ihn an, als er vor ihm stand. »Und such dir schon mal einen Namen aus, damit jeder an Bord der *Sarah Lee* weiß, wie er dich nennen soll, wenn er dir Beine macht!«

»Mein Name ist Patrick O'Brien und ich versichere Euch . . .«

»Gut, dann haben wir also ab heute einen Paddy an Bord!«, fiel ihm der Bootsmann höhnisch ins Wort. Dann zischte er: »Und wenn du jetzt nicht endlich von den Planken hochkommst, Paddy, setzt es was mit dem Tauende, das lass dir gesagt sein!«

»Aber das ist doch alles nur ein furchtbares Missverständnis!«, stieß Patrick verzweifelt hervor. »Ihr müsst mich sofort wieder zurück an Land bringen! Ich werde Euch und Euren Captain natürlich dafür entschädigen!«

Einige der Seeleute, die sich schnell eingefunden hatten, um dem Spektakel beizuwohnen, lachten. »Ach ja? Womit denn, Herr Hochwohlgeboren? Dir haben sie doch gerade mal Hemd und Hose gelassen und in den Taschen bestimmt nicht einen müden Cent!«, rief ein Matrose und spuckte vor Patrick aus.

Entsetzt stellte Patrick fest, dass er wirklich nichts anderes mehr am Leib trug als Hemd und Hose. Sogar Schuhe und Socken hatten Caitlins Komplizen ihm genommen. Schwankend kam er auf die Beine.

»Na also! Und jetzt hoch in die Takelage mit dir, Paddy!«, befahl der Bootsmann. »Jack und Finney, ihr nehmt ihn mit nach oben! Bis hoch in den Mastkorb, damit er gleich weiß, dass wir für niemanden auf der *Sarah Lee* eine Ausnahme machen. Der Herr wird hier genauso hart wie alle anderen arbeiten. Also beweg dich! Und das ist meine letzte Warnung . . .!«

Patrick erschrak. »Ich soll da hinauf? Das kann ich nicht!« Entsetzt wich er zurück. »Bitte! Ich stelle Euch und Eurem Captain einen Wechsel aus! Ich habe genug Geld!«

Doch nun war es mit der Geduld des Bootsmanns zu Ende. »Himmel, Arsch und Zwirn! Da haben wir uns ja mal wieder einen ganz schön störrischen Burschen an Bord geholt! Aber das treiben wir dir hier ganz schnell aus. Warte nur, du wirst es so schnell nicht noch einmal wagen, meine Befehle zu verweigern!«, stieß er grimmig hervor. »Packt ihn und bindet ihn auf die Gräting! Und du da, hol mir die neunschwänzige Katze, mit der wollen wir den Neuen ein wenig streicheln, damit er Vernunft annimmt! Ich denke, ein gutes Dutzend wird ihn kurieren!«

Patrick versuchte, sich zu wehren, aber es war sinnlos. Im Handumdrehen hatten sie ihn auf der Gräting festgebunden und ihm das Hemd hochgerissen. Und dann tanzten auch schon die Lederschnüre der Peitsche auf seinem nackten Rücken, bis er erneut in eine tiefe und diesmal erlösende Ohnmacht versank.

Einunddreißigstes Kapitel

Unablässig suchte Éanna mit ihren Blicken die Kaianlage am Hudson River ab, wo der Fährdampfer nach Albany seinen angestammten Liegeplatz hatte. Sie war sich so sicher gewesen, dass Patrick kommen würde, um sich von ihr zu verabschieden! Doch sosehr sie sich auch bemühte, seine Gestalt inmitten der vielen voneinander Abschied nehmenden Menschen im Hafen auszumachen – Patrick blieb verschwunden.

»Wir sollten allmählich an Bord gehen. Er kommt wohl nicht mehr, Éanna. Außerdem wird es nun wirklich Zeit: Die *Jamison* steht schon voll unter Dampf und die Mannschaft beginnt bereits, die ersten Ankertrossen einzuziehen«, sagte Brendan mit nachsichtiger Stimme. Seit Samstagmorgen kam er ihr irgendwie verändert vor, er war seltsam ruhig, in sich gekehrt und wortkarg. Selbst ihren Wunsch, sich von Patrick O'Brien zu verabschieden, hatte er heute ohne Murren akzeptiert.

Und geduldig stand er nun mit ihr am Fuß der Gangway, während Emily und Liam sich schon an Bord der Fähre befanden, um ihnen allen einen guten Platz für die Nachtfahrt flussaufwärts zu sichern. Ob sein eigenartiges Verhalten etwas mit ihrer Standpauke zu tun hatte, die er sich am Samstag als Reaktion auf seinen plötzlichen Anfall von Spielleidenschaft hatte anhören müssen? Denn auch wenn sie im

Nachhinein zugeben musste, dass sie sich über die fast neunzig Dollar natürlich freute und sie nun getrost nach Independence aufbrechen konnten, war sie doch im ersten Moment sehr erschrocken über seine Leichtsinnigkeit gewesen, fünf kostbare Dollar aus ihrer Reisekasse zu nehmen, nur um sein Glück im Pokerspiel zu versuchen.

Als nun ein Besatzungsmitglied auf der *Jamison* einen Sprechtrichter an den Mund setzte und die letzten Passagiere mit blecherner Stimme dazu aufforderte, an Bord zu kommen, zerstob Éannas Hoffnung, Patrick ein letztes Mal in New York zu sehen, endgültig. Brendan berührte sie sanft am Arm. »Gehen wir, Éanna. Wir können wirklich nicht mehr länger warten, sonst fährt das Schiff ohne uns ab.«

Sie nickte. »Er hätte einen letzten Dank so sehr verdient«, murmelte sie enttäuscht, dann wandte sie sich um und stieg an Brendans Seite die Gangway empor.

Augenblicke später wurden die letzten Taue eingezogen. Gemächlich legte die *Jamison* vom Kai ab, steuerte hinaus auf den breiten Strom und wandte ihren Bug flussaufwärts.

Éanna stand an der Reling und konnte ihren Blick nicht von der Landungsbrücke abwenden. Sie erinnerte sich an eine ähnliche Szene, die nur wenige Monate zurücklag. Damals hatte er auf dem Schiff gestanden und ihr zugewunken, jetzt hätte es umgekehrt sein sollen. Doch er war nicht da.

Als der Dampfer Fahrt aufnahm, schrumpften die Kaianlagen und die dort versammelte Menschenmenge immer schneller hinter ihnen zusammen, bis sie schließlich von der nächtlichen Dunkelheit verschluckt wurden.

Éanna blieb noch eine Weile stehen und blickte New York nach, dessen zahllose Lichter allmählich immer schwächer wurden.

Bevor sie der gewaltigen Stadt schließlich den Rücken zukehrte und zu Brendan, Emily und Liam auf das Mitteldeck ging, kam ihr plötzlich der tröstliche Gedanke, dass Patrick vielleicht ganz bewusst nicht erschienen war, um ihnen beiden einen schmerzlichen Abschied zu ersparen.

»Ja, vielleicht ist es wirklich gut, dass du nicht gekommen bist, Patrick«, sagte sie leise und mit einer Spur Wehmut in der Stimme. Dann strafften sich ihre Schultern, sie hob den Kopf, atmete tief ein und wandte sich entschlossen nach vorn – der Zukunft mit Brendan und ihren Freunden zu.

Epilog

Drei stürmische Tage hatte die *Sarah Lee* nun schon auf hoher See verbracht. Sie waren gezwungen gewesen, gegen den Wind zu kreuzen, sodass sie viel kostbare Zeit auf dem Weg nach Süden verloren hatten.

Patrick lehnte an der Backbordreling und starrte im grauen Licht des Abends hinaus auf die See, die noch immer aufgewühlt war und sich von Horizont zu Horizont erstreckte. Sein Rücken schmerzte, aber das Schlimmste lag hinter ihm.

Die Tage des Sturms waren für ihn mit seinem blutig gepeitschten Rücken eine Qual gewesen. Denn der unnachgiebige Bootsmann hatte ihm nur einen halben Tag Ruhe zugestanden. Ein Seemann, ein baumlanger Schwarzer namens Samuel, der selbst schon mehrmals ausgepeitscht worden war und Mitleid mit Patrick gehabt hatte, hatte sich seiner angenommen, die Wunden ausgewaschen und sie verbunden.

Von Samuel wusste Patrick auch, dass die *Sarah Lee* auf dem Weg nach Savannah war, um dort ihre Fracht zu löschen und stattdessen Baumwolle an Bord zu nehmen.

»Und danach geht es über den Atlantik nach Liverpool«, hatte Samuel ihm mitgeteilt. »Hast also eine lange Reise vor dir. Und vergiss es gleich, wenn du vorhast, in Savannah von Bord zu springen. Dazu wirst du keine Gelegenheit haben. Denn der Bootsmann ist ja nicht dumm. Der wird dich sicher unter Deck einsperren lassen, sowie der Hafen in Sicht kommt. Wenn du Glück hast, lässt er dich später in Liverpool von Bord gehen. Denn zum Seemann taugst du ja wirklich nicht, das ist nicht schwer zu erkennen. Wenn du klug bist, tust du hier so viel, wie dir der Bootsmann oder der Erste gerade noch durchgehen lassen. Dann hast du die besten Chancen, dass sie in Liverpool genug von dir haben und dich laufen lassen.«

Patrick war entsetzt über die Nachricht gewesen, dass die *Sarah Lee* nach Savannah Kurs auf Liverpool nehmen würde. Die Vorstellung einer weiteren Atlantikpassage, zumal zu dieser Jahreszeit, und der Gedanke, dann wieder auf der anderen Seite des Ozeans zu sein, waren für ihn kaum zu ertragen.

Nein, er musste zurück nach New York und dann nach Independence. Es musste einen Weg für ihn geben, in Savannah von Bord zu gehen, bevor das Schiff Kurs auf England nahm!

»Und es wird mir auch gelingen!«, murmelte Patrick leise und ballte die Fäuste, während er zu einem Schwarm Möwen aufblickte, die laut kreischend am Himmel ihre Kreise zogen. »Ich werde entkommen, koste es, was es wolle! Und ich werde es schaffen, rechtzeitig in Independence einzutreffen, um den Treck nicht zu verpassen!« Und wie eine Zauberformel flüsterte er beschwörend die fünf Worte, die ihm in den letzten drei schrecklich langen Tagen immer wieder Mut gegeben hatten, wenn er schon meinte, keine Kraft mehr zu haben, um weiterzumachen: »Wir sehen uns wieder, Éanna!«

Quellenverzeichnis

Tyler Anbinder: »*Five Points – The 19th Century New York City*«, The Free Press, New York 2001

Edwin G. Burrows & Mike Wallace: »*Gotham – A History of New York City to 1898*«, Oxford University Press, New York 1999

Robert Ernst: »*Immigrant Life in New York 1825–1863*«, Syracuse University Press, Syracuse 1994

Thomas Gallagher: »*Paddy's Lament*«, Harcourt Brace & Company, New York 1982

Eric Homberger: »*The Historical Atlas of New York City – A Visual Celebration of Nearly 400 Years of New York City's History*«, Henry Holt & Company, New York 1994

Kerby A. Miller: »*Emigrants And Exiles – Ireland and the Irish Exodus to North America*«, Oxford University Press, New York 1985

Jacob A. Riis: »*The Battle with the Slum*«, Dover Publications, New York 1998

Luc Sante: »*Low Life – Lures and Snares of Old New York*«, Farrar, Strauss & Giroux, New York 2003

William V. Shannon: »*The American Irish – A Political and Social Portrait*«, Collier McMillan Publishers, New York 1966

Christine Stansell: »*City of Women – Sex and Class in New York 1789–1860*«, University of Illinois Press, Chicago 1987

Leonie Britt Harper

Éanna
Wildes Herz

Irland, im Jahr 1845: Mehrere Missernten bescheren dem ganzen Land eine bittere Hungersnot. Wie viele andere verliert die junge Éanna ihr Zuhause und ihre Familie. Bettelarm ringt sie jeden Tag um ihr Überleben. Doch dann trifft sie auf Brendan Flynn, der einen Ausweg weiß. Wenn es ihnen gelingt genügend Geld für die Schiffspassage nach Amerika aufzubringen, haben sie noch eine Chance …

320 Seiten. Gebunden.
ISBN 978-3-401-06190-0
www.arena-verlag.de

Éanna
Stürmische See

Irland, 1846: Noch immer wütet die Hungersnot. Éanna und Brendan, der Junge, an den sie ihr Herz verloren hat, gelingt es nur mühsam, in Dublin Arbeit zu finden. Und von ihrem kargen Lohn können sie kaum etwas für die ersehnte Überfahrt nach Amerika zurücklegen. Um ans Ziel ihrer Träume zu kommen, bittet Éanna heimlich den Schriftsteller O'Brien um Hilfe. Doch Brendan wird rasend eifersüchtig.

320 Seiten. Gebunden.
ISBN 978-3-401-06191-7
www.arena-verlag.de

Arena